HF304536

DAVID GORDON

FINSTERER PAKT

THE BOUNCER

Erstausgabe 2018
Überarbeitete Neuausgabe Januar 2024

Copyright © 2023 dp Verlag, ein Imprint der
dp DIGITAL PUBLISHERS GmbH
Made in Stuttgart with ♥
Alle Rechte vorbehalten

Finsterer Pakt

ISBN 978-3-98778-877-2
E-Book-ISBN 978-3-98778-885-7
Hörbuch-ISBN: 978-3-98778-880-2

Copyright © 2018, Mysterious Press
Titel des englischen Originals: The Bouncer

Copyright © 2019, dp Verlag, ein Imprint der
dp DIGITAL PUBLISHERS GmbH
Dies ist eine überarbeitete Neuausgabe des bereits 2019 bei
dp Verlag, ein Imprint der dp DIGITAL PUBLISHERS GmbH
erschienenen Titels Blutige Rache. (ISBN: 978-3-96087-252-8).

Übersetzt von: Tobias Eckerlein
Covergestaltung: Anne Gebhardt
Umschlaggestaltung: ARTC.ore Design
Unter Verwendung von Abbildungen von
unter Verwendung von Motiven von
stock.adobe.com: © zhu difeng
depositphotos.com: © jankovoy
neo-stock.com: © Tom Parsons
Lektorat: KoLibri Lektorat
Satz: dp DIGITAL PUBLISHERS GmbH
Druck und Bindung: Books on Demand GmbH, Norderstedt

Das Werk darf – auch teilweise – nur mit
Genehmigung des Verlages wiedergegeben werden.

Sämtliche Personen und Ereignisse dieses Werks sind frei
erfunden. Etwaige Ähnlichkeiten mit real existierenden Personen,
ob lebend oder tot, wären rein zufällig.

Vorwort des Verlags

Liebe:r Leser:in,
dies ist eine überarbeitete Neuauflage des bereits erschienenen Titels *Blutige Rache* von David Gordon.
Da wir uns stets bemühen, unseren Leser:innen ansprechende Produkte zu liefern, werden Cover sowie Inhalt stets optimiert und zeitgemäß angepasst. Es freut uns, dass du dieses Buch gekauft hast. Es gibt nichts Schöneres für die Autor:innen und uns, zu sehen, dass ein beständiges Interesse an ästhetisch wertvollen Produkten besteht.
Wir hoffen du hast genau so viel Spaß an dieser Neuauflage wie wir.
Dein dp-Team

Part 1

1

Als der betrunkene Footballspieler ausrastete und versuchte, eine Stripperin mitzunehmen, schrien alle nach dem Türsteher. Dieser Besoffene war riesig. Ein rothaariger Gigant. Er stürmte auf die Bühne zu, grapschte und quetschte wie ein verhungernder Höhlenmensch am All-you-can-eat-Buffet und ging dann auf Kimberly zu. Eine große Blondine. Kurvig wie eine futuristische, italienische Skulptur. Er schnappte sie direkt von der Bühne und warf sie über seine Schulter wie King Kong. Als eine Kellnerin protestierte, klatschte er sie weg wie eine Fliege. Der Barkeeper, ein muskulöser Typ, der CrossFit wie ein verrückter praktizierte, schlug ihm direkt in den Magen. Der Riese blinzelte lediglich, als ob er eine Sekunde lang von einem vorübergehenden Gedanken abgelenkt wurde. Dann klatschte er den Barkeeper mit einem Schlag um. Selbst als seine eigenen Freunde versuchten ihn zu Boden zu bringen, schleuderte er sie durch die Luft, den Verstand versoffen schreiend: „Ich will nicht heiraten!" Es war ein Junggesellenabschied, der komplett aus dem Ruder gelaufen war.

Crystal, ein neues Mädchen, das gerade erst von Philly nach New York gezogen war, rannte los zum Türsteher, Joe, der gerade Pause machte und in einer Hinterkabine saß, Kaffee trank und eine fette, mit Eselsohren übersäte Fassung von Dostojewskis *Der*

Idiot las. Auf den ersten Blick war sie nicht sonderlich beeindruckt. Er war süß, wenn man auf große, schlanke, verlotterte weiße Jungs stand, was sie gelegentlich tat. Aber was Muskeln anging, war er nichts im Gegensatz zu dem, was sie von den menschlichen Bergen in schwarzen Anzügen gewohnt war, die man sonst vor den Clubtüren sah. Der Typ trug Jeans, alte Converse High-Tops und ein T-Shirt, auf dem „Security" stand. Doch der Riese war viermal so groß wie er. Wenn der Riese ein Baum wäre und man würde ihn halbieren und mit heißem, blubberndem Wasser füllen, könnten Joe und Crystal beide in seinem hohlen Stumpf sitzen, als wäre er ein Whirlpool.

„Hey, du!", rief sie. „Der Idiot! Wir brauchen Hilfe!"

Joe hob den Kopf, beinahe grinsend, und faltete die Ecke seines Buches. Dann sah er, wo Crystal hinzeigte. Der Riese watete durch die Menge. Allem Anschein nach verschleppte er Kim zu seiner Höhle, um sie später zu fressen. In ruhigen Bewegungen trat Joe ihm direkt in den Weg.

„Hey! Du! Fleischberg!", rief er. „Hier drüben!"

Der Riese machte ein verärgertes Gesicht, während er Joe fokussierte wie ein Stier, der ein rotes Tuch sieht. „Nenn mich nicht so."

Joe grinste. „Wie wär's, wenn ich dir einen Lapdance gebe?" Grummelnd schmiss er Kim beiseite und sie krachte auf den Tisch einer Gruppe asiatischer Touristen. Dann ging er auf Joe los. Crystal fühlte sich ein wenig schuldig, als sie sich darauf vorbereitete zu sehen, wie das hübsche Gesicht verunstaltet wird. Der Riese wütete los und schlug zu. Seine Faust schwang wie ein Vorschlaghammer. Aber Joe wich elegant aus und, auf den Fußballen tänzelnd, schritt sicher in den Schlag hinein. Er trat zu und traf das Kinn des Riesen von unten herauf. Als er zu taumeln begann, griff Joe nach einem Punkt an seinem Hals.

„Au!" Wie ein verwundetes Monster jaulte der Riese vor Schmerz und versuchte, sich loszuschütteln. Doch Joe kniff ganz einfach noch fester.

„Ruhig, ruhig. Lass uns gehen", sagte er, während er den gebeugten, stöhnenden Riesen vor sich herführte. Die Menge spaltete sich und sie gingen geradewegs durch die Tür.

Kimberly stand langsam mit der Hilfe der Touristen auf. „Wow", sagte sie. „Das ist mal ein guter Türsteher." Crystal nickte. „Ich denke, es zahlt sich aus, Bücher über Idioten zu lesen."

2

Draußen auf den Stufen des „Club Rendezvous –
QUEENS BESTER GENTLEMAN'S CLUB, BEQUEM IN
FLUGHAFENNÄHE" saßen Joe und der Riese nun nebeneinander. Es war eine warme Sommernacht. Die
Luft fühlte sich weich und frisch an, als ob sie mit einem Lkw vom Land geliefert wurde und die Flugzeuge
über ihnen hätten fast Kometen sein können. Der Riese
weinte. Sein Name war übrigens Jerry. Jetzt, wo er begonnen hatte zu bröckeln, zusammengesackt und
schluchzend, während Joe seinen Rücken tätschelte,
sah er eher aus wie ein riesiges, pinkes Baby als alles
andere. Und wie ein Baby auch, war er niedlich und
nicht der Hellste und in der Lage, großen Schaden an-
zurichten, ohne es zu wollen. „Ich weiß nicht, was passiert, wenn ich trinke", sagte Jerry das Riesenbaby,
während er sich die Nase abwischte. „Ich verliere jegli-
che Kontrolle. Ich bin kein schlechter Typ. Ich liebe
meine Verlobte."

Joe nickte. „Ich weiß, Mann. Ich kenne das, glaub mir.
Hab keine Angst, um Hilfe zu bitten, wenn du sie
brauchst."

Jerry blickte zu ihm herüber, Tränen schienen im Ne-
onlicht. „Hast du jemals Angst, Joe?"

Joe gab ein kurzes, hartes Lachen von sich. „Jerry, ich
wache jeden Tag in Schrecken auf."

„Wirklich? Wovor könntest du denn Angst haben?"

Joe überlegte einen Moment. Er kratzte sich am Kinn, während er nach oben auf ein Flugzeug starrte, welches, ihm nicht bewusst, auf dem Weg nach Venedig war. Er lächelte und drehte sich wieder zu Jerry. Dann traf das Gesetz ein.

Besser gesagt, es hagelte nieder. Alle auf einmal kamen sie an. Von allen Seiten, mit gezogenen Waffen. Es war ein richtiger Zugriff. SWAT in Panzerung kamen ums Gebäude. Knurrend und Befehle bellend. NYPD-Uniformen schrien in den Straßenverkehr und sicherten den Parkplatz ab wie die überteuerten Securitys, die sie oftmals waren.

„Hey, hey, ganz ruhig", sagte Joe gelassen, aber laut, mit erhobenen Händen, ansonsten jedoch entspannt. „Alles ist cool. Wir sind unbewaffnet."

Mittlerweile extrem verängstigt, guckte Jerry Joe an und hob dann ebenfalls seine Hände.

SWAT setzte sich in Bewegung und tastete sie noch immer knurrend ab.

„Sicher!"

Die Sirenen, wenn auch verstummt, pulsierten noch immer rötlich und die Frontscheinwerfer vertrieben die Schatten und enthüllten Joe und Jerry in einem strahlenden Weiß. Sie blinzelten in blinder Verwirrung.

„Wir sind okay!", rief Joe. „Falscher Alarm. Wir brauchen keine Hilfe." Joe wusste nicht, wer die Cops gerufen hatte, aber es musste irgendein Anwohner gewesen sein, der wegen der Schlägerei besorgt gewesen war. Das hier war Gios Laden. Gios Leute riefen nicht die Bullen. Sie riefen Joe.

Agent Donna Zamora trat hervor. Sie trug einen Windbreaker mit der Aufschrift „FBI", ihr Haar unter einem Cap, ebenfalls mit „FBI" beschriftet, und ihre Marke am Gürtel. Im Grunde ein Outfit, das schreit: „Bitte nicht aus Versehen erschießen!" Trotzdem ließ sie es irgendwie gut aussehen.

„Danke fürs Kommen," sagte Joe, „aber es geht schon wieder viel besser."

„Das ist schön zu hören", sagte sie amüsiert. Sie steckte ihre Waffe zurück ins Holster.

Joe lächelte und sie sah, dass er schöne Augen hatte. Er war ebenfalls amüsiert, jedoch war es schwer zu sagen, worüber.

„Ja", fuhr er fort, „es war nur ein Missverständnis. Wir brauchen eure Hilfe letztendlich doch nicht."

Jetzt musste sie lachen. „Sie haben recht. Es gibt ein Missverständnis." Sie hielt ihre Handschellen hoch. „Wir sind nicht hier, um Ihnen zu helfen. Wir sind hier, um Sie festzunehmen."

Und als er aufstand, Jerry aufhalf und sich umdrehte, um sich verhaften zu lassen, hörte sie ihn ebenfalls lachen.

3

Das Telefon weckte Gio auf. Es war sein Handy. Sein Arbeitstelefon. Ein Wegwerfhandy, welches er regelmäßig austauschte. Nicht, dass er irgendetwas von Bedeutung am Telefon sagte. Aber es war dennoch schlau, es von dem Telefon zu trennen, das er benutzte, um seine Frau anzurufen, seinen Kindern zu schreiben, Fotos von Fischen zu machen, die sie auf seinem Boot fingen. Es war nicht das Festnetz, das im Grunde nur seine Verwandten und Angeheirateten benutzten. Und das um diese Uhrzeit. Herrgott, es war, verdammt noch mal, zwei Uhr morgens. Das musste bedeuten, dass irgendjemand tot war oder im Krankenhaus lag. Carol stöhnte neben ihm.

„Was'n los?"

„Nichts, Baby. Schlaf weiter. Bloß Arbeit", sagte Gio, tätschelte ihre Schulter und eilte mit dem Handy ins Hauptbadezimmer. In vier Stunden würde sie aufwachen, um zu meditieren und Pilates zu machen, bevor sie die Kinder aufweckte. Er schloss die Tür vorsichtig hinter sich und setzte sich auf den Klodeckel. Die Marmorkacheln ließen seine Füße frieren.

„Was?"

Es war Fuscos Stimme. „Ich bin's. Wir müssen reden."

„Jetzt?"

„Je früher, desto besser."

„Ich bin auf dem Weg. Wir sehen uns da."

Er drückte den roten Knopf und machte sich eine mentale Notiz, das Handy wegzuwerfen, sobald er das Haus verlassen hatte.

Gio war ein Gangster. Ein Mafioso. Ein hochrangiger Professioneller im organisierten Verbrechen der dritten Generation. Aber wenn man ihn sah oder traf oder etwas Zeit bei ihm Zuhause in einem belaubten, ruhigen Teil von Long Island, auf einem großen Stück Land mit einem riesigen, aber stilvollen, weißen Schindelhaus und einem ungeheuer großen Rasen, einem biologischen Gemüsegarten und einem Pool verbrachte, würde man es niemals erahnen. Carol, seine Frau, war Kinderpsychologin mit eigener Praxis, jetzt, wo die Kinder älter wurden. Seine Kinder waren typische amerikanische Kids in sowohl allen guten als auch allen schlechten Hinsichten. Niedlich, klug, dumm, fröhlich, faul, verwöhnt, liebenswert. Ihre Vorstellungen eines Gangsters kamen aus Rapvideos und die einzige Person, die sein Sohn umnieten wollte, war sein Mathelehrer. Sie dachten, Gio würde das Familienunternehmen leiten, was er auch tat. Doch sie wussten lediglich von der legalen Hälfte: ein boomendes Immobilienimperium. Größtenteils kommerzielle Immobilien, aber auch ein paar Gebäude in Brooklyn und Queens, die in letzter Zeit deutlich im Wert gestiegen sind. Ein schwergewichtiges Investmentportfolio erstrangiger Aktien, Tech Funds, Auslandsinvestitionen, Anleihen, sogar ein paar Hedgefonds und Risikokapital. Eine Straßenbaufirma, ein Fuhrunternehmen und ein Vertragsunternehmen. Alle geführt von Cousins, Cousinen und Neffen unter seiner Aufsicht. Außerdem ein paar alte Hinterlassenschaften der Familie, wie zum Beispiel das Fischrestaurant, in dem alle Kinder im Sommer arbeiten mussten und das sie alle hassten – das er selber auch gehasst hatte, als er dort arbeitete, Shrimps kochte und rote Soße aufwischte – und das mehr wert war wegen des am Wasser liegenden Lands, auf dem es stand, als alles andere, aber wegen dem seine verwitwete Mutter ihn töten würde, wenn er es jemals verkauft oder auch nur ein Foto von Sinatra an der Wand verändert hätte. Ihr Großvater hatte es eröffnet, als er nach Amerika kam. Giovanni wurde nach ihm benannt. Ein weiterer Grund, warum man nicht erwartet hätte, dass Gio ein Gangster war, ist, dass er hart gearbeitet hatte, um sich das Erscheinungsbild eines anständigen Bürgers aufzubauen. Er ging aufs College und eine Wirtschaftsschule und war sogar Praktikant an der Wall Street. Seit er übernommen hatte, hat er den Fokus der Familie von der alten, noch immer lebendigen Welt des Glücksspiels, Sex, Erpressung und Kredithaien auf eher zeitgemäße und weniger farbenfrohe Verbrechen wie zum Beispiel Kreditkartenbetrug im Internet, Aktienmanipulation und Geldwäsche gelenkt. Er trug Anzüge von „Brooks Brothers", keine Seide aus Little Italy. Er fuhr einen Audi. Er spielte Golf mit Doktoren und Richtern. Für ein paar Wochen wurde er sogar Vegetarier, als seine Cholesterinwerte in die Höhe schossen und seine Frau durchdrehte. Aber Gio war trotzdem ein Gangster und als er raus zum Parkview Diner fuhr, um NYPD Detective Jimmy Fusco zu treffen, der Spielsüchtige, der ihm Informationen beschaffte in der Hoffnung seine wachsenden Schulden bezahlen zu können, und er hörte, dass sein Club hochgenommen wurde, weil jemand gemeldet hatte, dass in der VIP-Lounge ab und an mal jemandem gegen Geld einer runtergeholt wurde, war sein erster Gedanke: Ich werde diese Scheißratte finden, die mich verraten hat und seine verdammte Zunge durch das klaffende Loch ziehen, das ich ihm in seine Kehle schneide. Nicht zu vergessen, das Geld, dass er monatlich als Bestechung zahlte. „Was zur Hölle, Jimmy?", fragte er Fusco, als sie im leerlaufenden Audi hinterm Diner saßen, während Fuscos in der Stadt registrierter Chevy in der Nähe parkte. „Ich sollte immun gegen diese Scheiße sein bei dem Geld, das ich ausgebe."

Fusco zuckte nervös mit den Schultern. Er würde sterben für eine Zigarette, aber er wusste, dass er in Gios Auto nicht rauchen durfte. „Das ist nicht meine Schuld, Gio. Ich schwör's. Ich kann da nichts machen. Das sind die Behörden. Du weißt schon, wegen Eises."

Gio verzog sein Gesicht und schüttelte den Kopf. „Eis? Meine Trucks? Es geht um verdammte italienische Eiscreme und Softeis? Okay, die verkaufen ein bisschen Gras und vielleicht auch ein bisschen Koks von den Trucks aus" – er hob einen Finger – „aber niemals an Kinder und niemals in der Nähe von Schulen. Da bin ich knallhart."

„Nein, Gio", Fusco buchstabierte es, „I-S-I-S. Du weißt schon. Terrorismus. Die ganze Stadt ist in Alarmbereitschaft." Er sah Wut in Gios Augen und schrumpfte zurück in seinen Sitz, doch es gab keinen Ausweg.

Gios Stimme war monoton. „Du glaubst, ich sei ein Terrorist? Du glaubst, ich habe irgendetwas mit diesen Hurensöhnen zu tun?"

„Nein! Niemals. Natürlich nicht." Fusco wedelte mit der Hand, um Gio zu beruhigen. „Und genauso wenig denken es die Behörden. Wirklich. Es geht nicht um dich persönlich. Die nehmen jeden hoch." Er atmete durch. „Ich meine, du bist weit davon entfernt, ein Terrorist zu sein, das wissen wir beide. Aber bei allem Respekt ... Was ist mit illegalen Waffenverkäufen? Drogenprofite, die über die ganze Welt reichen? Undokumentierte Sexarbeiterinnen?" Er zuckte erneut aus Angst vor einem weiteren Ausbruch. „Schau, es ist eine neue Welt. Die haben Informationen über bekannte Terrorverdächtige, die etwas in New York planen. Und bis das Angstniveau sinkt oder die Bullen und die Behörden Ergebnisse erzielen, sind alle – du, ich, jeder – unter Druck." Fusco seufzte und steckte sich reflexartig eine Zigarette in den Mund. „Und ob es dir gefällt oder nicht, die Leute reden unter Druck."

„Zünde dir die nicht hier drin an."

„Nein", er nahm sie aus dem Mund, „würde ich nie."

Gio atmete durch. Er war ruhig. Nachdenklich. „Also", sagte er, nun mit einem kleinen Lächeln. „Wer redet über meinen Club?"

4

In Gewahrsam machte Joe, auf der Bank sitzend und mit seinem neuen Kumpel Jerry und den anderen, etwas vertrauteren Gesichtern in der überfüllten Zelle quatschend, das Beste aus der Situation. Sie waren eingequetscht wie Pendler im Zug bei Feierabendverkehr, nur mit einem Edelstahlklo in der Mitte. Es schien, als wenn jeder heute erwischt wurde: eine chinesische Wettbude, ein russisches Bordell, ein Crackhaus in der Bronx, eine Werkstatt, in der Dominikaner geklaute Autos zerlegten, ein Lager mit geklauten Gütern – Juwelen, Kameras und andere Elektrogeräte – geführt von Typen in Kippas in Crown Heights. Jeder wurde von Cops und Behörden überrannt, in Handschellen abgeführt, auf Busse geladen, mühsam abgearbeitet und zum Warten hinter Gitter geworfen. Die ganze Stadt war hier. Es war wie ein Klassentreffen für organisierte Kriminelle.

Und jeder sagte dasselbe: Jetzt wurde es ernst. Sämtliche Behörden, egal ob Bund, lokal oder staatlich, durchkämmten jeden Bereich der New Yorker Unterwelt und versuchten, versteckte Bösewichte aus dem Verkehr zu ziehen. Was sie nicht schaffen würden. Es war eine einzige gewaltige Zeitverschwendung. Jeder in der Zelle wusste das, genauso wie jeder außerhalb der Zelle. Zumindest jeder bis zum Rang des Captain. Doch bis sie die Medien und die Politiker davon überzeugten, dass sie es ernst meinten und sich die panische Bevölkerung beruhigt hatte; bis der Steuerzahler und Wähler – beide Gruppen hier eher weniger vertreten – aufhörten, Selbstmordattentäter unter ihren Betten zu sehen und der Fokus der Welt sich auf etwas Neues legte, würde keiner mehr seinem Geschäft nachgehen. In anderen Worten: Joe war arbeitslos.

Jerry war nervös. „Joe, ich bin noch nie verhaftet worden. Ich meine, ein paarmal mit dem Auto angehalten worden, aber nie so was." Er musterte die Menge. „Sind das alles Kriminelle?"

„Soweit ich weiß", sagte Joe. „Aber keine Sorge. Bleib einfach bei mir. Ich habe einen Anruf gemacht. Wir werden rauskommen ..." Er zögerte aus Angst, zu viel zu versprechen. „... irgendwann."

Dann quetschte sich Derek dazu. „Hey, Joe!"

„Hi, Derek." Sie schüttelten Hände. Joe mochte Derek. Ein chinesischer Junge aus Flushing. Er war jung, einundzwanzig oder höchstens zweiundzwanzig. Doch anders als die meisten jungen Kerle, war er nicht darauf fixiert, Joe zu beeindrucken oder beleidigt, wenn er es nicht war. Eine Routine, die Joe anstrengend fand. Derek hatte eine positive Einstellung. Er war mehr so etwas wie ein fröhlicher Draufgänger. Ein eifriger, aufstrebender Profi. Seine Profession: Dieb.

Joe deutete auf die überfüllte Bank. Zehn Typen, Hintern an Hintern. „Ich würde dir einen Platz anbieten, aber der wäre auf meinem Schoß."

Derek grinste. „Schon okay. Ich lass euch Alten sitzen. Wie im Bus." Er guckte sich um. „Das ist 'ne ziemliche Scheiße hier, oder?"

„So würde ich es auch formulieren"

„Drei Läden meines Onkels wurden geschlossen. Mann, ist der angepisst."

„Zu Recht."

Dereks Onkel leitete drei illegale Casinos in den chinesischen Teilen der Stadt. Außerdem verschiffte er gestohlene Autos, Schmuck und Antiquitäten über den Schwarzmarkt nach China. Eine wesentliche Menge davon klaute Derek.

Derek hockte sich hin und sagte in leiserer Stimme: „Wer ist das?" Während er mit seinem Kinn direkt auf Jerry deutete.

„Nur ein Typ aus dem Club. Der ist okay."

Derek lehnte sich herüber. „Schau mal, jetzt, wo du, genau wie ich, keinen Job hast, dachte ich, ich erzähl dir von dieser kleinen Sache, in die ich dich einweihen könnte."

Joe nickte einen Bruchteil eines Zentimeters, aber genug für Derek, um fortzufahren: „Ein Raubüberfall. Ist ein Auftragsjob. Der Plan, der Kunde, alles schon geregelt. Wir brauchen nur noch einen weiteren Mann."

„Wofür?"

Derek grinste. „Ich weiß, du stehst nicht so auf die harten Sachen. Darum darfst du fahren." Er haute Joe leicht auf den Oberarm. „Du bist einer der wenigen, denen ich hinterm Lenkrad vertraue."

Joe lachte. „Danke, aber ich weiß nicht so recht. Wie du schon sagtest, ich bin alt und faul. Das klingt ..." Er zuckte mit den Schultern. „... aufregend."

„Ich weiß, ich weiß. Cowboy und Indianer. Oder Ureinwohner, oder was auch immer. Aber ich muss Kohle machen. Ich heirate in einem Monat."

„Wirklich? Glückwunsch. Genau wie Jerry hier."

„Ohne Scheiß?" Derek seufzte. „Mann, ich liebe dieses Mädchen, aber um ehrlich zu sein, drehe ich irgendwie durch."

Joe stand auf und gab Derek seinen Platz. „Genau wie Jerry. Ihr beiden solltet reden."

Es war schon lange Tag, als Joe rauskam. Gios Anwalt holte ihn und die anderen Angestellten des Clubs raus. Jerry und Derek wurde von Verwandten und Freunden geholfen, die sie angerufen hatten. Als sie die Untersuchungshaft verließen und als freie Männer auf die Baxter Street traten, nachdem sie noch einmal erneut vernommen wurden, war es bereits Mittag.

Genug Zeit für Jerry und Derek, um eine Verbindung herzustellen und für Jerry, um darauf zu bestehen, dass beide zu seiner Hochzeit kamen. Er umarmte beide fest und lief los. Sein Vater parkte in zweiter Reihe und hupte wütend. Derek machte einen leiseren Abgang, indem er in einen weißen BMW verschwand, der am Ende des Blocks schnurrte. Joe überlegte, ob er sich einen Eiskaffee von einem der vietnamesischen Läden hinter den Tombs holen sollte, wohin er immer ging, um Pho und frittierten Tintenfisch zu essen, seit er das erste Mal verhaftet wurde: Starker, schwarzer Kaffee, auf dicke, klebrige Kondensmilch getrieft und dann auf Eis gegossen. Dann sah er die süße Agentin von letzter Nacht. Sie stand an der Seite und trug eine Sonnenbrille, während sie die Parade der Verhafteten beobachtete. Dieses Mal trug sie einen Anzug. Eine Art seidig schwarzer Stoff über einer seidig weißen Bluse. Es war, nun ja, ziemlich FBI. Er war so geschnitten, dass er ziemlich elegant hing und sich um ihre schmalen

Schultern und die Kurven ihrer Brust und Hüfte schmiegte. Der hat einiges gekostet, keine Frage. Genau wie ihre Frisur. Heute hatte sie die Haare offen und Joe konnte sehen, dass sie sehr lang, sehr glänzend und sehr schwarz waren. Er realisierte nicht wie schwarz, bis er es im Tageslicht sah.

Er lächelte und winkte leicht und als sie nickte, ging er herüber.

„Guten Morgen", sagte er. „Oder Abend."

„Ihnen auch", sagte sie, ohne ihn wirklich anzuschauen oder zumindest, ohne ihren Kopf zu drehen. „Angenehme Nacht?"

„Ich hatte schon schlimmere. Sie?"

„Viel los", sagte sie. „Ich habe nicht viel geschlafen."

„Das ist zu schade. Sie werden nicht genug bezahlt dafür, dass Sie so hart arbeiten."

Sie guckte ihn an. „Wer sagt, dass ich gearbeitet habe?"

Joe lachte. Ermutigt sagte er: „Hey, wie wär's – nur um zu zeigen, dass keiner von uns Groll hegt –, würden Sie mit mir auf eine Hochzeit gehen?"

Jetzt musste sie lachen. Das hatte sie nicht erwartet. „Wann?"

„Heute Nacht! Die Hochzeit, deren Junggesellenabschied Sie gestürmt haben."

„Wenn das so ist, bin ich mir nicht sicher, ob ich willkommen sein werde."

„Natürlich werden Sie das. Jerry hat ein großes Herz. Es wird eine schottisch-koreanische Hochzeit. Sollte ziemlich wild werden."

„Das klingt in der Tat nach Spaß. Aber ich habe zu tun. Vielleicht ein anderes Mal." Und jetzt lächelte sie.

Ein richtiges Lächeln. Direkt an ihn, während sie sich umdrehte und reinging. Joe beobachtete sie. Dann sah er Crystal und Kimberly in einer Gruppe Frauen, die aus einer anderen Tür entlassen wurden und in ein wartendes schwarzes Auto stiegen.

„Hey, Ladies!", rief er, als er rüberging. „Könnt ihr mich mitnehmen?"

5

Agent Donna Zamora war von sich selbst überrascht. Sie hatte nachgegeben. Sie hatte sich weichmachen lassen. Hat sich sogar dabei ertappt, wie sie flirtete, bevor sie es realisierte. Und dann war es auch noch ein Krimineller. Ein Türsteher in einer Tittenbar, der sich einfach nur Joe nannte. Sogar für ihr desaströses Liebesleben war das ein Abstieg. *Wer sagt, dass ich gearbeitet habe?* Wie konnte sie das nur gesagt haben? Es war schamlos, dachte sie, und wenn ihre Kollegen das gehört hätten. Hirnlos. Warum lächelte sie dann auch noch, als sie sich daran erinnerte, wie er lächelte? Dieser Ausdruck von fröhlicher Überraschung in seinem Gesicht. Diese Ausstrahlung, die er hatte, wie in einem versteckten Streich. Aber war sie Teil des Streichs? Oder war sie das Opfer? Oder er selbst?

Egal. Ein Lächeln war ein Lächeln und sie musste nehmen, was sie kriegen konnte. Gefangen in einem aussichtslosen Job in einem beschissenen, kleinen Büro, so weit von jeglicher Action entfernt, wie man es nur sein konnte und trotzdem mit einer Pistole zur Arbeit zu kommen: Sie war das Tippmädchen. Sie war die Hotline. Und nein, das war nicht so sexy, wie es klingt. Alles, was sie tat, war, den ganzen Tag Anrufe von gesetzestreuen Bürgern zu beantworten, die fanden, dass der Müll ihrer Nachbarn verdächtig roch und E-Mails von aufmerksamen Zivilisten zu durchkämmen, denen der muslimische Name ihres Taxifahrers aufgefallen war oder dass jemand einen Pizzakarton in der Bahn liegen gelassen hatte oder dass auf der lauten Party auf dem Dach mexikanisch klingende Musik lief. Völlig egal, dass sie selber halb Mexikanerin und halb Puerto Ricanerin war. Völlig egal, dass sie einen guten Abschluss hatte und die Beste während ihrer Ausbildung in Quantico war. In der spießigen Umkleidekabinenkultur des FBI war Donna festgefahren mit einem trostlosen Job am Hinweistelefon. Sie musste sich mit jedem Vollidioten auseinandersetzen, der etwas sah und etwas sagte. Es sei denn, einer dieser Hinweise würde ihr nur einmal irgendetwas bringen. Das war der Grund, warum sie ihren Gürtel umschnallte und mitfuhr, nachdem dieser Kokser aus Canarsie anrief und von Geschäftsmännern aus dem mittleren Osten erzählte, denen Blondinen in der VIP-Lounge im Club Rendezvous einen runterholten. Wenigstens brachte sie das für eine Nacht raus aufs Spielfeld, wo sie ein wenig durchatmen konnte. Vielleicht sogar rennen.

Sie seufzte, als sie auf die Fotos und Skizzen der Top-10-Gesichter auf der Terrorliste blickte. Gesichter, die sie jeden Tag anstarrten, sie herausforderten, sie unter dem endlosen Scheißhaufen zu finden, den sie jeden Tag schaufelte. Sie zeigte ihnen allen den Mittelfinger. Sie trank ihren kalten Kaffee aus und bereitete sich auf einen weiteren sinnlosen Rückruf vor, als das Telefon klingelte. Es war ihre direkte Durchwahl. Höchstwahrscheinlich noch so ein armseliger Widerling oder paranoider Schizophrener, der auf eine Belohnung aus war. Sie nahm ab.

„Guten Abend. Hier spricht Agent Zamora. Haben Sie ein Verbrechen zu melden?"

„Hi", sagte eine freundliche, ganz und gar nicht widerliche, unschizomäßige Stimme. „Mein Name ist Giovanni Caprisi. Ich möchte vorbeikommen und reden."

Giovanni fucking Caprisi. Gio der Gentleman. Kam vorbei. In Fleisch und Blut. Heilige Scheiße. Donna lachte laut. Sie hatte im Lotto gewonnen. Ein Hauptverdächtiger in O.C. Der Kopf einer verdammten kriminellen Mafia-Familie, kam freiwillig her. Wer weiß, was er wollte oder wen er bereit war, ihnen zu geben? Vielleicht wollte er ihr einen Tipp über einen Konkurrenten oder einen Rivalen in der Familie geben. Vielleicht war er bereit aufzugeben, Beweise zu liefern und ins Zeugenschutzprogramm zu gehen. Wenn alles gut lief, könnte sie mit diesem Fall Karriere machen. Auf jeden Fall würde er sie vom Hinweistelefon retten.

Also sagte sie zu: „Selbstverständlich. Kommen Sie gleich her." Sie rief bei der Rezeption an und meldete ihn an. Dann lief sie zum Badezimmer, richtete sich her und ging zurück, um in aller Ruhe zu warten, bis es an der Tür klopfte.

„Agent Zamora, Ihr Besuch ist da", sagte der junge Agent, mit Bürstenschnitt und Blazer.

„Danke. Schicken Sie ihn rein."

Der junge Mann hielt die Tür auf und da, in einem äußerst reizenden beigen Sommeranzug, mit einem weißen Hemd und einer blauen Krawatte, polierten Schuhen und einer Rolex, aber kein Gold oder Ringe außer seines Eherings, war Gio. Er lächelte.

„Agent Zamora? Freut mich, Sie kennenzulernen."

„Gleichfalls, Mr. Caprisi.“

Sie schüttelten Hände.

„Bitte nennen Sie mich Gio.“ Er guckte sich in dem kleinen, fensterlosen Raum um. „Bin ich hier richtig? Hier werde ich kooperieren?“

„Absolut“, sagte sie und entfernte einen Stapel nutzloser Akten von einem Stuhl. „Bitte setzen Sie sich. Und seien Sie versichert, alles, was Sie im Gegenzug für Ihre Kooperation mit uns brauchen, kann ich Ihnen besorgen.“

„Großartig. Ich hatte gehofft, dass Sie das sagen würden.“ Er fegte den Stuhl ab und zog beim Hinsetzen seine Hose hoch.

„Sollten Sie Schutz für Ihre Familie brauchen oder eine neue Identität oder sogar ein neues Gesicht – alles kein Problem.“

„Ein neues Gesicht!“ Er lachte und rieb sich am Kinn. „Was ist mit diesem verkehrt? Ich habe es gerade erst rasieren lassen. Gefällt es Ihnen nicht?“

„Nein, es … es ist ein sehr schönes Gesicht und eine schöne, glatte Rasur. Ich meinte als Gegenleistung für Ihre Aussage, sollten Sie sich dazu entscheiden, als Kronzeuge gegen Ihre Partner im organisierten Verbrechen aufzutreten.“

Gio lachte noch lauter. „Tut mir leid.“ Er holte Luft. „Ich befürchte, Sie haben mich mit jemandem verwechselt. Ich bin hier lediglich als besorgter Bürger. Ich habe keine Ahnung von organisiertem Verbrechen. Klingt nach einem Oxymoron für mich.“

Sie setzte sich hin und versank in ihrem Stuhl, während ihre Hoffnungen schwanden. „Worüber wollen Sie denn dann mit mir reden?“

„Terrorismus."

„Was ist mit Terrorismus?"

„Ich finde ihn schrecklich. Er muss aufgehalten werden."

„Ja, wir hier beim FBI sehen das genauso."

„Gut. Ich freue mich, das zu hören. Ich bin hier, um zu helfen."

„Entschuldigen Sie, Mr. … Gio. Ich kann Ihnen nicht ganz folgen. Wie können Sie helfen?"

„Na ja, wie bereits erwähnt, bin ich ein besorgter Bürger und im Zuge meiner gewöhnlichen Tätigkeiten treffe ich viele Menschen und lerne viele Sachen. Einige von Ihnen könnten Menschen sein, die Sie interessieren. Und gleichzeitig kenne ich auch noch andere Menschen, Freunde von mir, ebenfalls treue Bürger, deren Geschäfte … behindert werden durch Freunde von Ihnen."

„Sie meinen so wie Ihr Club?"

„Club Rendezvous? Das ist nicht meiner. Der Club gehört zufällig dem Nachbarn der Frau meines Cousins."

„Ist richtig", sagte Donna. „Ich vergaß. Yettie Greenblatt. Die zweiundachtzigjährige Stripclub-Inhaberin."

„Ganz genau. Arme Frau. Ihr Ehemann ist nicht mehr da. Der Club ist alles, was sie hat. Also, sagen wir, ich kann Ihnen einen von den Jungs da oben besorgen." Er nickte in Richtung der grimmigen Männer an der Wand, keiner von ihnen so gut rasiert wie er. „Vielleicht könnten Sie im Gegenzug Mrs. Greenblatt mit ihrem Club helfen."

„Haben Sie Informationen über einen gesuchten Terroristen?"

„Jetzt gerade? Nein. Aber ich könnte Ihnen helfen zu suchen. Ich könnte einen freiwilligen Suchtrupp für Sie zusammenstellen. Sie wissen schon, Hilfssheriffs. Sie haben doch Hilfssheriffs."

„Nein. Soweit ich weiß, haben wir keine. Und selbst wenn, würde ich keinen Gangster einstellen und ihn laufen lassen, um nach Terroristen zu suchen, im Tausch gegen Mittäterschaft bei seinen illegalen Aktivitäten."

„Woah, ganz ruhig!" Gio lachte und hob seine Hände. „Sie lassen es viel größer klingen, als es ist. Ich habe nur laut gedacht. Wie wäre es damit? Rein hypothetisch. Ein Gedankenexperiment."

„Ein Gedankenexperiment?"

„Sagen wir, jemand hat Sie anonym angerufen und Ihnen hypothetisch geholfen, einige dieser Typen zu bekommen. Würde das Mrs. Greenblatts Leben erleichtern?"

„Hypothetisch?

„Ganz und gar."

Sie seufzte. „Ja, ich nehme an, das würde es."

„Großartig", sagte Gio, sprang auf und schüttelte ihre Hand.

„Vielen Dank für Ihre Zeit. Und wenn ich irgendeinen dieser Kerle sehe, sind Sie die erste, die ich anrufe."

Er ging und machte die Tür rasch hinter sich zu. Eine Sekunde später brach sie in Gelächter aus. Was für ein Witz. Wenigstens hatte sie niemandem von ihrem großen Fall erzählt. Wie auch immer. Es hat etwas Abwechslung in den Tag gebracht.

Sie würde ihrer Mutter später davon erzählen, wenn sie vorbeifährt, um ihr Kind abzuholen und ihre Mutter würde wieder mit ihr lachen. Sie musste immer noch kichern, als das Telefon klingelte und sie abhob.

„Agent Zamora?"

Es war ihr NYPD-Kontakt.

„Ja. Hi. Entschuldigung, ich habe mich nur geräuspert. Was ist los?"

„Ich habe Neuigkeiten zu der vermissten Person, nach der Sie gefragt hatten. Ein Billy Rio?"

„Ja?"

Billy Rio war ein Kokser aus Canarsie. Der, der über Gios – oder Mrs. Greenblatts – Club ausgepackt hatte. Er ist nie aufgetaucht, um seine Belohnung abzuholen – ziemlich untypisches Verhalten für einen Kokser. Außerdem war sein Handy aus und seine Mutter, in dessen Keller er wohnte, hat ihn länger nicht mehr gesehen. Also hatte Donna die lokalen Behörden gebeten, die Augen offen zu halten.

„Ja, mein Spitzel. Was ist mit ihm?"

„Gute Nachrichten. Wir haben ihn gefunden", sagte der Kontakt. „Na ja, das meiste von ihm. Jedenfalls genug, um ihn zu identifizieren."

6

Gio wusste, dass Timing extrem wichtig war. Er wollte einen Auftritt hinlegen. Auftauchen, nachdem alle anderen schon da waren. Aber er wollte sie auch nicht zu lange warten lassen, um keine der aufgeblasenen Egos zu langweilen oder zu verletzen, die in die Lagerhalle gestopft waren wie Ballons vor der Thanksgivingparade. Und obwohl die Sicherheitsvorkehrungen extrem umfangreich waren – die Räumlichkeiten und die Gäste wurden auf Wanzen untersucht, die Telefone an der Tür eingesammelt –, war die Wahrscheinlichkeit, dass zumindest einige der Besucher unter Beobachtung standen, hoch und das Zeitfenster klein. Als also sein neues Wegwerf-Handy mit einem Klingeln signalisierte, dass sich die Gäste eingefunden hatten, ließ er Nero, seinen Fahrer, rechts ranfahren und nickte nur kurz der Wache zu, bevor er hineineilte.

Wenigstens mussten sie sich keine Sorgen um Kameras machen, dachte er, als das schwere Stahltor hinter ihm zuschwang. Hier war es riesig. Eine Art Indoor-Landschaft, umschlossen von Wellblech. Berge aus Salzstein und Sand, mehrere Stockwerke hoch, saßen hier und warteten auf den Winter, geschützt vor Regen und Wind durch eine gewölbte Decke und Wände. Das Ganze war auf einem Steg gebaut. Auf drei Seiten war Wasser, auf dem die Schiffe Ware entluden, Tonne über Tonne. Auf der Uferseite ein eingezäunter Asphalthof, auf dem die Trucks sie wieder aufluden. Gio ging zwischen Dünen entlang. Die Sonne ging draußen langsam irgendwo hinter der Wand unter, doch ihre Strahlen traten durch jeden Riss und jede Fuge in dem rostigen Schuppen – an einigen Stellen war der Rost wie Spitze oder das Muster eines Beichtstuhls – und fielen auf die künstliche Bergkette, erleuchteten ihre brüchige Oberfläche, ihre Körner und Kristalle, tauchten sie in Rot und Gold, warfen lange und verkürzte Schatten über schmalen Tälern. Er kam in einem Bereich raus, in dem Schneepflüge lagerten. Gestapelt wie gigantische Löffel hoch über ihm. Hinter dieser Barrikade, in einem offenen Bereich, waren Klappstühle um Brückentische herum angeordnet. Auf jedem Tisch war eine Schale mit Obst, eine Flasche Selters, ein Eimer mit Eis und eine Auswahl an Schnapsflaschen. Auf der einen Seite stand ein Kind in Anzug und Krawatte hinter einer Espressomaschine, aber mit nur einem Blick wusste Gio, dass nichts angefasst worden war außer den Aschenbechern, anachronistisch aufgestellt in diesem rohen, verdreckten Raum.

Größtenteils, abgesehen von ein wenig Gold auf Zähnen, Ketten und Fingern, und ein paar harten Knasttattoos und farbigem Leder, sahen die schätzungsweise zwanzig Gäste wie das aus, was sie waren – erfolgreiche Unternehmer, die sich versammelt haben, um Geschäfte zu machen. Alle bis auf eine Person waren Männer – die Ausnahme war Little Maria. Eine zierliche, aufgeweckte Frau, die, seit ihr Ehemann gestorben war, den dominikanisch kontrollierten Heroinhandel skrupellos geführt hatte. Wenn man eine Bodega bei sich um die Ecke hatte, die augenscheinlich nichts außer ein paar staubige Dosen Suppe und alte Süßigkeiten verkaufte, gehörte die wahrscheinlich Maria. Vom Alter her reichten sie von Mittdreißigern, wie Gio oder Alonzo, der die schwarzen

Gangs in Brooklyn repräsentierte, bis wer weiß wie alt, wie der runde und alterslose Onkel Chen, der Flushing leitete (nicht die koreanischen Teile) und der uralte, schwarz gekleidete, weiß-bärtige Hasid Menachem „Rabbi" Stone, der trotz seines großväterlichen Auftretens, die orthodoxe Unterwelt mit eiserner Faust regierte.

Gio ging hinein und atmete tief ein, als sich alle Gäste zu ihm umdrehten. „Guten Abend und danke fürs Kommen. Ich kann nicht in Worte fassen, was für eine große Ehre es ist, dass Sie die Reise auf sich genommen haben. Ich möchte mich auch bei meinem Cousin Ricky für die Bereitstellung der Örtlichkeit bedanken." Er nickte zu Ricky herüber, der strahlte. Eigentlich war er nicht sein Cousin; Er war das Kind des Ehemannes von Gios Cousine. Er war eine Dumpfbacke. Gio hatte ihm aus Familienschuld einen einfachen Job gegeben und ihn damit beauftragt, sich um ein paar Gewerkschafter zu kümmern. Die Unklarheit dieser unbedeutenden Arbeit machte sie gleichzeitig sicher. „Ricky?", sagte er noch einmal, „Danke."

Ricky verstand die Andeutung, sprang auf, eilte los und nahm den Barista – seinen Sohn – mit sich. Der Junge war ein echter Barista, der ein hippes, kleines Café in einem Carroll Gardens Gebäude führte, das die Familie besaß. Gio nahm sich einen Stuhl und setzte sich hin. Die anderen lehnten sich vor und starrten in eisigem Schweigen.

„Wir wissen alle, warum wir hier sind. Wir befinden uns alle in derselben Fessel und es schmerzt. Keiner von uns kann seinem Geschäft nachgehen, bis diese Terroristen gefasst sind. Das Problem ist, die Bullen könnten nicht einmal Filzläuse in einem Hurenhaus finden. Nicht, dass ich hier irgendjemandem vorwerfen möchte, dass seine Huren Filzläuse haben."

Es brach etwas Gelächter aus und das Eis war gebrochen.

„Okay, wir wissen alle, dass wir am Arsch sind. Ich bin nicht eine Stunde hierhergefahren, um mich daran zu erinnern." Das war Alexei. Ein russischer Mafiaboss aus Brighton Beach. Er zündete sich eine Zigarette an. „Die Frage ist, was können wir dagegen tun? Hast du darauf eine Antwort, Gio?"

„Ja, habe ich. Wir fangen sie."

„Wen, die Läuse?" Wieder brach Gelächter aus und Alexei grinste, obwohl Gio fand, dass er sich an seinem Witz bediente. Gio lächelte trotzdem aus Höflichkeit.

„Wir fangen die Terroristen, mein Freund."

Alexei verstummte kurz, starrte für einen Moment. Dann warf er seinen Kopf zurück und lachte noch lauter als zuvor. Andere machten mit. „Gio, du bist wirklich verrückt", sagte er. „Aber ich gebe zu, du hast Eier. Die Terroristen fangen."

„Wie sollen wir diese Hurensöhne fangen, wenn nicht einmal das FBI und die CIA das schaffen?", fragte Alonzo.

„Wir sind die Einzigen, die das können", sagte Gio. „Nicht das Gesetz. Nicht die Presse. Wir. Die Leute in diesem Raum. Wir haben die Verbindungen, das Wissen und die Muskeln. Wir müssen es tun, um unser Geschäft zu retten. Und nicht nur das. So wie ich das sehe, ist es unsere Pflicht. Keiner von uns hier ist ein Heiliger – außer dir natürlich, Maria." Sie lachte und nickte. „Aber was auch immer wir tun – es ist nur Business. Zwischen Profis. Soldaten. Aber diese kranken Wichser, die töten Frauen, Kinder. Wisst ihr noch, diese zwei in Kalifornien? Die haben ein paar Behinderte abgeknallt, verdammt noch mal."

In dem Moment bekreuzigten sich einige der Gäste und Alexei spuckte auf den Boden.

Gio fuhr fort: „Wie wagen die es, uns mit diesen Wahnsinnigen in einen Topf zu schmeißen? Wir alle sind stolze New Yorker, patriotische Amerikaner, deren Familien von irgendwo hierhergekommen sind – Russland, Sizilien, der Karibik, Louisiana –, um der Armut und dieser Scheißunterdrückung zu entfliehen. Meine jedenfalls." Sie nickten. „Und seien wir ehrlich. Niemand liebt freie Marktwirtschaft und den American Way mehr als wir." Das sorgte erneut für Lachen.

„Wir sind der amerikanische Traum, meine Freunde. Ich sage, wir beschützen ihn und schnappen uns diese dreckigen ISIS-Hurensöhne."

Gio guckte sich um. Er hatte sie mitgerissen. Er wusste es. Sie alle unterhielten sich aufgewühlt. Aber er musste sie noch an Land ziehen.

Gilberto, ein kolumbianischer Kokainbaron aus Elmhurst, erhob seine Stimme. „Ich weiß nicht, Mann. Wir in Zusammenarbeit mit den Cops? Den Behörden sogar? Das wird niemals klappen. Katz und Maus,

Mann. Und Ratten nicht zu vergessen. Wir müssen vorsichtig sein."

Gio nickte. „Wem sagst du das. Aber die Tatsache ist, dass es vorher schon einmal geklappt hat. Menachem, erinnerst du dich an Lucky Luciano?"

„Ich war damals noch ein kleiner Bengel, aber, klar, ich erinnere mich."

„Also, damals während des zweiten Weltkrieges, als die Regierung Angst vor Sabotage und Spionen an den Docks hatte, haben sie sich mit Lucky in Verbindung gesetzt, weil sie wussten, dass er derjenige war, der das Hafenviertel regelte. Und als sich die Alliierten darauf vorbereiteten, in Italien einzufallen, redete er mit seinen Freunden aus Übersee. Mafiosi jagten zur Ablenkung faschistische Einrichtungen in die Luft und gaben unseren Truppen Tipps, wo sie zu landen hatten. Habe ich recht?"

Der Rabbi nickte. „Du bist ein cleverer Junge, Gio. Genau wie dein Vater. Und, okay, wie du schon sagtest, wir sind keine Heiligen. Ich will nicht bestreiten, dass auch ich keine weiße Weste habe. Aber Spione einfangen und Bomben finden? Wer weiß denn, wie man das macht? Ich? Du? Alonzo? Maria? Wir sind Geschäftsleute, wie du selbst gesagt hast. Und wir sind Straßenleute. Das ist eine ganz andere Sache. Er wedelte mit einem Finger. „Und jetzt sag mir nicht, ich soll die Israelis anrufen. Diese Meshugas kann ich wirklich nicht gebrauchen."

Gio erhob seine Hände. „Eins nach dem anderen", sagte er. „Ich sage ja nur, was wäre wenn? Hypothetisch. Wenn wir jemanden hätten. Wir müssten einen

Pakt schließen. Alle hier müssten zustimmen und unseren Freunden Bescheid sagen, dass man ihm freien Zugang gewähren soll. Ihm die Autorität gewähren, in all unseren Gebieten zu agieren und zu tun, was getan werden muss, um sie aufzuspüren."

„Wie ein Kopfgeldjäger", sagte Alexei. „Oder nein, wie der Marshal in alten Western."

„Ganz genau!", sagte Gio und zeigte auf ihn.

„Woah, woah …", das war Patty White. Eine der letzten Verbliebenen der irischen Mafia, die einst die West Side kontrollierte, mit noch immer einflussreichen politischen Verbindungen, einem Wettbüro und einer Mannschaft an Killern. „Mein Vater wurde dank eines Scheißfederal Marshal gerade erst ins Hochsicherheitsgefängnis gesteckt. Ich wäre dankbar, wenn du ein anderes Wort verwenden würdest."

„Sheriff!" Es war Onkel Chen. Er kicherte.

Menachem tätschelte sein Bein. „Das ist gut! Sheriff. Wie Clint Eastwood in den Filmen", sagte er.

Gio konnte sich nicht daran erinnern, dass Clint jemals einen Sheriff spielte, aber wie auch immer, er ließ es gut sein.

„Also gut, Gio", sagte Alonzo. „Sagen wir, hypothetisch, wir sind dabei. Wo in aller Welt finden wir einen Gangstersheriff?"

Gio lehnte sich zurück. Er konnte jetzt gut einen von diesen Espressos gebrauchen. „Ich kümmere mich darum", sagte er. „Ich habe einen Freund, den ich anrufen kann."

7

Joes Annahme war richtig. Wenn du zu einer eingeladen wirst, ist eine schottisch-koreanische Hochzeit einen Besuch wert. Zur Freude aller, war das Essen koreanisch und der Whisky größtenteils schottisch. Die Musik war laut, das Geschreie lauter und das Lachen am lautesten. Das Personal hatte es aufgegeben, die Leute vom Rauchen abzuhalten. Die koreanischen Verwandten taten so, als würden sie sie nicht verstehen und die schottischen Verwandten reagierten mit einem einfachen „Verpiss dich".

Natürlich wurde Joe als Last-Minute-Gast am Tisch ganz an der Seite platziert. Er saß zusammen mit Derek, seiner Verlobten Julie, ein schlankes, cleveres, chinesisches Mädchen aus Forest Hills, und Crystal aus dem Club, die heute aufs Ganze ging. Hochsteckfrisur, glitzerndes Make-up, das aussah, als ob man ihre hellbraunen Wangenknochen und tiefbraunen Augen damit bombardiert hätte. Joe war froh, dass er seinen einzigen Anzug trug. Schwarz. Sodass er ihn auch auf Beerdigungen tragen konnte. Der Rest des Tisches bestand aus Familienfreunden: Ein sehr altes koreanisches Pärchen, das so gut wie gar kein Englisch sprach und ein ähnlich altes schottisches Paar, das mit so einem starken Akzent sprach, dass Joe kaum ein Wort verstand, was noch peinlicher war, da sie theoretisch Englisch sprachen. Dann flüsterte Derek in sein Ohr.

„Ich habe gerade eine Nachricht von Clarence bekommen, der Typ, von dem ich dir erzählt habe. Er ist unten und wartet auf dich."

Joe entschuldigte sich. Julie und Crystal rückten zusammen, lachten und quatschten. Crystal gab Julie Frisur- und Make-up-Tipps für ihre bevorstehende Hochzeit. Draußen wichen Derek und Joe dem schleichenden Hauptverkehr aus, während sie die Straße auf dem Weg zu einem Typen in schwarzer Lederjacke überqueren, der an einem schwarzen Lexus lehnte.

„Da ist er." Derek nickte in seine Richtung und der Mann nickte zurück.

Clarence sah aus wie ein Projektmanager, der in seiner Jugend ein wenig boxte. Was auch genau so war. Schütteres Haar auf einem dicken Schädel, hohe Stirn, schiefe Nase, teurer Zahnersatz, leicht gebräunt. Alles, was er trug – die Reißverschlussjacke aus Leder, das Polohemd, die beige Hose, die Slipper – war teuer und geschmackvoll und nichts davon passte so wirklich zu seinem breiten, kastenartigen Körperbau. Ähnlich verhielt es sich mit der schweren Golduhr und dem Diamantring am kleinen Finger seiner fetten Schlägerpranke. Er war ein harter Kerl, der clever und abgehärtet genug war, um andere harte Kerle herumzukommandieren. Derek stellte die beiden einander vor und er gab Joe einen knöchelzerquetschenden Handschlag. Joe lächelte nur.

„Hey, Joe. Danke, dass du gekommen bist. Dereks gute Leute und er stehen für dich ein. Ich habe mich auch ein bisschen umgehört. Die Leute sagen, du bist ein echter Profi. Also, wenn du mitmachen willst, gehört der Job dir."

„Was ist der Plan?“

„Morgen kommt eine Waffenlieferung rein. Größtenteils AKs, ein paar Raketenwerfer, ein oder zwei Spezialteile. So ein Hinterwäldler bringt sie aus dem Süden hoch, um sie auf einer illegalen Waffenmesse zu verkaufen. Wir fangen ihn auf der Straße ab. Wir drei und ein Freund von mir, Muskelmasse, falls wir sie brauchen. Ich bezweifle es jedoch. Laut meinen Informationen ist das einfach nur irgend so ein amateurhafter Waffennarr. Sollte ein Kinderspiel werden.“

„Wie hoch ist mein Anteil?“

„Ich garantiere euch beiden fünf Riesen allein für die Fahrt. Selbst wenn der Truck voller Schweinescheiße ist. Des Weiteren hat mein Kunde zugestimmt, die komplette Lieferung zu festen Preisen pro Stück abzunehmen. Könnten um die Hundert sein. Wir teilen durch vier.“

Joe überlegte eine Minute, während sein Blick auf ein vorbeischleichendes Taxi fiel. Der Fahrer im Turban stellte Augenkontakt her und nickte, während seine Kunden, ein Hipsterpärchen, auf ihre Handys starrten. Joe nickte zurück.

„Ich fahre“, sagte er zu Clarence. „Nur fahren. Keine Gewalt. Kein schweres Heben.“ Er zwinkerte. „Schlimmer Rücken.“

„Sicher“, sagte Clarence. „Du und ich lassen die Kids die Arbeit machen.“ Er streckte seine Hand aus und Joe schüttelte sie leicht.

Auf dem Weg zurück nach drinnen beklagte sich Derek. „Meine Verlobte. Ich habe den Fehler gemacht, ihr zu sagen, dass ich einen Job habe. Sie hat bereits beschlossen, die Knete für eine Esszimmergarnitur auszugeben. Und eine zweitausend Dollar teure Couch! Die Couch, die ich jetzt habe, hat mich hundert bei Housing Works gekostet und ist in Ordnung."

Joe klopfte ihm auf den Rücken. „Gewöhn dich schon mal daran. Sag einfach ‚Ja, Liebling‘ und lächle."

„Das hat mein Onkel auch gesagt. Hey, Joe. Warst du jemals verheiratet?"

„Kann mich nicht erinnern."

Derek lachte. „Immer noch der Alte. So entgegenkommend. Also, wo sind überhaupt unsere Dates?"

Sie waren auf der Tanzfläche und wirbelten wild miteinander und den alten koreanischen und schottischen Paaren umher. Jerry der Riese war wieder besoffen. Sein Anzug dem Bersten nahe. Aber dieses Mal war er glücklich besoffen und tanzte wie ein vergnügtes Biest mit seiner winzigen Braut auf seinen Schultern und wedelte eine Flasche Single Malt über der jubelnden Menge herum.

Im Norden der Stadt hatte Donna in der Zwischenzeit endlich ihre Tochter Larissa ins Bett gebracht, nachdem sie ihr viermal dasselbe Buch vorgelesen hatte – und das war noch wenig –, als das Telefon klingelte. Fieberhaft schloss sie die Tür des Kinderzimmers, brachte ihre Handtasche in ihr Zimmer und schloss auch diese Tür. Dann guckte sie auf ihr Handy. Es war ein Arbeitsanruf, der von ihrer Büronummer weitergeleitet wurde, was sie nicht für jeden x-beliebigen Typen machte. Nur für vertrauenswürdige Quellen, die ihre direkte Durchwahl, aber natürlich nicht ihre Privatnummer hatten. Schon gar nicht dieses Ekelpaket. Norris war ein Waffentyp. Ein Widerling aus North Carolina, der wegen bundesstaatlichen Waffenvergehen angeklagt war, weil er Waffen an bekannte Verbrecher verkauft hatte und nun hoffte, ein Paar Gnadenpunkte sammeln zu können, indem er Informationen über andere Ekelpakete weitergab. Dieses Mal hatte er Informationen über eine Lieferung von Militärware: AKs, Raketenwerfer und andere Leckereien. So ein Hinterwäldler würde sie in den Norden zu einer privaten Waffenmesse zum Verkauf hochbringen. Wenn die Behörden es richtig anstellten, konnten sie die ganze Party dichtmachen.

Auf einmal hellwach, ließ sich Donna die Details geben und rief ihren Kontakt bei der ATF, der Behörde für Alkohol, Tabak und Feuerwaffen, an. Sie teilte ihnen auch mit, dass sie als FBI-Kontakt mitfahren wollte. Wer weiß? Es könnte ihr großer Durchbruch sein. So oder so, es war ein Ausflug. Eine Tour aufs Land. Sollte ein Kinderspiel sein.

8

Joe fuhr. Es war ein fensterloser Transporter mit einem unscheinbaren U-Drive-Logo. Derek saß neben ihm und plauderte, während er das Funkgerät einstellte. Clarence und seine Verstärkung, ein Ex-Knacki namens Lex, fuhren vor ihnen in einem Pick-up, der wie ein Fahrzeug eines Bauunternehmens lackiert und mit einem gefälschten Emblem versehen worden war, und führten den Weg. Nachdem sie sich am Montag alle getroffen hatten, um den Plan zu besprechen, hatten Joe und Derek Dienstag und Mittwoch damit verbracht, Autos zu besorgen und vorzubereiten. Clarence und Lex hatten sich währenddessen um Waffen und andere Ausrüstung gekümmert. Sie fuhren am frühen Dienstagmoren kurz nach Tagesanbruch los und hielten nur einmal kurz hinter der Grenze zu Pennsylvania, um zu pissen und Kaffee zu trinken.

Lediglich Derek war überschwänglich und aufgeregt. Das war seine Art und sein Weg, mit den Nerven vor einem Job umzugehen. Die anderen waren still, was Joe ganz recht war.

Sie fuhren eine weitere Stunde. Erst auf einer Bundesstraße, dann endlich auf einer zweispurigen Asphaltstraße durch struppige Wälder und sonst nichts weiter Erwähnenswertes. An einer Kreuzung fuhr Clarence rechts ran. Eine Sandstraße ging nach rechts ab.

„Das ist mein Stopp", sagte er zu Joe, als er den Van in der Bucht hinter dem Pick-up abstellte. „Ihr fahrt weiter. Circa eine Viertelmeile, bis ihr zu der Kurve kommt, und macht euch bereit. Ihr werdet die Stelle sehen. Aber passt auf. Die Straße ist ein Miststück." Er grinste. „Das soll sie auch sein."

„Okay", sagte Joe und ging zurück zum Van. Sie passten auf, während Clarence hinter dem Pick-up verschwand und sich seinen grünen Arbeitsanzug, orange Weste und Helm anzog. Dann setzte Lex sich auf den Notsitz zu Joe und Derek ins Auto. Er war immer noch still. Als Joe die Sandstraße hinabfuhr, konnte er im Außenspiegel sehen, wie Clarence den Pick-up quer über beide Spuren parkte.

Er hatte recht. Die Straße war heruntergekommen und schmal. Sie war praktisch nur ein Feldweg. Joe fuhr langsam, mit dem Lenkrad kämpfend, um die tieferen Spurrillen zu vermeiden und langsam über die Schlaglöcher zu rollen. Er fand die Stelle, die Clarence beschrieben hatte. Sie war in Ordnung. Eine scharfe Linkskurve, die in dichten Wald führte. Er hielt und Lex und Derek sprangen raus. Sie begannen, das Nagelband auszurollen, während Joe vorsichtig eine Drei-Punkt-Wendung ausführte und den Transporter unter den Bäumen abstellte. Dann schaltete er auf Parken um, schaltete den Motor aus und sprang raus. Joe sah auf seine Uhr.

„Sollten ungefähr fünfzehn Minuten sein", sagte er.

Lex nahm eine Reisetasche aus dem Van und holte die Waffen heraus. Er und Derek hatten Sturmgewehre, die so modifiziert wurden, dass sie vollautomatisch feuerten und mit extragroßen Magazinen ausgestattet waren. Als Nächstes verteilte Lex die Skimasken und Kabelbinder und schmiss die Tasche zurück in den Van. Anschließend versteckten sich Lex und Derek in den Gräben an jeweils einer Seite der Straße und Joe ging zurück ins Auto und stopfte seine Maske und die Kabelbinder in seine Taschen.

Wenn das Zielfahrzeug jetzt um die Kurve kam, würde es über die Krähenfüße fahren und seine Reifen zerfetzen. Derek und Lex würden von beiden Seiten kommen, dem Fahrer befehlen, auszusteigen und hoffentlich ohne weitere Zwischenfälle fesseln. In diesem Moment würde Joe mit dem Van losfahren, der jetzt in die Richtung geparkt war, aus der sie gekommen waren, und die Hecktüren öffnen, sodass Derek und Lex die Ladung einfach in von dem lahmgelegten Auto in ihr eigenes umladen konnten. Dann würden sie einsteigen und losfahren. Sollte irgendwer von hinten kommen, würde der liegen gebliebene Truck den Weg versperren. Clarence würde am anderen Ende Wache schieben, wo sie zurück auf die Hauptstraße fahren würden. Sie würden den Pick-up zurücklassen, welcher mit geklauten Nummernschildern versehen war – klar – und die Schlüssel mitnehmen, um so eine weitere Straßensperre zu errichten. Er würde mit den anderen in den Transporter hüpfen und, wenn alles gut ginge, würde Joe sie wegfahren. Es war ein simpler Plan. Aber es sollte auch ein simpler Überfall sein.

9

Donna fuhr sechzig, als sie den grünen Pick-up die Straße blockieren sah. Hütchen standen auf der Straße und ein Mann mit Signalflaggen untersagte ihr die Durchfahrt mit einem Winken. Sie fluchte leise murmelnd. Sie war allein gefahren und wollte die ATF-Leute an deren Sammelpunkt treffen. Ein staatliches Erholungsgebiet circa eine Meile weiter die Straße rauf. Sie planten, die Zufahrtsstraßen zur Waffenmesse abzuriegeln, ihn zu schnappen und dann die Waffenmesse zu stürmen, um nach weiteren illegalen Waffen oder nicht lizenzierten Verkäufern zu suchen. Es war ein simpler Plan. Doch jemand hatte ihn bereits versaut. Straßenarbeiten hätten erwähnt werden müssen, als die Bundesbehörden die lokalen kontaktierten. Und jetzt stand dieser Trottel in orangener Weste genau da, wo sie die Zielperson erwarteten und wedelte mit seiner Flagge. Sie nahm ihr Funkgerät.

„Basis, hier spricht Zamora. Bitte kommen."

„Leg los, Zamora. Hier spricht Casey."

„Hi, Casey. Wie kommt's, dass uns niemand von den Straßenarbeiten erzählt hat?

„Straßenarbeiten?"

„Ich habe hier einen Bauarbeiter, der mich umleitet. Circa eine Meile nördlich von euch."

„Heute ist eigentlich nichts vorgesehen. Vielleicht gab es einen Unfall? Oder ein Baum ist umgefallen? Kannst du ihm sagen, dass er für eine Stunde verschwinden und dann wiederkommen soll?"

„Verstanden. Ich kümmere mich drum." Sie fuhr rechts ran und parkte in der Bucht in der Nähe des Pick-ups. Dann nahm sie ihre Sonnenbrille, bevor sie aus dem Auto stieg. Ihre Weste zog sie sich nicht an.

„Guten Morgen", sagte sie zu dem breitschultrigen, ernst guckenden Mann in der orangen Weste und dem Helm, während sie ihre Jacke zurückstreifte, um ihre Marke an ihrem Gürtel zu zeigen. „FBI. Was gibt es hier für ein Problem?"

Joe wusste, dass etwas nicht stimmte, als er Schüsse hörte. Er saß im Van und starrte die Bäume auf der anderen Straßenseite an. Es waren größtenteils Tannen und die Luft, die durch das Fenster kam, roch nach Tannen, gemischt mit einem Unterton von Mulch und morschem Holz. Der Waldduft von sowohl Tod als auch Leben. Er hatte gerade bemerkt, wie still es war, wie frei von menschengemachten Geräuschen. Nur zwitschernde Vögel, ein klopfender Specht und eine Art umgebendes Insektensummen. Dann fielen die Schüsse. Es waren drei, kurz nacheinander. Vielleicht von zwei Waffen. Er reckte seinen Hals und spähte auf die Straße und sah, dass Lex und Derek ihre maskierten Köpfe aus den Gräben streckten, in denen sie lagen und warteten. Sie guckten sich an und zuckten mit den Schultern. Dann hob Lex seine Hand, um zu signalisieren, dass er eine Idee hatte und holte sein Handy heraus. Clarence sollte anrufen, wenn der Waffenhändler den Feldweg herunterkam. Lex rief ihn an. Er schüttelte den Kopf.

„Anrufbeantworter“, rief er.

„Was sollen wir machen?“, rief Derek.

„Weiß nicht“, rief Lex zurück.

Joe schaltete den Van auf Fahren. Er ließ ihn vorsichtig auf die Straße rollen, um den Nägeln auszuweichen. Er öffnete die Tür. Lex und Derek liefen zum Fahrzeug, immer noch maskiert, die Gewehre in ihren Armen wiegend.

„Steigt ein“, sagte Joe.

„Aber Clarence hat gesagt –“, fing Lex an.

Joe unterbrach ihn. „Vergiss das. Entweder muss Clarence umplanen oder der Job ist vorbei. So oder so, ich bleibe nicht hier.“

Derek sprang rein. Kurz darauf kletterte auch Lex an Bord. Derek kletterte rüber auf den Notsitz und Lex setzte sich neben Joe.

„Okay“, sagte Lex. „Ich hoffe nur, Clarence ist nicht angepisst.“

„Mach dir darum keine Sorgen“, sagte er, als er aufs Gas drückte. „Hoffe lieber, dass er nicht tot ist.“

10

Es war der Blick in seinen Augen, der Donna verriet, dass etwas nicht stimmte. Panik. Klar, viele Leute guckten verängstigt, wenn man sich als FBI auswies. Vielleicht fühlten sie sich wegen irgendetwas schuldig, vielleicht auch nicht. Aber sie wussten, es bedeutete Ärger. Doch dieser Typ sah anders aus. Seine Augen bewegten sich wild hin und her, als ob er einen Ausweg aus seinem Kopf suchen würde. Dann, als er seine Flagge fallen ließ und auf sie zuging, machte sie instinktiv einen Schritt nach hinten. Und als er mit seiner Hand hinter sich griff, fiel ihre auf ihre Waffe und sie rief: „Stopp!" Als dann seine Hand wieder hinter seinem Rücken hervorkam und eine 9 mm Sig. hielt, hob sie ihre Waffe und schoss. Zweimal, während er einmal feuerte.

Sein Schuss ging ins Leere und traf irgendwo einen Baum oder eventuell ein unglückliches Eichhörnchen. Ihr Erster ging ebenfalls daneben. Sie schoss zu schnell, bevor sie komplett in Position war und ihre Kugel flog durch die Seitenwand seines Pick-ups. Der Nächste ging direkt durch den fleischigen Teil seiner Hüfte.

Er jaulte und ging zu Boden. Er ließ seine Waffe fallen und sie kam näher, mit auf ihn gerichteter Waffe, jetzt mit beiden Händen umschlossen und trat seine Waffe beiseite.

„Bleiben Sie, wo Sie sind", befahl sie. „Keine Bewegung."

Er nickte mit erhobenen Händen.

„Jetzt drehen Sie sich auf den Bauch“, sagte sie. „Gesicht nach unten. Keine Dummheiten. Die Nächste geht durch Ihre Lunge und das ist nicht die Art von Weste, die hilft.“

Er tat es und sie legte ihn in Handschellen. Gut. Donna hatte die Situation jetzt unter Kontrolle. Aber was zur Hölle die Situation war, davon hatte sie keinen Schimmer.

Sie rannte zurück zum Auto und ging ans Funkgerät. Sie forderte Unterstützung an und ließ sie wissen, dass ein Verdächtiger angeschossen wurde und einen Krankenwagen benötigte. Dann teilte sie der ATF-Basis mit, dass etwas sehr schiefgelaufen ist.

„Was ist schiefgelaufen? Wer ist der Verdächtige?“

„Ich habe keine Ahnung“, sagte Donna. „Ich hatte keine Zeit zu fragen, bevor er auf mich schoss. Aber Sie kümmern sich jetzt lieber um die Waffenmesse. Versuchen Sie, sie abzuriegeln. Ich bleibe hier.“

„Okay, aber seien Sie vorsichtig.“

„Keine Sorge“, sagte Donna ein wenig genervt, da sie letztendlich die Einzige war, die soweit überhaupt irgendetwas richtig gemacht hatte. „Ich hab’s im Griff.“

Doch sie lag falsch, zumindest, was das anging. Denn während sie sprach, kam ein weiteres Fahrzeug mit voller Geschwindigkeit die Straße herunter. Als der Fahrer die Straßensperre sah, machte er einen schnellen Schwenker eine Landstraße hinab.

Joe steuerte den Van, so schnell er konnte, zurück auf den Weg, während er immer noch versuchte, die schlimmsten Löcher zu vermeiden. Lex saß neben ihm und hielt angespannt seine Waffe auf dem Schoß.

„Hey, halt das Ding aus dem Fenster“, sagte Joe zu ihm.

„Es könnte losgehen, wenn wir auf ein Schlagloch treffen. Und schnall dich an.“

„Entspann dich, Papa. Wer sagt, dass du jetzt der Boss bist?“, fragte er.

„Also gut“, sagte Joe, „du bist der Boss. Aber versuch, uns nicht allen die Eier abzuballern, während du einen neuen Plan ausklügelst.“

„Arschloch“, murmelte Lex, aber er nahm sein Gewehr runter und lehnte es auf den Fensterrahmen. Und das war auch gut so, denn genau, als sie über ein großes Schlagloch hüpften, kam der Waffenhändler mit seinem Jeep Wrangler um die Ecke und raste geradewegs in sie hinein.

Lex flog mit dem Kopf voraus durch die Windschutzscheibe, dabei hielt er immer noch das Gewehr in der Hand, welches harmlose Schüsse in den Wald abgab, während er über die Motorhaube schoss und starb. Joe, der immer angeschnallt war, duckte sich und hielt sich fest. Er knallte hart aufs Lenkrad und prellte seinen Unterarm, aber er war okay. Derek wurde vom Notsitz geworfen und rollte durch den leeren Van, wobei er mit der Schulter und der Hüfte gegen die Hecktüren knallte, die dadurch aufsprangen. Er war auch okay und als er sich zurechtgefunden hatte, begann er, nach seiner Waffe zu suchen.

Der Wrangler hatte so gut wie keinen Schaden davongetragen. Dadurch, dass er höher lag als der Van, hatte er lediglich einen kaputten Frontscheinwerfer, eine verbogene Motorhaube und einen zerdrückten Kotflügel, aber er lief noch. Der Fahrer jedoch drehte durch. Er hatte eine Ladung illegaler Waffen dabei, hatte gerade eben eine Art Polizist oder Arbeiter gesehen, der die Straße zu dem Markt blockierte, auf dem er plante, die Waffen zu verkaufen und jetzt ist ihm auch noch eine Leiche über die Motorhaube geflogen. Er legte den Rückwärtsgang ein, doch hatte kein Glück. Der Kotflügel hatte sich im verbogenen Kühlergrill verhakt.

Als er wieder fokussiert war, schnallte Joe sich ab und sprang raus. Er kam um die Fahrerseite des Wranglers geeilt und bemerkte die Kisten im Kofferraum. Durcheinander, aber

noch immer mit einer Plane verdeckt. Die Ware. Außerdem bemerkte er Lex' geschundene Leiche, konnte aber sein Gewehr nicht finden, das irgendwo hingeflogen sein musste. Möglicherweise in den Graben. Er setzte ein besorgtes Gesicht auf und öffnete die Fahrertür.

„Mein Gott. Sind Sie okay? Ich glaube, mein Freund stirbt."

„Er ist am Leben?", fragte der Fahrer, während er sich abschnallte.

„Ich glaube schon. Wir brauchen Hilfe. Bitte schauen Sie einmal nach."

„Mein Kotflügel ist verhakt", sagte der Fahrer beim Aussteigen. „Helfen Sie mir, ihn loszukriegen. Dann können wir Ihren Freund ins Krankenhaus fahren."

„Sicher", sagte Joe und streckte seine Hand nach oben, als ob er ihm hinunterhelfen wollte. Dann griff er seinen Arm und zog ihn mit einem Ruck aus der Tür und ließ ihn durch sein eigenes Körpergewicht auf den Boden schleudern. Er schlug mit den Knien auf und ächzte. Joe schlug ihm fest von hinten auf den Hals. Er wurde bewusstlos.

„Derek!", schrie Joe. „Komm, und hilf, mir den Jeep loszubekommen!" Doch es stellte sich als unnötig heraus, denn genau in diesem Moment rammte ein weiterer Truck, der aus der anderen Richtung kam, dieses Mal ein viertüriger Ford Pick-up, den Van von hinten und brach den Kotflügel des Jeeps vollständig ab, wodurch er frei war.

Derek hatte gerade erst sein Gewehr wiedergefunden, welches, zum Glück gesichert, durch den Van geflogen und unter einem Sitz gelandet war. Er hob es auf und sprang aus der Hecktür. Gerade rechtzeitig, um einen Ford Pick-up mit Konföderiertenflagge als Kennzeichen auf ihn zukommen zu sehen.

Ich bin tot, dachte er, und in dem Bruchteil einer Sekunde, der ihm noch bei Bewusstsein blieb, spulte er zu einer Vision seiner Hochzeit vor. Die traditionelle Zeremonie, auf die die Familie seiner Verlobten bestand und vor der er sich fürchtete, aber die er jetzt in seiner Vision als wunderschön empfand: die Prozession von ihrem Familienhaus zu seinem, die konfuzianische Zeremonie, das aufwendige Festessen mit Haifischflossensuppe, Seegurke, Abalone, Hummer, Täubchen. Er sah seinen stolzen Onkel, seine weinende Mutter, die sich wünschte, sein Vater wäre am Leben. Er sah seine Braut.

Dann fuhr der Truck über die Nägel. Die Reifen platzten, drehten durch und rutschten wild umher. Mit der

Realisation, dass er am Leben war, schritt Derek zur Seite und bestaunte, wie der Truck seitlich in die Rückseite des Vans schleuderte. Der Truck war voll mit Waffenfanatikern, die von dem illegalen Treffen flohen, welches die Behörden hochgenommen hatten, als sie aus ihren Positionen im Wald heraussprangen, nachdem Donna Alarm geschlagen hatte. Nun, da ihr Fluchtweg blockiert und ihr Fahrzeug untauglich war, kamen sie gepanzert, bis zu den Zähnen bewaffnet, ängstlich und halb betrunken aus den Türen herausgestolpert. Sie sahen Derek mit einem Gewehr im Arm dastehen, was sie glauben ließ, er wäre irgendeine Art FBI-Cop, der gekommen war, um ihnen ihre unveräußerlichen Rechte zu entziehen, und erschossen ihn.

Als der Pick-up den Van streifte und gegen den Jeep rammte, sprang Joe in Deckung und rollte in den Graben, wo er Lex' Gewehr fand, es jedoch liegen ließ. Er blickte über die Ecke und sah, dass der Aufprall den Jeep befreit hatte. Einen Moment später hörte er die Stöße automatischen Feuers. Das Schlauste wäre jetzt gewesen, in den Jeep zu hüpfen und in Richtung offene Straße abzuhauen. Doch wo war Derek? Mit einem Seufzen hob er das Gewehr zögerlich auf, überprüfte es kurz, um sicherzugehen, dass es geladen war und funktionierte, und lief geduckt den Graben entlang in Richtung der Schüsse.

Er spähte vorsichtig aus dem Graben heraus, als er Derek am Boden liegen sah. Ein Haufen bewaffneter Männer in Schutzwesten um ihn herum. Joe feuerte einen Schuss in die Luft über den Männern in der Hoffnung, sie würden fliehen, sodass er Derek helfen konnte. Stattdessen drehten sie sich um und schossen wild durch die Gegend und rissen Bäume hinter ihm in Fetzen. Er ging im Graben in Deckung. Tannennadeln regneten herab und ein paar Tannenzapfen landeten weich wie Eier.

„Gott verdammt", sagte er zu sich selbst. Er kroch zügig den Graben entlang und schlängelte an einem Punkt, der vom Van geschützt war, heraus. Er lag auf dem Bauch mit der Waffe auf seinen Ellbogen, während sie weiter die Scheiße aus dem Wald ballerten. Joe atmete tief ein, atmete zur Hälfte aus und hielt dann seinen Atem. Vorsichtig zielend schoss er einem Mann direkt unter die Kniescheibe, wo sein Schienbein- und Oberschenkelschutz eine Lücke ließen. Der Mann schrie, als sein Knie herausgeblasen wurde und er zu Boden ging. Joe feuerte ein zweites Mal. Dieses Mal traf er einen anderen Typen in die Lücke am Ellbogen. Der Typ ließ seine Waffe fallen und lief los, während er seine zertrümmerte Gliedmaße hielt. Joe feuerte noch zwei weitere Male und zerfetzte die Zehen eines Mannes, der Sneakers zu seiner Kampfausrüstung trug. Sie flüchteten und humpelten hinter ihrem Truck in Deckung.

Joe richtete sich auf und feuerte ein paar Schüsse über den Pick-up, während er zu Derek lief, und sah auf einen Blick, dass er tot war. Seine Augen starrten durch die Bäume hoch in den Himmel. Joe zögerte nicht. Er drehte sich um und rannte hinter sich schießend, bis das Magazin leer war. Er warf die Waffe weg, sprang in den Jeep, startete den Motor und schaltete in den Rückwärtsgang. Joe konnte sehen, wie ihm einer der Waffenfreaks verwirrt dabei zuschaute. Er hatte noch nicht mal daran gedacht zu schießen.

Joe fuhr rückwärts, so schnell wie er es auf sicherem Wege tun konnte, den Feldweg hinab, als er Sirenen und weitere Schüsse aus der Richtung des Vans kommen hörte. Es war mittlerweile klar, dass jemand die Polizei gerufen hatte. Unklar war jedoch, wegen wem die Polizei gerufen wurde. Als er sich dem Punkt näherte, an dem sich der Feldweg an die Hauptstraße anschloss, riss Joe das Lenkrad herum, wendete in einem Schwung und parkte in der Bucht. Er wollte es nicht riskieren, in irgendeine Art Falle zu fahren. Wenn es sein musste, würde er den Jeep und seine Ladung zurücklassen und zu Fuß durch den Wald fliehen.

Er bewegte sich zügig, aber vorsichtig von Baum zu Baum und sah den gestohlenen Pick-up, wo sie ihn gelassen hatten, doch nun parkte ein schwarzer Chevy mit Regierungskennzeichen daneben. Tief geduckt schlich er vorwärts. Da war Clarence. In Handschellen und auf dem Boden am Reifen des Trucks lehnend. Und über ihm, mit Ferngläsern den Highway hinabspähend, stand Agent Zamora. Die, die er zur Hochzeit eingeladen hatte. Wie erwartet, hatte sie natürlich Nein gesagt. Aber sie hatte geflirtet. Das konnte man nicht leugnen. Und dieses Lächeln vorzutäuschen, war unmöglich.

Joe zog die Skimaske über seinen Kopf und kroch auf dem Bauch aus dem Wald heraus. Er schlich sich von hinten an sie heran, was nicht allzu schwer war, da ihre Aufmerksamkeit auf die Ferngläser gerichtet war, und dann, als er etwa einen halben Meter von ihr entfernt war, sprang er hervor und riss ihre Beine unter ihr weg. Sie ging zu Boden. Das Band von den Ferngläsern schränkte ihre Bewegung ein. Er war auf ihr, mit seinem Knie in ihrem Rücken, bevor sie ihre Waffe ziehen konnte. Er band seine Kabelbinder um ihre Handgelenke, enthakte ihr Holster und schmiss das ganze Teil unter das Auto. Dann nahm er ihre Schlüssel und ging zu Clarence. Er sah, dass er verwundet war. Er lehnte sich dicht zu ihm herüber und nahm seine Maske ab.

„Gott sei Dank, du bist hier", sagte Clarence.

„Kannst du laufen?", fragte Joe, während er die Handschellen aufschloss.

„Ich bezweifle es."

„Okay, warte hier."

„Hey, hey, wo gehst du hin?", rief Clarence, doch Joe ignorierte ihn und rannte dahin zurück, wo er den Jeep abgestellt hatte. Eine kurze Distanz, jetzt, als er über offenes Gelände lief. Er fuhr zurück zu den zwei geparkten Fahrzeugen und stieg aus. Er hob Clarence hoch, welcher stöhnte, als er ihm auf den Fahrersitz half.

„Eine Sache noch", sagte Clarence. „Du musst dich um sie kümmern. Sie hat unser Gesicht gesehen, unsere Stimmen gehört ..."

Joe nickte und zog seine Maske übers Gesicht. Er nahm ihren Schlüsselbund und ging zum Kofferraum ihres Autos. Darin war die Shotgun, von der er wusste, dass sie sie haben würde, und mehrere Patronen. Er klappte sie auf, lud sie und ging zurück zu Agent Zamora, während Clarence zuschaute. Sie hatte es mittlerweile geschafft, sich umzudrehen und versuchte, in einer halbsitzenden Position davonzukriechen. Joe richtete die Shotgun auf sie. Sie zitterte, schloss ihre

Augen, dann öffnete sie sie wieder und starrte ihm direkt ins Gesicht.

„Sorry", sagte er und drückte den Abzug.

Joe raste die ersten zehn Meilen, oder so. Das Gaspedal durchgedrückt, den Revolver, den er im Handschuhfach gefunden hatte, neben sich. Doch sobald er den Highway gefunden hatte, passte er sich dem Verkehrsfluss an, fuhr langsamer und hielt Geschwindigkeit mit den anderen Fahrern. Er versuchte, sich selbst ebenfalls herunterzufahren. Früher, wenn er die Gefahr sah, hat sich seine Konditionierung eingeschaltet und er fühlte sich vollkommen ruhig, sein Verstand in der Lage, klar zu funktionieren, Entscheidungen zu treffen und sein Körper fähig, schnell und effektiv ohne Panik zu reagieren. Doch jetzt wurde ihm übel von dem Adrenalin. Sein Kopf schmerzte und seine Haut kribbelte vom klammen Schweiß. Er konnte fühlen, wie seine Hände zitterten und umklammerte das Lenkrad fester.

Doch was ihm wirklich zu schaffen machte, war das Gestöhne. Clarence befand sich im Delirium. Im Schock, durch bei Weitem zu starken Schmerzen und Verwirrung durch den Verlust von Blut, welches langsam in den Sitz sickerte und Pfützen in den Falten des Leders bildete. Er krümmte sich gegen den Sitzgurt und jeder qualvolle Schrei, wenn der Jeep auch nur die kleinste Unebenheit traf, war wie ein Nagel durch Joes Schädel. Joe schaltete das Radio ein, um Clarence zu übertönen, doch es war irgendein religiöser Sender. Eine dilettantische Stimme, die hysterisch irgendetwas von Jesus faselte und ihn nur noch verrückter machte, während die Geräusche in seinem Kopf ebenfalls lauter wurden. Käfer klatschten auf die Windschutzscheibe und die Baumreihe verschwamm, während die Stimme Jesus um Erlösung anflehte. Er hämmerte auf den Knopf. Jetzt war es eine Gesprächsrunde. Zwei Männer diskutierten über irgendetwas. Politik, Baseball, er konnte es nicht sagen. Der metallische Gestank von frischem Blut und der glanduläre Geruch von Angst füllten seine Nase. Ein erneuter Schrei zerriss ihn innerlich und umkreiste seinen Kopf wie eine Rückkopplung.

„Haltet die Fresse", schrie er sie alle an und schaltete das Radio aus, doch es half nichts. Der Schrei steckte nun in seinem eigenen Hals und er musste würgen. Wie einer Geisel, hielt er sich seinen Mund zu und trauriges Wimmern entwich durch seine Finger, Tränen tropften aus seinen Augen. Sie wollten sich einfach nur schließen.

Er sah eine Abfahrt in eine Stadt und nahm sie. An der ersten roten Ampel, als er sicher war, dass ihn niemand sah, griff er den Revolver am Lauf. Er drehte sich auf seinem Sitz und schlug Clarence so hart auf den Hinterkopf, dass er ohnmächtig wurde und legte ihn sanft zurück in den Sitz wie einen schlafenden Beifahrer. Joe atmete tief durch und fuhr weiter, bis er eine große Apothekenkette mit eigenem Parkplatz sah. Er parkte im hinteren Bereich neben den Mülltonnen und stieg aus. Dann beugte er sich vorne über und übergab sich.

Part II

11

Als Donna nach oben blickte und einen maskierten Mann sah, der mit einer Shotgun auf sie zielte – ihrer eigenen Shotgun, da war sie sich ziemlich sicher –, fixierte sie ihre Gedanken auf ihre Tochter. Als Nächstes dachte sie an ihre Mutter und dann, zu ihrer Überraschung, dachte sie an Gott, an den sie seit einigen Jahrzehnten nicht mehr gedacht hatte. Vielleicht, seit ihr Vater gestorben war. Doch nun schloss sie ihre Augen und betete ernsthaft, für das Wohl ihres Kindes und für ihre Mutter und für ihre eigene Seele, was auch immer das bedeutete. Und dann dachte sie, scheiß drauf, wenn ich schon sterbe, will ich es auf mich zukommen sehen, und öffnete ihre Augen wieder. Trotzig hob sie ihren Kopf und schaute hoch, dem bedrohlichen Lauf der Shotgun entlang bis zu den Augen in den Löchern der Maske. Zu ihrer Überraschung kamen sie ihr seltsam vertraut und freundlich vor. Als ob sie beinahe wüsste, wer er war. Sie wusste immer, dass der Tod überall lauerte. Ein ständiger Begleiter von Leben und Arbeit. Doch sie hatte nicht erwartet, dass er als Freund kommen würde. Mit Geborgenheit in seinen Augen.

„Sorry", sagte der Mann und drückte den Abzug. Die Waffe ging los, sie fiel zurück und es folgte ein Augenblick purer ... was? Panik? Leere. Des Denkens, ich bin tot. Des Anhaltens und dann loslassen, wie, sich einer Welle am Strand zu ergeben, weil man weiß: Kämpft man dagegen an, ertrinkt man. Lässt man sich treiben, ist man frei. Und dann, eine Millisekunde später: Ich lebe. Sie realisierte, dass er lediglich eine Beanbag-Patrone geschossen hatte. Da lag sie. Direkt neben ihr, wo sie gelandet ist, nachdem sie an ihrer Brust abgeprallt war. Heilige Scheiße, ich bin am Leben, dachte sie. Ich werde meine Tochter noch einmal umarmen und meine Mutter küssen. Es ist ein verdammtes Wunder – geschickt von dem Gott, an den sie nicht glaubte. Trotz alledem wartete sie, bis der Jeep losfuhr und sie sicher war, dass sie weg waren, bevor sie anfing zu weinen. Und als sie hörte, wie sich der Krankenwagen näherte, hörte sie auf.

Nachdem er sich übergeben hatte, ging Joe um die Mülltonnen herum und zur Hintertür der Drogerie. Er zog sich seine Maske wieder an und wartete mit dem Revolver an der Seite in seiner Hand. Er spuckte gelegentlich, um den scheußlichen Geschmack aus seinem Mund zu bekommen. Schließlich öffnete sich die Tür und ein junger Mann im Apothekerkittel kam heraus und zündete sich eine Zigarette an. Joe trat aus dem Schatten hervor und schlug ihm mit dem Griff der Waffe auf den Kopf. Er schaute hinein. Er ging einen kurzen Korridor entlang und in den Lagerbereich für Pharmazeutika, wo eine blasse, junge Frau mit sehr vielen Sommersprossen Rezepte ausfüllte.

„Nicht schreien", sagte Joe ruhig und zeigte ihr die Waffe. „Ich werde dir nicht wehtun, solange du nicht schreist."

Ihre Augen weiteten sich. Um ihre grünen Iris wurde Weiß sichtbar. Doch sie schrie nicht.

„Du bleibst ganz ruhig und machst, was ich dir sage, alles klar? Ich will dir nicht wehtun. Verstanden?"

Sie nickte.

„Okay. Wir machen jetzt Folgendes, hol einen Beutel und füll ihn mit allem, was ich sage." Sie sprang auf, griff sich eine Einkaufstüte und stieß die Flasche mit den Pillen um, die sie eben noch befüllte.

„Langsam, langsam. Bleib ruhig. Alles ist gut. Also, ich brauche: Verbandsmull, chirurgisches Band, Gazetücher." Sie bewegte sich jetzt fließender, wie ein Roboter, und sammelte die Produkte zusammen. „Ich brauche Alkohol, eine ganze Flasche und Zahnseide und eine Nadel."

„Sie meinen eine Spritze?", fragte sie.

„Nein, ich meinte eine Nähnadel, aber ja, ich nehme auch ein paar von diesen Insulinspritzen."

Sie gab ihm eine Box. „Ich habe keine Nähnadel. Die sind bei den Kurzwaren."

„Schon okay. Lass sie aus. Du machst das super. Eine letzte Sache noch; ich will Dilaudid."

Joe nahm die Apothekerin mit sich nach draußen und machte die Tür hinter sich zu, sodass sie schloss. In Schock starrte sie ihren bewusstlosen Kollegen an.

„Keine Sorge. Er ist okay." Joe nahm die Handschellen, die er Clarence abgenommen hatte und fesselte sie damit an der Mülltonne. „Sorry, dass ich das machen muss", sagte er. „Der Schlüssel ist gleich hier." Er legte ihn außer Reichweite, nahe der Tür und nahm den Beutel. „Ich danke dir vielmals."

„Gern geschehen“, sagte sie reflexartig, während er um die Mülltonne zurück zum Jeep ging.

64

12

Riesenscheiße. Das, so glaubte Donna, war der offizielle Begriff. Und das bedeutete ihrer Annahme zufolge, dass das der Begriff für ihren aktuellen Status war: Riesenscheiße. „Ein wenig wund", sagte sie ihren Kollegen, wenn sie fragten, wie es ihr ging: Wund an der Stelle, an der sie der Beanbag getroffen hatte und eine hübsche lila Prellung hinterließ. Und wund von dem Einlauf, den sie von ihrem Boss bekommen hatte.

Aber letztendlich war es eine ATF-Operation, bei der das FBI lediglich Informationen zur Verfügung stellte. Die meiste Scheiße hatten die abbekommen. Und auch wenn sie die Militärware nicht in die Finger bekommen hatten, so hatten sie dennoch einen ganzen Haufen Schwarzmarkthändler gefasst und einige illegale Waffen, die gehandelt wurden, sichergestellt. Außerdem war es Agent Zamora, der aufgefallen war, dass mit der Umleitung etwas nicht stimmte. Auf der anderen Seite war es aber auch sie, die den Typen entkommen lassen hatte. Also ...

Im Endeffekt war sie zurück, wo sie angefangen hatte, in ihrem Verlies, und schaufelte Hinweise. Sie rief ihre Quelle an. Norris, das Waffendealende Ekelpaket, das jetzt auch hinterhältiger Lügner auf seiner Liste der schlechten Charakterzüge stehen hatte. Er nahm nicht ab. Der kleine Freak war sicher gerade unterwegs, um Kugeln an Schulkinder zu verkaufen.

Dann setzte sie sich zurück an ihren Schreibtisch und erinnerte sich daran, dass sie verschont worden war. Sie konnte sich glücklich schätzen, noch am Leben zu sein und dass sie, abgesehen von ihrem Stolz, nicht verletzt wurde. Sie hatte außerdem eine Ahnung, ein Brennen der Neugier. Warum hatte der maskierte Räuber sie nicht umgebracht, wie sie es den Verhafteten, den falschen Straßenarbeiter sagen hörte? Und warum hatte er sich entschuldigt? Es war okay für ihn, Waffen zu klauen, Polizisten anzugreifen und einem Häftling zur Flucht zu verhelfen, aber er fühlte sich schlecht, weil er ihr wehtat? Was war das für ein Verbrecher?

Und dann war da seine Stimme, die ihr irgendwie vertraut vorkam und dieses heitere/traurige Funkeln in seinen Augen, von dem sie schwören konnte, dass sie es schon mal gesehen hatte. Verdächtiger hatte heiteres/trauriges Funkeln in den Augen, dass mir irgendwie bekannt vorkommt. Das stand nicht in ihrem Bericht.

Doch sie ging zurück und suchte in den Protokollen der Festnahmen der letzten Nacht nach einem Namen und gab diesen Namen dann in den Computer ein: Joseph Brody a.k.a. Joe der Türsteher.

Gios Tag verlief gut, bis er den Anruf aus Flushing bekam. Eigentlich befand er sich im Höhenflug. Dieses große Meeting mit all den Anführern zu orchestrieren, war ein echter Coup. In gewisser Weise der erste seiner Art. Klar, viele Räte wurden einberufen, aber normalerweise nur innerhalb einer Organisation. Wie das Treffen der fünf Familien damals oder Treffen zwischen

Anführern, um Streitigkeiten beizulegen, Deals zu machen oder Kriege zu beenden. Aber alle an Bord zu holen, die ganze Stadt in Zusammenarbeit, war, verdammt noch mal, historisch. Zumindest wurde es ihm so bei reichlich Handschlägen und Schulterklopfen im Anschluss gesagt. Auf dem Nachhauseweg hatte er sich wie ein König gefühlt. Er hatte seine Familie am Abend ins Sushi-Restaurant ausgeführt und seine übersprudelnde positive Energie in der Nacht im Bett mit seiner Frau geteilt. Dann, als sie glückselig schlief, war er raus in seinen Hinterhof gegangen und hatte eine Zigarre unter den Sternen geraucht. Und hier war er nun, weniger als vierundzwanzig Stunden später. Das ganze Ding war den Bach runtergegangen.

Der Anruf kam von Onkel Chens Leuten. Anscheinend war Chens Neffe, ein Junge Namens Derek, voller Kugeln aufgetaucht, nachdem eine Sache irgendwo in der Pampa nach hinten losgegangen war. Der Auftraggeber, der das Ganze geplant hatte, wurde seitdem vermisst. Ein Dieb namens Clarence, von dem Gio noch nie gehört hatte. Dann war da noch einer Namens Lex, auch eine Leiche, fast kopflos laut den Aussagen von Chens Quellen. Und der andere Vermisste? Joe Brody, der in Gios Club arbeitete. Onkel Chen wollte mit Joe reden. Sehr gerne und sehr bald.

Das war ein Problem für Gio. Wenn Joe für ihn arbeitete, dann war er einer von seinen Leuten und Gio war für ihn verantwortlich. Sollte Gio zugeben, dass Joe nicht aufzufinden war und diesen Job in der Tat ohne Gios Zustimmung machte, dann würde er zugeben, dass er noch nicht einmal seine eigenen Leute kontrollieren und erst recht nicht die Art von Stadtweitem

Plan ausführen konnte, von dem er gerade erst alle überzeugt hatte. Auf der anderen Seite würde er sich und seine Familie in einen potenziellen Konflikt mit Chens Leuten verwickeln, wenn er die Verantwortung für Joes Handeln übernahm. Und mit den chinesischen Triaden wollte man sich nicht anlegen. Er wählte Joes Nummer noch einmal. Es klingelte und klingelte und dann erklärte ihm ein Roboter, dass der Teilnehmer keine Mailbox eingerichtet hat. Verdammt noch mal, wozu hat man überhaupt ein Handy? Er schleuderte sein eigenes Handy so stark gegen die Wand, dass es zerbrach und Paul, sein Buchhalter, aufsprang und ein Bündel GuV-Berichte fallen ließ. Keine große Sache, ein weiteres Wegwerfhandy, und trotzdem, hier war er in seinem wunderschönen Büro, hinter seinem wunderschönen Schreibtisch, in seinem wunderschönen Anzug, mit seinem wunderschönen, in Princeton ausgebildeten, blauäugigen WASP-Buchhalter, der sein Vermögen zählte und er wütete und schimpfte und schmiss Handys wie ein Straßengauner.

Es zeigte ihm, unter wie viel Stress er stand. Wie nah er dem Kontrollverlust war.

„Entschuldige, Paul", sagte er. „Das hätte ich nicht machen sollen."

„Nein", sagte Paul, „hätten Sie nicht." Er fing an, die Blätter aufzuheben.

Gio atmete tief durch, holte den Scotch raus und nahm dann einen tiefen Schluck. Er rief seine Assistentin herein und bat sie, keine Anrufe durchzulassen, solange er in einer Konferenz war. Dann sagte er zu Paul: „Schließ die Tür und hol die Peitsche." Er ging ins Badezimmer, um sich umzuziehen.

13

Joe fuhr wieder auf den Highway, bis er eine Abfahrt zu einem Motel fand. Ein einstöckiges, u-förmiges Gebäude mit Parkplatz vor den Zimmern und einem kleinen Pool im Innenhof. Es lag in der Nähe von ein paar Restaurants, einem Truckstop, einem 7-Eleven, einer Waschanlage und einem dreistöckigen Bürogebäude. Joe Parkte weiter hinten, hinter ein paar Trucks. Er ging durch Clarence' Taschen und nahm seinen Geldbeutel und ein Schweizer Taschenmesser, dann ließ er ihn schnarchend im Auto und ging zum Büro. Dabei trug er eine Sonnenbrille, die er in der Sonnenblende gefunden hatte. Er setzte ein Lächeln auf, obwohl sein Kopf noch immer schmerzte.

„Hallöchen", sagte er zu der Dame hinterm Schalter. Sie war mollig und weiß und hatte strähniges Haar. Ein paar bunt gefärbte Rosen kletterten ihre Arme hoch.

„Hi, kann ich Ihnen helfen?"

„Hoffe ich doch. Ich bin fertig. Mein Cousin und ich sind ohne Unterbrechung gefahren. Können wir ein Zimmer mit zwei Betten bekommen? Je ruhiger, desto besser?"

„Sie haben Glück", sagte sie, während sie auf den Bildschirm guckte. „Nummer dreißig ist frei. Die ist ganz hinten."

„Großartig." Joe zog eine Karte aus Clarence' Geldbeutel, dann tat er so, als würde er zögern und holte einen

Hunderter raus. „Wissen Sie was, wenn es Ihnen nichts ausmacht, würde ich lieber in bar bezahlen. Die Benzinkosten häufen sich langsam."

Sie lachte. „Sicher, Schätzchen. Ich weiß, wie das ist." Sie wechselte das Geld.

„Und wenn ich schon mal hier bin", fügte er hinzu, während er sich grinsend vorbeugte, „könnte ich mir Nadel und Faden leihen? An meiner anderen Hose ist mir ein Knopf abgesprungen." Er lachte und sie lachte mit ihm. „Und, ach ja, eine Schere."

Joe ging beim 7-Eleven vorbei und kaufte eine Flasche Bier und etwas Wasser. Dann parkte er den Jeep auf dem Platz vor dem Zimmer und rüttelte Clarence wach. Er half ihm hinein und auf eines der Betten, bevor er die Jalousien zuzog. Er stöhnte schon wieder, also öffnete Joe das Bier, goss es ins Waschbecken und benutzte den Bierdeckel und Clarence' Feuerzeug, um zwei Dilaudids in etwas Wasser aufzulösen. Er packte eine der beiden Spritzen aus, füllte sie und drückte die Flüssigkeit wieder hoch, bis sich ein Tropfen an der Nadelspitze gebildet hatte. Er nahm seinen Gürtel ab, band ihn stramm um Clarence' Oberarm und klatschte auf seinen Unterarm, bis eine Vene anschwoll. Dann injizierte er vorsichtig das Schmerzmittel. Er löste den Gürtel. Clarence verstummte sofort und schloss seine Augen. Dann ging Joe zurück nach draußen, schloss die Tür hinter sich und fuhr den Jeep zurück zu dem etwas versteckteren Platz.

Als er zurückkam, war Clarence komplett ausgeknockt. Nachdem er ein gefaltetes Badehandtuch unter

Clarence' Bein gelegt hatte, schnitt Joe das Bein von seiner Hose ab, um die Wunde freizulegen. Ein gezackter Stern, der in seinen Oberschenkel gerissen wurde. Er wusch sie mit Alkohol und Gazetüchern. Wischte das Blut weg, als würde er einen kleinen, sabbernden Mund putzen. Dann verwendete er die Klinge des Messers, um behutsam herumzustochern, bis er die Kugel fand. Er versuchte, sie mit der Pinzette herauszuholen und schaffte es, sie zu lockern, doch sie rutschte immer wieder ab. Also benutzte er die Zange, um sie wie einen faulen Zahn langsam zu entfernen. Er wusch die Wunde noch einmal. Dann fädelte er die Zahnseide durch die Nadel und nähte das Loch, so gut er konnte, mit einem Kreuzstich zu und versiegelte es. Dann verband er Clarence.

Er räumte auf und packte die Kugel, die Spritze und alle blutigen Gazetücher vorsichtig in den Plastikbeutel von der Apotheke. Er zog sich seine eigenen Sachen aus und ging unter die Dusche. Er drehte sie so heiß, wie er es ertragen konnte. Dann seifte er sich ein und wusch seine Haare. Danach stand er für eine lange Zeit unter dem Duschkopf und ließ das heiße Wasser auf seinen pochenden Kopf und seine steifen Schultern prasseln. Er putzte sich die Zähne mit der kleinen Gratiszahnbürste und trank mehrere Gläser Wasser – er wurde den Kotzgeschmack endlich los –, doch er fühlte sich immer noch wie Dreck. Er wickelte sich ein Handtuch um seine Hüften und durchquerte den Raum, um durch die Vorhänge nach draußen zu schauen. Kinder sprangen in den Pool, kreischten und kletterten heraus, um noch mal zu springen, während die Eltern zuguckten. Er wusste, dass er etwas essen sollte, doch der

Gedanke daran, zurück durch das Sonnenlicht zu gehen, an die Leute, an denen er vorbeigehen musste und daran, dieses Gekreische zu hören, erfüllten ihn mit Furcht.

Er zog die Vorhänge wieder zu und schaute nach Clarence. Er atmete gleichmäßig und sein Puls war okay. Etwas Blut war durch die Bandage gesickert, doch es sah so aus, als ob die Blutung aufgehört hatte. Clarence brauchte bald einen Arzt, doch er würde überleben. Joe holte eine saubere Spritze und bereite eine weitere Dosis Dilaudid zu. Dieses Mal band er sich seinen eigenen Arm ab. Als er eine Vene fand, stach er die Nadel hinein und zog den Kolben zurück, bis sich ein wenig Blut im Zylinder ausbreitete. Dann, ganz langsam, drückte er ihn herunter.

14

Süß oder nicht, Joe Brody war ein klassischer Versager. Donna war etwas enttäuscht, aber nicht gerade überrascht. Er mochte der Gentlemanräuber sein, der sich gnädigerweise bei ihr entschuldigte, bevor er auf sie schoss, oder auch nicht. Aber ohne Maske war er nur ein weiterer charmanter Loser in einer langen Reihe, die natürlich mit ihrem eigenen Vater anfing. Der Vater ihres Kindes war die Ausnahme. Ein Karriereorientierter Überflieger und normaler Typ – und er stellte sich als der schlimmste Albtraum von allen heraus.

Was Joe betrifft, er war ein unglückliches Kind aus Queens, dessen Akte sich wie eine Achterbahn aus Comebacks und vertanen Chancen las. Seine Alkoholiker-Gaunereltern starben jung und er blieb zurück mit seiner Großmutter, Gladys, die selber auch ein ziemlich beeindruckendes Vorstrafenregister vorweisen konnte. Nach einer Vielzahl an Jugenddelikten und einigem Schulschwänzen, bekam er ein Stipendium an der St. Anthony's Academy, einer exklusiven katholischen Schule, wo er plötzlich Einsen schrieb, seine SATs bestand und den Jackpot gewann – ein Stipendium von Harvard. Zwei Jahre später wurde er rausgeworfen. Dieses Mal war es, weil er Burschenschaftler verprügelt, Vorlesungen geschwänzt und, der Tropfen, der das Fass zum Überlaufen gebracht hatte, die anderen Jugendlichen übers Ohr gehauen hatte. Auch wenn die reichen Eltern die Anklagen fallen ließen, als er zur Army ging. Eine Weile lang schien es, als ob er ein Zuhause gefunden hatte. Doch wie nicht anders zu erwarten, wurde der zukünftige Rausschmeißer zehn Jahre später im Zuge einer mehr als unehrenhaften Entlassung selbst rausgeschmissen. Er landete wieder da, wo er angefangen hatte, in derselben alten Nachbarschaft, und arbeitete in einem Stripclub, welcher, wie sollte es auch anders sein, von Gio Caprisi kontrolliert wurde, der, wie sie herausfand, als sie die Akten verglich, auf dieselbe katholische Schule ging.

Donna wollte gerade die Akte schließen und die Sache vergessen, als ihr auffiel, dass sein Militärbericht nicht in den Suchergebnissen vorkam. Neugierig, warum sie ihn rausgeschmissen hatten, loggte sie sich ins System ein und beantragte ihn. Abgelehnt. Klassifiziert. Nur für Personen mit Sicherheitsüberprüfung. Donna runzelte die Stirn. Sie hatte eine Sicherheitsüberprüfung gemacht. Sie gab ihren Benutzernamen und ihr Passwort ein und versuchte es noch einmal. Wieder ein großes, rotes Kreuz und dieses Mal eine Warnung, nicht fortzufahren.

Donna lehnte sich zurück. Unbewusst fasste sie sich an die Stelle auf ihrer Brust, die noch immer leicht schmerzte. Warum war ein unwichtiger Verlierer, der aus der Army geschmissen wurde, so wichtig, dass sie, eine FBI-Agentin, die für die Sicherheit ihrer Nation Terroristen jagte, nicht befugt war, diese Akte zu sehen? Es schien, als wäre Joe der Türsteher doch ganz interessant.

Gio ging unter die Dusche und begann, sich zu waschen. Es war nicht wirklich notwendig. Er hätte das Make-up auch einfach über dem Waschbecken abwaschen können, die blonde Perücke und das Kleid wieder zurück ins Versteck legen und nach Hause fahren können, um eine Dusche zu nehmen oder sogar ein Sprudelbad in seiner eigenen luxuriösen Porzellan-Badewanne. Doch sich einzuseifen und zu waschen, half ihm, sich mental umzustellen und, so glaubte er, sich sein Gewissen reinzuschrubben, bevor er nach Hause zu seiner Frau und seinen Kindern fuhr. Auf diese Weise ließ er die versaute kleine Schlampe Gianna hinter sich und kam nach Hause als Gio, der Familienmann.

Ironischerweise kam diese Seite von ihm erst zum Vorschein, nachdem er das Familienunternehmen übernommen hatte. Doch wenn er jetzt zurückblickte, sah er, dass sie schon immer da war. Selbstverständlich gab es solche Dinge nicht in der hypermaskulinen, merkwürdig behüteten Welt, in die er hineingeboren wurde. Er spielte Football und Baseball. Er küsste Mädchen auf Kirchenfesten und jagte sie im Sommer um den Pool. Als er fünfzehn war, brachte ihn sein Onkel zu einem kostspieligen Callgirl, um seine Jungfräulichkeit zu verlieren. Und auch wenn Härte wichtig war und er sogar ein paar Boxstunden genommen hatte, kannten ihn alle und niemand legte sich mit ihm an. Er wurde nie gehänselt. Dann eines Tages, als Training wegen Regen abgesagt worden war, nahm er den Bus in ein zwielichtiges Viertel in der Nähe seines eigenen. Er wollte sich so einen gefälschten Ausweis besorgen, mit dem sein Freund angegeben hatte. Als er an einem

Spielplatz vorbeiging, überfielen ihn zwei irische Kids und verpassten ihm eine ordentliche Abreibung, während eine kleine Gruppe von Kindern zuguckte. Einige hielten Basketbälle oder Springseile oder Eistüten in der Hand. Es stellte sich heraus, dass Boxtraining nicht viel bringt, wenn sich die Gegner nicht an die Regeln halten. Die blutige Nase und das blaue Auge waren jedoch keine große Sache. Was eine große Sache war, war seine Uhr, die sie zusammen mit seinem Taschengeld genommen hatten. Ein Geschenk seiner Oma. Wenn er ohne sie nach Hause kam, würde er sicher wieder Schläge kriegen. Dieses Mal mit dem Gürtel von seinem Vater. Daher ging er ihnen hinterher, als sie losgingen, schubste sie und verlangte seine Uhr zurück. Sie lachten und schubsten ihn wieder zu Boden. Er sprang auf. Das passierte einige Male. Ganz zum Vergnügen der Menge. Dann trat ein anderer Junge hervor.

„Das reicht", sagte er zu ihnen. „Gebt ihm seine Uhr zurück."

„Was?", sie unterbrachen die Schläge und guckten ihn an.

„Ich sagte, es reicht, Mann. Behaltet das Geld, aber gebt ihm seine Uhr zurück."

Der Größere, der die Uhr trug, blickte erbost.

„Verpiss dich, Brody. Für wen hältst du dich? Geh nach Hause, Arschloch. Ich glaube, deine Oma ruft dich."

Alle lachten. Sogar dieser Neue, Brody, lächelte. Dann, bevor Gio realisieren konnte, was passierte, zog der Neue etwas aus seiner Tasche, von dem Gio später erfuhr, dass es ein Stück Ziegelstein in einer Socke war. Er schlug dem großen Kind direkt auf den Schädel und er fiel um wie ein Baum. Es wurde still. Dann liefen sie alle davon, der andere Schläger eingeschlossen. Dieses Brody-Kind nahm dem wimmernden Jungen die Uhr ab und gab sie Gio.

Später, als sie Freunde wurden, erzählte Joe ihm, dass er es beeindruckend fand, wie Gio immer wieder aufstand und weitere Schläge einsteckte, ohne jemals aufzugeben. In seinen Augen bewies das Stärke. Was Gio sich nicht einmal traute, seinem neuen besten Freund zu sagen, war, dass er eigenartig aufgeregt, sogar beflügelt war und dass ihn ein merkwürdiges Gefühl der Freude durchfuhr mit jedem Schlag, den die größeren Jungs austeilten.

Jahre vergingen. Er leitete Teile der weit verstreuten Familienbetriebe und hatte ein paar professionelle Dominas kennengelernt, ein paar Lederkneipen gesehen, sogar Dungeons. Er war zu diesem Zeitpunkt außerdem glücklich mit seiner Collegefreundin verheiratet und noch nicht einmal in Versuchung, fremdzugehen. Doch als er einen Drink mit der hochrangigen Domina hatte, die einen der exklusivsten Dungeons der Stadt betrieb, erzählte sie ihm etwas, das hängen blieb. Anstatt erbärmlicher Loser, waren ihre Kunden in der echten Welt vielmehr richtige Gewinnertypen – das mussten sie auch sein, um ihre Preise bezahlen zu können –, Männer mit Macht, wie CEOs, Top-Anwälte und Banker, ein pensionierter General, sogar Polizisten. Das waren Typen, die den ganzen Tag damit verbrachten, Leute herumzukommandieren und Entscheidungen trafen, die Leben veränderten: Leute feuern, ihre Häuser zwangsvollstrecken, sie ins Gefängnis stecken oder sogar Gefahr oder dem Tod aussetzen. Der einzige Weg,

Druck und Schuldgefühle abzubauen, war, die Kontrolle abzugeben und ihre gerechte Strafe zu bekommen.

Von da an war Gio von dieser Idee fasziniert. Er redete nicht darüber, doch der Gedanke daran war nie weit entfernt. Er dachte sogar darüber nach, es Carol zu sagen, doch er war besorgt darüber, was sie über ihn denken würde und, ehrlich gesagt, konnte er sich nicht vorstellen, wie sie ihn dominierte, auch nicht, wenn sie nur so täten. Er stellte sich immer einen Mann vor. Einen starken, jungen Mann. Und so kam es, dass er die Lederbars und Fetischläden öfter „auscheckte", als er es eigentlich musste. Während er aufblühte, fand er einen fähigeren Mann fürs Finanzielle, der ihm half, seine Gewinne zu waschen und auf Konten in Übersee zu verstecken. Und eines Nachts, als er die Quittung in einer schwulen S&M-Bar prüfte, während er aufs Klo ging, war da Paul, der Juniorpartner seines neuen Buchhalters – klug, jung und gut aussehend – und wusch sich die Hände.

15

Die Höhle sollte verlassen sein. Das war der Sinn der Sache. Das, worauf sie so stolz waren während der Besprechung und weshalb sie sich für verdammt clever hielten. Es war ein alter Schmugglertunnel, der ein paar Meilen durch den Untergrund führte und in einer lang vergessenen Höhle endete, versteckt hinter Trümmern und Unkraut, und der ihn direkt über das Al-Qaida-Gelände führen sollte. Zuletzt benutzt wurde er in den alten Zeiten, um Opium an den Russen vorbeizuschmuggeln und nur der ansässige Warlord, dem sie halfen, sein Territorium zurückzuerobern, erinnerte sich daran. Perfekt.

Joe kroch in der Dunkelheit durch den Tunnel, manchmal auf Händen und Knien, da, wo die Holzträger eingebrochen waren, und erreichte die Höhle vor Tagesanbruch. Mit seinem Nachtsichtgerät erkundete er das Camp, das, wie versprochen, unter ihm lag. Er baute sein Scharfschützengewehr auf und richtete sich ein, um auf die Zielperson, ein hochrangiger Kommandant, zu warten. Vielleicht eine Stunde, vielleicht zehn. Sie wussten, in welchem der Gebäude er schlief und sie wussten, dass er früher oder später zu seinen Leuten herauskommen würde. Joe würde die Zielperson bestätigen und ihn ausschalten. Dann würde er sich durch den Tunnel zurückziehen. Er hatte den Eingang der Höhle bereits verkabelt, um sie hochzujagen, sodass der Tunnel zusammenbrechen und ihn hinter Joe verschließen würde.

Vielleicht war er zu sehr auf die Zielperson fixiert, die sich endlich zeigte und sich mit ein paar anderen Männern unterhielt und lachte. Vielleicht war er mit seinem Ohrhörer im Ohr nicht wachsam genug, um zu hören, dass sich jemand näherte, der das Gelände besser kannte als er. So oder so. Da war er, das Auge gegen das Zielfernrohr gepresst, wartend auf die Erlaubnis zu schießen, als er von links ein Schlurfen hörte, und drehte sich um, um sein leistungsstarkes Scharfschützengewehr auf ein kleines Kind zu richten, das aus der Höhle herauskam. Beide erstarrten und schauten sich erstaunt an. Der kleine Junge trug schäbige, braune Klamotten, Dreck in seinem Haar, getrocknete Rotze an seiner Nase. Das musste sein Tunnel gewesen sein, seine Höhle, in der er sein ganzes Leben gespielt hatte. Kein Zweifel, er kannte jeden Zentimeter von ihr und war wahrscheinlich durch irgendeine andere Untergrundverzweigung gekommen. Joe lächelte und versuchte, ein paar Worte auf Pashto zu sprechen: „Keine Sorge, du bist in Sicherheit.“ Doch anscheinend glaubte ihm das Kind nicht oder es konnte ihn nicht verstehen. Genau in diesem Moment sagte die Stimme in seinem Ohr: „Schalten Sie ihn aus, Falcon. Ziel bestätigt. Sind Sie da, Falcon? Bitte kommen. Schalten Sie Ihr Ziel aus.“ Das lenkte ihn für einen Sekundenbruchteil ab. Vielleicht bewegte er sich sogar einen Millimeter. Was es auch war, das Kind erschrak wie eine streunende Katze und rannte mit voller Geschwindigkeit davon und zurück in die Höhle. Er kannte sie gut, doch natürlich wusste er nichts von dem Stolperdraht, den Joe gelegt hatte und als Joe „Stopp!“ schrie, schrie auch der Junge, während die Höhle um ihn herum explodierte und ihn in Stücke riss, als die Trümmer fielen.

***

Joe wachte auf wie immer: Er zuckte zusammen, genau als er den Schrei und die Explosion hörte. Er atmete schwer und blickte sich um, während er versuchte zu verstehen, wo er war. Auf seiner Liege in seinem Zelt? Oder zurück in der Basis? Oder in einem staubigen Hinterzimmer in einer dunklen Gasse? Sie behaupteten, er sei ein Held, weil er, nachdem die Höhle in die Luft ging, sein Gewehr erneut ausrichtete, seine Zielperson fand, die jetzt ihren Leuten befahl, die Höhle zu untersuchen, und sie mit einer einzigen Kugel zwischen die Augen ausschaltete, bevor er über offenes Gelände floh – jetzt, wo die Höhle unpassierbar war –, verfolgt vom Feind und durchhielt, bis der Helikopter kam, um ihn abzuholen. Er fühlte sich nicht wie ein Held. Er hatte lediglich die Mission erfüllt. Egal, was passiert. So wie man es ihm beigebracht hatte. Und dann überlebt, so wie er es immer tat. Später, als er sich mit dem jüngsten Sohn des Warlords traf und seine roten Augen sah, ging er mit ihm in einen dunklen, staubigen Raum und rauchte etwas von dem Opium, mit dessen Schmuggel seine Familie so viel Geld machte.

„Hey“, sagte eine Stimme. „Wach auf.“

Joe rieb sich die Augen. Seine Sicht klärte sich. Er war in einem Motelzimmer. Er erinnerte sich.

„Hey, es wird Zeit zu gehen. Hier, Kaffee.“

Joe setzte sich auf. Clarence saß in seinem eigenen Bett gegenüber von ihm und lächelte. Joe konnte sehen, dass er seinen Verband selber gewechselt und in zwei Styropor-Bechern Instantkaffee gemacht hatte, den das Hotel zur Verfügung stellte. Joe nahm ihn und trank.

„Ich nehme an, du bist am Leben", sagte er zu Clarence.

„Ja", er lächelte. „Dank dir. Ich bin dir was schuldig. Und zwar gewaltig."

Joe stand auf und begann, sich anzuziehen. „Was jetzt?"

„Jetzt gehen wir. Ich habe meine Leute angerufen. Sie warten auf uns beim Unterschlupf, wo wir die Ware übergeben, mit einem Arzt, sauberen Klamotten, Essen, alles, was wir brauchen."

Joe schloss den Reißverschluss an seinen Jeans und führte seinen Gürtel durch die Schlaufen. „Alles, was ich brauche, ist Geld."

16

Es war sechs Uhr morgens. Donna hatte ihr morgendliches Yoga beendet und richtete sich gerade ein, um zu meditieren, bevor sie Larissa weckte oder wie es manchmal passierte, wieder einschlief und Larissa sie weckte, als die CIA an ihre Tür klopfte. Wenigstens hatten sie geklopft. Sie war in Unterwäsche und T-Shirt, also zog sie sich eine Jogginghose an. Sie dachte, es könnte der Vermieter sein, denn ihre Mutter würde nicht klopfen, da sie einen Schlüssel hatte. Sollte Donna jemals wieder einen Mann bei sich übernachten lassen, würde sie daran denken müssen, die Türkette zu benutzen.

Sie schaute durch den Spion und da stand er. Anzug und Krawatte, ordentlicher Haarschnitt, frisch rasiert um sechs Uhr morgens: ihr freundlicher Field Agent, Mike Powell. Mit einem Seufzen und einem unbewussten Streifen durch ihr Haar schloss sie auf und öffnete die Tür.

„Sprich leise", sagte sie.

Er lächelte. „Dir auch einen guten Morgen", flüsterte er.

„Was möchtest du?"

„Erst mal einen Kaffee, wenn du nichts dagegen hast." Noch immer lächelnd.

„Wenn du einen Kaffee willst, hättest du zu dem Laden unten gehen sollen. Und wenn du wolltest, dass ich

83

dir einen guten Morgen wünsche, hättest du mir einen mitbringen sollen. Also, was willst du?“

„Na gut.“ Er hörte auf zu lächeln. „Warum ermittelst du gegen Joe Brody?“

Donna schritt von der Tür zurück. „Komm rein. Ich mache uns Kaffee.“

Sie ging zum Waschbecken und füllte die Kanne. Er schloss die Tür sanft hinter sich und setzte sich an den Küchentisch, während sie den Kaffee mit dem Löffel umfüllte und ihn aufsetzte. Sie holte zwei Tassen, Milch und Zucker, wobei sie sich Zeit ließ, um ihre Gedanken zu sammeln, was er, der er ein trainierter CIA-Vernehmer und generell eine Schlange war, vermutlich bemerkte.

„Nimmst du immer noch Milch und Zucker?“, fragte sie.

„Bitte.“

Sie goss Milch in beide Tassen, dann gab sie Zucker in seinen. Der Kaffee kochte jetzt. Er dampfte und pfiff und roch gut, doch es würde noch ein paar Minuten dauern, also drehte sie sich um und lehnte sich gegen die Küchentheke.

„Also, was wolltest du wissen?“

„Joe Brody“, wiederholte er. „Was weißt du über ihn?“

Sie zuckte mit den Schultern. „Nichts. Er ist Türsteher in einer Tittenbar.“

„Was noch?“

„Nun ja, meine Quellen geben an, dass sie dort Handjobs im Hinterzimmer geben. Warum? Wurdest du endlich in die Wichs-Abteilung versetzt, wo du hinge-hörst?“

Er lachte und sie musste auch grinsen. Dann drehte sie sich um und schenkte den Kaffee ein. Er zog sich die Jacke aus und lehnte sich zurück. Sie stellte die Tassen auf den Tisch und setzte sich. Beide nahmen einen Schluck.

„Es war nichts", sagte sie ihm. „Eine Routineuntersuchung nach einer Razzia. Er arbeitet in einem Club mit Verbindungen zum organisierten Verbrechen, aber scheint – oder schien – ein Niemand zu sein, bis ich seine Akte gesehen habe, die quasi mit Sprengfallen gesichert ist. Also, erzähl du mir doch mal, was ist daran so besonders? Was kümmert es die CIA?"

Alles, was Powell ihr über ihn erzählte, war erst mal nur das, was sie schon wusste: die harte Kindheit, die frühen Versprechungen, Harvard, mehr Drama, Ausweisung, die Army. Doch was sie nicht wusste, war, dass er in der Army eine besondere Art von Talent bewies und schnell in die Spezialeinheit aufgenommen wurde. In den nächsten zehn Jahren führte er geheime Missionen auf der ganzen Welt aus. Doch dann, so schien es, hatten ihn die Probleme wieder eingeholt. Er hatte die hochwertigen afghanischen Opiate ein wenig zu gern gehabt und wurde still und heimlich zurück in die Staaten gebracht.

„Also, was waren das für Missionen?", fragte Donna.

Powell zuckte mit den Schultern. „Ich weiß es nicht."

Donna rollte mit den Augen. „Ich bitte dich. Wenn du Geheimagent spielen wolltest, hättest du nicht um sechs Uhr morgens hier hochfahren müssen."

Er lachte erneut. „Nein. Ich weiß es wirklich nicht. Denn als ich seine streng geheime Akte aufgemacht habe, war da nichts drin. Alles über Joe Brodys Missionen wurde gelöscht. Was uns angeht, sind sie niemals passiert."

„Oh."

„Ja, ganz genau. Das ist kein gutes Zeichen." Er trank seinen Kaffee aus. „Also hattest du schon recht. Er ist ein Niemand. Aber ein Niemand von Interesse. Deshalb bin ich um sechs Uhr morgens hier hochgefahren. Um herauszufinden, was Joe Nobody in letzter Zeit so treibt. Es könnte ernsthafte Probleme bedeuten, wenn er sich mit den bösen Jungs zusammentäte."

„Welche bösen Jungs genau?", wunderte Donna sich laut, doch bevor Powell antworten konnte, kam Larissa herein und rieb sich die Augen. Sie sah engelhaft aus. Ihr zu langes Haar stand ihr in einer verrückten Wolke zu Berge und sie war barfuß unter ihrem Nachthemd.

„Papa!", rief sie voller Freude und rannte zu ihm herüber, um auf seinen Schoß zu springen. „Bist du hier, um mich zur Schule zu fahren?"

„Ganz richtig, Prinzessin", sagte er und drückte sie und gab ihre einen Kuss. „Genau darum bin ich hier. Warum helfe ich dir nicht beim Fertigmachen, während Mama sich für die Arbeit anzieht?"

17

Sie fuhren gerade zum Unterschlupf, als Clarence Joe von dem nächsten Job erzählte.

„Ich sage ja nur", sagte er, „du bist sowieso hier. Da kannst du auch genauso gut zuhören."

Joe fuhr. Clarence hatte sich noch einen Schuss Dilaudid gesetzt. Weniger als Joe ihm gegeben hatte, aber er fühlte trotzdem keinen Schmerz. Sie hatten die Nummernschilder mit denen eines anderen Fahrzeugs ausgetauscht für den Fall, dass die Polizei nach ihrem Fahrzeug fahndete. Besser wäre es gewesen, das Fahrzeug zu wechseln, doch das war nicht so einfach mit dem Kofferraum voller Ausrüstung und einem Verwundeten. Außerdem war ihr Ziel in der Nähe und die Route führte ausschließlich über Nebenstraßen. Ursprünglich war der Plan gewesen, die Waffen zu stehlen, ihren eigenen Truck herzubringen, um ihn zu entladen, sich aufzuteilen und auf einem weniger auffälligen Weg in die Stadt zurückzukehren. Doch der Plan hatte sich geändert und jetzt redete Clarence davon, ihn erneut zu ändern.

„Guck mal", sagte Clarence. „Ich habe es vorher nicht erwähnt, weil ich eine andere Crew benutzen werde, aber dieser Überfall war nur dazu da, die Ausrüstung für einen größeren Job zu besorgen – einen viel größeren Job."

„Warum nicht dieselben Leute?"

„Sicherheit. Damit alles getrennt voneinander bleibt und jeder nur so viel weiß, wie er muss."

„Ich schätze, dann muss ich gar nichts wissen."

„Das sage ich ja. Du hast dich bewiesen. Scheiße, du hast mir den Arsch gerettet. Wir brauchen noch einen weiteren Mann dafür. Also, was ich sagen will, ist, wenn du willst, bist du dabei. Hör dir den Plan an, wenn wir da sind."

„Versteh mich nicht falsch, aber der letzte Plan ist nicht allzu gut verlaufen."

Clarence zuckte mit den Schultern. „Shit happens. Und ich weiß, was gestern schiefgelaufen ist."

„Du hast eine Ratte in deinem Haus."

„Ja. Eine kleine Hinterwäldlerratte. Derselbe zweitklassige Bauerntölpel, der uns überhaupt erst den Tipp über die Lieferung gegeben hat." Clarence lächelte. „Aber keine Sorge. Ich habe meinen Leuten schon davon erzählt. Der hat zum letzten Mal geredet. Da ist es." Er zeigte auf eine Abzweigung. „Fahr diese kleine Straße runter. Es ist auf der rechten Seite."

Es war ein gewöhnliches zweistöckiges Haus. Gelbe Verkleidung und eine durchgehende Veranda, weit hinten auf einem großen Stück Land, ein überwucherter Hof, Apfelbäume und eine große, klapprige Scheune mit offenen Türen, durch die Joe hindurchfuhr. Drinnen standen bereits ein schwarzer Van und ein alter Volvo Sedan.

Joe parkte. Er schnallte sich ab, nahm seine Jacke und als er sein Handy in der Tasche fühlte, erinnerte er sich, dass er es nicht mehr benutzt hatte, seit er es vor dem Job ausgeschaltet hatte. Er schaltete es an. Es vibrierte aggressiv und zeigte einen Haufen verpasster Anrufe und Nachrichten. Alle von Gio, der ihm das Handy gegeben hatte, als er im Club anfing, und der einer der Einzigen war, die die Nummer hatten.

„Wie dem auch sei", sagte Clarence. „Bevor wir reingehen und die anderen treffen, wollte ich dir nur sagen, dass es deine Entscheidung ist. Du kannst jetzt zwanzig Riesen haben, deinen Anteil, und gehen oder du kannst beim nächsten Job mitmachen und das Zehnfache haben."

Joe überflog Gios Texte:

Deine Freunde der Flushing-Familie sind sehr wütend. Mussten die Hochzeit absagen.

Alle suchen nach dir.

Onkel C ist angepisst. Geh nicht nach Hause.

Und so weiter. Er schaltete das Handy wieder aus und drehte sich zu Clarence. „Du hast recht. Kann nicht schaden, zuzuhören."

18

Mike Powell liebte seine Tochter. Das musste Donna zugeben. Er war ein anständiger Vater: zahlte seinen Unterhalt, besuchte sie an den Wochenenden, zeigte Interesse an Larissas Zeichnungen und Tanzstunden, verlor nie die Fassung oder erhob seine Stimme. Das dachte man zumindest, bevor man ihn kennenlernte.

Denn das war sein Modus Operandi. Der adrette, gerade Pfeil. Der richtige Kerl, der pünktlich kam, den Job erledigte, vielleicht ein Bier hatte, das er noch nicht einmal austrank, der Fahrer auf der Party mit hohem Ansehen, der bei Schlägereien dazwischenging. Was für eine Erleichterung er nach ihren üblichen Verdächtigen darstellte. Die Trinker und Spieler, wie ihr Vater, der im Laufe ihrer Kindheit immer wieder verschwunden und wieder aufgetaucht war und sich dann besoffen totgefahren hatte, als sie neun war. Mit denen war alles immer Friede, Freude, Eierkuchen. Romantik und Abenteuer am Anfang, Riesendrama und schlechte Komödie am Ende. Mike war anders, so dachte sie. Und sie hatte recht. Das war er. Sie verstand nur nicht, in welcher Weise.

Es fing mit Eifersucht an. Mit wem sie sprach, was sie trug, warum sie über den Witz von wem auch immer beim Abendessen lachte – der Ehemann ihrer Cousine, um Himmels willen, ekelhaft – oder was ihr männlicher Arbeitskollege wollte, als er spätnachts anrief.

(Hallo! Sie war eine FBI-Agentin und ihr Arbeitskollege auch. Er wollte, dass sie einer Straftat nachging.) Dann kam die Kontrolle oder zumindest der Versuch, denn sie war weit davon entfernt, sich brechen zu lassen. Er wollte ihr Bankkonto regeln und ihr Taschengeld von ihrem eigenen Gehalt geben. Er wollte ihr einen Zeitplan erstellen, entscheiden, wann sie trainieren sollten, wann essen, sogar ficken. Nicht, dass es noch oft dazu gekommen wäre, nachdem sie schwanger wurde. Er hat sie nie geschlagen, doch die Wut, wenn er seine Fassung verlor, das Schreien und Brüllen, ließen sie glauben, dass er es könnte oder würde, auch wenn er innerlich wusste, dass sie ihn erschießen würde, sollte er es versuchen. Und sie war der bessere Schütze, was er hasste.

Der Tropfen, der das Fass zum Überlaufen gebracht hatte, war, als sie herausfand, dass er ihr nachspionierte. Ihr Handy kontrollierte. Ihre Schichten überprüfte, wofür er seinen CIA-Status oder Kontakte nutzte, um sicherzugehen, dass sie war, wo sie behauptete, zu sein. Er folgte ihr sogar tatsächlich, beschattete sie wie einen Verdächtigen. Nur, dass sie selbst eine trainierte Agentin war und ihn erwischte, wie er in einem Auto vor einem Brunchladen saß, zu dem ihre Freundin sie gebracht hatte.

Während der Scheidung kämpfte er ebenfalls mit unfairen Mitteln. Er deutete an, dass sie eine Affäre hatte, um das Sorgerecht für Larissa zu bekommen, doch als der Richter entschieden hatte und die Papiere unterschrieben waren, fügte er sich. Das war auch er. Am Ende respektierte er Autorität. Er folgte Anweisungen. Er wäre ein guter Nazi gewesen, dachte sie, als sie an

ihrem Schreibtisch ankam, ihren Computer einschaltete, sich mental darauf vorbereitete, den nächsten Namen auf ihrer Scheißliste zu befragen und erneut versuchte, ihren verräterischen Drecksack von einem In-
formanten, Norris, zu erreichen.

19

Joe hörte zu. Nachdem sie das Auto parkten, hatte Clarence ihn in das Haupthaus und durch die Küchentür geführt, wo sie einen indischen Mann mittleren Alters an einem runden Holztisch sitzen sahen und einen schwarzen Jungen, der Pancakes auf dem Herd machte. Der indische Mann stellte sich als Dr. Virk heraus, der Clarence umgehend mit nach oben nahm. Der Junge gehörte zu dem Team für den Job.

„Ich bin Juno", sagte er. „Hast du Hunger?"

„Ich bin Joe. Und ja, ich bin am Verhungern."

Juno nickte und teilte Pancakes, Bacon und Spiegeleier aus.

Er schenkte Kaffee ein und stellte ein Tetrapack Orangensaft auf den Tisch. Dann rief er die anderen herein, während Joe sich setzte und anfing zu essen. Zwei weitere Personen kamen dazu. Ein Mann und eine Frau. Beide weiß und wahrscheinlich in ihren späten Zwanzigern. Der Mann, Don, war Brite mit hellblonden Haaren und einem roten Gesicht und anhand seines Verhaltens – die Art, wie er redete und die Gewichtheberstatur – vermutete Joe, dass er Söldner war. Die Frau war Yelena, russischer Akzent, weißblondes Haar und dunkle Augen. Sie war still, gewandt und wachsam und Joe wurde aus ihr nicht schlau. Juno war ein Teenager aus Bed-Stuy, was Joe selbst auch gut kannte.

Die Frühstückskonversation war minimal. Sie beschränkte sich größtenteils auf „Könnte ich bitte dies haben" oder „Möchtest du noch etwas von dem?". Sie alle waren zu professionell, um sich über den Job zu unterhalten, bevor es Zeit dafür war. Joe und Juno tauschten sich ein wenig über Orte aus, die sie beide kannten. Wo gab es gute Pfannkuchen, welcher Club hatte ein krasses Soundsystem. Yelena zündete sich eine Zigarette an. Juno hustete und verzog das Gesicht. Sie rollte mit den Augen und nuschelte, „Amerikaner" und ging nach draußen.

Joe wusch das Geschirr ab, Juno half ihm und Don rührte keinen Finger, als Clarence zurückkam und sie alle zu sich ins Wohnzimmer rief, welches gemütlich eingerichtet war. Er trug jetzt eine weite Jogginghose und eine Sweatshirtjacke und ging am Gehstock, doch er schien in Ordnung zu sein. Er hielt ein zusammengerolltes Blatt Papier in der anderen Hand. „Danke, Doc", sagte er, als Dr. Virk das Haus verließ. Dann setzte er sich in einen Schaukelstuhl. Juno und Yelena saßen auf der Couch. Yelena war entspannt, aber saß auf der Kante des Sofas, der Rücken gerade, als ob sie bereit wäre, jeden Moment aufzuspringen. Entweder, um Ballett zu tanzen oder für einen Kampf. Joe und Don nahmen zwei sich gegenüber stehende Stühle, als ob sie sich instinktiv auf gegenüberliegenden Seiten positionierten.

„Okay", sagte Clarence, „hier ist der Plan." Er rollte das Blatt auf dem Kaffeetisch aus. Es war eine Karte. Ausgesprochen detailliert. Sie zeigte ein Gebäude und das umliegende Gelände. „Das ist der Ort. Er liegt in Westchester. Es gibt im Grunde genommen drei Sicherheitsstufen, die wir überwinden müssen. Zuerst ein Außenzaun und ein Tor mit Wachpersonal, Kameras sowie ein konstantes Feld aus Radiowellen, welches bei jeglicher Bewegung auf dem Gelände Alarm schlägt."

„Was heißt das?", fragte Don.

„Das ist wie ein kleines Radarsystem. Die haben Sender, die sich gegenseitig Signale über das ganze Gelände zusenden. Wenn du das Signal störst, erscheinst du auf dem Schirm."

„Was ist mit dem Gebäude?", frage Yelena.

„Das Gebäude selbst ist der einfache Teil, na ja, der simplere Teil. Versiegelte Fenster und Alarmanlage. Eine Vordertür mit Wachen und Fahrstühlen. Eine Tür für Personal an der Seite. Nichts, dass für große Probleme sorgen sollte." Er lächelte ein wenig, während er fortfuhr. „Aber der nächste Teil ist etwas verzwickter. Der Raum, in den wir versuchen werden, einzubrechen. Er ist im fünften Stock, hat jedoch keine Fenster. Ein Eingang, Magnetgesteuert. Zugang nur durch Handabdruck und Augenerkennung."

Juno pfiff erstaunt. „Keine andere Tür?"

„Nicht wirklich. Es gibt einen gesicherten Notausgang auf dem Dach, doch das ist solider Stahl und wenn man ihn öffnet, werden nicht nur die Cops gerufen, es wird außerdem alles automatisch verriegelt, sogar die Augen- und Handscanner und die Tür verschließt sich. Dadurch ist das Ganze zusätzlich feuerfest. Und es ist festverdrahtet, also keine Chance, sich von außen durchzuschneiden."

„Das ist ziemlich raffiniert, muss ich sagen", sagte Juno zu ihm.

„Das ist es auf jeden Fall. Und der dritte Teil ist der begehbare Tresor. Auf dem neuesten Stand der Technik. Klimatisiert." Er drehte sich zu Yelena. „Und da kommst du ins Spiel." Jetzt lächelte er richtig. „Ich habe technische Daten, die ich dir später zeigen werde."

„Bei so viel Sicherheit frage ich mich wirklich, was zur Hölle wir eigentlich stehlen?", fragte Don. „Diamanten? Gold?"

Yelena sagte: „Klimatisierter Tresor. Müsste Kunst sein. Gemälde oder Antiquitäten."

Clarence schüttelte den Kopf und grinste. „Nö, noch besser", sagte er. „Parfum."

„Hau ab", sagte Don.

„Verdammt", sagte Juno. „Ich wusste, das Zeug ist teuer aber ..."

Clarence erklärte: „Wie sich herausgestellt hat, gibt es da diesen Scheiß, den Pottwale auskotzen."

„Was?", sagte Juno. „Kotze? Scheiße? Ich kann dich zu ein paar U-Bahnstationen bringen, wenn du Bock hast, das zu riechen. Völlig umsonst mit meiner MetroCard."

„Fick dich", platzte es aus Don heraus. „Jetzt weiß ich, dass du uns nur verarschst."

„Ambra", sagte Yelena.

„Wer?", fragte Juno.

„Ambra ist das Zeug, von dem du sprichst."

„Haargenau", sagte Clarence. „Das ist ein Vermögen wert. Es wird in Parfum und anderen Dingen verwendet. Wie Ylang-Ylang, so ein Zeug aus Madagaskar. Wie dem auch sei, einiges von diesem Zeug ist ein Vermögen wert. Ich rede von mehreren Tausend Dollar die Unze."

„Alter", sagte Don.

„Also, wir stehlen ein Fass davon, oder so?", fragte Juno.

„Nein", sagte Clarence. „Wir stehlen die Probe, sozusagen den Prototypen der neuen Ladung. Dann kann sie ein anderes Labor kopieren und denen auf dem Markt einen Schritt voraus sein. Die würden Millionen machen."

„So, als ob man eine CD des neuen Star-Wars-Films klauen würde", sagte Juno.

„Genau. Nur, dass wir keine Kopie stehlen. Wir stehlen den Film."

„Alles klar, ich bin dabei", sagte er. „Ich meine, was zur Hölle. Parfum zu verkaufen, kann ja nur einfacher sein, als Dope zu verkaufen."

„Klingt total verrückt", sagte Don, „aber ich bin dabei."

„Wir verkaufen dieses eine Fläschchen für eine Million Dollar", sagte Clarence. „Wir teilen es durch fünf. Yelena, bist du dabei?"

„Ja, selbstverständlich", sagte sie. „Ich bin hier nicht nur zum Frühstücken hergekommen."

„Joe?", fragte Clarence.

Joe zuckte mit den Schultern. „Lass den Plan hören."

„Okay", sagte Clarence und stützte sich auf den Gehstock, um zu stehen. Er stöhnte leicht. „Lasst uns einen Blick auf das Spielzeug werfen."

Sie fingen an, den Jeep in der Scheune auszuladen. Don öffnete eine Kiste mit einer Brechstange und holte eine AK-47 heraus. „Gut", sagte er und gab sie Yelena, die sie fachmännisch untersuchte. Als Nächstes fand er einen Granatwerfer. „Besser", fügte er hinzu. Dann öffnete er eine große Kiste und runzelte die Stirn. „Ich denke, das ist für dich, Kumpel", sagte er zu Juno.

„Oh Yeah, Baby", sagte Juno und hob etwas heraus, das aussah wie ein Modellflugzeug oder ein Sammlerstück von Star Wars. „Das ist alles für mich."

„Drohne?", fragte ihn Joe.

„Jap, aber das ist wie der Jedi Starfighter unter den Drohnen."

„Und das ist gut."

„Und wie! Hast du schon mal was von Tarnkappenflugzeugen gehört?"

„Ein bisschen."

„Okay, also das Baby hier ist wie eine Tarnkappendrohne. Ich kann sie direkt über den Zaun fliegen, ohne dass sie auf ihrem Radar erscheint. Dann kann ich die eingebaute Technik dazu verwenden, es zu blockieren, sodass man euch auch nicht sehen kann. Ich kann mich in deren System hacken, mit dem Alarm herumspielen, die Kameras, sogar die Tür kann ich öffnen, sodass ihr geradewegs reingehen könnt, als würdet ihr zum Weihnachtsessen nach Hause kommen."

„Nicht schlecht", sagte Joe.

„Ja, sehr gut, Juno", sagte Yelena. „Und ich kann den Safe knacken. Aber was ist mit den Hand- und Augenscannern? Wer hat Zugang?"

„Drei Leute", sagte Clarence. „Erstens, der CEO. Ich habe seinen Namen vergessen, aber der ist auch egal, denn er ist gerade in einer Konferenz in Tokyo und danach reist er die ganze nächste Woche durch Asien. Zweitens, die Konstrukteurin. Sie nennen sie ‚die Nase' und sie hat einen sehr langen, italienischen Namen, den ich kenne, aber nicht aussprechen kann. Aber das ist ebenfalls egal, denn sie reist zusammen mit dem CEO.“

„Und drittens?“, fragte Don.

„Der Chefchemiker. Seinen Namen weiß ich: Bob Shatz. Er ist unser Mann. Er ist fünf Tage die Woche da. Wie ein Uhrwerk.“

„Keine Sorge“, sagte Don. „Dafür kenne ich zwei Lösungen. Erstens ...“, er zog den Bolzen seines Gewehrs, „ich halte ihm die hier an den Kopf und er öffnet die verdammte Tür.“

„Es sei denn“, sagte Clarence, „da steht eine Wache direkt neben ihm, während er das tut, und eine weitere rund um die Uhr draußen am Schalter. Da sind Wachen, Leute überall. Und er hat Assistenten, die jeden Morgen auf ihn warten, um ihn reinzulassen. Auf keinen Fall.“ Er schüttelte den Kopf. „Zu chaotisch. Wir müssen in der Nacht rein.“

„Okay, dann Option zwei“, sagte Don und zog ein Messer. Ein großes Bowiemesser, das er in einem Schaft unter seinem Arm hatte. „Wir schneiden seine Hände ab, holen sein Auge raus und wir sind drin.“

„Das ist ziemlich kaltblütig“, sagte Juno.

Er zuckte mit den Schultern. „Tut mir leid, wenn du damit nicht klarkommst, aber so ist es nun mal.“

„Auch chaotisch“, sagte Yelena mit einem Schulterzucken.

„Absolut“, fügte Juno hinzu. „Der Typ läuft danach mit einem Haken und einer Augenklappe rum. Er wäre ein Pirat für den Rest seines Lebens.“

„Hast du irgendwelche Hintergrundinformationen über diesen Shatz?“, fragte Yelena. „Vielleicht kommen wir irgendwie anders an ihn heran.“

„Oh ja“, sagte Clarence. „Ich hab den guten alten Bob mal eine Woche lang beschattet und was für eine Woche das war. Montag geht er zur Arbeit, bringt sein Mittagessen mit, nach der Arbeit geht er allein nach Hause und sieht fern. Dienstag geht er zur Arbeit, bringt sein Mittagessen, geht nach Hause und sieht fern. Mittwoch dasselbe. Arbeit, Mitagessen, aber dann und jetzt passt auf: Nach der Arbeit geht er zum Bowling. Donnerstag hatte er dann genug Aufregung, also geht er nach der Arbeit nach Hause und sieht fern.“

„Okay, wir haben es verstanden. Er ist eine langweilige Flasche“, sagte Don.

„Und am Wochenende?“, fragte Yelena.

„Ihr habt mich nicht ausreden lassen. Freitagnacht ist Partynacht. Nach der Arbeit guckt er im Stripclub vorbei, trinkt ein Bier und gönnt sich ein paar Lapdances, dann geht er nach Hause und bestellt Pizza. Samstag –“

„Warte“, sagte Joe. Alle guckten ihn an. Es war das erste Mal, dass Joe wirklich etwas sagte. „Wo ist der Stripclub?“

„In der Bronx. Irgendein Laden namens Circus City.“

„Den kenne ich“, sagte Joe. „Hast du gesehen, auf was für Mädchen er steht?“

„Rothaarige. Definitiv. Einer hat er einen Hunderter oder so zugeworfen.“

Er drehte sich zu Yelena. „Wenn du einverstanden wärst, hätte ich eine Idee, die funktionieren könnte. Kein bisschen chaotisch.“

„Das klingt gut", sagte Clarence.

„Finde ich auch", nuschelte Juno, während er an der Drohne rumhantierte.

„Lasst mich versuchen, ob es funktioniert", sagte Joe zu Don. „Wenn nicht, könnt ihr ihn immer noch zerstückeln."

Don runzelte die Stirn, blieb jedoch still, während er die Klinge seines Messers prüfte.

„Wofür muss ich mich bereit erklären?", fragte ihn Yelena.

Joe schaute sie an. „Eine Perücke zu tragen. Und dich eventuell frei zu machen."

Sie lachte. „Keine Sorge. Perücken habe ich genug und um einen Mann zu töten, brauche ich keine Kleidung."

Joe lächelte. „Wenn das so ist", sagte er zu Clarence. „Ich denke, wir sind dabei."

20

Gestern, als Agent Zamora anrief, war Norris mit einem Kunden beschäftigt. Er war draußen im Hinterhof und schaute dem Kunden, ein schmächtiger, weißer Typ mit Pferdeschwanz und buschigem Bart, dabei zu, wie er eine TEC-9 auf ein paar Flaschen feuerte. Mit der abgeschliffenen Seriennummer war die Waffe offensichtlich gestohlen, aber das kümmerte den Kunden nicht, denn er war ein Krimineller, der plante, sie für einen Banküberfall zu verwenden. Norris war sich nicht sicher, wie das wohl laufen würde, denn der Typ war ein lausiger Schütze und verschwendete Munition, während er dichter auf die Flaschen zuging. Nicht, dass es Norris interessierte – er hatte sein Geld bereits –, doch bei all dem Lärm hörte er sein Handy nicht klingeln. Später sah er, dass sie eine Nachricht hinterlassen hatte, in der sie ihn bat, sie zurückzurufen, doch zu dem Zeitpunkt trank er bereits Bier mit dem Kunden und einem anderen Kumpel, der vorbeigekommen war und er würde sie sicher nicht vor ihnen anrufen. Agent Zamora war seine FBI-Betreuerin, die er noch nie getroffen hatte, die aber irgendwie heiß klang, wenn auch irgendwie unweiß. Was war Zamora für ein Name? Wie auch immer. Norris hatte einen Deal mit den Behörden gemacht. Er lieferte ihnen Informationen, um seine eigenen Anklagen wegen illegalen Verkäufen verschwinden zu lassen. Das war sein Geschäft. Leuten

Waffen besorgen. Und wenn er sie nicht selbst liefern konnte, würde er manchmal, gegen einen Aufpreis, Leuten helfen, jemanden zu finden, der es konnte.

Einen Mittelsmann. Daher hatte Norris sich schlaugemacht, als dieser Typ namens Clarence mit einem Haufen Kohle ankam und eine Sonderbestellung wollte, rein militärisches Material. Es stellte sich heraus, dass jemand vor Kurzem genau diese Art Material gestohlen hatte. Doch ein anderer Dealer, einer von Norris' Konkurrenten, hatte bereits einen Abnehmer im Norden dafür gefunden. Also verkaufte er Clarence den Tipp über den Deal und schlug zwei Fliegen mit einer Klappe: Er hoffte, dass die zweite Fliege Jed sein würde, sein verdammter Rivale, und Clarence war die Klappe. Dann hatte die kleine Miss Zamora angerufen. Sie brauchte Informationen über die Militärausrüstung und erinnerte ihn daran, dass ihn Gefängnis erwartete, sollte er nicht bald mit etwas Nützlichem kommen. Also hatte er ihr denselben Tipp gegeben, was alles war, das er im Moment zu bieten hatte, und nahm an, dass das FBI eingreifen und alle festnehmen oder abknallen würde, sodass er am Ende wer weiß wie viele Fliegen mit zwei oder drei Klappen schlug, je nachdem, wie man zählte.

Wie auch immer. Eins kam zum anderen – er ging mit seinem Kunden und seinem anderen Kumpel Pool spielen, trank noch ein paar Bier mehr, ging dann Burger essen, zu Hause dann noch das eine oder andere Bier mehr, um im Anschluss vorm Fernseher einzuschlafen –, sodass er nicht mehr dazu kam, sie zurückzurufen. Er hatte für eine Weile erst mal die Schnauze voll von ihrer Scheiße. Am nächsten Morgen war er in seiner

Werkstatt mit der Arbeit an einer Spezialbestellung beschäftigt, eine modifizierte Schrotflinte. Er klemmte die Waffe in die Schraubzwinge und entfernte den Lauf mit seiner Metallsäge. Er holte seinen Schweißbrenner heraus und wollte gerade das Laser-Zielfernrohr anbringen, als das Telefon klingelte. Sie schon wieder. Er fühlte sich gerissen, als er abnahm. „Hallo, Special Agent. Sie rufen an, um Danke zu sagen?"

Doch sie rief nicht an, um sich zu bedanken. Sie rief an, weil sie angepisst war. Sie schrie ihn an und beschuldigte ihn, neben ihr auch einer Bande von Verbrechern Tipps über den Dealer gegeben zu haben. Sie nannte ihn einen widerlichen Drecksack und einen Haufen anderer Dinge, die er nicht bereit war, sich von einer Frau gefallen zu lassen. Schon gar nicht von einer braunhäutigen. Dann erwähnte sie, dass Clarence mit den Waffen davongekommen war und plötzlich war Norris zu beschäftigt damit, verängstigt zu sein, um sich über sie aufzuregen. Er sagte ihr, dass er sofort Schutz brauchte im Gegenzug für seine Kooperation. Sie lachte und sagte ihm, dass er sich ficken könne, dass ihm diese Info null Punkte gebracht hatte. Tatsächlich war er ihr etwas schuldig und sollte anrufen, sobald er etwas von Bedeutung zum Tauschen hatte. Dann legte sie auf.

Norris stand mit dem Telefon in der Hand und dachte nach. Er könnte jetzt ein Bier gebrauchen, war sein erster Gedanke. Dann dachte er daran, das Geld zu nehmen, das er versteckt hatte und irgendwo unterzutauchen. Vielleicht unten in Florida. Ein bisschen angeln und sich etwas überlegen, um sich mit den Behörden wieder gut zu stellen und dann ins Zeugenschutzprogramm einzutreten, vielleicht seinen Namen ändern, oder so.

Oder noch besser, einfach zu warten, bis sie Clarence bekommen hatten. Immerhin war er auf der Flucht, nicht Norris. Er war derjenige, der gejagt wurde.

Dieser Gedanke beruhigte ihn, weshalb er nicht allzu aufgewühlt war, als das Pärchen die Werkstatt betrat. Ein großer, dünner Typ mit blauen Augen und dunklen Haaren und ein blondes Mädchen, das aussah wie ein Cheerleader. Sexy und voller Elan.

„Guten Morgen!", rief sie. „Bist du Norris?"

„Ja", sagte er und wunderte sich, woher sie das wusste. „Aber wir haben gerade geschlossen. Ich muss los. Tut mir leid."

„Nichts Ernstes, hoffe ich?", sagte der Kerl, „... ein Notfall in der Familie etwa?"

„Nein. Na ja, ehrlich gesagt, meine Mutter ist krank."

„Oh, tut mir leid, das zu hören", sagte er, nahm die Handsäge in die Hand und schaltete sie ein.

„Hey! Leg die weg!", sagte Norris, doch bevor er einen Schritt machen konnte, trat ihm der Cheerleader in die Eier. Fest. Er keuchte, während er sowohl versuchte zu atmen, als auch, nicht zu kotzen, und krümmte sich mit seinen Händen im Schritt.

„Keine Sorge", sagte sie, während sie den Schweißbrenner griff und aufdrehte, „du bekommst deine Spielzeuge zurück, sobald du uns sagst, was du dem FBI erzählt hast."

Norris versuchte, an seine Waffe zu kommen, Kaliber 45, die er unter seiner Werkbank aufbewahrte. Doch

als er nur den Arm nach ihr ausstreckte, ließ der blau-
äugige Typ die Säge runterkommen.

21

Nachdem sie die gestohlene Ausrüstung in den Van umgeladen hatten, befreiten sie den Jeep von den Nummernschildern und anderen Beweismitteln und ließen ihn in der Scheune. Das Pärchen, von dem Clarence das Haus gemietet hatte, würde es entsorgen, sobald sich alles etwas beruhigt hatte. Dann fuhren Clarence und Don den Van zu einem unscheinbaren Businesshotel in Yonkers, nördlich der Westchester Bezirksgrenze. Joe, Yelena und Juno brachten den Volvo in die Stadt, um alle notwendigen Utensilien zu besorgen. Alle bis auf Joe hatten Reisetaschen zur Übernachtung dabei, daher hielten sie auf dem Weg bei einem Walgreens, wo Joe sich ein Dreierpack Socken, ein Dreierpack Boxershorts und ein Dreierpack mit schwarzen T-Shirts kaufte.

„Was?", sagte er, als er die Sachen hinten ins Auto warf und einstieg. Yelena und Juno grinsten beide.

„Nichts", sagte Juno, während sie losfuhren. „Du reist echt mit leichtem Gepäck, Bro."

„Ich wusste nicht, dass wir in die Flitterwochen fahren."

„Trotzdem. Keine Zahnbürste?"

„Oder Shampoo oder Rasierer?", frage Yelena von hinten.

„Ich gehe davon aus, dass das Hotel das alles haben wird."

„Bestimmt kauft dir deine Mama normalerweise diese Unterwäsche, habe ich recht?", fragte sie mit einem Lächeln im Rückspiegel. Juno lachte.

Joe lachte auch. „Fast", sagte er, „meine Oma."

Juno führte Joe zu einem Laden für High-End-Elektronik in der Nähe der Wall Street. Mit einer Tasche voller Geld von Clarence sprang er aus dem Auto.

„Gebt mir ungefähr eine Stunde", sagte er. „Ich muss ein wenig mit den Nerds klugscheißen."

„Alles klar", sagte Joe. „Ich hole dich hier wieder ab." Dann fuhr er ein paar Blocks weiter zu dem Laden, den Yelena benötigte. Er war etwas billiger, aber genauso spezialisiert und versorgte Darsteller mit einem weiten Sortiment an Perücken, Theater-Make-up und Dessous. Je mehr Pailletten, desto besser. „Ich suche einen Parkplatz und treffe dich dann drinnen", sagte er zu ihr.

„Kein Stress", sagte sie. „Ich brauche keine Hilfe von einem Mann, der seine Unterwäsche in Vorratspackungen kauft. Wir treffen uns einfach da, wo du Juno abholst." Sie öffnete die Tür. „Und keine Sorge, ich verspreche, du wirst zufrieden sein mit dem, was ich auswähle."

Sie schloss die Tür und Joe schaute ihr nach, während sie in den Laden ging und er auf Grün wartete, und fuhr ein paar Blocks weiter, wo er im Parkverbot hielt. Hauptsache, es war keine Abschleppzone. Strafzettel interessierten ihn nicht. In wenigen Tagen würden sie das Auto stehen lassen und die Papiere waren sowieso gefälscht. Er kaufte eine Packung Kaugummi in einem Deli, um etwas Wechselgeld zu bekommen, und spazierte einige Blocks, bis er eine funktionierende Telefonzelle fand, was selten war, und fragte die Vermittlung nach dem FBI Hauptquartier in New York. Als die Zentrale antwortete, fragte er nach Agent Donna Zamora. Er wurde durchgestellt und der Anrufbeantworter ertönte. Er legte auf und schaute auf seine Uhr: 13:30 Uhr. Sie könnte in der Mittagspause oder einem Meeting sein. Oder sie könnte mit inneren Verletzungen von einem Beanbag, der aus zu kurzer Distanz auf sie gefeuert wurde, im Krankenhaus liegen. Als er realisierte, dass er nur ein paar Blocks von dem FBI-Gebäude entfernt war und Zeit totzuschlagen hatte, machte er sich auf den Weg, ohne genau zu wissen, warum oder was er vorhatte, wenn er dort ankam.

Auf dem Weg kaufte er sich eine Yankees-Mütze und setzte die Sonnenbrille auf, die er aus dem Jeep mitgenommen hatte. Als er draußen vorm Foley Square ankam, kaufte er sich einen Hotdog und ein Wasser auf der Straße. Dann suchte er sich eine Bank unter einem Baum mit Blick auf den Eingang für Mitarbeiter.

Er setzte sich und aß, während er Menschen beim Kommen und Gehen beobachtete: Finanztypen in weißen Hemden, hellen Krawatten und Hosenträgern, Frauen in strengen Maßanzügen. Touristen auf der Suche nach Ground Zero. Beamte in eher gediegenen Anzügen. Gestresst wirkende Bürger mit Zetteln unter den Armen, die irgendetwas stempeln, eintragen oder in Ordnung bringen lassen mussten. Vierzig Minuten vergingen und er dachte, dass er bald aufgeben müsse. Dann sah er sie. Agent Zamora kam um die Ecke, dieses Mal in einem anderen Anzug, marineblau mit einer hellgrauen Bluse. Sie unterhielt sich mit einem jungen, schwarzen Typen in einem gut sitzenden, ebenfalls marineblauen Anzug, weißen Hemd, roter Krawatte und kurz rasierten Haaren. Sie umarmten sich – nichts Romantisches, stellte Joe fest und sah außerdem einen Ring an seinem Finger –, dann ging der Agent hinein und sie stellte sich am Kaffeewagen an. Joe stand auf und stellte sich hinter sie.

Es war sein gutes Recht, das zu tun. Er wurde wegen nichts verdächtigt – noch nicht – und niemand suchte bisher nach ihm. Er war unbewaffnet. Er hätte geradewegs ins Gebäude gehen und nach dem WC fragen können, wenn er gewollt hätte. Doch er realisierte auch, dass das alles unnötig war. Eine unnötige Komplikation und genau die Art von sinnlosem Aufwand, die ein Profi vermeiden würde. Nur sinnvoller Aufwand war die Zeit und das Risiko wert. Auf der anderen Seite war das Leben selber sinnloser Aufwand, Sex eine Komplikation und es gab keine Liebe ohne Risiko. Manche Spiele hatten keine Profis.

Agent Zamora war die Nächste in der Schlange und mit nur ein Paar Menschen hinter ihm, war Joe direkt hinter ihr. So nah, dass er ihr schimmerndes Haar riechen oder ihren Hals küssen oder in ihr Ohr flüstern konnte, wenn er es gewollt hätte. Es war eigenartig, sich vorzustellen, dass ihr einziger Kontakt, ihre einzige Berührung, ihre Fingernägel an den Handschellen waren, als sie sie ihm hinterm Rücken anlegte, oder der Bluterguss, den sein Schuss zurückgelassen haben musste. Wie eine blau-grüne Blume auf ihrer Haut.

Agent Zamora trat an das Fenster des Wagens heran, wo ein junger Armenier Kaffee machte.

„Hey, Geheimagentin!", sagte er. „Wie läuft's? Bereit für einen Latte?"

„Hi, Sameer", sagte sie mit einem Lächeln. „So was von bereit."

Der junge Mann machte sich an die Arbeit und bereitete fachmännisch einen Kaffee mit heißer Milch zu. „Heute schon einen Bösewicht gefangen?", fragte er sie.

„Zimt?"

„Ich versuche es", sagte sie. „Ja, bitte."

„Versuchen Sie weiter", sagte er und gab ihr den Kaffee. „Ich weiß, Sie werden ihn kriegen."

„Danke", sagte sie. „Das werde ich", und drehte sich um, um zu gehen.

Sameer rief Joe entgegen: „Nächster!" Doch Joe war bereits weg. Zügig ging er in die andere Richtung, um in der Menge zu verschwinden und packte ein Stück Kaugummi aus. Er schaute nicht zurück, doch hätte er es getan, hätte er gesehen, wie Agent Zamora ihm neugierig hinterherschaute, bevor sie sich umdrehte und hineinging. Zurück am Auto sah er einen Strafzettel an der Windschutzscheibe und schmiss ihn zusammen mit der Yankees-Mütze in den Müll.

In der Zwischenzeit kam Donna etwas zu spät von der Mittagspause zurück ins Büro. Sie dachte noch immer über Joe nach und ob er das wirklich gewesen war. Sie fühlte sich bereits etwas aus dem Gleichgewicht und die erste Nachricht, die sie las, riss sie komplett aus der Balance, sodass sie sich auf ihren Stuhl setzen musste.

Norris der Widerling, ihr Hinterwäldler-Informant, wurde tot aufgefunden. In seiner eigenen Waffenwerkstatt. Es sah so aus, als wäre er auf sadistische Weise gefoltert worden.

22

Uncle Chen verhielt sich vernünftig, geduldig, sogar großzügig. Er war letztendlich auch dafür bekannt, ein vernünftiger, geduldiger, großzügiger Mann zu sein oder zumindest einer, den man zu sehr fürchtete, um ihm zu widersprechen. In diesem Fall wartete er volle vierundzwanzig Stunden, bevor er gegen Gio vorging. Das war wirklich noch nachsichtig, wenn man bedachte, dass die Fahrt von Gios Club, oder in welchem Loch in Jackson Heights dieser Joe-Typ auch immer schlief, nach Flushing circa eine halbe Stunde, höchstens vierzig Minuten mit Verkehr, dauern würde. Er mochte Gio. Er hatte ihn sein ganzes Leben gekannt und davor seinen Vater.

Doch nachdem ein Tag seit dem Tod seines Neffen vergangen war und Gio ihm immer noch sagte, dass er diesen Typen nicht erreichen konnte und er keine Ahnung habe, wo er war, doch dass er davon überzeugt war, dass er nichts mit dem Mord an Derek zu tun hatte, verlor Onkel Chen allmählich die Geduld. Darum sendete er Gio eine kleine Nachricht. Eine Erinnerung daran, dass seine Geduld Grenzen hatte.

Währenddessen wartete Gio darauf, dass seine Tochter ihren Scheiß zusammenpackte, sodass er sie zum Fußballtraining fahren konnte, rechnete aus, wie spät sie waren und versuchte, nicht seine eigene Geduld zu verlieren, als seine Frau ihn in die Küche zog und anfing zu flüstern.

„Nora möchte mit dir über etwas reden."

„Okay." Er schaute auf seine Uhr. Sie hatten fünfzehn Minuten. „Ich hoffe, etwas Kurzes. Wir sind spät dran."

„Sie hatte diese Woche ihre erste Periode."

„Jesus", platzte es aus ihm heraus, „ist sie in Ordnung?"

„Shhh ... Natürlich ist sie das. Und rede leise."

„Sorry", flüsterte er, „darauf war ich nicht vorbereitet. Nächstes Mal warnst du mich, verdammt noch mal, vor."

„Was meinst du damit? Welches nächste Mal? Eine Tochter zu haben, ist die Vorwarnung. Es ist nicht so, als hätten wir nicht gewusst, dass das kommen wird. Das ist etwas Gutes. Sie wächst zu einer jungen Frau heran."

„Ich weiß, ich weiß. Ich versuche nur, es richtig zu begreifen."

„Gut, dann begreife es schnell." Sie verschränkte ihre Arme und warf ihm ihren Therapeutenblick zu. „Du kannst ihr nämlich kein schlechtes Gefühl oder die Schuld für einen natürlichen Prozess ihres Körpers geben. Du wirst ihr sonst einen Komplex verpassen. Die väterliche Unterstützung ist wichtig."

„Ja, das ist mir bewusst. Danke. Aber", er legte seine Hand auf ihre Schulter und sprach mit sanfterer Stimme, „warum mit mir reden? Ist das nicht eher der Bereich der Mutter?"

„Wir haben schon geredet und als wir bei dem Thema Sex –"

„Sex? Mein Gott, Carol, willst du etwa sagen –"

„Nicht spezifisch darüber, Sex zu haben. Beruhig dich.
Das ist noch überhaupt kein Thema. Hier. Du schwitzt.“
Sie gab ihm eine Serviette. „Ich habe nur, du weißt
schon, mit ihr darüber gesprochen, wie sich ihr Leben
ab jetzt verändern wird.“ Sie runzelte die Stirn.

„Jedenfalls hat sie mich gefragt, ob ich dir davon erzählen werde und ich habe natürlich Ja gesagt. Da hat
sie gesagt, dass es einige Dinge gibt, über die sie sprechen wollte ... nur mit dir.“

„Oh, ich verstehe ...“ Er konnte sehen, dass Carol das
extrem nervte, wodurch er sich etwas besser fühlte.
Gleichzeitig war ihm aber auch äußerst unbehaglich,
da er nicht wusste, was zur Hölle ihn erwartete.

„Na ja, du weißt ja, wie launisch Teenager sind.“

„Papa!“, dröhnte Noras Stimme, als sie die Treppen
runtergaloppierte. Gio zuckte zusammen, als ob er gerade bei irgendetwas erwischt worden wäre. „Papa, lass
uns los. Wir kommen zu spät!“

„Okay, Liebling. Ich komme!“, rief er.

„Wie auch immer“, flüsterte Carol. „Sie möchte mit
dir reden, also reiß dich zusammen, Gio. Du weißt
schon, sei ein Mann.“

„So“, sagte Gio zu seiner Tochter, die neben ihm angeschnallt auf dem Sitz saß und auf ihr Handy starrte. Er
suchte innerlich nach einem Eisbrecher. „Wie läuft es
so?“

Sie guckte ihn an. „Hat Mama dir schon von meiner
Periode erzählt?“

Er zuckte erneut, doch überspielte es ziemlich gut, so
dachte er, indem er auf die Straße guckte, den Blinker
einschaltete und dann links über seine Schulter blickte,

um die Spur zu wechseln. „Ja, hat sie, Liebling. Das ist toll. Ich meine ... natürlich." Er guckte zu ihr herüber und sah, wie ihn ihre großen, braunen Augen anschauten. Dann starrte er wieder geradeaus und räusperte sich. „Um ehrlich zu sein, dachte ich immer, dass du mit deiner Mutter über diese Dinge reden wollen würdest. Ich meine, sie ist eine Frau und eine Seelenklempnerin, Therapeutin, was auch immer. Ich bin nur", er wedelte mit seiner Hand, „du weißt schon."

„Ich weiß, Papa. Aber das ist ja gerade der Grund. Ich meine, ich habe es Mama erzählt, weil sie mir Tampons und so besorgen muss und ich wusste, dass du damit nicht klarkommen würdest."

Er zuckte mit den Schultern. Da hatte sie recht.

„Außerdem – oh mein Gott – es hätte sie umgebracht, wenn ich es ihr nicht erzählt hätte."

Er schmunzelte.

„Aber sie nimmt es einfach zu ernst, weißt du? Ich meine, ich verstehe total, warum alle sagen, dass Therapeutenkinder abgefuckt sind."

„Was? Wer sagt das? Du findest, du bist abgef– ich meine, daneben?"

„Nein, Gott, beruhige dich. Pass auf, wo du langfährst. Du fährst dem sonst noch rein. Mein Punkt ist, Mama und ich sind super dicke und alles, aber ich glaube, ich brauche gesunde Grenzen mit ihr. Ich weiß auch nicht. Irgendwie habe ich das Gefühl, dass du und ich uns ähnlicher sind."

„Oh, wirklich?" Gio lächelte. „Inwiefern?"

„Du weißt schon. Wir sind nicht so die Gefühlsmenschen."

„Was? Wie meinst du das? Du weißt, du und dein Bruder bedeuten mir mehr als –"

„Jaja, Papa. Ich weiß, dass du uns liebst. Das meine ich aber nicht. Es ist – du bist mehr, ich weiß nicht, reserviert. Zurückhaltend mit Sachen. Und das respektiere ich."

„Danke."

„Darum hatte ich Angst, überhaupt irgendetwas zu sagen, als das Thema Sex aufkam und Mama sich mit Büchern und Videos auf mich gestürzt hat. Aber ich habe das Gefühl, dass ich mit dir reden kann und du es für dich behältst." Sie beäugte ihn vorsichtig. „Und nicht komisch wirst."

„Selbstverständlich, Liebling."

„Okay", sie atmete tief ein, „also, erinnerst du dich noch daran, dass mein Team letzte Woche eine Siegesparty geschmissen hat, nachdem wir gegen die Wildcats gewonnen haben?"

„Ja", sagte er ruhig, aber dachte: Heilige Scheiße, sie wurde unter Drogen gesetzt? Wenn ihr irgendwer Drogen gegeben oder auch nur angeboten hat, werde ich ihn lebendig häuten.

„Na ja, es wurde ein wenig geküsst."

„Du meinst ..."

„Nur küssen, okay? Das war's."

„Oh." Gio fühlte seinen Blutdruck sinken. „Okay. Das ist in Ordnung, Süße. Das ist der ganz natürliche Prozess des, du weißt schon ..."

„Papa, denk mal nach. Die Party? Das Fußballteam? Alles Mädchen?"

„Oh."

„Ich meine, keine große Sache. Wir haben nur rumgealbert und es war nur dieses eine Mal. Aber ... ich fühle mich jetzt irgendwie komisch."

„Du brauchst dich nicht schlecht zu fühlen ..."

„Tu ich nicht." Sie guckte ihn an, dann blickte sie nach unten. „Ich mochte es irgendwie."

„Oh."

„Ich meine, ich habe bisher nur einen Jungen geküsst, Ethan Steinberg. Das war beim Flaschendrehen auf Lilians Bar Mitzwa und ich denke, das mochte ich auch. Aber ich — ich frage mich ... was, wenn sich herausstellt, dass ich homosexuell bin? Was meinst du?"

Gio fuhr auf den Parkplatz. Sie konnten einige Mädchen aus ihrer Mannschaft sehen, wie sie sich auf dem Spielfeld aufwärmten, wie ihre Pferdeschwänze peitschten, während sie weiße Fußbälle vom Fuß zum Knie und wieder zum Fuß spielten oder wie sie sich auf dem frisch gemähten, grünen Gras dehnten. Andere stiegen aus Autos aus, riesige Taschen mit ihren Namen darauf um ihre Schultern. Er hielt an, schaltete auf parken und ließ den Motor laufen. Er drehte sich lächelnd zu ihr und nahm ihre Hand. „Liebling", sagte er. Sein Handy vibrierte in der Konsole zwischen ihnen. Eine Nachricht. Nero.

„Musst du da rangehen?"

„Nein. Ich meine, nicht jetzt ... Liebling ..."

„Ja, Papa?"

„Solange ich lebe, werde ich dich so, wie du bist, von ganzem Herzen lieben. Wer auch immer du bist. Oder dich herausstellst zu sein." Er runzelte die Stirn. „Das kam irgendwie falsch rüber."

„Ich verstehe schon!" Sie umarmte ihn. „Danke, Papa. Ich liebe dich auch."

„Danke, Liebling", sagte er ehrlich dankbar. Er umarmte sie fest.

„Erzähl das nicht Mama, versprochen? Sie würde mich innerhalb einer Sekunde in Gruppentherapie stecken."

„Um Gottes willen, nein." Sein Handy vibrierte erneut. „Beachte das gar nicht …"

„Ist schon in Ordnung, Papa. Geh an deinen Geschäftsanruf ran. Ich muss los. Wenn du es nicht rechtzeitig zurückschaffst, schreib mir einfach eine Nachricht. Ich kann bei Rachel mitfahren."

„Okay. Oh, und, Liebling!"

Sie drehte sich um, Tür offen und ein Bein draußen. „Ja, Papa?"

„Bis du älter wirst, könntest du vielleicht versuchen, es mit den Mädchen … und definitiv mit den Jungs, könntest du versuchen, es, du weißt schon, bei, sagen wir, oberhalb des …" Er überlegte. „… Halses zu belassen?"

„Haha, ich liebe dich, Dad."

Sie nahm ihre Sporttasche, sprang aus der Tür und sprintete glücklich zu ihren Freunden. Er sah, wie sie Rachel umarmte. Die stämmige Blondine, die im letzten Spiel zwei Tore schoss. War sie die Lesbe?, wunderte er sich, während er auf sein Handy schaute.

Problem. Truck. Treffen?

„Fuck", sagte Gio. Er würde sich durch den Verkehr in die andere Richtung kämpfen müssen. Er schrieb zurück:

Ja. Diner.

Joe kam um circa fünf Uhr beim Circus City an. Es war ein großer Laden, offensichtlich mit Zirkusmotto: Die Tänzer auf Trapezen, aber auch an Stangen, und die Peepshows im hinteren Bereich sahen aus wie ein alter Karneval. Der Club hatte geöffnet, war jedoch noch nicht wirklich voll. Es war die perfekte Zeit, um mit dem Manager, einem Typen namens Kit, zu reden, den er hier öfter gesehen hatte. Kit war auch heute wieder da. Die Tür seines Büros war offen und er saß zurückgelehnt in seinem managermäßigen Schreibtischstuhl und machte eine Barkeeperin im Bikini zur Sau, weil sie zu spät gekommen war. Als er Joe in der Tür sah, schickte er sie zurück zur Arbeit und winkte ihn herein. Joe schloss die Tür.

„Hey, Joe. Schön, dich zu sehen. Setz dich. Bitte sag mir, dass du einen Job suchst."

„Ich weiß nicht. Müssen sich deine Türsteher immer noch als Kraftmenschen aus dem Zirkus verkleiden?"

„Ja. Aber hey, es gibt meinen Club immer noch, richtig? Und für dich gibt es Lapdances und Drinks aufs Haus."

„Verlockend", sagte Joe, „aber eigentlich komme ich heute vorbei, um dich um einen Gefallen zu bitten."

Kit setzte sich aufrecht hin, sein Stuhl quietschte. „Was für eine Art Gefallen?"

Joe nahm fünf Scheine aus seiner Hemdtasche und legte sie auf den Schreibtisch. „Die Art Gefallen, bei der ich dir jetzt gleich fünfhundert Dollar gebe und du keine Fragen stellst. Und dann gebe ich dir weitere fünfhundert später und du vergisst, dass das jemals passiert ist."

Als Gio fünfundzwanzig lange Minuten später endlich auf den Parkplatz fuhr, wartete sein Typ Nero bereits an der Motorhaube seines Caddy lehnend und eine Zigarette rauchend, welche er wegschnipste, als er Gio sah. Er kam herüber und beugte sich ins Fenster. Er stank nach Rauch.

„Tut mir leid, dich zu nerven, Gio, aber ich dachte, du solltest das wissen. Dieser Truck voller gefälschter Taschen, du weißt schon, Louis Vuitton, Gucci ..."

„Ja? Was ist damit?"

„Er wurde gekapert."

„Gekapert?" Gio runzelte die Stirn. „Du meinst geraubt?"

„Ja." Nero griff nach einer weiteren Zigarette. „Sorry."

Das überraschte Gio. Er dachte, die Cops hätten seinen Truck hochgenommen – mehr Druck wegen dieser ganzen ISIS-Geschichte –, aber gestohlen? Die Leute beraubten Gio normalerweise nicht. Gio beraubte sie und selbst dann blieben sie freundlich.

„Wer ist es gewesen?"

Nero zuckte mit den Schultern. „Sie haben Masken getragen. Aber Tony sagte, dass sie sich in einer Sprache miteinander unterhielten, die Mandarin gewesen sein könnte."

„Tony spricht Mandarin?"

„Nein, aber sein Kind lernt es in der Schule. Er war sich jedoch nicht sicher. Es könnte auch Kantonesisch gewesen sein. Sorry, Gio.“

„Schon okay, Nero.“ Gio verstand, was Onkel Chen ihm sagen wollte. Klar und deutlich. Es war ein Warnschuss. Bald würde er im Krieg mit den Triaden sein. Eine kriminelle Organisation, so tief verwurzelt wie seine eigene. Selbst wenn er mit den anderen Italienern an seiner Seite aufmarschierte, würde es blutig und teuer werden. Und der beste Weg, das zu vermeiden, war, ihnen seinen alten Freund Joe auszuhändigen.

23

Drei Stunden später war Circus City im vollen Gange. Stripperinnen räkelten sich an Stangen und Trapezen und alle halbe Stunde gab es eine Löwenbändiger-Show, bei der ein Mädchen mit Zylinder und Peitsche auf einem Hocker zwei andere Mädchen in Katzenohren und -schwänzen herumscheuchte. Die Barkeeper und Kellner waren als Clowns verkleidet und natürlich trug der riesige Türsteher so ein Leopardenfell-Höhlenmenschen-Ding. Joe musste zugeben, es stand ihm, wie er so an der Tür posierte und seine Muskeln spielen ließ.

Albern oder nicht, die Leute liebten es. Computernerds, Businesstypen, Autohändler in gelockerten Krawatten, Bauarbeiter, sogar ein Tisch mit Angestellten der Metropolitan Transportation Authority – sie alle waren hier und stopften einen Großteil ihres Gehalts in Stringtangas. Joe war gegangen, um die Ausrüstung zu holen, die sie brauchten, und kam zurück, um sie aufzubauen, während Yelena in die Garderobe ging, um sich vorzubereiten. Als Shatz den Laden betrat, waren sie bereit.

Wie beschrieben war er ein ruhiger, gekrümmt laufender, etwas übergewichtiger Typ mit schiefer Krawatte. Außerdem hatte Clarence recht, was die Sache mit den Rothaarigen anging.

Als der DJ Ruby ankündigte und Yelena in nichts als schwarzen Strapsen, einem schwarzen Höschen, einem schwarzen BH, High Heels und einer roten Perücke auf die Bühne kam, war Shatz in Ekstase. Er konnte seinen Blick nicht abwenden. Von Joes Position aus, im Schatten, konnte Joe ihn nicht einmal atmen sehen.

Man musste zugeben, sie war definitiv ein netter Anblick. Sie musste in Russland in einer Art Gymnastikgruppe gewesen sein. Vielleicht hatten das alle kleinen Mädchen da drüben gemacht. Wie dem auch sei, sie hatte Shatz am Haken wie eine Forelle und zog ihn gleich an Land. Als der DJ ankündigte, dass Ruby eine Peepshow im hinteren Bereich geben würde, stand er direkt auf wie ein Zombie, und ging los. Um genau zu sein, standen mehrere Typen auf und einer war etwas dichter als Shatz, also musste Joe aus Versehen Club Soda auf ihn schütten, um Shatz einen Vorsprung zu verschaffen. Shatz ging den Flur hinunter bis zur Kabine. Dabei hielt er ein Schild mit der Aufschrift RUBY. Er öffnete den Vorhang und trat ein.

Drinnen sah es aus wie eine alte Freakshow, mit einem Hocker und einer unechten Holztür und einem Guckloch auf Augenhöhe. Man musste sich Marken kaufen, zehn Dollar pro Stück, die man in den Schlitz warf, um fünf Minuten zu bekommen. Shatz bezahlte und presste sein Auge an das Loch. Nichts passierte. Er sah nur Schwarz.

„Einen Moment bitte", rief Yelena mit zarter Stimme. „Ich bin noch nicht ganz fertig."

Ungefähr zehn Sekunden vergingen. Dann öffnete sich das Guckloch und er sah sie, mit einem Fuß auf einem Stuhl. Sie räkelte und bewegte sich, berührte sich hier und da, hob ihre Beine in einer Ballettpose weit nach oben und drehte und verbog sich dann wieder. Vorsichtig streifte sie ihren BH ab. Shatz konnte sich selbst atmen hören. Dann, als sie gerade

ihren Tanga ausziehen wollte, schloss das Guckloch. Zeit für die nächste Münze. Ungeduldig warf er noch eine hinein und sie war zurück. Wieder neckte sie ihn, zog ihr Höschen hoch und runter, bevor sie es ganz auszog, spreizte ihre Schenkel und ließ ihn sehen. Er war sprachlos, atemlos, so gut wie hirnlos. Dann sprach sie:

„Wenn du willst, kann ich diese Tür öffnen und dich hereinlassen. Aber keine Münzen. Zwanzig Dollar in bar.“

Shatz verstand. Für jede Münze, die die Mädels einnahmen, bekamen sie nur sechs Mäuse, der Club behielt vier als seinen Anteil. Wenn er ihr zwanzig geben würde, könnte sie alles behalten. Er nickte. Dann erinnerte er sich, dass sie ihn nicht sehen konnte und krächzte heiser: „Okay.“

Sie öffnete die Tür und er ging hinein, als ob er durch das Schauglas gehen würde. Komplett nackt – bis auf ihre Schuhe und die Strapse – nahm sie ihm den Zwanziger aus der Hand und setzte ihn in den Stuhl, um sich sanft auf seinem Schoß niederzulassen. Er saß wie versteinert da, wie eine Statue. Sie nahm seine Hände in ihre.

„Du kannst mich ruhig anfassen“, flüsterte sie und platzierte seine Hände auf ihrem perfekt runden Arsch. „Ich mag es, wenn du hart zupackst.“

Also tat er es. Er packte ihren Arsch fest und sie schnurrte, stöhnte leicht und ihre Brüste streiften ganz leicht seine Wangen, als plötzlich alles schiefging.

„Hey! Was zur Hölle ist hier los?“

Es war irgendein wütend aussehender Typ in T-Shirt und Jeans. Er zerrte Ruby am Arm und griff Shatz am Kragen.

„Für wen hältst du dich, dass du versuchst, meine Freundin zu ficken?“

„Nein! Das tue ich nicht. Das habe ich nicht. Sie hat gesagt –“

„Sie hat was gesagt?“ Er drehte sich zu Ruby. „Ich habe dich gewarnt. Du wirst hier nie wieder arbeiten. Und du ...“ Er drehte sich zurück zu Shatz. „Sieh zu, dass du dich verpisst oder ich breche dir das Genick.“

Shatz floh wie ein Hase, den ein Hund aus seinem Maul fallen gelassen hatte. Sobald er verschwunden war, schloss Joe die unechte Holztür und entfernte das Gerät, das er über dem Guckloch angebracht hatte, während Yelena ihre Sachen zusammensammelte. Sie zog sich jedoch nicht an. Sie eilten in den hinteren Lagerraum, wo Juno wartete.

„Hast du den Augenscan?“, fragte Joe ihn.

„Hab ihn“, sagte Juno und zeigte auf den Bildschirm des Laptops, auf dem ein Bild von Shatz’ Auge erschien. Er hatte es von der kleinen Kamera heruntergeladen, deren Linse sich über dem Guckloch befunden hatte. „Und jetzt die Hände“, sagte er und drehte sich zu Yelena. „Vorsichtig“, sagte er zu ihr, als er etwas aufhob, das aussah wie eine Taschenlampe. „Setz dich nicht und fass nichts an. Heb einfach nur deine Hände hoch.“

Sie hob ihre Arme über ihren Kopf. Joe schaltete das Licht aus und als Juno sein Schwarzlicht anschaltete, erschienen die Hände von Shatz auf beiden ihrer Pobacken. Das Puder, mit der er sie vorher bestäubt hatte,

hatte den Abdruck angenommen. Unsichtbar, es sei denn, man hielt ihn unter Schwarzlicht.

„Perfekt“, sagte Juno.

„Die Abdrücke oder mein Arsch“, fragte Yelena und guckte über ihre Schulter.

„Beides und jetzt halt still.“ Er nahm zwei Bögen klares, klebriges Pergamin und presste es vorsichtig auf jede Backe.

„Machst du, so schnell es geht?“, fragte Yelena.

„Ich bin nur gründlich.“ Er zog die Bögen ab und überprüfte sie. Sie zeigten die Abdrücke. „Fertig“, sagte er.

Yelena nahm umgehend die Perücke ab und zog sich ihre Straßenklamotten an – normale Unterwäsche, Jeans, ein Sweatshirt –, während Juno seine Ausrüstung einsammelte. Joe ging zu Kit und gab ihm fünfhundert Dollar. Dann brachte er die anderen durch die Hintertür zum Volvo Sedan, der draußen parkte. Sie alle stiegen ein. Joe fuhr.

Sie fuhren zu einer Bar in der Nachbarschaft in Yonkers, wo Don und Clarence bei ein paar Bieren warteten. Sie blickten erwartungsvoll auf. Juno hob seine Hände triumphierend.

„Großartig, großartig“, sagte Clarence, ihre Hände schüttelnd. „Irgendwelche Probleme?“

„Nö. Joes Plan lief glatt wie Seide“, sagte Juno und setzte sich falsch herum auf einen Stuhl. Clarence setzte sich neben Don und Yelena und Joe setzten sich auf die andere Seite.

„Was ist mit mir?“, sagte sie neckisch. „Ich habe schließlich meinen Arsch riskiert.“

„Du hast mich nicht ausreden lassen", fuhr Juno fort. „Nicht einmal Seide ist so zart wie dieser Arsch. Ich kann es bezeugen, als Einziger hier, der ihn angefasst hat.

Joe lächelte ihn an. „Du hast dir jedenfalls ordentlich Zeit gelassen, als du ihr den Feenstaub aufgetragen hast."

Juno zuckte mit den Schultern. „Musste sorgfältig sein, Mann. Wir brauchten einen guten Abdruck."

„Wir sind so weit", sagte Clarence. „Shatz wird niemals darauf kommen. Selbst wenn ihn die Bullen vernehmen, wird er sich zu sehr schämen, um auch nur ein Wort darüber zu verlieren."

„Tut mir leid, dass ich die Show verpasst habe", sagte Don. „Kompliment an euch beide." Er streckte Joe die Hand entgegen. „Sehr clever, Kumpel. Und wie du gesagt hast, kein Chaos."

Joe lächelte und schüttelte seine Hand. „Danke."

„Lasst uns so weitermachen", sagte Clarence. „Wenn wir uns an den Plan halten, können wir das Ganze durchziehen, ohne dass es blutig wird. Rein und raus. Ganz sauber. Darum hat der Kunde Profis angeheuert." Er stand auf, etwas steif, doch er schaffte es mittlerweile ohne Gehstock und nahm sein Handy. „Ich werde ihm Bescheid sagen, dass wir morgen loslegen können. Ihr bestellt schon mal einen Drink für mich." Er winkte die Kellnerin herüber.

„Mein Arsch, meine Entscheidung", sagte Yelena. „Wodka-Shots für alle."

„Für mich nur Kaffee", sagte Joe.

Yelena warf ihm einen finsteren Blick zu. „Was ist los, alter Mann? Vielleicht hast du nur Gehirn, aber keinen

Bauch." Sie schaute die anderen an. „Sagt man das hier so?"

Don lachte. „Ich glaube, du meinst keine Eier."

Juno grinste. „Ich wollte einen Cognac bestellen, aber ich denke, ich nehme dann jetzt auch einen Wodka."

„Also gut", sagte Joe, „mach einen Espresso daraus."

Im Hotel klopfte Joe an die Tür zwischen seinem und Junos Zimmer.

„Yo!", rief Juno und Joe kam herein. Juno saß auf der Bettkante und spielte ein Videospiel. Es lief auf einem der Bildschirme, die er extra für Überfälle gekauft hatte. „Was ist los?", fragte er, während er weiter auf den Bildschirm starrte, auf dem sich sein Avatar, umhüllt von Militärausrüstung, durch ein brennendes Gebäude schoss.

„Wenn du einen Moment hast, bräuchte ich etwas technische Hilfe hier drinnen", sagte Joe.

„Schwierigkeiten mit der Ausrüstung für morgen?"

„Ich kriege kein HBO mit dem Fernseher rein."

„Okay", sagte er, „lass mich nur kurz diese Schurken töten." Er drückte einen Knopf und ein Projektil schoss über den Bildschirm, Körperteile flogen und armselige Schreie ertönten, als es explodierte. Einen Moment später krachte das Gebäude zusammen und der Bildschirm füllte sich mit Trümmern. „Verdammt."

„Was ist passiert?", fragte Joe.

„Das Dach ist eingestürzt."

Joe saß neben ihm und guckte auf den Bildschirm. „Ich glaube, es war dieser Pfeiler. In einem geschwächten Gebäude kannst du einen Raketenwerfer nicht so dicht an einem lasttragenden Element verwenden. Du hättest eine Schock-Granate werfen sollen, um sie zu lähmen."

„Du spielst, Joe? Ich bin erstaunt, dass du ein Gamer bist."

„Ich habe über das echte Leben gesprochen."

„Ach ja, das habe ich für eine Sekunde vergessen." Er gab Joe den Controller. „Hier, zieh dir das rein."

„Was? Ich? Ich krieg noch nicht mal HBO rein."

Juno startete das Spiel neu. Ein frischer Avatar erschien. Ein Superheld. Muskulös, dunkle Haut, Tarnkleidung und ein rotes Stirnband, das seinen Afro hochhielt. „Also, das bist du. Und das sind die Steuerungen für Schießen, Laufen, Treten, Schlagen. Easy."

Joe tat sich schwer, seine Figur durch die Tür eines Gebäudes zu bewegen. „Verdammt, ich glaube, es ist kaputt."

„Ne, du bist nur ein wenig spastisch. Vielleicht fühlst du dich in einem weißen Körper etwas wohler? Ich kann ihn verändern."

„Verpiss dich." Joe lachte und schlug Junos Hand weg. Dann schaffte er es ins Gebäude und eröffnete das Feuer auf die Figuren darin. „Was sagst du jetzt? Besser?"

„Du hast gerade deinen eigenen Captain getötet. Das ist kein Vietnam-Spiel."

„Hat dieses Ding eine PTSB-Flashback-Funktion?", fragte Joe, während er krampfhaft einen Knopf drückte und sein Avatar auf- und absprang, während die feindlichen Soldaten auf ihn schossen. „Scheiße, meine Waffe hat geklemmt."

„Ne, du hast den falschen Knopf gedrückt."

„Verdammt."

„Hab etwas Geduld." Er ging zum Tresen und holte ein paar Getränke. „Trink einen warmen Weintrauben-Snapple und versuch es noch mal."

Joe stand auf. „Nenn mich einen Snob, aber ich glaube, der sollte kalt serviert werden." Er nahm den Eimer. „Ich hole Eis."

Er öffnete die Tür, doch zögerte, als er Yelena mit Don an ihrer Seite vor ihrem Zimmer am Ende des Flurs stehen sah.

„Danke, aber nein", sagte sie und wand sich frei, als er versuchte, seinen bulligen Arm um sie zu legen. „Ich bring dir das Ringen ein anderes Mal bei. Aber jetzt muss ich schlafen. Großer Tag morgen."

Sie öffnete die Tür.

„Du wirst so viel besser schlafen, nachdem du noch einen starken Drink hattest", sagte Don, während er sich hineinbewegte, sein Gesicht nah an ihrem. „Und einen unglaublichen Orgasmus."

„Ich weiß", sagte sie und schenkte ihm ein süßes Lächeln. „Genau das habe ich auch vor. Alleine in meinem Zimmer", sagte sie, ging hinein und schloss die Tür. Joe sah seinen Moment gekommen und setzte sich in Bewegung. Er schwang den Eimer, als er an Don vorbeiging.

„Guten Abend", sagte er.

Don grummelte etwas und ging auf sein Zimmer. Seine Tür knallte.

Joe holte das Eis und als er zurückkam, beobachtete Yelena ihn neugierig von ihrer Tür aus.

„Joe ...", sagte sie. Er stoppte. „Warum spionierst du mir und Don hinterher?"

„Ich habe nur Eis geholt. Juno und ich trinken Snapple.“

Sie runzelte genervt die Stirn. „Ich dachte, du kommst vielleicht, um mich hilfloses Fräulein zu retten?“

Joe grinste sie an. „Wohl kaum. Wobei ich zugeben muss, dass ich ein wenig besorgt war, dass du ihn umbringen würdest und ich dir helfen muss, die Leiche zu entsorgen. Er sieht ziemlich schwer aus.“ Sie schmunzelte und Joe ging den Flur hinunter. „Gute Nacht“, sagte er und öffnete Junos Tür.

„Gute Nacht“, sagte sie und schloss ihre.

24

Es war Samstag, also war sie theoretisch privat unterwegs, doch sollte irgendwer fragen, konnte sie sagen, dass sie nur einer Spur folgte, die durch die Razzia in dem Nachtclub aufkam. Oder einer Vermutung nachging. Oder vielleicht nur kratzte, wo es juckte. Was davon war näher an der Wahrheit? Sie war sich nicht sicher, doch nachdem Mike Larissa für ihren gemeinsamen Tag abgeholt hatte – Fußballtraining, danach Pizza und ein Film –, fuhr Donna nach Jackson Heights in Queens, dem Zuhause von Gladys Brody, Joes Großmutter und einzige lebende Verwandte. Genau genommen, die einzige Person, die Joe wirklich kannte, soweit sie wusste. Außer Gio.

An den Eingangsstufen des alten Ziegelhauses ging sie an einer Gruppe Kids vorbei, die auf Rollern und Fahrrädern umherschwirrten, einen Fußball durch die Gegend schossen und Himmel und Hölle spielten. Dann, im Innenhof, durchlief sie einen Spießrutenlauf aus alten Hennen auf Klappstühlen, die vor sich hergackerten. Als sie an der Vordertür ankam, beobachtete sie ein fetter Mann im Muskelshirt, der auf einem Milchkasten saß und eine Zigarre rauchte, dabei, wie sie 4A fand und klingelte. Keine Antwort.

„Wen suchen Sie?", fragte er und atmete Zigarrengestank gemischt mit etwas Körpergeruch durch seinen Schnurrbart.

132

Kleine Haarbüschel kamen aus seinen Ohren und aus den Seiten seiner Achseln, als wenn er einfach zu viel Haar in sich hatte, das herausmusste.

Donna lächelte. „Gladys Brody. Wissen Sie, wann sie wieder da sein wird?"

Er zuckte mit den Schultern. „Wer will das wissen?"

Sie knirschte mit den Zähnen, doch lächelte weiter. „Ich. Es ist persönlich."

Er starrte sie an und überlegte. Es schien wie ein Wettstarren, bis eine der Hennen zu ihnen herüberrief: „Schon okay, Louie. Ich rede mit der jungen Dame."

Louie lächelte, wobei ein paar echte Goldzähne und etwas Nikotingelb zum Vorschein kam, und zeigte mit seiner Zigarre in Richtung der alten Dame. Gladys war die kleinste der alten Damen, wie ein getrockneter Shrimp, mit einer hergerichteten, weißen Frisur, elektrisch-blauen Hosen, blauen Schuhen und einer rot-gelb-grünen Bluse mit Papageien darauf. Sie rauchte eine Slim 100 und winkte Donna zu. Sie fragte: „Was sind Sie, Liebes?" Zuerst dachte Donna, sie meinte ihre ethnische Herkunft, bis sie fortfuhr: „Sozialarbeiterin oder Polizistin?" Doch bevor Donna antworten konnte, änderte sie ihre Meinung, während sie durch ihre riesige, runde Sonnenbrille schaute: „Nein, Ihr Anzug ist zu gut. Sie sind entweder Anwältin oder FBI-Agentin."

„FBI", sagte sie mit einem Lächeln. „Ich bin Agent Donna Zamora." Sie zeigte ihre Marke und streckte eine Hand aus.

Gladys schüttelte sie. „Wie schön für Sie. Ich wette, Ihre Mutter ist stolz."

„Das ist sie, danke."

„Lassen Sie sich ja nicht von den Männern herumschubsen."

„Ich werd's versuchen."

„Also, was ist los? Sind Sie hier, um Mic festzunehmen?"

All die anderen Damen, einige in Hauskleidern, einige in Freizeitkleidung wie Gladys, eine, um Gottes willen, im Bikini etwas abseits auf einem sonnigen Plätzchen, die mit Reflektorfolie ihre sowieso schon trockenfleischartige Haut röstete – drehten sich um und hörten neugierig zu.

„Nein, nein, nichts dergleichen." Donna schmunzelte. „Nur ein paar Fragen. Vielleicht sollten wir uns drinnen unterhalten?"

Gladys zuckte mit den Schultern und zündete sich eine neue Zigarette mit dem Stummel der letzten an. „Hier ist gut. Ich schnappe gerne etwas frische Luft, aber nur im Schatten. Ich kriege schnell einen Sonnenbrand. Nicht wie Sie, mit dieser schönen spanischen Haut."

„Ähm, danke …", sagte Donna, während Louie galant seinen Milchkasten hinter sie stellte. Sie lächelte den lauschenden Damen erneut zu und setzte sich. „Es geht um Ihren Enkelsohn, Joseph." Sie begann ihre übliche Geschichte für Personen, die zu Angelegenheiten der nationalen Sicherheit befragt werden, doch Gladys winkte munter ab.

„Wer weiß schon, wo Joe sich aufhält? Er hält sich irgendwo auf. Das weiß ich. Heutzutage passt er auf mich auf, nicht ich auf ihn."

„Das haben Sie jedoch einmal getan, als er jünger war."

„Na klar", sagte sie. „Ich habe ihn von dem Moment seiner Geburt großgezogen."

„Was ist mit seinen Eltern?"

„Ich bitte Sie, Eltern? Die waren selber noch Kinder. Seine Mutter war noch nie für irgendetwas gut. Genau wie ihre Mutter vor ihr."

„Die kannten Sie auch?"

„Sicher. Die ganze Familie. Seit Jahren. Margie!", rief sie einer übergewichtigen Frau im Hauskleid, Pantoffeln und Lockenwicklern entgegen. „Erinnerst du dich noch an die Fabiolis?"

Margie nickte klughaft. Gladys fuhr fort: „Italiener. Nicht, dass mich das störte. Ich liebe jeden", sie wedelte ihre Zigarette und listete auf, „allesamt, Italiener, Juden, Weiße, Spanier ...", dort stoppte sie. „Doch was wahr ist, ist wahr. Joes Mutter, Regina Fabioli? Sie war eine Schönheit, das muss man ihr lassen. Doch sie trank und trieb sich herum. Es holte sie ein. Sie wurde krank und starb, als Joe zwei war."

„Das ist schrecklich, seine Mutter zu verlieren, wenn man noch so jung ist. Was war mit Ihrem Sohn, Joes Vater?"

„Der?" Sie machte eine abfällige Geste, wobei etwas Asche auf Donnas Hose fiel. „Nutzlos."

„Ich weiß, dass er öfter mit dem Gesetz in Konflikt geraten ist", sagte Donna und versuchte, verständnisvoll zu klingen. „Er war als Dieb und Trickbetrüger vorbestraft."

Gladys lächelte. „Ja, er war einer der Besten", sagte sie wehmütig. „Aber Geld lief durch ihn durch wie Wasser. Er spielte. Und dann war da noch der Fluch."

„Der Fluch?“ Die alten Damen wussten, dass das für
Donna die Periode bedeutete.

„Der irische Fluch, Liebes. Die Flasche.“

„Ich verstehe.“

„Also, er starb auch. Da war Joe sechs. Danach waren
es nur noch er und ich.“ Sie zuckte mit den Schultern.
„Ich habe mein Bestes gegeben. Wir hatten es schwer.
Doch er war scharf wie eine Reißzwecke. Wurde in
Harvard aufgenommen, neben all diesen reichen Kindern. War schlauer als sie alle. Darum haben sie ihn
rausgeschmissen. Es war ihnen peinlich. Dann diente
er in der Army.“

„Sie müssen so stolz gewesen sein, als er sich einge-
schrieben hat.“

„Ich war angepisst. Was für ein Vollidiot unter-
schreibt etwas, das ihm seine Freiheit nimmt? Um im
Krieg zu kämpfen? Das ist wie Gefängnis mit Leuten,
die auf dich schießen. Freiwillig! Doch er tat dort Gutes.
Er war ein Held.“ Sie pausierte und rauchte aufge-
bracht. „Nicht, dass es die interessiert hätte.“ Dann
stampfte sie ihren Stummel aus. „Noch irgendetwas,
dass Sie wissen wollen?“

Donna blinzelte. „Nur, was er in letzter Zeit so treibt?
Mit wem verbringt er seine Zeit?“

Gladys grinste. „Sie meinen Freundinnen? Wissen
Sie, wenn ich noch immer im Dorf als Hellseherin arbeiten und die alte Leier mit der Kristallkugel spielen
würde, dann würde ich sagen, dass Sie auf ihn stehen.“

Donna lachte, doch sie fühlte, wie sie rot wurde. „Also,
Gladys, Sie wissen, dass das verrückt ist.“

„Sicher ist es das, Liebes. Darum nennt man es Liebe. Wie auch immer, wenn Sie Ihre Karten gelesen bekommen möchten, können Sie jederzeit vorbeikommen.“

Nachdem Larissa eingeschlafen war, blieben Donna und ihre Mutter auf und redeten, tranken Kräutertee und aßen Cookies.

„Kann ich das was fragen?“ Donna holte die Milch aus dem Kühlschrank; gut, um die Kekse einzutunken. „Wie kommt es, dass du nicht noch mal geheiratet hast?“

Donnas Mutter zuckte mit der Schulter. „Warum sollte ich? Ich hatte dich und einen guten Job mit guten Sozialleistungen. Wofür hätte ich einen Ehemann gebraucht?“

Ihre Mutter hatte in einer Kabine für die Metropolitan Transport Association gearbeitet. Untergrund für fünfundzwanzig Jahre. Erst verkaufte sie Marken, dann MetroCards, erklärte Touristen den Weg, hörte den Fahrgästen bei ihren Wutausbrüchen zu, wenn das Drehkreuz oder die Automaten nicht funktionierten, während ihr heißer Atem das Plexiglas beschlagen ließ. Es faszinierte Donna immer wieder, wie sie denken konnte, dass das ein guter Job war, aber für sie war er das und sie hatte versucht, Donna auch dafür zu begeistern. Sie wollte, dass Donna Zugführerin wird, etwas, von dem sie dachte, dass sie es aufgrund ihres Akzents nicht tun konnte. Doch Donna, so dachte sie, hatte eine wunderschöne, klare Stimme und einen rein amerikanischen Akzent. Donna fand, sie klang wie ein Mädchen aus der Gegend oben in Washington Heights.

„Und dasselbe gilt für dich", sagte ihre Mutter. „Mit deinem Job kannst du selbst für dich und deine Tochter sorgen, Gott sei Dank. Warum solltest du dich auch noch um einen Ehemann kümmern wollen?"

„Warst du denn nie einsam ohne einen Mann in deinem Leben?"

„Wer hat denn gesagt, dass ich einsam war? Ich habe gesagt, dass ich keinen Ehemann brauchte. Ich brauchte trotzdem einen Mann."

„Mama!"

„Und du genauso."

„Mama!"

Ihre Mutter zuckte mit den Schultern und tunkte einen Cookie in Donnas Milch.

„Also, als ich bei Oma war ...", wagte sich Donna, vorsichtig zu fragen.

„Selbstverständlich. Und du brauchst auch einen Freund, der dich besucht, wenn Larissa bei mir ist. Oder dieser verrückte Ex-Ehemann von dir. Gibt es niemanden Interessantes auf der Arbeit?"

„Nicht ... wirklich ...", sagte Donna, obwohl ihr ungewollt ein Bild vor ihrem inneren Auge erschien.

„Komm schon, Donna. Du kannst mich nicht täuschen. Da ist jemand, habe ich recht?"

„Nein, nicht wirklich. Ich meine, die Umstände sprechen dagegen."

„Donna! Ein verheirateter Mann?"

„Nein, nein, natürlich nicht. Mein Gott, Mama, was denkst du von mir?"

Ihre Mutter zuckte unverbindlich mit den Schultern.

„Es ist nur ... Na ja, er ist jedenfalls nicht der Ehemann-Typ, so viel ist sicher."

„Ist er aufregend? Lustig? Ist er freundlich?"

Sorry. Donna dachte an die Entschuldigung, bevor der Schuss fiel. Daran, wie er lächelte, als sie ihm die Handschellen anlegte.

Sie lächelte. „Ich kenne ihn so gut wie gar nicht, aber, weißt du, ich denke, das ist er."

„Und er muss gut aussehend sein, so rot, wie du wirst. Mag er dich?"

„Woher soll ich das wissen? Wie ich sagte, er ist ein Fremder. Einfach jemand, dem ich bei der Arbeit ein- oder zweimal über den Weg gelaufen bin. Dreimal höchstens."

„Komm schon. Das merkt man doch. Wie guckt er dich an? Wie lächelt er? Man sieht es in seinen Augen."

Donna tunkte ihren Cookie nachdenklich in die Milch und ließ ihn auf ihrer Zunge zergehen. „Weißt du, letztens bin ich mit Andy aus der Mittagspause zurückgekommen und ich dachte, ich hätte ihn gesehen."

„Und? Was ist dann passiert?"

„Nichts. Ich bin mir noch nicht einmal sicher, dass er es war. Ich stand an, um mir einen Kaffee zu holen und für eine Sekunde konnte ich einen flüchtigen Blick auf ihn werfen. Er stand direkt hinter mir in der Schlange, als ob er mich jeden Moment ansprechen wollte und es dann doch nicht tat. Dann, als ich mich umdrehte, war er verschwunden. Einer von Hunderten von Menschen in der Menge."

„Das klingt nach einem Haufen Unsinn. Ruf ihn einfach an und sag Hallo. Schau, ob er mit dir ausgehen will."

Donna lachte. „Ehrlich gesagt, hat er das bereits. Er hat mich zu der Hochzeit eines Freundes eingeladen." Sie nahm noch einen Cookie.

„Siehst du? Das ist eine große Sache. Er mag dich. Warum bist du nicht gegangen?"

„Ich konnte nicht."

„Warum nicht?"

„Wegen Arbeit. Es ging nicht. Die ganze Sache geht einfach nicht. Vergiss es einfach."

„Okay, ich habe es schon vergessen, aber du nicht und das wirst du auch nicht. Du kannst mich ruhig verrückt nennen, aber denk dran, dass deine Mutter Dinge weiß. Ich habe so ein Gefühl, was ihn angeht. Zwischen euch ist es noch nicht vorbei. Da wird noch einiges kommen."

„Ach ja? Sagen dir deine hellseherischen Kräfte auch, ob es gut oder schlecht sein wird?"

„Ne, noch nicht. Könnte sehr gut oder sehr schlecht sein."

„Na toll. Danke vielmals." Ihr Cookie zerfiel aufgeweicht und sank in die Milch. „Schau, was jetzt passiert ist." Sie nahm den Teelöffel aus der Tasse, fischte den Cookie aus der Milch und aß ihn.

25

Die Parfumaktion verlief wunderbar. Und dann furchtbar.

Sie richteten Juno auf der Ladefläche des Vans auf einem kleinen Hügel in der Nähe des Hauptquartiers des Parfumherstellers ein. Es war eine ruhige Straße in einem Wohngebiet, die im hinteren Bereich des Firmengeländes endete. Sie war umgeben von großen Häusern, großen Bäumen und ein paar Straßenlaternen, sodass ein neuer, sauberer, schwarzer Van nicht auffiel, zumindest für eine Weile. Im vorderen Bereich war das Eingangstor, der Parkplatz und der Haupteingang. Bewacht, sogar jetzt. Das Gebäude selber hatte fünf Stockwerke, jedes außer dem ersten und dem fünften, hatte eine Terrasse mit französischen Markisen und einer Vielzahl an Pflanzen rund herum. Kein Zweifel, dass das die Bereiche waren, in denen die Mitarbeiter Pausen machten oder rauchten, aber Clarence hatte ihnen erzählt, dass dort auch die Art von Duftpflanzen wachsen, die zur Herstellung der Parfums verwendet werden.

Clarence fuhr den Volvo an die Seite des Geländes. Das war die kürzeste Distanz zwischen dem mit Efeu bedeckten Zaun und dem Gebäude, an dem sich eine Seitentür in der Nähe der Müllcontainer und den Klimaanlagen befand. Don, Yelena und Joe stiegen aus. Alle waren schwarz gekleidet und trugen Skimasken und Handschuhe, AK-47s in den Händen und Sturmgepäck auf dem Rücken.

Clarence wartete, bereit, sie wegzufahren.

Don schnitt durch den Zaun und rollte ihn zurück. Dann sprach er durch das kleine Mikrofon in seinem Ohrstöpsel: „Okay, der Zaun ist durch."

Juno öffnete die Hecktür des Vans und ließ seine Drohne hinausfliegen. Es sah cool aus, wie sie über die Häuser und die Bäume und dann in Richtung des Bürogebäudes flog, doch er schloss die Türen wieder und wendete sich dem Monitor zu, während die Drohne langsam in der wolkigen Nacht verschwand. Er hatte drei Bildschirme nebeneinander aufgereiht. Einer zeigte ihm, was die Drohne durch die Kamera auf ihrer Nase sah. Der zweite zeigte ihm, was die Überwachungskameras sahen und an den Wachmann am Schalter schickten. In dieses System hatte er sich bereits gehackt und konnte es nach Belieben abschalten. Der dritte zeigte ihm den Radarbildschirm, den die Sicherheitsfirma in ihrem Hauptquartier sah: ein Netz über einer Karte des Geländes, auf dem alles, was sich bewegte, als kleiner grüner Fleck erschien. Ein kleiner Fleck, wie ein Eichhörnchen oder ein Vogel, würden ignoriert werden. Sollte jedoch ein menschengroßer Fleck außerhalb der Arbeitszeiten erscheinen, würden sie die Cops rufen. Dieses System war verkabelt und er konnte es nicht blockieren, ohne die Kabel zu finden und durchzuschneiden, doch das wollte er nicht. Jetzt würden die Leute der Sicherheitsfirma denken, dass alles entspannt ist. Juno lächelte, als er seiner Drohnenkamera dabei zusah, wie sie über dem Gelände schwebte, während der Radarbildschirm absolut gar nichts anzeigte.

„Okay“, sagte er in sein Mikrofon. „Radar blockiert. Ihr könnt los.“

Don winkte sie herein und passte auf, während erst Yelena und dann Joe durch das Loch liefen und anschließend mit gesenkten Köpfen in Richtung Seiteneingang sprinteten. Sie hielten auf der anderen Seite der Tür mit dem Rücken an der Wand, und schoben Wache, während Don herüberrannte und hinter einem Müllcontainer in Deckung ging.

„Tür“, sagte Yelena in ihr Mikrofon.

Es klickte. „Tür offen“, antwortete Juno. Yelena drehte den Türgriff. Sie nickte Joe zu.

„Jetzt die Kameras“, sagte sie zu Juno durch das Mikrofon und Juno schaltete die Überwachungskameras ab. Auf Joes Nicken stieß Yelena die Tür auf. Joe ging zügig hinein, das Gewehr bereit. Er starrte einen leeren Korridor hinab. Nur eine mittlerweile blinde Kamera, die ihn anschaute. Er winkte Yelena zu und gab Don ein Zeichen und sie beide sprinteten hinein. Yelena schloss die Tür. Sie waren drinnen. Phase eins war abgeschlossen.

Tom hatte kein Problem mit der Mitternachtsschicht, selbst am Wochenende nicht. Erstens bereitete er sich auf die Prüfungen vor, um bei der Polizeiakademie aufgenommen zu werden und eine echte Marke tragen zu können, daher kamen ihm diese ruhigen Stunden gelegen, um etwas zu lernen. Zweitens war kein Chef anwesend, nicht so richtig zumindest; nur die dienstälteren

Wachen: Lou, der gerade die Außenbereiche patrouillierte, um heimlich eine Zigarette zu rauchen; und Barry, der auf der Schüssel saß und, in Anbetracht, dass er die neue Ausgabe des Hustler mitgenommen hatte, wahrscheinlich etwas länger brauchen würde.

Dementsprechend war er sich nicht ganz sicher, was zu tun war, als die Bildschirme, die ihm eigentlich die Bilder der Überwachungskameras zeigen sollten, plötzlich nicht mehr funktionierten. Er las gerade ein Buch und sah nicht hin. Doch irgendwann blickte er kurz nach oben und sah eine Reihe an Bildschirmen, die alle ein Rauschen zeigten. Verwirrt griff er nach seinem Funkgerät, doch in diesem Moment fühlte er etwas Kaltes und Hartes, wie einen toten Finger, in seinem Nacken.

„Tu das nicht", sagte eine männliche Stimme. „Du tust nichts oder du bist tot, verstanden?"

Tom erstarrte. Er konnte nicht glauben, was gerade passierte.

Die Waffe bohrte sich in seinen Nacken. „Verstanden?"

„Jaja, ich habe verstanden."

„Jetzt legst du die Hände flach auf den Schreibtisch und sagst mir, wo die anderen Wachen sind."

Tom sagte es ihm.

„Gut. Jetzt nimmst du das Funkgerät nur mit deiner rechten Hand. Der auf der Toilette, das ist Barry? Sag Barry, dass er kommen und sich etwas anschauen soll. Du hast etwas Merkwürdiges mit dem System, das du ihm zeigen willst, aber lass es nicht nach etwas Ernstem klingen. Verstanden?"

Tom nickte.

„Okay“, sagte der Mann mit der Waffe, „dann los.“

„Hey, Barry. Hier ist Tom. Bitte kommen.“

Es folgte eine lange Pause. „Ja?“

„Könntest du kommen und dir etwas anschauen? Nichts Ernstes. Mein Bildschirm verhält sich komisch.“

„Gott, kann das nicht warten?“

„Ich weiß nicht. Lou ist draußen auf Patrouille.“

„Rauchpatrouille meinst du wohl. Komisch, dass er im Winter nicht so scharf darauf ist.“

Sie hörten die Toilettenspülung. Dem Bewaffneten entwich ein Lachen und auch Tom musste grinsen. Dann erinnerte er sich, dass er Todesangst hatte.

„Tom, das war großartig“, sagte der Bewaffnete. „Dir wird nichts passieren. Jetzt stell dich mit den Händen über dem Kopf an die Wand.“

Er tat wie ihm befohlen und der Räuber legte zügig seine Waffe, sein Holster, den ganzen Gürtel ab und fesselte seine Hände hinter seinem Rücken. Er führte ihn vorsichtig zu Boden, mit dem Gesicht nach unten.

„Ich werde dich jetzt fesseln, aber es wird nur für eine kurze Zeit sein. Bleib einfach für eine Weile hier unten, bis alles vorbei ist, okay?“

Tom nickte und der Mann fesselte seine Beine mit Klebeband und zog ihm einen Stoffbeutel über den Kopf, was ihn erst verängstigte, doch der Beutel war sehr dünn, sodass es einfach war, hindurchzuatmen. Ganz im Ernst, dachte Tom, für einen Typen, der einen bewaffneten Raubüberfall begeht, war er wirklich nett. Er lag ruhig da, hinter seinem Schreibtisch und versuchte, sich an den Paragrafen im Strafgesetzbuch zu erinnern, für ein Verbrechen, dessen Opfer er jetzt war.

Nachdem Joe den jungen Wachmann Tom gefesselt und ihm das Gesicht verdeckt hatte, nickte er den anderen zu. Yelena presste sich gegen die Wand an der Ecke, die zum Korridor führte. Don ging hinterm Schreibtisch in Position und überwachte die Eingangstüren. Als Barry, ein älterer, stämmiger Mann mit einem zusammengerollten Magazin unter dem Arm um die Ecke kam, während er noch immer seine Hose zumachte, stellte Yelena ihm ein Bein und brachte ihn mit Leichtigkeit mit dem Gesicht zuerst zu Fall.

Er grummelte etwas und begann zu fluchen, doch Joe drückte ihm sein Gewehr an die Schläfe. „Keine Bewegung", sagte er. „Du tust nichts oder du bist tot."

Wieder entwaffneten Joe und Yelena ihn und fesselten ihn. Joe hielt ihm das Funkgerät an den Kopf und ließ Lou die dritte Wache rufen, wieder für irgendeine Kleinigkeit. Dann zogen sie ihm einen Beutel über den Kopf und gemeinsam schleiften Joe und Don ihn neben Tom. Sie alle hockten sich hinter den Schreibtisch.

Einige Minuten später erschien Lou an der Eingangstür. Er gab seinen Code ein, der den Alarm der Tür ausschaltete, und kam herein. Don sprang auf und zielte das Gewehr auf seine Brust. „Stehen bleiben", rief er. „Wenn du auch nur einen verdammten Finger rührst, bist du tot."

Sobald sie alle drei auf dem Boden gefesselt hatten, nahmen sie ihre Masken ab und Don setzte sich hinter den Schreibtisch, um Wache zu halten, während Joe und Yelena um die Ecke in den Korridor gingen.

„Fahrstuhl", sagte Joe und Juno öffnete ihn. Sie gingen hinein und Yelena drückte auf fünf.

Im fünften Stock angekommen, überquerten sie ein kleines Foyer und kamen zu einer großen, weißen Schiebetür, wie der Fahrstuhl, aber mit nur einem beweglichen Element. Davor stand ein Endgerät, das aussah wie ein Geldautomat. Yelena drückte auf dem Touchscreen auf Beginnen.

„Hallo", sagte eine ruhige, weibliche Stimme. „Bitte halten Sie ihr Auge vor den Augenscanner."

Aus ihrem Rucksack holte Yelena ein kleines Tablet, das ein Bild von Shatz' Iris auf dem Bildschirm hatte und hielt es vor die Kamera des Gerätes.

„Iris bestätigt", sagte die Stimme. „Bitte platzieren Sie Ihre Hände wie abgebildet auf dem Bildschirm."

Jetzt holte Yelena zwei Plastikbögen mit Shatz' Handabdrücken heraus und drückte sie auf die Umrisse auf dem Bildschirm.

„Handabdrücke bestätigt. Willkommen, Dr. Shatz."
Die Tür öffnete sich.

„Wir sind im Labor", sagte Joe den anderen über seinen Ohrstöpsel. Phase zwei war abgeschlossen.

Phase drei war die längste. Yelena durchkreuzte das riesige Labor und ging zu einer menschenhohen Tür in der Wand – der Tresor – und fing an, ihre Ausrüstung auszupacken. Selbst mit dem Spezialwerkzeug, das sie mitgebracht hatte, würde es eine Weile dauern, sich durch die mehreren Schichten Titan und Stahl zu schneiden.

In der Zwischenzeit stand Joe an der Tür und bewachte den leeren Korridor, die bewegungslosen Fahrstühle und das Labor. Größtenteils sah es wie jedes andere Labor aus: viele Reagenzgläser, Messbecher und Brenner auf Tischen aus rostfreiem Stahl, diverse Maschinen und Computer, ein Ständer mit weißen Kitteln. Doch dann waren da auch noch Regale, Reihen um Reihen, gefüllt mit sorgfältig beschrifteten Glasgefäßen, die mit Gummistopfen versiegelt waren. Einige enthielten farbige Flüssigkeiten, andere Pflanzen oder Blätter oder Holzstücke, Gewürzpulver oder helle Samen. Andere enthielten Tabak, getrocknete Früchte, sogar Gummi, Öl, oder verschiedene Schimmelarten. Eine ganze Reihe bestand aus Fellen und Häuten und eine andere aus Erde von überall auf der Welt. Da war Schweiß. Da waren Drüsen. Da war Blut.

Auf der anderen Seite waren die Tiere: mehrere Reihen kleiner Kreaturen in Käfigen, größtenteils Ratten oder Mäuse, die zusammen in Glasbehältern umherschwirrten, aßen und kackten und, so nahm er an, sich so schnell vermehrten wie möglich. Ein riesiger Käfig war voll mit flatternden Tauben. Außerdem gab es ein paar Affen, die anfingen zu kreischen und zu springen, als Yelena hereinkam, doch schnell ihr Interesse verloren, als sie verstanden, dass sie kein Futter bekommen würden.

In einer Ecke war eine Wand und eine Tür aus durchsichtigem Plexiglas, hinter der sich ein steriler Bereich mit noch mehr Maschinen und diesen Geräten befand, in die man seine Hände durch die Öffnungen in gelbe Handschuhe steckte. Schutzanzüge mit Reißverschluss, Stiefel und Kappen lagen gestapelt neben der Tür.

Joe stellte sich Shatz und die anderen in weißen Anzügen vor, wie sie einen Tropfen oder eine Dosis von irgendetwas zu irgendetwas anderem gaben. Und dann was? Daran riechen? Woher wussten sie, was gut zusammenpassen würde? Und was war mit den Düften, die man nur persönlich als gut empfand, wie der Duft von Wick Erkältungssalbe, die im Luftbefeuchter zerschmolz, den seine Oma neben sein Bett stellte, wenn er krank war und den er die ganze Nacht zischen hören konnte, der Sicherheit und Fürsorge bedeutete? Oder ihre Zigaretten und das Haarspray, die Liebe bedeuteten? Oder dem Brutzeln des kochenden Dopes, das Entspannung bedeutete? Oder wie man, wenn man die trübe, farblose Flüssigkeit in seine Venen schoss, sie von innen riechen konnte, so als wenn sich Sinneswahrnehmungen, genau wie Erinnerungen, nicht von außen, sondern von innen heraus auftürmten. Als wenn sie da irgendwo im Gehirn gespeichert wären oder wie Perlen, die die Nerven umgaben oder inaktiv in unserem Blut ruhten: Träume, Albträume, Vergnügen, Schmerz, sogar Liebe – alle warteten auf den richtigen Tropfen oder die richtige Mischung aus Tropfen, den richtigen Zaubertrank, um sie freizusetzen, genau wie diese Gerüche in Gefäßen, hinter Glas eingesperrt waren, schlafend, bis sie in die Welt freigesetzt würden, zum Guten oder zum Schlechten.

Alles in allem dauerte es eine Stunde, bis Yelena, nach mehrmaligem Wechseln zwischen verschiedenen Sägen und einem Schweißbrenner, aufhörte und Joe zu sich herüberrief. „Komm und hilf mir", sagte sie und nahm ihre Schutzbrille ab. „Das wird schwer sein."

Joe zog sein Messer heraus und klappte die Klinge auf. Er steckte es in die Spalte in Brusthöhe, die sie rund herum geschnitten hatte und hebelte sie langsam auf, indem er das Messer hin und her bewegte. Sobald es sich genug gelockert hatte, um es zu fassen, griffen sie beide die Ecken und zogen. Das Stück aus dichtem Metall fühlte sich an wie eine Steinplatte oder ein grob gehauener Grabstein, der auf einen Namen wartete.

Endlich fiel das Stück nach vorne und sie ließen es mit einem Knallen fallen. Der Kachelboden splitterte. Yelena hatte eine kleine Tür in die größere Tür geschnitten. Jetzt realisierte Joe, woran sie ihn erinnerte – die Art, wie sie sich bewegte; die Art, wie sie sich umschaute, halb achtsam, halb verrucht; Ihre Fachkenntnis für das Einbrechen. Sie war eine Katze.

„Gute Arbeit", sagte er zu ihr und ging hindurch.

Sie lächelte stolz hinter Joes Rücken, doch unterdrückte es dann wieder. „Wir sind im Tresor", sagte sie zu den anderen. Phase drei war vorüber.

Sie folgten den Anweisungen, die Clarence ihnen gegeben hatte und ignorierten die vielen Schubladen und Regale mit Ampullen und gingen direkt zu einem Glasschrank am hinteren Ende. Er enthielt lediglich vier Ampullen, jede ein kleines Glasrohr in einem größeren, speziell angefertigten Plastikgehäuse wie ein kostbares Juwel in einer individuell gefertigten Geschenkbox. Jedes der Gehäuse war versiegelt und nummeriert. Sie fanden die, die mit der langen Nummer übereinstimmte, die Joe sich auf die Hand geschrieben hatte. Es waren ein paar Unzen gelber Flüssigkeit, wie eine Urinprobe.

„So sehen also eine Millionen Dollar aus“, sagte er und gab sie Yelena, die sie in ihren Rucksack steckte. Sie ließen alles andere liegen und gingen raus.

Joe überprüfte den Korridor, dann nickte er Yelena zu. Sie sprach in ihr Mikrofon: „Wir haben es. Wir kommen raus.“

„Hier unten ist alles sauber“, sagte Don.

„Alles klar“, sagte Juno.

„Hier ist alles sauber. Bereit, wenn ihr es seid“, sagte Clarence vom Auto aus.

Als sie zurück am Fahrstuhl ankamen, konnten Yelena und Joe nicht anders, als sich gegenseitig breit anzugrinsen. Joe streckte seine Hand aus und Yelena schüttelte sie. Als sich die Tür unten öffnete, ging Joe als erster hinaus und führte den Weg. Sie bewegten sich den Korridor hinab in Richtung der Eingangshalle. Dann, als er um die Ecke ging, wurde es schwarz.

Part III

26

„Joe … Joe …“

Er kam schnell wieder zu sich. Als er realisierte, dass er am Leben war und mit seinen Händen hinterm Rücken gefesselt auf dem Boden lag, dachte er zuerst an die Polizei. Er war jedoch noch immer in der Lobby des Gebäudes und konnte Yelena neben ihm hören, wie sie versuchte, ihn aufzuwecken.

„Joe!“ Sie trat ihm fest in den Hintern.

„Okay, ich bin wach.“ Er versuchte, seinen Kopf zu drehen.

„Was ist passiert?“

„Don“, sagte sie.

„Wie lange her?“

„Vielleicht eine Minute. Er hat dich von hinten umgehauen und dann die Waffe auf mich gerichtet. Ich hatte keine Möglichkeit,, ihn zu töten. Noch nicht.“

„Okay“, sagte er, „warte.“

Joe arbeitete sich mit seinen Händen bis zu seiner Hüfte vor und holte sein Messer mit den Fingerspitzen aus seiner hinteren Tasche. Er klappte die Klinge aus und schlängelte sich zurück zu ihr. „Schau, ob du deine Hände freischneiden kannst.“ Er wartete, hörte sie sich winden und stöhnen. Sein Kopf pochte und war wund, doch er glaubte, nicht zu bluten. Don hatte gute Arbeit geleistet und ihn sauber ausgeknockt.

Yelena befreite sich und setzte sich auf. Sie nahm sein Messer und schnitt seine Hände frei, bevor sie ihre Beine befreite. Sie gab ihm das Messer zurück und Joe schnitt das Tape an seinen Beinen durch.

Er sprang auf, nahm seine Waffe und überprüfte, ob sie noch geladen war. Auf der anderen Seite der Lobby, beim Empfang, konnte er die drei Wachmänner noch immer auf dem Boden liegen sehen. Sie hatten sich jedoch ein wenig bewegt und einer, eventuell Tom, zappelte wie ein Wurm am Haken.

„Wo lang?", fragte er Yelena.

„Zurück, wie wir gekommen sind", sagte sie. Sie rannten los und schrien in ihre Mikrofone. Joe sprang über die Wachen.

„Hilfe!", rief Tom. „Polizei!" Barry bewegte sich jetzt vor und zurück und versuchte, genug Schwung zu bekommen, um sich aufzusetzen. Lou schnarchte noch immer.

Sie rannten den Korridor entlang, durch den sie gekommen waren und hielten an der Tür. Joe schaute Yelena an und sie nickte. Er drehte den Türknauf, öffnete die Tür und sie beide gingen hindurch, die Waffen im Anschlag. Das war der Moment, in dem ihnen die Taschenlampen ins Gesicht schienen. Bevor sie ihn blendeten, konnte Joe Clarence im Fluchtfahrzeug davonfahren sehen. Dann eröffnete jemand das Feuer und beschoss das Gebäude über ihnen. Betonsplitter regneten herab. Sie sprangen zurück hinein und schlossen die Tür.

Joe und Yelena rannten noch einmal den Korridor entlang und in die Lobby. Mittlerweile war Barry auf den Beinen, noch immer gefesselt und den Beutel über dem Kopf. Er hüpfte ein paarmal und fiel dann vorne über. Lou war noch immer bewusstlos und Tom hatte sich bis zu den Eingangstüren geschlängelt, durch die Joe jetzt Polizisten näher kommen sah.

Es schien eine SWAT-Einheit in Panzerung, Stirnlampen und mit gezogenen Waffen zu sein.

„Fahrstuhl", sagte er zu Yelena. Sie rannten zurück den anderen Korridor hinunter und stiegen wieder in den Fahrstuhl und drückten die fünf.

„Verdammt noch mal, Clarence, dieser Feigling", sagte Yelena. „Den werde ich auch umbringen."

Der Fahrstuhl ging auf und Joe sah anhand der aufleuchtenden Zahlen, dass noch ein anderer Fahrstuhl kam. Sie eilten zurück ins Labor und schlossen dieses Mal die Tür hinter sich. Es klickte und ein rotes Licht leuchtete über der Tür auf.

„Tür verriegelt", sagte die ruhige, weibliche Stimme. „Sicherheitssystem aktiviert."

Joe atmete tief durch. Für den Moment waren sie sicher, hinter einer feuerfesten Stahltür, die nur Shatz und die anderen beiden öffnen konnten.

„Juno ist es, um den ich mir Sorgen mache", sagte Yelena, während sie begannen, das Labor zu durchstöbern und Sachen auf der Suche nach etwas Nützlichem umzuschmeißen. „Meinst du, die Bullen haben ihn bekommen?"

„Ich weiß es nicht", sagte Joe, während ihn die Affen verspotteten. „Aber kommt dir diese Reaktion auf einen Parfumraub nicht auch etwas übertrieben vor?"

Joe konnte die SWAT-Einheit gegen die Tür hämmern hören. SWAT wurde nicht als Erstes vorgeschickt, weil sie die Cleversten waren, doch sie würden trotzdem bald einen Weg finden. Was, wenn Shatz bereits hier war und jeden Moment nach oben gebracht werden würde?

Yelena trat frustriert einen Tisch um. „Nichts."

„Okay", sagte Joe zu ihr, „lass uns das Dach probieren."

Sie gingen zum Notausgang und während Yelena ihre Waffe im Anschlag hatte, stieß Joe die Tür auf. Der Alarm ging los und das rote EXIT-Licht begann zu blinken. Jetzt war die Labortür komplett verriegelt. Noch nicht einmal Shatz konnte sie jetzt öffnen. Die Sicherheitsfirma würde kommen müssen, um das System zurückzusetzen.

Das bedeutete auch, dass sie diese Brücke hinter sich abgebrochen hatten. Sie gingen hinaus aufs Dach, ließen die Tür zufallen, damit kein Licht hinausschien und gingen in die Hocke. Sie eilten ans Ende des Daches und konnten Polizeifahrzeuge und rotierende Blaulichter auf dem Parkplatz sehen. Polizeitaschenlampen punktierten die dunkle Anlage, doch das meiste schien sich jetzt am Eingang abzuspielen.

„Ich könnte mir denken, dass sie glauben, sie hätten uns eingeschlossen. Das heißt, sie suchen nicht so intensiv am Boden", sagte Joe, als er zurückkam.

„Ich könnte mir denken, dass sie recht haben", sagte sie. Sie blickte über den Vorsprung und dann zurück zu Joe.

„Ich habe eine Idee", sagte sie zu ihm, „aber ich glaube nicht, dass du sie mögen wirst."

„Bringt sie uns lebendig zurück auf den Boden? Dann mag ich sie."

„Das kommt darauf an. Wie gelenkig bist du?"

Sie hielten ihre Hände und sprangen. Davor hatte Joe ein Kabel herausgerissen, das über dem Dach und dann an der Seite des Gebäudes verlief. Er hatte das Ende um seine Hüfte gewickelt und dann waren er und Yelena auf den Vorsprung geklettert und gesprungen. Sie fielen auf die Markise und rutschten dann herunter, um in ein paar Büsche zu krachen, während das Kabel hinter ihnen komplett abriss.

„Okay?", fragte ihn Yelena. Er hatte ein paar Kratzer von den Büschen.

„Soweit ja", sagte er und kletterte auf das nächste Geländer.

Er nahm ihre Hand und sie sprangen. Wieder rutschten sie hinab, dieses Mal bremste ein Schirm über einem Tisch ihren Fall, der Joe jedoch auf einen Stuhl fallen ließ, an dem er sich seinen sowieso schon wunden Kopf stieß. Yelena landete, wie erwartet, sanft wie eine Katze.

Die dritte Markise klappte nicht ganz so gut. Sie sprangen genauso wie zuvor auch, doch dieses Mal trafen sie irgendwie das tragende Gestell der Markise und sie brach seitlich zusammen und ließ sie beide wie eine Rutsche auf die Terrasse fallen. Sie taumelten und fluchten, doch sie hatten es nach unten geschafft. Nur noch zwei Stockwerke über dem Boden. Der nächste Sprung war jedoch höher und es gab keine Markise, die ihren Sturz abfangen konnte.

Joe wickelte das Kabel auf, das er mitgenommen hatte und band ein Ende um das schwere Bein einer festgeschraubten Bank. Er zog es fest. Als Nächstes band er das Kabel um seine Hüfte und das andere Ende verknotete er mit Yelenas Gürtel.

„Bereit?", fragte er.

Sie nickte. Er hielt sich fest, ein Fuß auf dem Vorsprung und zog das Kabel fest.

„Du lässt mich besser nicht fallen", sagte sie.

„Werde ich nicht", erwiderte er.

Sie ließ sich vorsichtig über die Seite rutschen. Als kein Spiel mehr blieb, zog Joe mit all seinem Körpergewicht zurück und ließ das Kabel langsam durch seine Hände gleiten, während Yelena wie eine Spinne baumelte, nach hier und da schwang, sich an der Wand abseilte und letztendlich mit ihren Zehenspitzen auf dem Boden ankam. Als Joe merkte, wie sich das Kabel entspannte und das Gewicht nachließ, warf er einen Blick nach unten. Sie winkte.

Yelena band das Kabel von ihrem Gürtel los und Joe schüttelte das nun lockere Kabel von seiner Hüfte. Dann sicherte sie ihr Ende an der Klimaanlage. Joe nahm seinen Gürtel ab und, auf dem Vorsprung sitzend, wickelte ihn fest um das Kabel. Er hielt sich mit beiden Händen fest und ließ sich über den Vorsprung fallen.

Zuerst ruckte das Kabel besorgniserregend, als es noch Spiel hatte und Joe hinuntersank. Doch dann zog es stramm und er glitt hinunter, am Gürtel hängend und mit seinen Füßen tretend, bis Yelena ihn unten auffing. Er befreite seinen Gürtel, während Yelena das Kabel durchschnitt. Es schwang gegen die Wand des dunklen Gebäudes. Dann rannten sie durch die Öffnung, die sie in den Zaun geschnitten hatten, wo Clarence auf sie warten sollte.

Joe und Yelena sprinteten jetzt so schnell, wie sie konnten. Weg von dem Gebäude und hinein in die schlafende Nachbarschaft drum herum. Bald, wussten sie, würde die Polizei das Kabel finden oder die Tür öffnen und realisieren, dass sie auf der Flucht waren und dann würde die richtige Jagd beginnen. Die Aufgabe war jetzt, so viel Vorsprung wie möglich zu gewinnen, bevor das passierte.

Also rannten sie, bogen in Straßen ab, um Laternen zu vermeiden und versteckten sich in Gebüschen oder Auffahrten, um Autos auszuweichen. Ungefähr fünf Blocks von dem Labor entfernt, sahen sie ein Polizeiauto mit eingeschalteten Suchscheinwerfern. Sie sprangen in den Straßengraben, um sich hinter einem Auto zu verstecken. Dann kamen sie endlich an einer Auffahrt vorbei, die hatte, was Joe wollte.

„Warte", rief er laut flüsternd. „Hier drüben." Er rannte dahin zurück, wo der alte Lincoln parkte, weiß mit Rost am unteren Rand. „Halt die Augen offen", sagte er zu Yelena und dann, das Gewehr mit der Skimaske umwickelt, schlug er das kleine, dreieckige Fenster ein. Er griff hinein und nach ein paar angestrengten Versuchen drückte er den Knopf für das Türschloss nach oben. Er rutschte hinein und öffnete die Beifahrertür. Dann holte er sein Messer heraus und rammte es in die Zündung. Er drehte es in der Hoffnung, dass die Batterie dieser alten Karre nicht tot war. Der Motor staubte und heulte auf. Mit ausgeschalteten Lichtern schaltete er den Rückwärtsgang ein und parkte aus. Dann raste er ein paar Blocks weiter, bevor er das Licht einschaltete und mit normaler Geschwindigkeit weiterfuhr. Zehn Minuten später waren sie wieder auf dem Highway Richtung New York City.

„Wohin?“, fragte er.

„Ich weiß nicht“, sagte sie zu ihm. Sie zündete sich eine Zigarette an. „Hast du irgendwelche Freunde, bei denen wir uns verstecken können?“

„Im Moment nicht“, gab er zu.

Sie blies Rauch aus. „Ich aber. In Brighton Beach.“

„Klingt gut“, sagte Joe. „Tu mir nur einen Gefallen. Öffne das Fenster, wenn du rauchst und schnall dich, verdammt noch mal, an.“

27

Don und Juno fackelten den Van auf einem verlassenen Parkplatz in der South Bronx ab. Juno hasste es, all die wunderschöne Ausrüstung, vor allem seine Tarnkappendrohne, in Flammen aufgehen zu sehen. Doch es gab so einiges an diesem Job, das er hasste, inklusive seines neuen Partners, Don.

Juno hatte nicht mit einem doppelten Spiel gerechnet. Er saß in seinem Van, seinem Kontrollzentrum. Alles lief wie ein Uhrwerk, wie eine verdammte Schweizer Uhr. Joe und Yelena hatten gerade durchgegeben, dass sie das Parfum hatten und Juno lächelte schon glücklich. Er mochte sie. Wie sollte man eine Braut, die an der Stange tanzen und Safes knacken konnte, auch nicht mögen? Er wartete darauf, dass sie das Gebäude verließen und darauf, dass Clarence durchgeben würde, dass sie losfuhren. In dem Moment hätte er den Laden dichtgemacht und den Van zu ihrem Treffpunkt gefahren. Dann wurde alles still. Juno wartete. Er versuchte es über das Funkgerät, doch niemand außer Clarence, der noch immer bereitstand, antwortete. Er wartete weiter, während einige qualvolle Minuten vorbeizogen und sich wie Stunden anfühlten. Dann öffnete sich der Van und er fuhr beinahe aus der Haut. Es war Don.

„Heilige Scheiße, Mann. Du hast mir eine Scheißangst eingejagt."

„Ich habe das Parfum", sagte er, während er sich reinzwängte. „Lass uns los."

„Was soll das heißen? Wo sind die anderen? Du solltest bei Clarence sein."

„Der Plan ging schief. Wir müssen hier weg", sagte
Don auf dem Beifahrersitz.

„Aber denkst du nicht –"

Don richtete die Waffe auf ihn. Juno war unbewaffnet. „Was ich denke, Kumpel, ist, dass du zwei Optionen
hast: reich oder tot. Welche wählst du?"

Juno zuckte mit den Schultern. „Reich ist besser."

„Sehe ich auch so. Jetzt schalte das Überwachungssystem wieder an."

„Aber ..." Juno wollte ihm widersprechen, doch er realisierte, dass es keinen Sinn hatte. Er tat es. Innerhalb
von Sekunden würden die Polizei und die Sicherheitsfirma alarmiert werden. Innerhalb von Minuten würden die Bullen da sein. Es gab kein Zurück.

„Jetzt fahr", sagte Don und Juno fuhr los.

Don führte ihn irgendwo in die South Bronx. Dies war
fremdes Gebiet für Juno. Er war in Brooklyn geboren
und aufgewachsen. Als schlaues, streberhaftes Kind,
das er war, hatte er gelernt, im Leben seinem Verstand
zu folgen. Niemals petzen, niemals einen Freund hintergehen. Doch er hatte auch gelernt, dass Überleben
wichtiger als alles andere war. Es war eine Ellbogengesellschaft. Und überhaupt, seit wann waren diese Leute
seine Freunde?

Als sie bei dem Parkplatz ankamen, hatte Don sich bereits etwas entspannt, zumindest genug, um seine

Waffe abzulegen. Er vertraute Juno nicht. Er hielt generell nicht viel von Schwarzen – nicht auf rassistische Weise; er vertraute ihnen einfach nur nicht. Er wusste, dass Juno klug war. Juno würde sehen können, dass es kein Zurück gab. Sie waren zusammen von den anderen abgeschnitten.

Clarence würde sie beide, ohne mit der Wimper zu zucken, töten, wenn er könnte, doch weil der Job für ihn vorging, würde er einen Deal machen wollen. Joe und Yelena waren gefasst oder tot. Junos einziger Ausweg war, sich Don anzuschließen. Also würde er das tun.

Don ließ Juno parken und in den unscheinbaren Toyota Corolla steigen, den er unauffällig am Straßenrand stehen gelassen hatte. Er holte das C-4, das er im Kofferraum verstaut hatte und verkabelte hastig den Van. Sie fuhren los, während der Van explodierte, jegliches Beweismaterial verbrannte und Junos Spielzeuge schmolzen.

28

Joe war erschöpft. Er wurde trainiert, um lange Zeit ohne Pause oder Essen auszukommen, und sich Schlaf zu holen, wann immer sich die Gelegenheit bot, ob in Trucks oder Transportflugzeugen oder Löchern in der Erde. Doch er war diesen Lifestyle nicht mehr gewohnt und die Anspannung und die Albträume hielten ihn davon ab, überhaupt viel zur Ruhe zu kommen. Sie ließen das gestohlene Auto mit laufendem Motor neben einer Spielhalle in East New York. Yelena wusste, dass dort Kids rumhingen, Sprayer und Kiffer, die damit eine Spritztour machen oder es für schnelles Geld verkaufen würden. Dann nahmen sie ein illegales Taxi nach Neptune Avenue, die Gewehre in eine Picknick-Decke gewickelt, die sie in dem Auto gefunden hatten. Jetzt waren sie auf russischem Territorium. Yelena führte ihn noch ein paar Straßen weiter runter, zur Promenade, die noch immer belebt war in dieser warmen Sommernacht. Familien saßen um Teller mit Dorsch und Hering, und Männer in Shorts und Flip-Flops tranken Wodka und spielten Karten. Kinder kickten einen Fußball durch die Gegend und fuhren auf ihren Fahrrädern oder Rollern, deren Räder rhythmisch über die Bretter der Promenade wummerten. Jenseits der Lichter strahlte der Strand im Mondlicht und jenseits davon bewegte sich der Ozean, unsichtbar und endlos, düster vor und zurück. Sie betraten den Vorraum eines

Gebäudes. Yelena klingelte und wurde direkt hineingelassen; sie hatte vorher angerufen.

Das Apartment war ein gemütliches Durcheinander: eine offene Küche, als man reinkam, dann ein Ess- und Wohnzimmer mit Schiebetüren aus Glas, die auf eine Terrasse führten, von der aus man die Wellen hören konnte. Die Jalousien waren geschlossen. Schlafzimmer auf jeder Seite. Die Wohnung war zugestellt mit gepolsterten Sesseln, Ledersofas, einem Esstisch aus Holz bedeckt mit einer gewebten, weißen Tischdecke, die wiederum, wie jede andere Oberfläche auch, mit Büchern, kyrillischen Zeitungen, überfüllten Aschenbechern und leeren Teetassen bedeckt war. Ein riesiger Samowar saß auf einer Anrichte. Ein Schachbrett zwischen zwei Clubsesseln hielt eine zur Hälfte gespielte Partie. Regale ächzten unter Büchern und Papierstapeln. Inmitten all dem stand ein alter, russischer Mann mit einem Pony aus weißen Haaren, Leinenhosen, einem zerknitterten weißen Shirt und Pantoffeln. Eine Zigarette brannte in seinem Mund.

Der Mann gab Yelena drei Küsse auf die Wange und schüttelte Joes Hand und sagte: „Willkommen." Dann leitete er umgehend einen langen russischen Dialog mit Yelena ein, nach welchem er, in einem Schwall aus Kopfnicken und Lächeln, die beiden in ein Schlafzimmer führte, eingerichtet in demselben heftigen Stil mit einem großen Bett, einem Kopfbrett, einer Kommode mit einem Spiegel darüber, einem Schminktisch, Stühlen, Beistelltischen und Teppichen. Er machte eine Geste und Yelena stand aufrecht, mit geraden Schultern, vor einer der wenigen freien, weißen Flächen an der Wand. Er justierte eine Lampe, dann holte er eine kleine Digitalkamera aus seiner Tasche und schoss ein Foto.

„Jetzt du", sagte Yelena zu Joe und er stellte sich an dieselbe Stelle. Der Mann machte ein Foto und ging irgendetwas auf Russisch murmelnd aus dem Zimmer. Er kam einige Sekunden später mit einer Flasche Wodka auf einem Tablett mit zwei Schnapsgläsern wieder. Yelena sagte etwas zu ihm und er schaute Joe an, lachte herzlich und ging wieder hinaus, bevor er die Tür hinter sich schloss.

Joe schaute sie fragend an. Sie zuckte mit den Schultern. „Ich habe ihm gesagt, dass du nicht trinkst. Er dachte, ich würde scherzen." Sie schloss die Tür ab und lehnte einen Stuhl dagegen, sodass er laut umfallen würde, sollte jemand die Tür öffnen.

„Ich dachte, du vertraust diesem Kerl?", fragte Joe sie.

„Ich sagte, er würde niemals die Bullen rufen. Er spricht sowieso kaum Englisch und in Russland ruft niemand, der bei Verstand ist, die Polizei." Sie holte eine Beretta aus ihrem Knöchelholster, prüfte sie und legte sie unter ein Kissen. „Wir sind hier einigermaßen sicher", sagte sie zu ihm. Dann nahm sie die Flasche und nahm einen Schluck.

„Gib her", sagte Joe und nahm ihr die Flasche ab. Sie schaute zu, während er einen großen Schluck nahm. Er verzog das Gesicht. Es brannte höllisch auf dem Weg nach unten, doch er musste schlafen. Beinahe umgehend fühlte er, wie das Brennen zu einem flüssigen Warm in seinem Bauch wurde, sich dann in seinem angespannten Körper ausbreitete und letztendlich, so hoffte er, sein Gehirn erreichen würde. Er trank noch einmal und gab ihr die Flasche zurück. Sie lächelte.

„Bravo. Jetzt bist du wie Russe." Sie ging ins Badezimmer und drehte die Dusche voll auf, dann kam sie heraus, während sich der Dampf zu sammeln begann. „Was jeder Russe als Nächstes tun würde", sagte sie zu ihm, „ist, sich etwas heißen Dampf und heißes Wasser zu gönnen."

Mit denselben schnellen, katzenartigen Bewegungen, die sie beim Knacken des Tresors und der Flucht vom Dach machte, streifte sie ihre Kleidung ab und ließ sie auf einem Haufen liegen. Als sie nach hinten reichte, um ihren BH zu öffnen, bemerkte Joe etwas, dass er vorher nicht gesehen hatte, als sie nackt, oder scheinbar nackt, im Stripclub war: Tattoos. Es waren zwei achtzackige Sterne, schwarz, im oberen Brustbereich, einer in jeder der zwei Vertiefungen unter ihrem Schlüsselbein. Während er überrascht starrte, griff sie die Flasche, prostete ihm zu, nahm einen weiteren Schluck und nahm sie mit ins Badezimmer. Die Tür ließ sie offen. Und als sie sich umdrehte, entdeckte Joe noch mehr Tinte: eine riesige Madonna mit Kind, feine Linien und schwarz schattiert, über der Mitte ihres Rückens. Ein Totenkopf und ein Dollarzeichen ritten jeweils eine Hüfte, während sie sich aus ihrer Unterwäsche schlängelte und unter die brühend heiße Dusche stieg.

Nachdenklich lächelnd setzte er sich hin und zog eilig seine Sneakers aus, dann sein T-Shirt und seine Jeans. Jetzt in Boxershorts und Socken, dehnte er sich und beugte sich dann vorne über, um seine Socken auszuziehen. Er stöhnte, als ein stechender Schmerz seinen Rücken an der Stelle durchzog, mit der er auf der kaputten Markise gelandet war. Dank des Wodkas war sein wunder Kopf etwas besser, zumindest solange er sich langsam bewegte, doch seinen Rücken dehnte er dennoch lieber ein wenig, bevor er sich zu Yelena gesellte.

Als Yelena in ein Handtuch eingewickelt aus der Dusche kam, lag er bereits im Bett und schnarchte.

„Süße Träume, Joe", sagte sie und nahm sich die Flasche, bevor sie unter die Decke schlüpfte und ihren Kopf auf das Kissen legte, unter dem sie die beruhigende Härte ihrer Waffe spürte.

29

Adrian war sicherlich nicht sonderlich erfreut, doch es war Heather, vor der Clarence wirklich Angst hatte. Zumindest jetzt gerade. Adrian – groß, dünn, diese eisigen Augen – war ein eiskalter Killer. Wahrscheinlich eine Art Psychopath, aber er war unter Kontrolle. Das war sein Ding. Wenn Clarence ihn anrief und ihm erzählte, dass etwas schiefgelaufen war, erhob er nicht einmal seine Stimme. Er bat ihn lediglich, doch bitte vorbeizukommen. Und wenn Clarence ihm erzählte, was passiert war, blinzelte er nicht einmal. Er runzelte ein wenig die Stirn, als ob seine Suppe kalt wäre. Natürlich wusste Clarence, dass Adrian ihm genauso leicht das Herz rausschneiden könnte, mit demselben Lächeln und demselben Kalte-Suppe-Gesicht. Aber er würde es wenigstens überdenken, sich anhören, was er zu sagen hatte. Heather, die blonde Elfe, die aussah wie aus einer Werbung für Shampoo, würde möglicherweise einfach eine Knarre ziehen und ihn mit Kugeln füllen, bevor er sich überhaupt hingesetzt hatte. Glücklicherweise starrte sie nur.

Adrian zeigte auf einen Stuhl. Clarence setzte sich erleichtert. Außerdem beruhigte ihn die ausgezeichnete Aussicht auf die High Line von dem Apartment aus, das Heather über das Internet mit einem ihrer vielen gefälschten Ausweise und Konten gemietet hatte. Die Schlüssel wurden per FedEx zu ihrer letzten falschen

Adresse geliefert und in dem riesigen, belebten Gebäude mit Einkaufsmöglichkeiten, Essen und Parkplätzen in den unteren Stockwerken, kamen und gingen sie völlig unbemerkt – nur ein weiteres reiches, attraktives Paar in einer reichen, attraktiven Nachbarschaft. Niemals würden sie ihn vor einem weiten Fenster in Sichtweite der anderen reichen Leute und Tausenden von Touristen umlegen, die über die High Line schlenderten, die ehemals verlassenen Zuggleise, die zu einem langen Park in der Nähe des Flusses umgebaut wurden, die direkt unter ihnen verlief. Exhibitionisten fickten manchmal an den Fenstern des Hotels daneben – oder, wie die zynischeren Leute sagten, sie wurden vom Management angeheuert, um so zu tun –, sodass ihnen die Leute von unten zugucken konnten. So verdreht die beiden auch waren, sie waren keine Exhibitionisten; wenn sie ihn abschlachten würden, dann würden sie die Vorhänge zuziehen. Clarence atmete tief durch und erzählte ihnen, was passiert war.

„Alles lief perfekt. Der Plan war wasserdicht. Wir wären ohne Probleme davongekommen, doch die haben uns reingelegt.“

„Wer?“, fragte Adrian.

„Dieser britische Söldner, Don, und der Junge, Juno.“

„Bist du dir sicher?“

„Don ist nicht an mir vorbeigekommen, also muss er einen anderen Weg genommen haben. Wahrscheinlich das vordere Tor. Die Wachen waren alle gefesselt, die Kameras abgeschaltet. Plötzlich hat jemand das Sicherheitssystem hinter ihm wieder hochgefahren. Das muss Juno gewesen sein.“

„Und die anderen beiden?“, fragte Heather. Ihre Augen glitzerten ihm tödlich entgegen. „Die Russin und dein Kumpel, der dich aus deiner letzten Panne retten musste?“

„Verhaftet, nehme ich an. Ich bin abgehauen, als die Polizei aufgekreuzt ist. Doch hätte irgendwer durchschlüpfen können, dann sie.“

„Du bist abgehauen und hast sie zurückgelassen“, verspottete sie ihn.

„War das weise?“, fragte Adrian. „Wir hätten viel von ihnen lernen können.“

„Ich konnte nicht anders“, rechtfertigte sich Clarence. „Was, wenn die mich festgenommen hätten? Die ganze Operation wäre hinüber. Ich bin die einzige Verbindung zu ihnen, wisst ihr noch? So, wie ihr es wolltet.“ Clarence holte sein Handy heraus und zeigte es ihnen. „Also, wer auch immer das war, sie werden mich anrufen. Wie sonst sollten sie bezahlt werden?“

Einen Moment lang war es still. Heather atmete laut durch ihre Nase ein, doch schlug ihre Beine übereinander und lehnte sich zurück. Sie schien ihm nicht länger an die Kehle springen zu wollen. Adrian schaute nachdenklich auf das Handy. Clarence stand auf. „Darf ich?“, fragte er und zeigte in Richtung der Küche. „Ich könnte einen Drink vertragen.“

Adrian nickte. „Und die haben noch immer keine Ahnung, was sie wirklich gestohlen haben?“, fragte er Clarence, während der den Wodka aus dem Tiefkühlfach holte und ein Glas mit Eiswürfeln füllte.

„Die haben keinen Schimmer. Wie sollten sie auch?“, erklärte Clarence, als er den Wodka einschenkte. „Außerdem sind das Profis. Glaubst du ernsthaft, dass sie den Job angenommen hätten, wenn sie wüssten, dass Tausende von Menschen sterben werden?"

Adrian dachte darüber nach. „Nicht für diesen Preis, denke ich."

„Nein", sagte Clarence und dachte, dass er selber eigentlich einen ganzen Haufen mehr bekommen sollte, doch er behielt es für sich. „Irgend so eine Art Frankenvirus zu stehlen, würde euch definitiv mehr kosten als eine Flasche Parfum. Don hätte es vielleicht gemacht. Die Russin, ich weiß nicht. Sie ist schwer zu lesen. Aber dieser Joe-Typ? Ich kenne diese Art von Mensch. Er hätte mich sterbend am Rande des Highways liegen gelassen, wenn er auch nur eine Sekunde lang gedacht hätte, dass ich ihn in so eine Scheiße verwickle." Er nahm einen großen Schluck. „Keine Sorge. Ein Grund, sicher zu sein, dass sie nichts wissen, ist, dass ich noch am Leben bin."

Adrian lachte. „Dann musst du dir ebenfalls keine Sorgen machen."

Heather fuchtelte mit ihrer Nagelfeile in seine Richtung. „Solange sie nicht neugierig werden und sich entschließen, die Ampulle zu öffnen und daran zu schnuppern."

„So ist es", sagte Adrian. „Dann stirbt das ganze Viertel."

Heather und Adrian hatten sich in Stanford kennengelernt, sich im Erstsemester verlobt und gleich nach ihrem Abschluss – er magna cum laude mit einem Durchschnitt von 3,9, sie summa cum laude mit deinem Durchschnitt von 4,0 – heirateten sie an einem warmen Frühlingstag. Beide waren hübsch, brillant und in gewissem Sinne Waisen: Seine Eltern waren gestorben, als er noch ein junges Kind war; ihr Vater hatte einen Herzinfarkt, während er mit seiner Geliebten schlief und ihre Mutter pendelte zwischen Reha und Psychiatrie, seit Heather auf der Welt war. Er wurde mit einem Stipendium auf die Universität geschickt; sie hatte einfach in ihren unerschöpflichen Treuhandfonds gegriffen.

Doch trotz der offensichtlichen Parallelen, Verluste und Gaben, die sie nach außen wie das perfekte Paar wirken ließen, war es ein noch tieferes Element, das sie zusammenschweißte: Hingabe. Heather hatte immer gewusst, dass etwas an ihr anders war, „falsch", wie sie annahm oder angenommen hätte, hätte sie auch nur ein minimales Verständnis von richtig und falsch. Sie wurde früh mit möglicher antisozialer Persönlichkeitsstörung, der moderne, nettere Begriff für Psychopathie, diagnostiziert. Doch mit einem Familienanwalt, der die Vormundschaft übernahm, wann immer ihre Mutter als inkompetent deklariert wurde, und einer Nanny und einem Arzt, die sich um ihre Bildung und Betreuung kümmerten – mit anderen Worten, Angestellte –, konnte sie im Grunde gar nicht anders, als zu einem wilden Mädchen heranzuwachsen. Eine Art verwildertes Luxuskind. Und mit ihrer Intelligenz, ihrer Sportlichkeit und ihrem hübschen Lächeln, ging es für sie mit Leichtigkeit aufs Mädcheninternat, der perfekte Nährboden für eine Sadistin.

Doch ihr mangelte es an Selbsterkenntnis, was dazu führte, dass sie zwischen der Hingabe und der Unterdrückung ihrer eigenen dunklen Triebe schwankte. Sie war ein Opfer ihrer Selbst, bis sie Adrian kennenlernte.

Trotz ihrer unvereinbaren Hintergründe war er genau wie sie. Ganz genau. Bis auf eine Sache. Er hatte etwas, auf das er seine ganze Energie konzentrierte: die Destabilisierung, den Zerfall und schlussendlich die Zerstörung der amerikanischen freiheitlichen Demokratie.

Ein großes Ziel. Doch Teil der Disziplin, die ihr Adrian beigebracht hatte, war, dass Leute wie er, Leute wie sie – Krieger im Dienste einer Sache – nicht in Wochen oder Jahren oder Wahlzyklen dachten, sondern in Jahrhunderten, in Epochen. Sie kreierten eine Zukunft. Und ganz ehrlich, wenn man sich die Zustände einiger Dinge in den USA anschaute, war dieses große Ziel viel realistischer und viel näher, als es sich selbst der optimistischste Fanatiker wünschen könnten. Mit der Chance, dass Amerika sich selbst zerstören würde, taten sie nicht mehr, als zu helfen.

30

Als Joe aufwachte, hielt Yelena seine Hand fest in ihren. „Joe", sagte sie mit sanfter Stimme zu ihm, „Joe, wach auf."

„Was ist los?", sagte er, während er sich abrupt aufsetzte und sich umschaute. In dem Zimmer war es dunkel. Der Mond schien durch das Fenster und er konnte die Brandung hören. Er bemerkte, dass sein Körper glitschig vom Schweiß war.

„Nichts", sagte Yelena. Ihre Stimme war anders als vorher. Sie sprach in einem sanften und beruhigenden Flüstern. „Du hast im Schlaf geschrien."

„Oh ..." Er lehnte sich zurück. Sein Atem verlangsamte sich. Sie streifte ihm die Haare von seiner Stirn.

„Erinnerst du dich daran, was du geträumt hast?", flüsterte sie.

„Nein", log er.

Ihre Finger folgten den Narben an der Seite seines Körpers und der langen, die seinen Oberschenkel entlanglief.

„Ist in Ordnung", sagte sie und änderte ihre Position, sodass sie ihren Arm um ihn legen und ihn halten konnte. Er fühlte ihre weiche Haut an seiner; er fühlte sie langsam ein- und ausatmen. „Du musst es nicht erzählen, wenn du nicht willst."

Er sagte nichts und nach einer Weile schliefen beide wieder ein.

31

Donna war sich noch nicht sicher, wie sie ihren freien Sonntagmorgen verbringen sollte, solange Larissa bei ihrem Vater war. Vielleicht würde sie laufen gehen. Vielleicht zur Abwechslung mal die Zeitung lesen. Vielleicht einfach schlafen. Sie hatte definitiv nicht geplant, um sieben Uhr morgens aufzuwachen und zur Arbeit zu hetzen.

Samstagnacht hatte sie ein unangenehm ödes Abendessen mit einem eigenartigen Typen, ein Steueranwalt, den sie auf einer Dating-Website kennengelernt hatte. Er war in Ordnung – smart, gut aussehend, höflich –, doch das gewisse Etwas fehlte und sie beide schienen es zu wissen. Er lud sie auf einen Drink zu sich nach Hause ein, doch schien beinahe erleichtert, als sie ablehnte. Das war das Problem; Typen aus dem Bereich der Strafverfolgung waren zu viel Arbeit und nach der Scheidung hatte sie ihnen abgeschworen. Normale Typen langweilten sie entweder oder, selbst wenn sie sie mochte, schienen Probleme damit zu haben, sich in ihrer Gegenwart zu entspannen. Vielleicht waren Männer von der Tatsache eingeschüchtert, dass sie ihnen in den Arsch treten konnte. Vielleicht war es die Waffe, die sie an der Seite trug und die ein Typ mal aus Versehen berührte, als er versuchte, in ihre Hose zu kommen. „Sorry!", kreischte er, als ob er befürchtete, dass sie ihn erschießen würde. Das hatte sich dann erledigt. Er hatte es nicht noch einmal probiert.

Also war sie in jedem Fall alleine im Bett und in dem Apartment, als ihr Handy um 07:02 Uhr klingelte und sie mit verschlafener Stimme antwortete.

Es war ein Notfall. Sie brauchten alle verfügbaren Leute. Letzte Nacht war jemand in Westchester in eine streng geheime Einrichtung eingebrochen und hatte irgendeinen streng geheimen Scheiß gestohlen.

Als Joe das nächste Mal aufwachte, war die Sonne bereits aufgegangen und Yelena nicht mehr im Bett. Er stand auf und guckte aus dem Fenster. Ein paar Leute schwammen bereits, schlugen ihren Weg durch die Wellen. Andere rannten über den Strand. Die alten Russen saßen auf den Bänken der Promenade. Jemand ließ einen Drachen steigen.

Joe konnte Kaffee riechen und auch wenn die Schlafzimmertür geschlossen war, das Schloss hing nicht mehr davor und der Stuhl stand daneben, also zog er sich an und ging ins Wohnzimmer, wo er Yelena auf der Couch eingerollt und Kaffee trinkend fand, während der alte Mann neben ihr auf einem Stuhl saß und rauchte.

„Guten Morgen", sagte er mit seinem dicken Akzent und schenkte Joe Kaffee ein.

„Danke", sagte er und winkte Zucker und Sahne ab.

Er setzte sich in einen Sessel und trank.

„Guck, er ist schon fertig", sagte Yelena. „Ich habe dir doch gesagt, dass er der Beste ist."

Im Auto in der Nacht zuvor, nachdem sie angerufen hatte, um den Schlafplatz zu organisieren, ließ sie Joe sich ein paar falsche Namen ausdenken, die sie ihrem Kontakt dann textete. Jetzt präsentierte sie stolz die Ergebnisse: ein gefälschter Führerschein mit einem der Namen und ein Reisepass mit dem anderen, zusammen mit Kreditkarten für beide. Yelena hatte ihr eigenes Set in passenden Farben. „Ich habe ihm gesagt, dass wir später zahlen, nachdem wir unser Geld bekommen haben. Er weiß, dass ich zurückkommen werde."

Joe inspizierte die Dokumente. Er lächelte den alten Mann an. „Die sind hervorragend. So gute habe ich noch nie gesehen."

Sie übersetzte und der alte Mann, offensichtlich erfreut, lachte bescheiden. Er sagte etwas in Russisch und zündete sich eine weitere Zigarette an. Yelena übersetzte: „Er sagt, dass es ihm leidtut. Diese gefälschten waren das Beste, was er auf die Schnelle machen konnte. Hätte er eine Woche gehabt, dann hätte er dir richtige besorgen können."

32

Gios Leute schlugen am Sonntagmorgen zurück. Gio hatte keine Wahl. Krieg mit den Triaden war das Letzte, was er wollte, doch er konnte nicht zulassen, dass sich jemand nahm, was ihm gehörte und ungestraft davonkam. Dennoch, wie verärgerte Nationen, die mit Gesten anfingen, wie dem Feuern von Raketen über Schiffe, und dann zu Sanktionen und Handelskriegen übergingen, antwortete Gio ohne Gewalt, größtenteils jedenfalls.

In der Canal Street, versteckt hinter einer Ladenfront für Touristenschrott, war ein großer, hell beleuchteter, weißer Raum, in dem Kunden, die meisten weiblich, eifrig bares Geld für professionelle Fälschungen von edlen Designertaschen von Louis Vuitton, Hermès, Gucci, Kate Spade und anderen ausgaben. Die Ware war auf Klapptischen gestapelt, an denen Verkäufer, größtenteils chinesische Frauen jeden Alters, von Teenagern, die Bubble Tea schlürften, bis Omas in Hausschuhen, sie an eine brüllende Horde Frauen jeglicher Herkunft verscherbelten, von Geschäftsfrauen, Anwältinnen und Vorstandsvorsitzenden bis Müttern und Töchtern, die Geschenke einkauften oder Mädchencliquen. Alle von der Aussicht auf ein unschlagbares Schnäppchen angezogen. Im hinteren Bereich, an der langen Warteschlange vor den zwei Toilettenkabinen vorbei (auf einer der Türen stand Herren, doch nicht heute), führte eine Treppe in den Keller. Afrikanische Männer, überwiegend aus Nigeria und Ghana, wickelten riesige Stapel an Ware in bunte Decken, die sie an Straßenecken, Bahnstationen, Busbahnhöfen oder Parks ausbreiten würden, um sie zu verkaufen und die sie blitzartig wieder einwickelten, um in der Menge unterzutauchen, wenn die Polizei kam.

Ein paar ältere chinesische Männer streiften durch den Raum wie Pit Bosse und bewachten den Geldfluss und einige jüngere starke Burschen standen an der Tür, größtenteils, um nach der Polizei Ausschau zu halten und um sicherzustellen, dass keiner ihre Kunden überfiel, auch wenn das unwahrscheinlich war: Dies war Triaden-Territorium. Während sich andere Gruppen gegenseitig in den Straßen bekämpften, wie Straßenhunde und streunende Katzen, waren die asiatischen Gangs dafür bekannt, eine strenge, reibungslose Sache zu betreiben und die Straßen von Unordnung frei zu halten.

Doch nicht an diesem Sonntag. Um circa elf Uhr, dem Höhepunkt des morgendlichen Auflaufens der Massen, die vor dem Brunch noch schnell ein Schnäppchen schlagen wollten, schlugen Gios Leute zu. Muskeltechnisch war es ein Klacks. Ein Van wurde rückwärts in die Gasse neben dem Laden gefahren, während ein paar Autos voller Schlägern so geparkt waren, dass sie die Ausfahrten blockierten. Zwei Männer gingen zügig hinein und überwältigten die Leute an der Tür. Dann stürmte ein Trupp maskierter Typen hinein und trat schreiend und Baseballschläger schwingend Tische um. Einer feuerte eine Waffe in die Decke. Panik brach aus. Die Menge rannte in Richtung der Tür. Die meisten der Damen griffen sich so viel Ware wie möglich, während sie rannten. Es war wie ein Buffet. In der Zwischenzeit öffnete Gios Mannschaft die Seitentür des Vans und begann, ihn zu beladen. Entschädigung für seinen Verlust, durch den gekaperten Truck. Einiges davon schien sogar sein Zeug zu sein.

Dann, abgelenkt durch das Durcheinander und sich in Sicherheit wiegend, ließen Gios Jungs ihre Deckung runter. Sie unterschätzten ihre Kontrahenten – immer ein Fehler. Eine wütende Großmutter holte aus und zog einem der Kerle einen Hocker über den Kopf. Ein anderer bekam einen Tritt in die Eier. Als sie den Tumult hörten, kamen die Afrikaner vorbei, um zu schauen, was vor sich ging und eilten den Chinesen zu Hilfe. Ein Handgemenge brach aus, Fäuste und Baseballschläger flogen. Dann erklangen Sirenen und alle rannten. Eine umgehende Waffenruhe trat ein, um Seite an Seite vor dem Gesetz zu fliehen. Die Polizei fasste niemanden, außer einigen Shoppenden, die zwischen die Fronten geraten waren. Doch der geheime Laden wurde geschlossen, die Ware beschlagnahmt und die ganze Geschichte landete in den Lokalnachrichten.

Ein großer Erfolg für Gio, versicherte ihm Nero. Alle lachten sich den Arsch ab, während er die Geschichte in der Lagerhalle für seine Eiscremewagen erzählte, in der er ein schnelles Meeting abhielt, bevor er zum Sonntagsessen ins Caprisi's, dem Familienrestaurant, ging. Doch alles, was er fühlte, war Stress, Frustration über die Vergangenheit und Furcht vor der Zukunft – die Dinge, über die seine Frau ihm sagte, dass er sie loslassen und durchatmen sollte wie beim Yoga. Sie abzulegen, sodass er fokussiert bleiben konnte, im Hier und Jetzt, der Gegenwart.

Doch es funktionierte nicht. Beim Abendessen hatte er keinen Appetit, was nicht gut bei seiner Mutter ankam, und er verlor seine Beherrschung mit den Kindern, was Carol anpisste. Nach dem Essen, nachdem Gio ihr sagte, dass er beim Fitnessstudio vorbeifahren und zu dem Boxtraining gehen würde, zu dem sie ihn immer drängte – so schlimm war es schon –, schrieb er Paul eine Nachricht. Paul war gerade im Kino, doch antwortete trotzdem, dass sie sich in einer Stunde treffen konnten. Gio hasste Leute, die im Kino auf Nachrichten antworteten und manchmal musste er sich beherrschen, um ihnen nicht das Handy zu entreißen und es auf dem Boden zu zerstampfen ... doch in diesem Fall war er erleichtert.

Das Fitnessstudio war ein guter Vorwand. Zum einen leaste eine seiner Immobilien wirklich an ein Fitnessstudio und es machte Sinn, dass er dort nach der Arbeit oder am Wochenende hinging. Zum anderen erklärte es, warum er mit blauen Flecken nach Hause kam.

33

Joe und Yelena brunchten auf der Promenade und da ihre irische Kreditkarte zahlte, bestellte sie Blinis mit Kaviar, eine Störplatte und geräucherten Lachs mit Eiern. Das Essen war vorzüglich und für eine Weile schwiegen sie beide, während sie es hinunterschlangen. Sie aß beinahe so schnell und so viel wie er. Familien füllten die Tische um sie herum und ein konstanter Strom an Menschen zog vorbei: Eltern mit ihren Kindern an den Händen auf dem Weg nach Coney Island für Karussells und Hotdogs; rauchende Teenager, die versuchten, mit ihren Skateboards auf Bänke zu springen; alte russische Männer, die ins Wasser gingen, ihre harten, runden Bäuche voraus, oder gerade herauskamen, das Wasser an ihnen hinuntertropfend, um in der Sonne zu trocknen; junge Frauen in Shorts und Sandalen oder in Jeans und High Heels, die vorsichtig über die Bretter der Promenade gingen. Eine Gruppe junger Männer lehnte an dem Geländer und rauchte. Einige murmelten etwas in ihre Handys, die anderen standen mit geschlossenen Augen Richtung Sonne. Sie zogen ihre Shirts aus und Joe bemerkte ihre Tattoos.

„Ich mag deine Tattoos", sagte er zu Yelena. „Hast du sie in Russland machen lassen?"

„Die sind dir aufgefallen? Ich habe nicht gedacht, dass du mich letzte Nacht überhaupt angeguckt hast." Sie signalisierte dem Kellner, dass sie zwei Kaffee wollte und zündete sich eine Zigarette an.

Joe lächelte. „Oh, mir ist so einiges aufgefallen. Aber ich bin einfach nicht ans Trinken gewöhnt. Oder daran, von Dächern zu springen. Was soll ich sagen? Du hast mich ausgelaugt."

Jetzt lächelte sie auch. „Das sagen viele Männer."

„Irgendwie überrascht mich das nicht. Im Gegensatz zu den Tattoos. Du hast sie für den Stripclub mit Schminke bedeckt?"

Sie nickte und bedankte sich bei dem Kellner in Russisch, als der Kaffee kam. „Ich wollte nicht auffallen, weißt du? Schwerer zu identifizieren sein. Außerdem kann da jemand vielleicht russische Tattoos lesen."

„Sogar mit Make-up und Perücke bezweifle ich, dass du nicht auffällst."

Sie lachte und Rauch stieg auf. „Sorry, zum Flirten ist es jetzt zu spät, mein Lieber. Du hattest deine Chance."

Joe lachte mit ihr. Er trank seinen Kaffee und reichte dem vorbeigehenden Kellner seine Karte. „Wenn das so ist", sagte er, „lass es mich, als dein unechter Ehemann, wiedergutmachen und mit dir shoppen gehen."

Sie nahmen den Zug in die Stadt und legten los. Joe kaufte eine Jeans, einige T-Shirts, Unterwäsche und Socken – dieses Mal nicht im Dreierpack – und einen schwarzen Anzug, zusammen mit ein paar weißen Knopfhemden und zwei Krawatten, eine schwarz, die andere blau. Yelena kaufte ein Kleid, Jeans, T-Shirts, Unterwäsche sowie Sportkleidung und Sneaker von Designermarken. Sie kauften außerdem Zahnbürsten, Zahncreme, Deodorant und andere Hygieneartikel, und Yelena kaufte eine Haarbürste. Dann besorgten sie sich Koffer, um alles zu tragen und checkten in ein mittelklassiges Hotel in der Innenstadt ein. Sie benutzten dieselbe Kreditkarte und gaben sich als irisches Pärchen in ihren Flitterwochen aus. Joe bekam einen passablen Akzent hin, der auf seinem Großonkel väterlicherseits basierte. Gut genug, um die freundliche, nicht allzu helle junge Frau zu überzeugen, die die Sonntagsschicht arbeitete. Yelena lächelte nur.

Sie packten ihre Sachen aus, zogen sich um und warfen ihre alte Kleidung auf dem Weg nach draußen in den Müll. Joe trug saubere Jeans und ein frisches T-Shirt, Yelena ein blaues, schulterfreies Baumwollkleid. Sie gingen in separate Banken und hoben Barkredite mit den irischen Kreditkarten ab. Dann gingen sie auf die Jagd nach Clarence. Er schien der logische erste Anhaltspunkt zu sein. Don war nur ein Name: ein britisches Arschloch namens Don. Juno war noch ein Kind. Clarence war von hier und ein alteingesessener Profi. Außerdem war er der Auftraggeber, der die ganze Truppe für den Überfall angeheuert hatte, was Grund zur Annahme ließ, dass er Leute kannte und die Leute ihn kannten.

Den Rest des Abends und den Großteil der Nacht arbeiteten sie sich voran. Als Erstes durch das Stadtzentrum, dann hoch nach Harlem und runter nach Tribeca. Sie umgingen Chinatown, wo Onkel Chen eventuell die Augen nach Joe offen hielt. Sie besuchten Bars, Billardhallen, Hinterzimmer-Würfelspiele, ein Paar Grasdealer, Hehler, die sich auf Kunst oder andere seltene Güter spezialisierten, Pizzaläden, Delis, eine Hähnchenbude, einen kubanisch-chinesischen Laden, einen regulären kubanischen Laden und einen Vierundzwanzig-

Stunden-Donutladen. Sie schmissen Runden, verloren absichtlich beim Billard, bestellten tellerweise Essen, das sie kaum anrührten und verteilten gefaltete Scheine an Kellner und Barkeeper.

Clarence war ein erfahrener Räuber, der sich auf das Kapern von Fahrzeugen und kommerzielle Einbrüche spezialisiert hatte. Ein Barkeeper in einer Bauarbeiterbar, der Ware unter der Hand verkaufte, sagte, Clarence arbeitete zur Tarnung als Bauunternehmer. Er hatte eine Firma, die Gipskartonplatten verlegte. Doch der einzige Beweis, den er dafür gesehen hatte, war ein Truck mit Jersey-Kennzeichen.

Er hat sogar eine alte Nummer in einer Rollkartei gefunden, doch als Joe anmerkte, dass die Nummer die Vorwahl 212 hatte – Manhattan, nicht New Jersey –, zuckte er bloß mit den Schultern. Der Mann am Empfang eines Massagesalons für Finanztypen, dem Joe erzählte, dass er einen Hintergrundcheck machte, bevor er sich mit Clarence auf einen Job einließ, erzählte ihm, dass sein Cousin im Norden mit ihm einsaß, wo Clarence wegen bewaffnetem Raub eingebuchtet wurde, und dass er ein loyaler Typ war, dem man vertrauen konnte. Der Cousin war unglücklicherweise wieder im Gefängnis und konnte nicht befragt werden. Eine Kellnerin in einem Steakhaus erzählte ihnen, dass ihr Ex-Freund Clarence kannte und er ihn öfter hierher zum Essen mitgenommen hatte. Er gab gutes Trinkgeld und war nett, ihr Ex hingegen – ein Taschendieb, Billardspieler, degenerierter Glücksspieler und Alkoholiker, der gerne Frauen schlug, wenn er betrunken war – ganz und gar nicht. Für fünfzig Mäuse erzählte sie ihnen, wo er herumhing; eine Spelunke nahe Union

Square, um Jungs der New York University zu bedrängen. Für einen Hunderter und eine subtile Androhung von Entmannung seitens Yelena, die die Dinge liebend gern für seine Ex ausgeglichen hätte, spuckte der miese Ex-Freund den Standort einer Wohnung in den East Thirties aus, in der Clarence Nächte lange Pokerspiele abhielt. Sie schauten vorbei. Es war ein ganz normales vierstöckiges Wohngebäude, jedoch war es unmöglich, zu sagen, welche Wohnung zu ihm gehörte – der Ex-Freund konnte sich nicht an das Stockwerk oder die Nummer erinnern und niemand kannte seinen Nachnamen. Also nahmen sie ein Taxi zurück ins Hotel.

„Vielleicht sollten wir heute Nacht einfach hier abhängen", sagte Joe, als sie zurück auf ihrem Hotelzimmer waren. „Wir könnten den Zimmerservice kommen lassen, oder so was. Wir haben heute viel Face Time reingesteckt."

Yelena guckte irritiert. „Du musst jemanden FaceTimen?" Sie hielt ihm ihr Handy entgegen.

„Danke. Aber ich meinte, wir sollten uns für heute etwas unauffälliger verhalten und Clarence morgen finden."

Sie zuckte mit den Schultern und zog ihre Schuhe mit den Füßen aus. „Okay. Also, was sollen wir machen? Ich meine, bevor du einschläfst und anfängst, wie ein Drache zu schnarchen."

Er zog seine eigenen Schuhe aus und nahm sein Buch, bevor er aufs Bett hüpfte und sich mit dem Rücken gegen das Kopfbrett lehnte. „Ich weiß nicht, was mit dir ist, aber ich werde lesen."

Sie seufzte und legte ihr Handy weg. Sie nahm die Fernbedienung und setzte sich an die Bettkante, um durch die Kanäle zu zappen. Alle paar Minuten blickte sie zu ihm nach hinten. Dann, mit einem Kreischen der Überraschung, sprach sie zu ihm in Russisch.

„Was?", sagte er.

„Du liest ein russisches Buch. *Der Idiot.*"

„Ja. Dostojewski."

„Dir gefällt?"

„Das tut es. Ich liebe alle seine Bücher." Er legte es mit der Rückseite nach oben auf den Nachttisch. „Ehrlich gesagt, hast du etwas von Filippovna an dir, finde ich. Ich könnte mir vorstellen, dass ein Mann sich für dich ruiniert, während du seine hunderttausend Rubel verbrennst."

„Ha! Dann musst du wohl ein wenig Prinz Myshkin sein, Idiot. Ich würde niemals Geld ins Feuer werfen. Noch nicht einmal Rubel. Die eignen sich wenigstens als Toilettenpapier. Mein Lieblingsbuch ist *Die Dämonen.* Kennst du das?"

„Ja. Warum ist es dein Lieblingsbuch?"

„Als ich das Buch gelesen habe, dachte ich, zu guter Letzt versteht mich doch jemand." Sie lachte.

Er lehnte sich vor und starrte sie aus der Nähe an. „Das ist ein wenig beängstigend. Weil du dich wie Stavrogin gefühlt hast? Ich weiß nicht, ob ich sicher bin, wenn ich hier liege und schnarche, während du neben mir sitzt, jenseits von Gut und Böse in einer gottlosen Welt."

Sie grinste und haute seinen Arm. „Nein. Ich bin kein Nihilist wie er. Leben ist nicht bedeutungslos. Und ich tue auch nicht den Unschuldigen weh. Ich habe meine Überzeugungen, doch die liegen nicht bei Gott oder der Menschheit."

„Das überrascht mich“, sagte Joe.

„Warum?“

Er berührte sie zwischen ihren Schulterblättern, sanft, an der Stelle, wo sich der Heiligenschein der Madonna zwischen den Trägern ihres Kleids erhob. „Das hier“, sagte er.

„Oh. Ha. Das ist nicht, wonach es aussieht. Du liest russische Bücher, aber nicht russische Tattoos.“

„Bring's mir bei.“

Sie lächelte und, während sie sich mit dem Rücken zu ihm drehte, ließ sie ihr Kleid bis zu ihrer Taille herunter. „Für uns sind religiöse Bilder, wie Kirchen oder Maria, Glückssymbole für Diebe. Und die Madonna mit Baby bedeutet, ich bin ein Kind der Diebe. In die Kriminalität hineingeboren.“

„Und das“, fragte Joe und berührte das schattierte Dollarzeichen auf ihrer linken Hüfte.

„Heißt, ich bin ein Tresorknacker, wie du weißt.“

„Und das?“ Er berührte den Totenkopf, der mit leeren Augenhöhlen grinste und auf ihrer rechten Hüfte zwischen den Falten ihres blauen Kleids hervorragte.

„Jeder weiß, was ein Totenkopf bedeutet“, sagte sie, noch immer mit dem Gesicht von ihm abgewandt.

„Tod“, sagte er.

„Ja, aber nicht meinen.“

„Das heißt, du hast getötet.“

Sie drehte sich zu ihm und ließ das Kleid ganz fallen, während sie ihm in die Augen guckte, ihr Mund dicht an seinem. „Irgendwelche weiteren Fragen?“

Er legte seine Hände auf ihre Schultern, wo die zwei Sterne tätowiert waren. „Nur die.“

„Sterne?" Sie zuckte mit den Schultern. „Dasselbe wie hier auch. Sie sind so etwas wie mein Abzeichen." Sie lächelte. „Sie zeigen meinen hohen Rang."

„Also bist du Adel", sagte er und küsste ihren Mund sehr sanft.

„Ja", sagte sie, hielt seine Unterlippe für einen Moment zwischen ihren Zähnen und ließ dann wieder los. „Ich bin eine Prinzessin der Diebe."

34

„Ich habe bei dem libanesischen Restaurant in der Eighth Avenue bestellt.“

Adrian schaute von der Zeitung auf, als Heather ins Wohnzimmer ging und sich neben ihm auf die Couch setzte.

„Ich habe auch genug für ihn bestellt.“ Sie winkte abschätzig in Richtung des Gästezimmers, in das sich Clarence zurückgezogen hatte, um Sportfernsehen zu gucken und nicht im Weg zu sein.

„Du meinst das israelische Restaurant?“, fragte Adrian.

„Ich glaube, das sind Libanesen“, sagte Heather. „Die haben diesen Salat mit Bohnen, den ich mag.“

„Bist du mal hineingegangen und hast sie reden gehört? Ich wette, das sind Juden.“

„Ich habe online bestellt. Aber eigentlich denke ich, dass das Ägypter sind. Mir ist gerade eingefallen, dass da ein Kamel am Fenster klebt.“

„Ich bitte dich. Als wenn jeder Laden mit einem Kaktus wirklich mexikanisch ist.“

„Okay, ich storniere die Bestellung. Ich wollte einfach nur Lammkebabs. Mein Gott.“

„Ist mir egal. Hummus bleibt Hummus. Hängt mir zum Hals raus.“ Adrian schmiss die Zeitung hin, als wäre sie voll von Artikeln über Hummus. „Was stimmt nicht mit den Weißen? Hummus. Salsa. Eine ganze Kultur und Küche und sie fixieren sich auf diese eine, langweilige Sache und schlachten sie aus. Und dann die Leute abschieben, die sie herstellen. Es ist fetischistisch. Ich meine, das weiße Amerika konsumiert unzählige Tonnen an Hummus und Salsa, löffelt es zwanghaft mit Chips zu jedem Footballspiel, jedem vierten Juli, besessen von diesem Wahrzeichen, während sie komplett ablehnen und entmenschlichen, wofür dieses Wahrzeichen steht."

„Du solltest ein Referat darüber halten", sagte Heather und lehnte sich zurück.

„Sehr lustig. Ich sage ja nur. Es nervt mich in einer Art und Weise, die du nicht verstehst."

„Als Objekt fetischisiert und trotzdem als Person abgewiesen zu werden? Nein, ich als blondes Mädchen verstehe das ganz und gar nicht."

„Okay, gutes Argument ..."

„Außerdem, wem willst du etwas erzählen? Du bist aus Michigan. Du hasst Hummus und von Salsa kriegst du Sodbrennen."

„Okay, ich habe schon gesagt, dass du einen Punkt hast." Er nahm ihre Hand. „Tut mir leid. Ich bin angespannt."

Sie schmollte und zog ihre Hand weg.

„Liebling, bist du auch angespannt?" Er griff ihr unter den Arm und kitzelte sie.

„Hör auf ..."

Er griff noch einmal in ihre Achselhöhlen und sie kicherte. „Bitte?", sagte er und lachte auch. „Von mir aus essen wir auch das Judenlamm."

Sie lachte und schaute ihn an. „Halt die Klappe. Du bist so albern." Dann umarmte sie ihn und quetschte den Knoten am unteren Ende seines Halses. Er zuckte. „Du bist wirklich zu verspannt. Es ist die Arbeit. Sie macht dir zu schaffen. Alles wird gut werden, ich verspreche es."

„Wie kannst du dir da so sicher sein?"

„Weil ich an dich glaube."

Sie sah ihm in die Augen und er glaubte ihr. Zumindest glaubte er, dass sie an ihn glaubte, aber das genügte. Die Tür klingelte. Sie sprang auf.

„Das ist der Hummus! Geh und deck den Tisch."

Sie ging zur Tür. Er holte die Teller, Gabeln und Messer heraus. Servierlöffel für den verdammten Hummus. Sie kam mit dem Beutel in der Hand zurück und er musste zugeben, es roch gut. Er war am Verhungern. Das war schon mal die Hälfte seiner Anspannung.

„Fuck", sagte sie.

„Was?"

„Ich kann es, verdammt noch mal, nicht glauben."

„Was?"

„Die haben das Lamm vergessen."

„Ist das dein Ernst? Wo ist der Lieferjunge?"

„Der ist weg."

„Ich werd's ihm sagen."

„Er ist weg. Ist nur irgendein Kind."

„Ich krieg ihn!", rief Adrian über seine Schulter, während er aus der Tür rannte. Er holte den Jungen am Fahrstuhl ein. Er war ein schlaksiger, weißer Teenager mit langem schwarzem Haar unter einem Basecap und einem Gorgoroth T-Shirt.

„Hey, du bist der Typ, der gerade mein Essen ausgeliefert hat?“

„Ja?“

„Du hast uns die falsche Bestellung gebracht. Unser Essen fehlt. Da hätte Lamm dabei gewesen sein müssen.“

„Tut mir leid, Alter. Ich liefere nur aus. Ich weiß nicht, was da drin ist.“

„Okay, aber du solltest die Lieferung wieder mitnehmen und uns das bringen, was wir bestellt haben.“

Der Fahrstuhl kam. Der Jung ging hinein. „Kann ich nicht, Mann. Die bezahlen mich nur fürs Bringen. Du musst dich bei denen beschweren.“

Adrian stieg zu ihm in den Fahrstuhl. „Weißt du, da hast du recht. Das werde ich.“

Der Junge zuckte mit den Schultern. „Wie auch immer. Ich sollte heute Nacht eigentlich gar nicht arbeiten. Ich habe dafür die Bandprobe verpasst.“

Sie fuhren in Stille. „Was für eine Band?“, fragte Adrian.

„Metal. Eine Art Mischung zwischen Death Metal und Speed Metal.“

„Cool.“

Erneut trat Stille ein. Die Türen öffneten sich. Der Junge sah Adrian etwas zögerlich an. „Ich muss mein Fahrrad holen.“

„Alles klar. Wir sehen uns da.“

Der Junge rollte mit den Augen. „Wie auch immer“, murmelte er, als Adrian ihm die Tür aufhielt. Er ging zu einem Pfeiler mit einem Parkschild und schloss sein Fahrrad ab. Er zog seine Kopfhörer über den Helm und sprang auf, bevor er noch einmal nach hinten blickte und dann mit einem Tritt in die Pedalen in den Verkehr hineinrollte.

Adrian atmete in die Nachtluft und versuchte, bei jedem Ausatmen zu entspannen, wie es der Yoga Podcast von Heather immer erklärte, während er sich auf den Weg die drei Blocks hinuntermachte. Er roch Pizza, als er in der Eighth Avenue ankam und sein Magen knurrte. Dann sah er den Laden: Star of Sahara. Mit einem Kamel und einer Pyramide an der Fensterscheibe. Vielleicht war es tatsächlich ein Ägypter. Er warf einen Blick in die Straße daneben und sah das Fahrrad des Jungen zusammen mit anderen an einem Rohr angeschlossen. Die Küchentür war offen stehend verkeilt und er konnte Töpfe und Pfannen klimpern hören. Jetzt roch er geröstetes Lamm. Er lehnte sich gegen die Wand und wartete einige Minuten, dachte darüber nach, wie etwas Metal zu hören ihm vielleicht besser helfen würde zu entspannen als Yoga. Dann kam der Junge wieder heraus, Kopfhörer auf und eine neue Ladung Bestellungen in Plastikbeuteln von seinem Arm baumelnd. Adrian trat ins Licht, seine rechte Hand dicht an seiner Seite.

„Hey", sagte der Junge verwirrt und zu laut wegen der Musik in seinen Ohren. „Du musst vorne reingehen, Alter." Dann, als er sich umdrehte und neben sein Fahrrad kniete, schlug Adrian zu. Er kam von hinten. Mit der linken Hand zog er seine Haare zurück – die Mütze und die Kopfhörer fielen herunter, hektisch maschinelle Musik strömte in die Gasse –, während seine rechte Hand die rasiermesserscharfe Klinge quer durch seine Kehle zog. Blut schoss über die Tüten mit den Bestellungen auf dem Boden und beträufelte das weiße

Plastik. Adrian stieß ihn nach vorne, um kein Blut abzubekommen. Er wischte die Klinge schnell an der Jeans des Jungen ab und klappte sie im Davongehen zu.

Frisches Lamm, dachte er, als er die Straße überquerte und sein Handy herausholte. „Hey, Liebling? Ich habe eine Idee. Wie wäre es mit Pizza?"

Adrian Kaan wurde in Amerika geboren, doch seine Eltern stammten aus Israel und Palästina. Eine Journalistin und ein Anwalt für Menschenrecht. Sie waren Friedensaktivisten und auch nachdem sie ausgewandert waren und sich in Michigan niedergelassen hatten, wo seine Mutter einen Job als Lehrerin hatte, besuchten sie weiterhin regelmäßig den mittleren Osten. Es war auf einem dieser Ausflüge, dass ihr Auto zerstört wurde, gefangen im Kreuzfeuer zwischen Militanten und israelischen Soldaten. Beide seiner Eltern starben auf den vorderen Sitzen. Der vierjährige Adrian überlebte angeschnallt auf der Rückbank.

Als Konsequenz beschuldigten sich beide Seiten gegenseitig, sodass der Vorfall nie aufgeklärt wurde. Doch Adrian hätte es nicht weniger kümmern können. Er gab beiden die Schuld. Und als er bei Pflegeeltern aufwuchs und in der Schule, beim Sport, beim Jagen und allem glänzte, bei dem ein typischer, junger Amerikaner eben so glänzen sollte, begann er, sein neues Heimatland zu beschuldigen. Als er mehr über die Geschichte lernte, sah er, wie die USA kontinuierlich im mittleren Westen eingriffen und im besten Falle tölpelhaft herumstümperten, im schlimmsten Falle jedoch ihre eigenen unmittelbaren Interessen verfolgten, ohne Rücksicht auf die Leben anderer: Sie hatten afghanische Soldaten gegen die Sowjetunion ausgerüstet und trainiert, dieselben Kämpfer, die später zu den Taliban wurden, und ihnen via der CIA zu einer Verbindung zum Opium- und Haschhandel verholfen; die brutale Diktatur des Schahs unterstützt, dadurch der iranischen Revolution und der Herrschaft von Khomeini geholfen, was zu der Geiselkrise und dem iranisch-irakischen Krieg führte, während dem die USA selbstverständlich Saddam Hussein unterstützten oder sie hatten sich hinter israelische Hardliner und Siedler im Westjordanland gestellt, weil das zu Hause Stimmen einbrachte. Und während all dem hatten sie sich dafür, dass sie ja so gut und so unschuldig waren, auf die eigene Schulter geklopft. Das war das Schockierendste an den Anschlägen vom elften September: der eigentliche Schock, die ungläubige Verwunderung, dass irgendjemand auf der Welt so tollen Leuten etwas anhaben wollen könnte.

Also trainierte sich Adrian selbst, Körper und Geist, bekam ein Stipendium an der Militärakademie und studierte dann Geschichte auf dem College, wo er in Leichtathletik und Kampfsport bei Wettkämpfen antrat. Dann ging er nach Übersee. Er fand seinen Weg in die Welt der Terroristen, ging in ihre Camps und machte bei ihrem Training mit, bewies sich, indem er den Mossadfunktionär fand, der den Spähtrupp in der Nacht leitete, als seine Eltern starben und ihm in dem Café, das der mittlerweile Pensionierte leitete, die Kehle durchschnitt. Nicht, dass er irgendetwas gegen die Israelis hatte. Wenigstens standen sie offen für ihre Überzeugungen ein und taten nicht so, als wären sie gut oder böse. Und ja, auch wenn er einige Missionen für die Jihadisten und die palästinensischen Freiheitskämpfer ausführte, als er genug Informationen gesammelt hatte, um herauszufinden, wer die führende Rolle auf Seiten der Hisbollah spielte, die an dem Tod seiner Eltern beteiligt waren, spürte er ihn auf und brachte ihn ebenfalls um.

Später ging er zurück nach Amerika, mit seiner amerikanischen Frau, die nie so wirklich in die Reihen der Gläubigen gepasst hatte, trimmte seinen Bart und zog sich wieder seine hochwertige Designerkleidung an. Dann begann er, seinen persönlichen Krieg zu planen.

35

Joe wachte auf, als die Sonne durch das Fenster auf seine Augen traf. Nackt ging er ins Badezimmer und zurück. Yelena war zu einem Ball zusammengerollt, ihr Gesicht klein und kindlich, als es aus dem Haufen von Decken guckte. Er bestellte Kaffee vom Zimmerservice und rief dann die 212-Nummer an, die ihm der Barkeeper gegeben hatte. Eine Nummer, die so alt war, musste eine Festnetznummer sein, wenn sie überhaupt noch funktionierte. Das tat sie. Der Anrufbeantworter antwortete, doch die Stimme war die richtige: „Hallo, hier spricht Clarence Deyer vom Bauunternehmen Deyer. Bitte hinterlassen Sie eine Nachricht."

Nachdem er auflegte, sah er, wie Yelena ihre Augen öffnete. Er lächelte und nahm ihre Hand.

„Guten Morgen."

Sie lächelte zurück. „Dir auch einen guten Morgen."

„Ich habe Kaffee bestellt", sagte er. „Und ich habe Clarence' Nachnamen."

Sie setzte sich sofort auf. „Gut", sagte sie nackt auf dem Weg ins Badezimmer. „Lass uns los."

Joe zog sich Anzug und Krawatte an und Yelena ihre neuen schwarz-silber Leggings und ein sehr teures schwarzes T-Shirt über einen elfenbeinfarbenen BH. Sie nahmen den Zug zu dem Apartment, von dem sie hofften, dass es Clarence' war und überflogen die Klingelschilder. Da war es: Deyer, 3C. Joe klingelte, einfach, um es auszuprobieren, doch niemand antwortete. Als Nächstes gingen sie in ein kleines, protziges Café um die Ecke. Sie wählten einen Tisch am Fenster und bestellten etwas zu essen. Keiner der beiden sagte ein Wort, außer zu der Kellnerin, es sei denn, es war zum Thema. Sie arbeiteten. Sie aßen, tranken Kaffee, gingen abwechselnd auf die Toilette und sahen kein Zeichen von ihm oder sonst irgendwem. Sie konnten sich nicht sicher sein, was die anderen Leute anging, doch bezweifelten, dass es irgendeine Verbindung gab: eine alte Frau, die mit ihrem Pudel ging, eine junge Frau mit einem Kinderwagen, der Postbote. Also zahlten sie und gingen zurück. Dieses Mal öffnete Joe mit Leichtigkeit die Tür am Haupteingang mit seiner irischen Kreditkarte und als sie 3C fanden, ganz hinten auf der rechten Seite, holte Yelena ihre Dietriche heraus und öffnete das Schloss ungefähr genauso schnell, wie die meisten Menschen eine Tür mit einem Schlüssel öffneten. Mit gezogenen Waffen gingen sie hinein. Joe überprüfte die kleine Küche und das Badezimmer, während sie in das Schlafzimmer im hinteren Bereich ging. Niemand. Die Wohnung war leer und sah so aus, als wäre sie es schon seit einer ganzen Weile gewesen. Der Kühlschrank war bis auf ein paar Gewürzmittel leer und ein Haufen Flyer und Coupons von Restaurants waren unter der Tür hindurchgeschoben worden. Das Profil passte: gleichgültig, aber gemütlich eingerichtet mit einer durchgesessenen Couch, einem La-Z-Boy, einem Kaffeetisch, der hauptsächlich mit Sportseiten und Fernsehprogrammen bedeckt war, einem tollen, großen

Flachbildfernseher an der Wand, einem Tisch im Ess-
bereich mit einem Karussell voller Pokerchips in der
Mitte. Es sah aus wie die Junggesellenbude/Spiel-
höhle eines mittelschweren Kriminellen.

Sie fingen an, nach allem zu suchen, das sie zu
Clarence führen oder ihnen sagen könnte, wo der Kli-
ent des Überfalls war. Sie fanden nicht viel. Joe fand einen zerknitterten Schriftverkehr in Verbindung mit
Deyer Contracting, auf dem eine Adresse in Lodi, New
Jersey stand, doch die Wahrscheinlichkeit war hoch,
dass auch das wertlos war, ein Briefkasten oder ein leerer Raum. Yelena kam aus dem Schlafzimmer und beschwerte sich über den Staub und die billige Por-
nosammlung unter dem Bett — „alte DVDs von Mädchen miteinander in grässlicher, billiger Unterwäsche"
— und ging in die Küche, um ihre Hände zu waschen.
Das Wasser aus dem Wasserhahn war braun vor Rost.
Doch während sie darauf wartete, dass sich das Wasser
klärte, sah sie durch einen Haufen von Müll, der mag-
netisch am Kühlschrank hing. Sie kam lächelnd aus der
Küche zurück und drückte Joe eine Karte in die Hand:

DJ Juno
Spinning · Scratching · Producing · Rapping
Beats gebaut, um zu passen

Sie enthielt eine Telefonnummer, E-Mail-Adresse und
Postanschrift in Brooklyn.

„Großartig. Lass uns los", sagte Joe und steckte die
Karte ein. Sie gingen, schlossen die Tür leise hinter sich
und waren gerade auf dem Weg nach unten, als sie Polizisten die Treppen hinaufkommen sahen.

36

Es war unglaublich lästig, aber Donna musste zugeben, dass es etwas anderes war. Sonntag war chaotisch gewesen. Eine Buchstabensuppe an bundesstaatlichen, lokalen und staatlichen Behörden, die alle am streng geheimen Tatort in Westchester übereinander herstolperten, bis das fünffache Wettpissen damit endete, dass die NSA und Homeland Security alle anderen rausschmiss. In der Zwischenzeit waren die Verdächtigen, und was auch immer sie gestohlen hatten, sauber davongekommen. Am Montag war sie wieder im Büro, doch in einer anderen Abteilung, und blätterte sich durch endlos viele Fahndungsfotos und Videoausschnitte auf der Suche nach dem Typen, den sie bei dem Waffenraub schon mal kurz verhaftet hatte. Sie hatten die Suche basierend auf der detaillierten Beschreibung, die sie lieferte und dem Phantombild, das ihr Zeichner angefertigt hatte, eingeengt. Doch die Erkennungssoftware listete noch immer Hunderte von Männern. Dann, gerade als sie mit ihrem Thunfischsalat und Eiskaffee fertig war, fand sie ihn. Er hatte eingesessen, daher war er im System mit allem Drum und Dran: Clarence Deyer, mit zuletzt bekannter Adresse in Murray Hill.

Sie nahm den Hörer in die Hand und rief ihre Vorgesetzten an. Dann rüstete sie sich aus und als sie unten an der Garage ankam, um loszufahren, waren die Agenten bereits da. Es würde eine gemeinsame Operation zwischen FBI und CIA werden. Die CIA würde nur beobachten, da sie natürlich niemals auf US-amerikanischem Boden operierten. Und der hauptbeauftragte Beobachter? Ihr Ex-Ehemann, Agent Powell.

„Also, erzähl mir, warum sich die CIA auf einmal so brennend dafür interessiert?", fragte sie, als sie ins Auto stiegen.

„Du weißt, dass ich dir das nicht sagen kann."

Donna fuhr. Sie bestand darauf, immerhin war es US-amerikanischer Boden, und Powell saß neben ihr und konnte wahrscheinlich die Schwingungen spüren. Niemand sonst wollte mit ihnen fahren, sie bevorzugten, hinten in dem Van und einem anderen Auto zu fahren.

„Und du weißt, dass du es mir früher oder später sowieso sagen wirst", sagte sie zu ihm. „Und, dass ich es immer weiß, wenn du lügst."

„Okay, nur pass auf den Truck da auf, meine Güte ..." Er zuckte zusammen. „Wir haben einen ausgebrannten Van in der Bronx gefunden."

„Ist das etwas Neues? Warst du jemals zuvor in der Bronx? Gab es Beweismaterial?"

„Nicht viel, was einer der Gründe ist, warum wir so verwundert sind. Diese Jungs waren gründlich und wer auch immer den Wagen hochgejagt hat, verwendete Plastiksprengstoff. Nicht gerade etwas, das man macht, nachdem man einen Schnapsladen ausgeraubt hat."

„Profis."

„Definitiv. Vielleicht Söldner oder ehemalige Militärs."

Donna dachte an Joe. „Und?", fragte sie. „Also?"

„Also haben wir unser eigenes Forensik-Team durchgeschickt, Millimeter für Millimeter. Was sie fanden, war ein winziges, verschmortes Stück beschichtetes Metall, wahrscheinlich von einer Drohne."

„Eine Drohne?"

„Wie auch immer. Der Punkt ist, dass dieses beschichtete Metall für Hightech-Militärware eingesetzt wird. Top-Qualität. Genau wie einige der Sachen, die bei deinem Waffenmesse-Fiasko gestohlen wurden."

„Ich verstehe", sagte Donna.

„Das würde auch helfen zu erklären, wie sie durch das Sicherheitssystem in dem Labor gekommen sind", fügte Mike hinzu. „Äußerst raffinierte Arbeit. Und dein Typ Deyer ist unsere erste wirkliche Spur."

Als Donna an dem Block ankam, in dem Clarence Deyer lebte, fand sie die Straße bereits durch ein FBI-Fahrzeug abgeriegelt vor. Das Team stieg in Westen und FBI-Jacken aus dem Van. Donna zog ihre an, überprüfte ihre Waffe und warf ein mit FBI beschriftetes Baseballcap zu Powell herüber. „Hier, setz die auf, damit du nicht abgeknallt wirst."

„Wie aufmerksam", sagte er.

„Ich denke nur an deine Tochter."

Da es sich für Donna um einen persönlichen Streit handelte, ging sie als Erste durch die Tür. Sie bewegte sich schnell die Treppen hinauf, rannte am zweiten Stock vorbei und weiter in Richtung des dritten, als sie nach oben schaute und Joe sah, ausgerechnet ihn, wie er über das Treppengeländer guckte, mit irgend so einer Blonden neben ihm.

„Halt — FBI", rief sie und zielte mit ihrer Waffe auf ihn. Doch sie waren verschwunden. Über ihren Ohrstöpsel rief sie Verstärkung, während sie zur Tür von 3C sprintete und sie eintrat. Mike gab ihr Deckung. Sie durchsuchten und sicherten das Apartment, wie man es ihnen in der Ausbildung beigebracht hatte – es war eine absolute Müllhalde–, doch sobald Donna das offene Fenster sah, wusste sie, dass sie geflohen waren.

„Verdächtige sind über die Feuerleiter entkommen", rief sie. „Gebt mir Deckung." Dann kletterte sie ihnen nach.

Jedoch waren Joe und Yelena nicht die Feuerleiter hinuntergeklettert; sie waren sie raufgeklettert, weshalb Donna sie auch nicht gesehen hatte, als sie sich aufs Dach gehievt hatten.

Während Donna hinunterkletterte, überquerten sie so viele anliegende Häuserdächer wie möglich, bevor eine Gasse sie stoppte. Dann kletterten sie die dortige Feuerleiter hinunter in der Hoffnung, dass sie weit genug gekommen waren, um das FBI zu überlisten.

Yelena gingen zuerst – sie war schließlich die Turnerin – und zog die Leiter mit sich herunter. Sie sicherte die Gasse, während Joe hinunterkletterte. Sie spähten vorsichtig um die Ecke. Dann, ihre Waffen verdeckt, gingen sie Arm in Arm los. Sie taten so, als würden sie sich unterhalten und sich amüsieren wie ein gut gekleidetes Pärchen, das den Block entlang spazierte.

An der Ecke konnten sie ein FBI-Fahrzeug parken sehen, an dem ein einzelner Agent stand. Ein schwarzer Typ in einem blauen Anzug mit einem Kabel in seinem Ohr, der Wache stand. Er blickte jedoch in die andere Richtung und hielt Ausschau nach Fahrzeugen, die die

Straße entlangkommen könnten. Joe drehte seinen Kopf unauffällig zur Seite, als sie an ihm vorbeigingen und Yelena schwätzte vor sich her. Sie hatten es eigentlich schon geschafft und warteten nur noch darauf, dass ein weißer BMW vorbeifuhr, sodass sie die Straße überqueren konnten, als sie den Agenten hinter ihnen schreien hörten.

„Stopp! FBI! Hände hoch!"

Joe versuchte gerade zu entscheiden, was er tun sollte, während er langsam die Hände hob und überlegte loszurennen, als jemand in dem weißen BMW das Feuer eröffnete.

Agent Newton war genervt. Als offen schwuler, afroamerikanischer Agent (hatte er denn mit Ari als Ehemann überhaupt eine Wahl?) wurde er gerühmt und verhätschelt und dann dazu verdonnert, alleine an einer Straßenecke Wache zu stehen, während alle anderen das Gebäude stürmten. Donna Zamora war eine seiner Kollegen, die ihn am ehesten verstanden, doch dieses Mal führte sie die Operation an und er fühlte sich noch stärker ausgeschlossen. Vielleicht sollte er kündigen und Jura studieren, wie Ari und seine Mutter und Aris Mutter es alle sagten.

Jedenfalls war das sein Gedanke, als er Donnas Stimme hektisch über das Funkgerät sagen hörte: „Verdächtige auf der Flucht. Ich wiederhole, nehme die Verfolgung auf. Eine männliche, weiße Person, schwarzer Anzug, dunkle Haare, blaue Augen. Eine weibliche, weiße Person, ebenfalls dunkle Kleidung, blonde Haare." Und als er das Geschwätz hörte, realisierte er, dass das Pärchen, das gerade an ihm vorbeiging, auf die

Beschreibung passte. Er drehte sich um und zog seine Waffe. Da waren sie. Der Mann im Anzug und die Frau in eleganten Leggings und einem Top. Sie warteten in aller Ruhe, um die Straße zu überqueren. Er ging in Position und schrie: „Stopp! FBI! Hände hoch!" Und dann fing irgendein asiatischer Junge auf der Rückbank des BMW an zu schießen.

Als der Junge das Feuer eröffnete, reagierten Joe und Yelena, in dem sie sich auf den Boden warfen. Joe rief über seine Schulter in Richtung des Agenten: „Gehen Sie in Deckung!" Der Agent duckte sich hinter seinem Auto. Kugeln streiften die Seite des Fahrzeugs. Der Agent feuerte einige Male zurück, während der BMW davonfuhr und Joe und Yelena sich aus seinem Sichtfeld rollten und losrannten. Als sie um die Ecke rannten, sahen sie, wie eine Dame hinten aus einem Taxi ausstieg und Yelena hüpfte hinein.

„Wohin?", fragte der Fahrer sie.

„Fahr einfach", sagte Joe, während er vorne neben ihm einstieg und eine Waffe auf seinen Kopf richtete. Yelena hielt nach hinten Ausschau.

„Heilige Scheiße, heilige Scheiße, töten Sie mich nicht", sagte der Fahrer, doch tat gleichzeitig wie ihm aufgetragen und fuhr über die Straße und den nächsten Block entlang.

„Keine Sorge", sagte Joe ruhig. „Fahr Richtung Zentrum." Tatsächlich war die Waffe gesichert, um ein versehentliches Abdrücken zu vermeiden. „Jetzt fahr hier rechts ran", sagte er zu ihm.

„Steigen Sie aus?", fragte der Fahrer hoffnungsvoll.

„Nein", sagte Joe, „aber du." Er schlug ihm mit der Waffe auf den Kopf. Dann stieg er aus und zog den Fahrer schnell, aber sanft auf die Straße. Er setzte sich hinter das Lenkrad und fuhr los. Er schüttelte seine Jacke ab und setzte sich ein Mets-Cap auf, das der Fahrer auf dem Sitz gelassen hatte. Währenddessen blieb Yelena auf der Rückbank. Jetzt wirkten sie wie eine Frau, die ein Taxi nahm und nicht wie ein Pärchen auf der Flucht. Yelena behielt ihre Waffe auf dem Schoß, während Joe in Richtung Innenstadt und dann über die Fourteenth Street fuhr.

„Wer zur Hölle war das überhaupt, der da auf uns geschossen hat?", fragte sie.

„Ich denke, das war die chinesische Triade, die auf mich geschossen hat", sagte Joe. „Sorry."

Yelena zuckte mit den Schultern. „Ist ja alles gut gegangen."

37

Später, während der Nachbesprechung, als sie ihre Vorfallsberichte schrieben, erzählte Andrew Newton Donna von einem eigenartigen Detail.

„In dem Moment, wo der Junge anfing zu schießen – sah aus, wie eine Uzi, aber wie auch immer –, der männliche Verdächtige, dunkle Haare und Anzug …"

„Schon klar", sagte sie. „Ich weiß, welchen du meinst." Sie wusste, es war Joe, aber wer war die Frau?

„Als er sich duckte, rief er: ‚Gehen Sie in Deckung!' Ich könnte schwören, er hat versucht, mich zu warnen. Ist das nicht merkwürdig? Warum sollte es einen bewaffneten, flüchtigen Täter interessieren, ob ich erschossen werde oder nicht?"

„Du hast recht", sagte Donna. „Das ist merkwürdig."

„Also, was denkst du?", fragte Andy sie. „Sollte ich das in meinen Bericht schreiben?"

„Wahrscheinlich nicht", sagte sie zu ihm.

Sie mussten ihre Kleidung wechseln und wollten nicht zurück zu dem Hotel, also führte Yelena sie nach SoHo. Joe stellte das Taxi neben einem Hydranten ab und steckte einen Hunderter in das Mets-Cap, welches er auf dem Sitz liegen ließ. Wieder gingen sie shoppen. Dieses Mal legten sie ihre irischen Identitäten ab und gaben sich mithilfe ihrer anderen gefälschten Ausweise als Paar aus L.A. aus. Joe kaufte einen dunkelblauen Anzug, zwei identische weiße Knopfhemden, schwarze Jeans, T-Shirts, Boxershorts, Socken. Yelena kaufte mehrere komplette Outfits und einige oberschenkelhohe Stiefel. Sie probierte gerade Parfums aus, als Joe zurückkehrte.

„Das macht Spaß", sagte sie, während Joe seinen falschen Namen auf den Belastungsbeleg schrieb.

„Erinnere mich daran, dich nicht wirklich zu heiraten", sagte er zu ihr und nahm ihre Taschen.

„Hättest du wohl gerne", sagte sie.

Dieses Mal nahmen sie ein Taxi, ohne es zu entführen. Sie fuhren zu einem Hotel in den West Forties, einer belebten Touristengegend, und tauschten eine schöne Aussicht gegen ein ruhiges Zimmer im hinteren Bereich.

„Ich hoffe, Sie genießen Ihren Aufenthalt, Mr. MacCracken", sagte der Rezeptionist zu Joe, nachdem er die Karte belastet hatte.

„Bitte", sagte Joe, „nennen Sie mich Phil."

Während das FBI sich am Tatort um die Forensik kümmerte, überprüfte Agent Powell sein Handy. Er rief im Büro an und ließ die Nummer suchen. Und tatsächlich, auch wenn die staubige, alte Festnetznummer seit Monaten kaum benutzt wurde, wurde sie ausgerechnet heute Morgen angerufen. Der Anrufbeantworter hatte geantwortet, doch es war keine Nachricht hinterlassen worden.

„Lass uns los", sagte er zu seiner Ex-Frau, als er im Erdgeschoss ankam.

„Du kannst fahren."

„Wohin?"

„Ein Hotel im Zentrum. Jemand hat Deyer heute Morgen von einem Hotelzimmer aus angerufen."

Sie stiegen ins Auto und Donna reihte sich in den schleppenden Hauptverkehr ein. „Glück bei der Identifizierung der beiden Verdächtigen gehabt?", fragte Powell sie.

„Bis jetzt nicht." Sie sah zu ihm herüber. „Was? Auf gar keinen Fall verschwende ich noch einen Tag mit dem Phantombildzeichner und den Fahndungsfotos. Ich habe ihn sowieso nur flüchtig zu sehen bekommen. Meinst du, ich sollte den Broadway nehmen?"

„Schalt die Sirene ein. Ich würde es tun, wenn wir welche hätten."

Sie folgte seiner Anweisung und schaltete die Sirenen ein und aus, damit sich die Spur leerte und er den Mund hielt. Warum hatte sie ihm nicht von Joe erzählt? Beschützte sie ihn instinktiv oder widersetzte sie sich Mike? Oder war sie einfach nur eine FBI-Agentin, die sich instinktiv der CIA widersetzte? Es gab einfach zu viele Faktoren, die sie verstehen musste, bevor sie es riskierte, den Fall an die CIA zu übergeben, von der sie wusste, dass sie ihn niemals zurückgeben würde. Zum Beispiel, warum Joe und seine blonde Tusse das Schloss an Deyers Tür aufgebrochen hatten – so fand es ihr Team heraus, als es die winzigen Kratzer an der Tür vergrößerte –, obwohl sie seine Komplizen waren? Und was hatte das mit dem Überfall auf das Labor zu tun? Und zu guter Letzt, und das nervte am meisten, hatte sie keinen Zweifel, dass sie Joe eingebuchtet hätte, wenn sie ihn bekommen hätte. Doch mit dem Wissen, dass er sie und Agent Newton verschont hatte, hätte sie da auf ihn schießen können?

Sie kamen an dem Hotel an. Das Mädchen am Empfang schien etwas verunsichert durch die Dienstmarken und die Fragen von Mike, doch sie erinnerte sich an das Pärchen in dem Zimmer.

„Die kommen aus Irland und sind hier in ihren Flitterwochen. Ist das nicht niedlich?"

„Irland?", fragte Mike und runzelte die Stirn. Waren die Iren auch darin verwickelt? Viele ehemalige Mitglieder der IRA waren in den letzten Jahren selbständig geworden. „Können wir den Eintrag sehen?"

„Klar." Sie klackerte mit ihren Fingernägeln über die Tastatur. „Hier ist er." Sie drehte den Bildschirm zu Donna und Mike. „Er sagte, es sei Gälisch", erklärte sie. „Das g ist stumm!"

Mike las den Namen vor: „Mr. und Mrs. Eulich Maghanus."

Donna brach in Gelächter aus, während die Angestellte sie verwirrt ansah.

„Verdammt witzig", murmelte Mike. „Was für ein Flüchtiger macht Witze?"

Donna zuckte mit den Schultern, doch sie war sich ziemlich sicher, dass sie wusste, wer.

38

Zuerst war Carol von sich selbst angepisst, als sie den Lippenstift an Gios Kragen entdeckte. Natürlich. Dachte sie ernsthaft, sie wäre vor dem Klischee sicher? Dachte sie wirklich, er wäre der einzige Gangster ohne eine Geliebte? Und als Psychologin kannte sie die Statistiken, die Quoten verheirateter Männer, die früher oder später fremdgingen, noch wahrscheinlicher war es bei Männern in Führungspositionen oder mit Autorität, doch Gio kam ihr nie wie so ein Typ vor. Noch immer nicht. Von Anfang an sehnte er sich nach einer echten Partnerschaft, echter Intimität und Vertrauen. Nicht aus ethischen Gründen – seine Familie besaß schließlich Hurenhäuser und Stripclubs –, doch als Flucht aus dieser Familie und dieser Welt. Gio war glücklich, jemanden gefunden zu haben, mit dem er über seine Gefühle reden konnte; seine Ängste, Hoffnungen, Träume, Dinge, die er bereute. Etwas, so gab er es selbst zu, das er niemals zuvor getan hatte. Jemanden, der ein Leben teilen wollte, jemanden auf Augenhöhe. Er gab oft damit an, dass seine Frau, die Doktorin, viel schlauer war als er. Carol wusste am besten, wie messerscharf Gios Gehirn hinter diesen beinahe schwarzen sizilianischen Augen wirklich war, sein musste, damit er sein konnte, wer er war, doch sie verstand. Er vergötterte seine Kinder und sie hatte keinen Zweifel daran, wie sehr er sie liebte. Ja, ihr Sexualleben war in den letzten Jahren etwas abgeebbt, aber sie hatten immer noch öfter gefickt als die meisten Paare – laut den verheirateten Frauen, die sie kannte – und selbst wenn es am intensivsten war, das Geheimnis ihrer sexuellen Verbindung, die Sache, die sie ganz am Anfang miteinander verschmelzen ließ, basierte auf rohen Emotionen und einem tiefen Bedürfnis nach Intimität, das sie teilten. Darum, selbst als Psychologin, objektiv betrachtet kam ihr Gio nicht als der Typ vor, der eine Stripperin vögeln würde oder sich ein Flittchen an der Seite hielt.

Auf der anderen Seite verleugnete sie es vielleicht auch einfach nur. Das war definitiv auch Teil ihres Lebens. Auf dem College war er selbstverständlich sehr diskret gewesen und hatte kaum über das Familienrestaurant oder die Wagen gesprochen, die Eiscreme verkauften. Eine bescheidene Arbeiterfamilie. Doch sobald die Beziehung ernst wurde, öffnete er sich und erzählte von der Geschichte seiner Familie und von seiner Rolle, der Familie aus all dem herauszuhelfen, ihnen in die moderne Welt zu verhelfen. Und er meinte es ernst. Seine Mutter, ihre Mutter, sein Onkel mit Alzheimer, seine Tante in Florida, das College-Geld für ihre Kinder: All das wurde finanziert durch Aktienbestände und Holdinggesellschaften im Immobilienbereich, die Gio selbst aufgebaut hatte und die zu hundert Prozent legal waren. Was den Rest anging, dachte sie, wäre es das Beste, zu verdrängen. Außerdem, mochte ein Teil von ihr es nicht auch, zu wissen oder eben nicht zu wissen, wie stark er war, ein gefährlicher Mann, den Leute fürchteten und respektierten und gehorchten, der in ihrer Gegenwart jedoch verletzlich war und ihr gehorchte, obwohl er niemandem gehorchen musste? Und überhaupt, was war mit all den anderen reichen Familien, die von mächtigen und skrupellosen Männern geführt wurden, wie den Rockefellers und Vanderbilts und Kennedys? Wie viele Leichen lagen unter deren angesehenen Stiftungen begraben? Wer war es jetzt, der verleugnete?

Doch hier war etwas, das sie nicht verleugnen konnte. Es musste nichts bedeuten, aber es konnte etwas bedeuten oder auch gar nichts. Am späten Sonntagabend, als er vom Fitnessstudio nach Hause kam und versuchte, sie nicht zu wecken, legte er seine Kleidung auf einen Haufen neben der Badezimmertür, bevor er in die Dusche ging. Am nächsten Morgen, nachdem er das Haus verlassen hatte, um die Kinder zur Schule zu bringen, hob sie seine Sachen auf und da war er, ein Streifen Lippenstift in einem Farbton, den weder sie noch ihre Mutter trug.

Als sie aus der U-Bahnstation in Brooklyn kamen, fanden Joe und Yelena einen Autoverleih und mieteten eine schwarze Limousine, um auf dem Weg zu Junos Adresse in Bed-Stuy so anständig wie möglich zu erscheinen. Es war ein Reihenhaus, ein schönes Ziegelgebäude mit Blumen in den Blumenkästen hinter den Fenstergittern. Sie klopften und fast augenblicklich wurde die Tür von einem großen, schwarzen Mann Ende zwanzig im Muskelshirt geöffnet. Mit seinem rasierten Kopf, dem gepflegten Ziegenbart und harten Muskeln sah er aus wie eine ältere, härtere, weniger nerdige Version von Juno.

„Guten Abend", sagte Joe. „Ist Juno da?"

Der Mann sah sie beide an – ein weißes Pärchen¬, der Typ im Anzug und die Frau in schwarzen Jeans, die so aussahen, als wären sie einige Tausend wert, Stiefeln und einer Bluse.

„Wer will das wissen?"

Joe lächelte, genau wie Yelena. „Tut mir leid", sagte er. „Ich bin Philip. Das ist meine Frau, Devorah."

„Hi", sagte Yelena.

„Hi", sagte der Typ.

„Wir sind Musikproduzenten", fuhr Joe fort. „Wir kommen gerade aus L.A. und wir wollten mit Juno über Geschäftliches reden."

„Geschäftliches?", fragte der Typ.

„Ja, Sie wissen schon, Deejaying und ..." Joe kramte in seinem Gedächtnis.

„Beats", warf Yelena lächelnd ein.

„Ja, wir lieben seine Beats", fügte Joe hinzu.

„Alles klar, cool", sagte der Typ grinsend. „Dann kommen Sie mal herein. Ich bin Junos Bruder, Eric."

Er trat beiseite, um sie hereinzulassen und als er die Tür hinter ihnen schloss, befanden sich Joe und Yelena in einem gemütlichen Wohnzimmer, in dem ein dicker Mann im Knicks-Jersey und langen Shorts die halbe Couch einnahm und mit einem dünneren Typen in Jeans und einer rückwärts aufgesetzten Cap ein Videospiel spielte.

„Hey", hörte Joe Eric von hinten rufen, „die beiden hier suchen Juno. Sie wollen seine Beats kaufen." Dann nahm er plötzliche Bewegungen wahr und als er sah, wie sich die Gesichtsausdrücke der Männer veränderten, griff er nach seiner Waffe. Er drehte sich um, und sah Eric, der seinen Revolver auf ihn gerichtet hatte, während Yelena mit ihrer Waffe auf den dicken Typen zielte, der mit seiner Waffe ebenfalls auf Joe zielte, während der dünnere auf sie zielte. Es war eine ausweglose Situation.

„Ruhig", sagte Joe. „Lasst uns keine Dummheiten machen."

„Das habt ihr schon", sagte Eric zu ihm über den Lauf seiner Waffe. „Noch nie in seinem ganzen Leben ist hier jemand hereinspaziert und wollte Beats von meinem kleinen Bruder kaufen."

Rückwarts-Cap sprach: „Ich glaube nicht einmal, dass er jemals einen bezahlten DJ-Gig gespielt hat. Er hat gerade erst angefangen."

„Also", sagte Eric, „ich weiß, dass ihr beide nur Scheiße redet. Warum erzählt ihr mir nicht lieber, warum ihr wirklich hier seid?" Er kniff die Augen zusammen und schaute Joe an, der seinen Blick langsam erwiderte. „Weißer Typ im Anzug. Normalerweise würde ich sagen, du bist ein Ermittler, aber ich spüre hier definitiv keine Bullenvibes."

„Genauso wenig ist er ein Hip-Hop-Produzent", sagte Rückwärts-Cap.

Joe lächelte, doch sein Blick wich nicht von Eric ab, der in Yelenas Richtung nickte. „Und sie ... ich weiß nicht, was ich über sie denken soll."

Yelena fauchte, die Waffe noch immer auf den Dicken gerichtet, der unverändert wie ein Berg auf der Couch blieb. „Es gibt nur einen Weg, das herauszufinden", sagte sie zu ihm.

„Also gut", sagte Joe. „Jetzt beruhigen wir uns alle erst mal, verstanden, Devorah?" Er sagte zu Eric: „Du willst die Wahrheit wissen? Wir waren in einer Crew, die ein Ding mit deinem Bruder gerissen hat. Ist nach hinten losgegangen. Jetzt suchen wir nach unseren Partnern und das Gesetz ist auf der Suche nach uns.“

„Willst du damit sagen, dass mein Bruder euch hintergangen hat?“

„Nein. Ich sage, dass uns irgendjemand hintergangen hat.“

Erics Augen wanderten zu den anderen herüber. Der Junge mit der Cap zuckte mit den Schultern. „Macht Sinn“, sagte er. Der dicke Mann nickte kaum wahrnehmbar.

„Juno wird vermisst“, erzählte ihnen Eric. „Ich habe Samstagnacht eine Nachricht von ihm bekommen. Da stand nur 911 drin. Dann nichts mehr. Wenn ich anrufe, geht der Anrufbeantworter ran. Aber Charles da drüben ist ein Wunderkind, wie Juno.“

Der Junge lächelte bescheiden. „Niemand ist wie Juno, aber ja, ich habe mal etwas gegraben. Juno hat sein GPS eingeschaltet.“

„Also, ihr könnt ihn nicht anrufen“, sagte Yelena, „aber ihr könnt ihn aufspüren.“

„Ganz genau, Devorah. Und genau das wollten wir auch gerade machen, als ihr aufgetaucht seid“, sagte Eric. „Aber was ihr sagt, passt zu dem, was wir angenommen haben. Wer auch immer eure Beute hat, hat auch meinen Bruder.“

„Eric“, sagte Joe, „ich denke, wir würden euch gerne bei dieser Fahrt begleiten.“

„Gerne, Philip. Aber ihr fahrt auf der Rückbank mit, ohne Waffen.“

Joe sah zu Yelena herüber, die lediglich mit ihren Augen antwortete, doch Joe wusste, was sie dachte. Selbst wenn sie es schafften, eine Schießerei zu überleben, wären sie Juno kein Stück näher. Er nickte.

„Also gut“, sagte Yelena, „abgemacht.“ Dann ließ sie die Waffe vorsichtig los, sodass sie nur noch an ihrem Finger baumelte. Joe tat es genauso und der junge Charles nahm sie an sich. „Danke“, sagte er höflich zu Yelena.

„Gerne.“

„Also gut“, sagte Eric, während er seine Waffe herunternahm, „lasst uns meinen kleinen Bruder holen, bevor unsere Mutter herausfindet, was los ist.“

Juno machte es absolut keinen Spaß, mit Don abzuhängen. Er fühlte sich wie ein Gefangener oder wie zu Gast bei einem sehr langweiligen, griesgrämigen und potenziell gewalttätigen Verwandten. Etwas, mit dem Juno persönliche Erfahrungen hatte. Don war wie eine weiße Version des Onkels seiner Mutter, Willy, der fernsah, fluchte und irgendetwas davon murmelte, wie er es allen schon noch zeigen würde, während er Fast Food aus einer fettigen Tüte aß und ungeniert mitten in der Unterhaltung furzte, bevor er auf der Couch einschlief. Nur dass Willy trank und Don auf Steroiden war. Großer Unterschied. Don wurde außerdem angetrieben von seinem eigenen Ego, Wut und Gier, eine gefährliche Kombination, wie Juno wusste. Er hatte bereits entschieden, dass durch zwei zu teilen besser war, als durch fünf, also warum nicht gleich alles nehmen? Warum nicht auch noch das letzte Hindernis beseitigen, also Juno?

Und während Don menschenwürdig genug war, ihm das Schlafzimmer in der miesen „corporate"-Suite zu überlassen, mit eigenem Kabelfernsehen und regelmäßigen Mahlzeiten, die von Lieferdiensten in der Nähe bestellt wurden, verstand Juno, warum Big Daddy Don auf der Couch zwischen ihm und der Tür schlief, warum er die Schlüsselkarte hatte und warum er das Telefon abgeschlossen sowie Junos Handy beschlagnahmt hatte. Junos einziger Schachzug war, sein GPS einzuschalten und seinem Bruder diesen SOS-Text zu senden, doch sein Bruder war ernsthaft digital beschränkt und Juno wusste nicht, ob er in der Lage sein würde, dieser Spur aus Brotkrümeln zu folgen. Also saß er und wartete darauf, dass Don den Tausch arrangierte und saß solange seine Zeit ab. Es war priviligierte Haft, aber es war immer noch Haft. Es würde Don wirklich nicht umbringen, ab und zu mal etwas Salat zu bestellen oder wenigstens einen Saft. Aber wie auch immer. Alles, was Juno interessierte, war, lebendig zurück nach Brooklyn zu kommen.

Clarence war noch nie so glücklich über einen Anruf wie über den von Don. Er hatte mehr als die letzten vierundzwanzig Stunden mit Adrian und Heather verbracht und die Spannung ließ ihn bald durchdrehen. An der Oberfläche schien alles in Ordnung – Heather nutzte das hauseigene Fitnessstudio, Adrian las, sie gingen shoppen oder auf der High Line spazieren –, doch es war genau diese glatte Oberfläche, wie ein Seidenschal, so eng gezogen, dass er einem die Luft abschnürte, die ihm bewusst machte, dass mit jeder vorübergehenden Minute die Uhr tickte und wenn sie nicht bald die Ampulle in die Finger bekommen würden, sie es an Clarence auslassen und ihm antun würden, was sie diesem armen, ahnungslosen Hurensohn Norris angetan hatten.

Als sein Handy also am Montagmorgen klingelte und es Don war, der mit unterdrückter Nummer anrief, um einen Tausch zu vereinbaren – die Ampulle gegen Bargeld, die ganze Million, oben auf den Stufen in der Mitte des Prospect Parks –, war Clarence zutiefst erleichtert und berichtete Adrian, der gerade mit einem Kreuzworträtsel beschäftigt war und Heather, die sich ihre Nägel lackierte und die Rätsel löste, die er laut vorlas, überglücklich von den Neuigkeiten. Doch Clarence' Erleichterung verwandelte sich zurück in Anspannung, als Adrian ihm lächelnd von ihrem Plan erzählte. Anstatt alleine mit einem Beutel voller Geld aufzutauchen, sollte Clarence bewaffnet und mit einem Beutel voller Zeitungen kommen und Don und Juno umbringen, um anschließend mit der Ampulle zurückzukommen.

„Ich verstehe, dass ihr diese Typen umlegen wollt", sagte Clarence, während Adrian damit beschäftigt war, die Zeitungen inklusive dem gelösten Kreuzworträtsel zu schreddern und sie in eine Sporttasche zu stopfen, „und glaubt mir, ich würde diese Wichser liebend gerne umnieten, nach all dem Stress, den sie mir bereitet haben, aber wie kann ich sicher sein, dass ich ihm zuvorkommen werde?"

Adrian lachte und schenkte ihm dieses unheimliche, kalte Lächeln. „Du hast nicht ernsthaft geglaubt, dass ich dir zugetraut hätte, alleine zu gehen, oder? Ich werde ein paar Freunde kontaktieren, die mit dir gehen. Du kennst das Sprichwort, Fremde, die du noch nicht getroffen hast, oder so was."

„Ich glaube, anders herum ist es richtig", sagte Clarence. „Ein Fremder ist ein Freund, den du noch nicht getroffen hast."

„Ganz genau. Es sei denn, du versuchst, mich wieder zu ficken, dann bringen sie dich um."

Heather lachte, dann Adrian ebenfalls und dann grinste Clarence verunsichert und versuchte, auch zu lachen.

„Hör auf, ihm Angst zu machen", sagte sie. „Weißt du was, Liebling? Ich werde selbst gehen, dann fühlt Clarence sich etwas sicherer."

Adrian runzelte die Stirn. „Bist du sicher?"

„Absolut. Ich werde langsam wahnsinnig hier. Wir können uns noch nicht erlauben, dein Gesicht in der Öffentlichkeit sehen zu lassen, hübsch, wie es ist. Und es ist besser, die anderen noch nicht zu involvieren. Und überhaupt, ich liebe den Prospect Park."

39

Als Agent Zamora und Powell wieder in ihrem Büro ankamen, setzte sie sich und überprüfte ihre E-Mails, während er an ihrem Schreibtisch stand. Er räusperte sich.

„Setz dich, Mike", sagte er und imitierte übertrieben ihren leichten New Yorker Akzent. „Möchtest du eine Tasse Kaffee?" Er nahm einen Haufen Akten von einem Stuhl und setzte sich, bevor er zurück zu seinem Mittelwestler-Akzent wechselte: „Sehr nett, danke, Donna, ich nehme gern einen."

„Wozu, verdammt noch mal?", fragte Donna und blickte von ihrem Bildschirm auf.

„Wozu was?"

„Leute, die auf ihren Ärschen herumsitzen und zusammen Kaffee trinken, arbeiten in der Regel auch zusammen. Aber wenn du weiterhin so tun willst, als wärst du eine CIA-Kontaktperson, die bei einer Ermittlung des FBI hilft, obwohl du mir nicht einmal verrätst, wen oder was wir jagen, dann frage ich mich, wozu, verdammt noch mal?"

„Als ob du bisher total zuvorkommend gewesen wärst?"

„Hey, ich bin ein offenes Buch. Oder zumindest eine offene Akte. Ich werde dich alles lesen lassen, was du willst. Kannst du das genauso?"

„Du weißt, dass ich das nicht kann."

„Also?"

„Also gut, aber ich könnte wirklich erst mal einen Kaffee gebrauchen."

Sie holte den Kaffee und kam zurück, während er durch eine Akte blätterte, eine, von der sie wusste, dass sie nichts außer Mitschriften alter Hinweistelefonaufzeichnungen enthielt. Doch er konnte nicht anders, ein zwanghafter Schnüffler.

„Was?", sagte er auf ihren bösen Blick hin. „Du hast gesagt, bedien dich."

„Nicht wirklich." Sie setzte sich auf ihren Platz. „Aber was soll's, du bist dran."

Er nahm einen Schluck von seinem Kaffee. „Bäh, bei dir zu Hause ist er besser." Er stellte ihn auf der geschlossenen Akte ab. „Okay", sagte er, „dann mal los. Das Objekt, das aus dem Labor entwendet wurde, ist ein hocheffektiver, biologischer Wirkstoff, der in der Lage ist, ein tödliches Virus über einen weiten Bereich zu verbreiten, entweder über die Luft oder durch die Ausatmung der Infizierten."

„Mein Gott ..." Donna umging direkt ihre jahrelange Ausbildung und dachte an ihre Tochter. Seine und ihre Tochter. Ging es ihm genauso? „Und wir haben das hergestellt?", fragte sie ihn. „Die Guten? Wer? CIA? Irgendwelche anderen Freunde von dir?"

„Das Labor hatte eigentlich versucht, es zu verdünnen, Mikrodosen in verschiedenen Lösungen zu testen, sodass es gezielt individuellen Personen oder Gruppen verabreicht werden kann, ohne eine Massenvernichtung auszulösen, was wir, wie du weißt, niemals tun würden."

„Nur, dass ihr genau das tut, auch wenn vielleicht durch Inkompetenz, aber trotzdem. Und warum zur Hölle wurde etwas so Übles nicht in einem Regierungsgebäude aufbewahrt?"

„Das war ein Regierungsgebäude. Die Sicherheitsfirma war ein Deckmantel der CIA. Die Technologie, die benutzt wurde, um den Laden zu sichern, kann man nicht einmal auf dem öffentlichen Markt finden. Der Parfumhersteller ist echt, aber wir sind die Schattenpartner und wir haben den Safe und den Schließmechanismus für das Labor entwickelt. Guck." Er streckte seine leeren Handflächen aus. „Es ist nicht so, dass das meine Idee war. Ich habe das alles erst nach dem Einbruch herausgefunden. Der Gedanke war, soweit ich das verstanden habe, je auffälliger, desto unauffälliger. Ein gewöhnliches altes Labor, das niemanden interessieren oder überhaupt jemand bemerken würde."

„Hinzu kommt", fügte sie hinzu, „dass es eine verdeckte Operation gewesen ist, keine Frage."

„Ja. Die totale Scheiße. Aber das Wichtigste ist jetzt, den Wirkstoff zurückzubekommen, bevor die ihn benutzen können."

„Und wer sind ‚die'?"

„Terroristen. ISIS oder irgendeine andere Organisation."

„Ich bin kein Profiler, aber Clarence Deyer kommt mir jetzt nicht gerade wie der Typ vor, der in den Jihad zieht."

„Nein. Ich würde sagen, dass er definitiv kein Ideologe ist. Er ist nur die angeheuerte Hilfe und der Frontmann. Der Endverbraucher ist ein ganz anderer Schlag Mensch."

„Wer?", fragte Donna.

„Er." Mike zeigte auf das Foto ganz links an ihrer Wand. Ein Mann mit verstörend blauen Augen, kurz rasiertem Haar und den Wangenknochen eines Models. „Adrian Kaan. Meistgesucht und jetzt gerade hier in New York."

„Oh." Mechanisch nahm sie einen Schluck von ihrem kalten, bitteren Kaffee, dann warf sie ihn in den Müll. „Wie kannst du dir so sicher sein?"

„Wir können uns nicht sicher sein, doch das Beweismaterial deutet darauf hin. Auf ISIS-Foren und anderen mit Verbindungen zum Terrorismus reden alle über ihn, davon, dass er in New York gesehen wurde."

„Foren! Wie Teenager, die über einen Popstar plappern."

„Für die ist er ein Popstar. Ein Terrorist, den die alten Weißbärte nicht einmal gutheißen. Er hat ihre Trainingscamps durchlaufen, den Kontakt abgebrochen und ist dann abtrünnig geworden. Er ist noch nicht mal Moslem. Er ist einfach nur verdammt böse. Wie dem auch sei, die jungen Jihadisten finden ihn cool. Und dann haben wir das hier auf einem Server in Indonesien gefunden, den er mal genutzt hat."

Mike öffnete etwas auf seinem Tablet und reichte es ihr.

Hallo, Amerika!
Wann werdet ihr lernen, dass ihr Schmerz nicht outsourcen könnt?
Globalisierung heißt nicht nur billige T-Shirts.
Globalisierung heißt Krieg.

Und jetzt kommt der Krieg, den ihr uns geschickt habt, zu euch nach Hause.

Donna seufzte. „Das würde ich definitiv ideologisch nennen."

„Wenn totale nihilistische Zerstörung als Ideologie bezeichnet werden kann." Er nahm einen Schluck von seinem Kaffee, runzelte die Stirn und schmiss ihn zu ihrem in den Müll. „Aber da ist eine Sache, die ich mir noch immer nicht erklären kann."

„Und zwar?"

„Was zur Hölle haben die Chinesen damit zu tun?"

40

Als Juno sagte, dass er einfach nur lebendig zurück nach Brooklyn kommen wollte, meinte er keinen bewaffneten Austausch im Park mit ihm als Mittelsmann, aber wahrscheinlich war das mit dem Sprichwort ‚sei vorsichtig bei deinen Wünschen‘ gemeint. Es war schon lange her, seitdem er das letzte Mal hier gewesen war, doch als Don ihm beiläufig eine Pistole an seinen Rücken hielt, während sie durch den Park und auf den Hügel gingen und die Betontreppen zu dem gepflasterten Platz hinaufstiegen, von dem aus man über den Park blicken konnte, schossen ihm Erinnerungen aus Kindheitszeiten durch den Kopf. Davon, wie er hier Ball spielte, Fahrrad fuhr oder Barbecues veranstaltete. Jetzt sah er Fahrradfahrer und Softballspieler, Leute, die picknickten und sich überall auf der Wiese verstreut sonnten, einen glücklichen australischen Schäferhund, der nach einem Ball sprang, und er schwor sich, sollte er überleben, würde er vorbeikommen und sich zu ihnen setzen. Rausgehen und die frische Luft genießen, wie seine Mutter es immer sagte, anstatt die ganze Zeit drinnen zu hocken und Videospiele zu spielen oder zu hacken. Natürlich wusste er, dass er nichts davon wirklich machen würde.

Als sie oben auf den Treppen ankamen, legte Don seine Hand auf Junos Schulter. „Bleib hier stehen“, sagte er. Er steckte die Pistole hinten in seinen Gürtel und hängte sich die AK über die Schulter, die er unter seine Jacke versteckt hatte. Dann übergab er Juno die Plastikhülle mit der Ampulle.

Das war das erste Mal, dass Juno das Teil in seiner Hand hielt. Das Millionen-Dollar-Parfum, zumindest, wenn es wirklich stimmte. Walsperma oder nicht, das alles entwickelte sich zu einem ziemlich großen Drama, nur um gut zu riechen. Er hatte gestern den ganzen Tag und die ganze Nacht lang Zeit, darüber nachzudenken, was es sein konnte und er hoffte, dass es die Heilung für AIDS oder Krebs war, doch irgendetwas sagte ihm, dass es sich bei diesen Jungs nicht unbedingt um einen Haufen Humanisten handelte.

Dann entdeckte Don Clarence auf der anderen Seite der Lichtung. Wie besprochen, hielt er eine Sporttasche in der Hand. „Okay", sagte Don und stupste Juno mit dem Lauf seiner Waffe an, „lass uns loslegen."

Heather nahm ihre Position ein. Sie war schon früh in ihrer Laufbekleidung und mit dem demontierten Scharfschützengewehr in einem kleinen Rucksack eingetroffen. Sie joggte durch den Park und die Stufen zu dem Platz hinauf, wo das Treffen stattfinden würde, und ging zwischen den Bäumen in Deckung. Sie legte sich flach auf eine Stelle, von der aus sie eine klare Sicht hatte. Sie baute das Scharfschützengewehr auf, während die Insekten um sie herum langsam summten, Vögel trillerten und kreischten und unaufhörlich von Ast zu Ast in den sommergrünen Bäumen über ihr hüpften. Sie dachte an den Urlaub, den sie und ihr Ehemann nehmen würden in der Sekunde, in der diese

Mission vorüber war. Sie hatten bereits die Tickets gebucht, selbstverständlich unter falschen Namen, und ein Hotel ausgesucht. Sie sah sich unter einem anderen, dunkleren, blauen Himmel, einer näheren Sonne, neben ihm dösend, ihre Hand in seiner. Sie würde ihre Augen gegen die blendende Sonne schließen und nur der Ozean würde in ihre Ohren flüstern.

Dann sah sie, wie der schwarze Junge oben auf den Treppen ankam, zusammen mit dem Muskelprotz Don, der ihn mit seiner Waffe von hinten vor sich herführte. Sie ging in Schussposition.

Als sie Clarence am anderen Ende mit der Sporttasche voller Zeitungspapier in der Hand kommen sah, presste sie ihr Auge an das Zielfernrohr. Im Idealfall würde er die beiden töten oder es zumindest versuchen und sie würde ihn töten. Aber im Endeffekt war das egal, solange sie alle starben und sie das Virus mit nach Hause zu ihrem Ehemann brachte.

Als Don knurrte, „Legen wir los", hielt Juno seine Hand auf, um zu zeigen, dass er die Ampulle und keine Waffe hatte, und begann, vorsichtig zu gehen. Der Plan war, dass er herübergehen, die Ampulle gegen das Geld tauschen und zurückkommen würde, während Don mit der AK Clarence im Auge behielt. Natürlich war Juno bewusst, dass Don nicht vorhatte, das Geld zu teilen, aber würde er ihn deshalb umbringen oder ihn sitzen lassen? Und wie konnte es sein, fragte sich Juno, dass ihm kein Weg einfiel, zu fliehen, egal ob mit oder ohne das Geld. Die Tatsache, dass er theoretisch einfach den Bus nach Hause nehmen konnte, machte die Idee,

in einer potenziell tödlichen Falle zu sitzen, zu einem
noch merkwürdigeren Albtraum.

Er erreichte Clarence. Unsicher, wie er sich verhalten
sollte, lächelte er nervös. „Hey, Clarence. Die Scheiße
hier tut mir leid", sagte er und hielt ihm die Ampulle
entgegen.

Clarence zuckte mit den Schultern. „Schon okay,
Junge", sagte er und nahm sie, bevor er ihm die Tasche
übergab. „So läuft das in diesem Geschäft nun einmal."

Dann hörte Juno einen Schuss hinter sich und sah
Clarence' panischen Gesichtsausdruck. Er drehte sich
um und sah Don wild durch die Luft feuern, als ihn ausgerechnet sein Bruder Eric von hinten packte. Juno
wand sich, um den fliegenden Kugeln auszuweichen,
wodurch er sah, wie Joe Clarence zurückzerrte. Sogar
sein eigener Kumpel Charles war dabei mit seinem
Markenzeichen, der Marlins Cap. Es war wie eine Über-
raschungsparty.

Juno begann, in Joes und Charles' Richtung zu rennen, weg von Dons Waffe, als jemand in den Bäumen
einen Schuss abgab und die Tasche in seiner Hand zerfetzte. Sie platzte wie eine Piñata.

„Hurensohn!", schrie er, teilweise an Clarence gerichtet, weil der ihm Zeitungspapier statt Geld gegeben
hatte, teilweise an denjenigen, der auf ihn geschossen
hatte. Das Wort kam einfach aus ihm heraus, so wie andere Leute „Geronimo" schrien. Dann raste Juno in
Richtung der Bäume los.

Als sie den Park erreichten, führte Charles, der Junos
Handy mit seinem eigenen ortete, Joe, Yelena, Eric und
den stillen, dicken Mann zum Fuße eines mit Bäumen

bedeckten Hügels, an dessen Seite Treppenstufen hin-
aufführten.

„Laut des Handys müsste Juno direkt oben auf diesem
Hügel sein“, sagte er zu den anderen.

„Kennst du diese Stelle?“, fragte Joe. „Wie ist sie aufgebaut?“

„Klar“, sagte Eric. „Wir kommen hier schon unser
ganzes Leben lang her. Diese Stufen führen zu einem
gepflasterten Platz, auf dem man sitzen kann. Es gibt
noch mehr Stufen auf der anderen Seite, die hinunter-
führen.“

„Wenn du nichts gegen einen Vorschlag hast“, sagte
Joe, „würde ich sagen, dass du und Yelena über diese
Stufen hochgehen solltet, während Charles und ich von
der anderen Seite kommen. So hätten wir eine Waffe
an jedem Ausgang.“

„Was ist mit dem Großen?“, fragte Eric. Der Mann, der
damit gemeint war, drehte sich ebenfalls zu Joe.

„Wenn das für dich in Ordnung ist“, sagte Joe zu ihm,
„würde ich sagen, dass du diesen Pfad durch den Wald
nimmst und den Platz umkreist. Auf diese Weise
kannst du jeden aufhalten, der an uns vorbeischlüpft.“

„Klingt gut“, sagte Eric. Der dicke Mann nickte und
joggte mit recht überraschender Geschwindigkeit los;
es war, als ob man seinen Kühlschrank plötzlich auf-
springen und loslaufen sah.

„Gebt uns eine Minute Vorsprung“, sagte Joe und
drehte sich zu Yelena. „Wir sehen uns oben“, sagte er
mit einem Zwinkern.

Sie lächelte. „Ich werde warten.“

Joe und Charles rannten los. Joe übernahm instinktiv
die Führung, die Charles ihm gerne überließ, auch

wenn er derjenige mit der Waffe war. Selbstverständlich war er außer Atem, als er oben ankam und Joe plötzlich stehen blieb und ihm mit seiner Hand signalisierte, stehen zu bleiben. Charles stoppte. Dann kroch Joe langsam nach oben und nachdem er ihm hinterhergekrochen war, sah er, was Joe sah: ein weißer Typ, etwas älter, mit einer kahlen Stelle am Hinterkopf, der mit Juno redete. Dann fielen Schüsse. Juno erschrak und bevor Charles irgendetwas tun konnte, hatte Joe den weißen Typen bereits von hinten geschnappt und ihn mit einem Knie direkt auf seiner Kehle auf dem Boden fixiert.

„Charles, halt die Waffe auf ihn", sagte Joe.

„Ach ja, sorry", sagte Charles und folgte der Anweisung. Er war etwas überrumpelt von der Situation.

Joe nahm sein Knie von der Kehle des Typen, doch als er versuchte, sich aufzusetzen, drückte Joe ihn zurück nach unten, dieses Mal mit dem Knie auf seiner Brust. Er hielt die Plastikbox hoch, die der Typ in der Hand hatte.

„Was ist das?", fragte er.

„Joe, hör zu, ich bin nicht derjenige, der dich hintergangen hat. Es waren Don und der Junge –"

„Was ist das?", fragte Joe erneut und drückte sein Knie fester in seinen Solar Plexus.

„Es ist ein Schädling", ächzte er.

„Ein Schädling?" Joe und Charles betrachteten das durchsichtige Plastik. Für Charles sah es eher so aus wie die Urinprobe, die er abgeben musste, als er das eine Mal wegen Gras drangekriegt wurde.

„Wie ein Virus", fuhr der Typ fort. „Das ist so ein Scheiß zur biologischen Kriegsführung."

„Wo ist der Kunde?", fragte Joe.

„Er wartet darauf, dass ich ihn anrufe. Hier …" Er griff in seine Tasche und Charles erschoss ihn beinahe aus purer Nervosität, doch der Typ schrie: „Handy! Ich hole nur mein Handy raus." Langsam zog er ein klappbares Wegwerfhandy aus der Tasche.

Joe nahm das Handy und ließ von dem Typen ab, der sich daraufhin aufsetzte und die irritierte Stelle auf seiner Brust rieb, nur ein paar Zentimeter unter der Stelle, an der plötzlich ein Loch aufplatzte, als die Kugel durch sein Herz drang.

„Heilige Scheiße!", schrie Charles, bevor Joe rief: „Geht in Deckung!" Doch Charles zog sich bereits über die Treppen nach unten zurück. Joe flüchtete in die andere Richtung, den Hügel hinauf und verschwand.

Als Heather sah, dass der Tausch nach hinten losging, gab sie ihren ersten Schuss ab. Er galt Juno, doch sie verfehlte. Juno hatte, wenn auch vielleicht unbeabsichtigt, die richtige Taktik gewählt und ist panisch im Zick-Zack davongerannt, wodurch er zu einem deutlich schwierigeren Ziel wurde. Heather war eine ausgezeichnete Schützin und wäre er in einer geraden Linie gerannt, hätte sie ihn umgelegt, keine Frage. Sie hätte seine Geschwindigkeit in Relation zu der der Kugel berechnet und abgedrückt. Doch es kam anders und seine unberechenbaren Bewegungen ließen sie ihn um ein Haar verfehlen und retteten sein Leben. Stattdessen zerriss sie die Tasche voller Zeitungen. Bevor sie ein weiteres Mal feuern konnte, war er bereits im Wald verschwunden.

Heather konnte Don jetzt nicht mehr sehen, doch als sie nach links schwenkte, konnte sie durch die Bäume beobachten, wie Clarence mit einem anderen weißen Mann rangelte. Clarence war jetzt eine Belastung – er wusste zu viel – und darum, als der Mann von ihm abließ und sie ein freies Ziel hatte, schoss sie ihm ins Herz. Sie wollte gerade auch noch den anderen weißen Typen umbringen, wer auch immer er war, als sie von hinten etwas durch den Wald brettern hörte, wie ein Bär oder eine Kolonne. Sie versuchte, sich umzudrehen, doch das Laub, in dem sie sich so clever versteckt hatte, machte es unmöglich, sich schnell auf den Rücken zu rollen und zu feuern. Sie hatte gerade genug Zeit, um einen kurzen Blick auf den riesigen, schwarzen Typen zu erhaschen, der sich wie ein Footballspieler auf sie warf.

Er wog eine Tonne. Allein der Aufprall presste die Luft aus ihren Lungen und ließ sie beinahe in Ohnmacht fallen. Und so lag sie bewegungsunfähig da, mit ihrem Gewehr unter ihr außer Reichweite. Sie begann zu zappeln, suchte nach genug Freiraum, um ihm in die Eier oder sonst wo hinzutreten, doch wie der trainierte Ringer, der er war, bewegte er sich rasch und hielt sie effektiv am Boden. Aber dies war kein Ringen und anstatt abzuklopfen, biss Heather ihn, fest, direkt durch das Ohr. Sie schmeckte Blut und fühlte, wie er zurückzuckte, doch biss noch fester zu.

Der Mann schrie und richtete sich instinktiv auf, während er sich losschüttelte. Das war ihre Chance. Sie legte ihren Freien Arm um seinen Hals. Er fühlte sich an wie ein Baum, so dick wie ihre Hüfte, doch während er mit ihr rang, fand sie die Stelle an seiner Vene und presste hart und konstant. Sie behielt den Druck selbst dann bei, als er realisierte, was passierte und ihr verzweifelt mit seiner riesigen Hand ins Gesicht klatschte, bevor er in einen tiefen und traumlosen Schlaf fiel.

Es dauerte einige kostbare Minuten, sich unter ihm zu befreien. Sie fühlte sich wie lebendig begraben. Sie atmete komplett aus, um ihren Körper noch kleiner zu machen und schlängelte sich ein wenig vor, dann wiederholte sie das Ganze. Als sie endlich einen Arm befreit hatte, hielt sie sich an einer Wurzel fest. So schaffte sie es, sich hinauszuziehen. Sie stand schwankend auf ihren Beinen. Ihr ganzer Körper schmerzte und sie konnte bereits spüren, wie ihr Gesicht anschwoll. Ihre Waffe lag noch immer irgendwo unter ihm und er begann bereits zu murmeln, während er langsam zu Bewusstsein kam, also ließ sie sie zurück und rannte.

In dem Augenblick, als Yelena und Eric oben auf dem Berg ankamen und sie sah, wie er auf Don losging, wusste sie, dass er einen Fehler machte. Doch es war zu spät, um etwas zu sagen und er hatte nicht gefragt. Männer stellten selten Fragen. Er war um seinen Bruder besorgt, was verständlich war, und warum sollte ein muskulöser Mann, der über einen Meter und achtzig groß war, eine junge, zierliche Frau fragen, wie man kämpfte? Außerdem hatte er eine Waffe.

Also nahm Eric Don mit der linken Hand an seiner linken Schulter und schlug ihm die Pistole in die rechte Seite, wodurch Don seinen Arm hochriss und wild durch die Gegend schoss. Eric hätte ihn an der Kehle packen und nach hinten ziehen sollen, um ihn aus der

Balance zu bringen. Oder ihn mit der Waffe ohnmächtig schlagen sollen. Oder er hätte ihn einfach erschießen können. Doch stattdessen gab er Don die Chance, das zu tun, was sie auch getan hätte. In dem Moment, als er das Stechen spürte, von dem er wusste, dass es von einer Waffe kam, drehte er sich um und schlug Eric die Waffe mit seinem Ellbogen aus der Hand und in den Wald hinein. Dann vollendete Don seine Drehung mit einem linken Haken, der Eric hart an der Seite seines Kopfes traf und ihm seitlich mit einem Ringen in den Ohren zu Boden schickte.

Jetzt versuchte er, seine eigene Waffe, die AK-47, ins Spiel zu bringen, doch bevor er sie richtig greifen konnte, war Yelena bereits an ihm dran.

Sie hatte sich bereits in Bewegung gesetzt, als Don anfing, sich zu verteidigen, da sie ahnte, was passieren würde. Sie war über Eric gesprungen, als der gerade zur Seite taumelte, und trat Don die Waffe aus den Händen, die daraufhin zwischen die Bäume schleuderte. Doch bevor sie einen weiteren Treffer landen und ihn fertigmachen konnte, hatte Don sie bereits umklammert und sie stürzten gemeinsam die Treppen hinunter, während sie weiter miteinander rangelten.

Unten angekommen, war sie die Erste, die wieder stand, nach dem sie ihm im Aufstehen einen Tritt gegens Kinn versetzte. Er fiel nach hinten um und landete auf den Stufen, während sie sich näherte, als er plötzlich eine weitere automatische Waffe zog.

„Stehen bleiben", rief er und sie gehorchte. Sie erstarrte und nahm ihre Hände hoch, sie ging sogar einige Schritte zurück, sodass Don aufstehen und Joe, den sie die Treppen runtersprinten sah, ihn von hinten anspringen konnte.

Joe machte keinen Fehler. Er griff Don am Hals, umschloss seine Kehle mit seinem linken Bizeps, während sein rechter Arm Dons Stirn packte. In einer durchgehenden Bewegung brach er Dons Genick.

Part IV

41

Charles brachte den dicken Mann zur Notaufnahme, um sein Ohr nähen zu lassen. Sie sagten, dass er von einem Hund gebissen wurde, was bedeutete, dass sie ihm Tollwutimpfungen androhten, aber ansonsten war er in Ordnung. Eric brachte den Rest von ihnen zurück zu ihm nach Hause, Juno neben ihm auf dem Beifahrersitz. Die beiden Brüder blieben den ganzen Weg über Arm in Arm. Yelena und Joe saßen auf der Rückbank. Als sie zu Hause ankamen, gab er ihnen ihre Waffen zurück.

„Sorry", sagte er, „ich weiß jetzt, dass ich euch die nicht hätte abnehmen sollen."

„Schon okay", sagte Joe und schüttelte seine Hand.

Yelena zuckte mit den Schultern. „Wie sich herausgestellt hat, brauchten wir die nicht wirklich", sagte sie und schüttelte ebenfalls seine Hand.

„Und was habt ihr jetzt damit vor?", fragte er und zeigte auf die Ampulle, die auf dem Kaffeetisch auf einem Stapel Magazine stand, wie eine Art moderner Briefbeschwerer.

„Ich bin raus", sagte Juno und schüttelte den Kopf. „Ich habe kein Problem damit, irgend so ein Parfum für reiche Ladies zu stehlen. Das ist ja schon Abzocke. Aber das? Ich sage, ihr übergebt es den Bullen oder wem auch immer. Den Typen in den gelben Schutzanzügen. Was ist mit dir, Joe?"

„Es ist ein wirklich nervenaufreibendes Wochenende gewesen", sagte Joe, „aber ich habe das nicht alles auf mich genommen, um jetzt mit leeren Händen dazustehen."

„Es gehört ganz dir", sagte Juno. „Ich bin einfach nur froh, am Leben zu sein."

„Nein", sagte Joe, „du hast ebenfalls Arbeit reingesteckt. Du kriegst deinen Anteil trotzdem."

„Danke, Mann. Du bist ein anständiger Kerl", sagte Juno. Er fragte Yelena: „Wie sieht es mit dir aus?"

„Ich schließe mich Joe an", sagte sie.

Als Heather nach Hause kam und Adrian erzählte, was passiert war, sah er ihre geschwollene Wange und wurde wütend, vor allem auf sich selbst.

„Ich hätte dich niemals gehen lassen sollen." Er holte einen Eisbeutel aus dem Gefrierfach. „Ich kann nicht glauben, dass ich dich in Gefahr gebracht habe."

„Bitte. Ich hatte schlimmere Verletzungen vom Kickboxunterricht und das weißt du." Er gab ihr den Eisbeutel und sie lehnte sich auf der Couch zurück. „Danke, Baby." Sie drückte seine Hand. „Ich bin froh, dass du dir Sorgen um mich machst. Mit dir geht es mir genauso, aber du weißt, dass ich auf mich aufpassen kann."

„Ich weiß, dass du das kannst, besser als sonst irgendwer", sagte er und kniete sich auf die Couch. Er hob ihr Shirt, um ihren Bauch zu küssen. „Aber jetzt hast du auch noch meinen Sohn, auf den du aufpassen musst."

Sie lachte und fuhr ihm durchs Haar. „Deine Tochter hat noch nicht einmal Lungen. Oder Augen. Sie ist nur ein kleiner Haufen Zellen."

„Noch." Er setzte sich auf den Boden und lehnte seinen Kopf bei ihr an. „Ich könnte es nicht ertragen, euch beide zu verlieren."

„Wirst du nicht", sagte sie und streichelte seinen Kopf, ohne weiter darauf einzugehen. Sie wusste, dass er Verlustängste hatte.

42

Gladys setzte sich gerade hin, um Jeopardy! zu gucken, als Gio vorbeikam.

„Hi, Schätzchen", sagte sie, während er sich vorbeugte, um sie zu küssen. „Bedien dich ruhig in der Küche". Sie eilte zurück zu ihrem Sessel.

„Ach ja, es ist Zeit für Alex", sagte Gio. „Entschuldigung, habe ich vergessen."

Er ging in die Küche und nahm sich eine Limonade, bevor er sich stillschweigend auf die Couch setzte und auf Werbung wartete. Er wusste, es war schlauer, nicht zu unterbrechen.

„Wer ist Milton?", schrie sie in Richtung des Bildschirms. „Wo ist Simbabwe? Was ist das Schlüsselbein? Schlüsselbein, du Idiot." Die Spannung war spürbar, als die kleinen Summer piepten. „Radium! Ich meine, was ist Radium? Nimm Geografie für fünfhundert, Trottel. Was sind die Himalayas? Himalayas!"

Sie lehnte sich zurück und atmete durch. Jetzt schien sie Gio erst richtig zu bemerken. „Oh, gut. Du hast dir eine Limonade genommen. Füll mir hier ein wenig ein." Sie hielt ihm ihr Glas hin, das sie bis auf das Eis geleert hatte. Er schenkte ihr Limonade ein und füllte den Rest mit Whisky auf. „Also, was gibt's Neues? Wie geht's der Familie?"

„Gut. Noras Fußballmannschaft ist bis jetzt ungeschlagen –"

„Gott segne sie. Ich finde es großartig, was Mädchen heutzutage alles machen. Und wie geht es deiner Mutter?“

„Okay, wie immer.“

„Richte ihr liebe Grüße von mir aus.“

„Das mache ich. Und wie geht es dir?“

Sie ließ ihre Hand über ihr Reich schweifen. „Wie du siehst, ich kann mich nicht beklagen.“

„Hast du was von Joe gehört? Ich versuche, ihn zu erreichen.“

Sie nahm einen Schluck von ihrem Drink und hinterließ einen frischen Lippenstiftabdruck. „Du und alle anderen auch. Aber ich denke, er ist zu beschäftigt, um mich anzurufen.“

„Wer noch?“

„Diese freundliche Dame vom FBI. Spanischer Name ... Ich habe ihre Karte hier irgendwo.“ Sie begann, zu suchen, Dinge hin und her zu räumen. „Wo habe ich sie schon wieder gelassen?“

„Die Karte?“, fragte Gio und überflog den Kaffeetisch.

„Nein. Meine Brille.“

„Die ist auf deinem Kopf.“

„Oh, ha ... ich Dummerchen.“ Sie griff nach oben in ihr Haar und zog die Brille heraus, um sie aufzusetzen. „Okay, also, mal sehen ...“ Gio wartete und lächelte ermutigend. „Ah, hier ist sie ja, gleich in meiner Tasche. Entschuldigung.“ Sie schaute die Karte an. „Donna Zamora?“

„Ich kenne Agent Zamora“, sagte Gio.

„Süß, nicht? Einen netten Körper hat sie auch.“

„Sicher.“

„Ich finde sie süß. Für eine Bullin.“ Sie nahm einen weiteren Schluck.

„Was hast du ihr erzählt?“

„Was denkst du denn? Nix.“

Er lächelte. „Und was glaubst du, wollte sie?“

„Weißt du, was ich denke? Ich glaube, sie steht ein wenig auf Joey.“

Gio lachte. „Okay, Gladys, danke für die Limonade. Und wenn Joe sich meldet, richte ihm aus, dass er sich bei mir melden soll. Ich will dir keine Sorgen bereiten, aber es ist wichtig.“ Er stand auf und beugte sich vor, um sie zu küssen.

„Ich mache mir keine Sorgen. Joe kann gut auf sich selbst aufpassen. Und manchmal auch auf mich.“ Sie kniff seine Wange. „Und du auch, Gio.“

Er grinste. „Das weiß ich.“

Als Gio mit den Schlüsseln in der Hand rausging und bereits mit dem Handy am Ohr zum Auto spazierte, wie der vielbeschäftigte Geschäftsmann, der er war, beobachtete Donna ihn. Sie war einige Stunden zuvor allein hergekommen und parkte unauffällig am anderen Ende des Blocks und wartete. Sie hatte die Vermutung, dass, falls sich der scheue Joe irgendwo blicken ließ, es bei seiner Großmutter Gladys sein würde, was seine einzige ihnen bekannte Bleibe war, es sei denn „Hinterzimmer in einem Stripclub“ zählte als Bleibe. Stattdessen tauchte Gio auf.

Sie dachte darüber nach, ihn zur Rede zu stellen, doch zu welchem Zweck? Entweder übermittelte er eine Nachricht für Joe, in welchem Falle er ihr einen Scheißdreck erzählen würde, oder, und das war wahrscheinlicher, er suchte ebenfalls nach ihm, in welchem Falle er einen Scheißdreck wusste, vielleicht weniger als sie selbst. Von daher gab es an dieser Stelle keine Überraschungen.

Die Überraschung kam als Nächstes. Sie lehnte sich zurück, um außer Sichtweite zu sein, als sie Gios Auto vorbeifahren ließ. In diesem Moment bemerkte sie, dass er verfolgt wurde. Sobald Gio seinen Motor angelassen hatte, ließ ein anderes Auto ein paar Parkplätze weiter ebenfalls den Motor an. Und als Gio ausparkte und losfuhr, kam dieses Auto direkt hinterher. Auf dem Fahrersitz saß eine dunkelhaarige Frau. Ein Volvo Kombi, wohl kaum die erste Wahl eines Gangsters, ebenso wenig wie die der Bullen. Dennoch, sie wusste, dass ihm das Auto auf den Fersen war und das nicht sonderlich professionell. Also ließ sie das Nummernschild durch das System laufen und Bingo: Es gehörte Carol Caprisi, Gios Frau.

Warum sollte die Ehefrau eines Verbrecherbosses ihren eigenen Mann beschatten? Donna seufzte. Dieser ganze Fall war eine Katastrophe. Sie stellte sich ihren Ex-Ehemann vor, das CIA-Brain, wie er vor dem Whiteboard stand und versuchte zu entscheiden, ob das rote Band mit CHINA oder ISIS oder vielleicht sogar der IRA verbunden werden sollte. Ein verworrenes Netz. Oder nicht einmal ein Netz, vielmehr wie ein Knoten, den sie aus den Haaren ihrer Tochter gebürstet hatte. Man schmiss ihn einfach in den Müll. Man versuchte nicht, ihn zu entwirren. Und mit dem Gedanken an ihre Tochter, wie sie mit Donnas Mutter zu Abend aß und bald fertig für ihr Bad war, bevor sie ihr Haar gebürstet bekommen und ins Bett gehen würde, fuhr sie nach Hause.

Als Donna losfuhr – bereits über Lautsprecher mit ihrer Mutter am Telefon, um ihr zu sagen, dass sie auf dem Weg war und sie Essen warm halten sollte –, bemerkte sie nicht, dass Agent Powell sie beobachtete. Er beschattete seine Ex-Frau unauffällig, seit sie sich in ihrem Büro unterhalten hatten und er sich sicher war, dass sie ihm etwas vorenthielt. Nicht so sicher war er sich, warum er das Gefühl hatte oder warum er glaubte, dass es überhaupt etwas bedeutete.

In den Jahren, die er in der nebulösen Welt der Spione und Gegenspione verbracht hatte, hat er gelernt, allem voran auf sein Bauchgefühl zu hören. Das Problem dabei war, dass das Bauchgefühl manchmal versagte, wenn es um das Privatleben ging. Es schien durchzudrehen und wirre Dinge zu flüstern, die einen paranoid machten, oder es sagte einem, dass alles in Ordnung war, wenn man eigentlich direkt auf eine Katastrophe zusteuerte. Außerdem hatte es ihn bereits gekostet, als während seiner Scheidung herauskam, dass er Firmenressourcen benutzte, um seiner Frau nachzuspionieren. Die Zurechtweisung, wenn auch heftig, war eine inoffizielle. Die Firma, immer um ihr Erscheinungsbild besorgt, konnte weder zulassen, dass sich herumsprach, dass sich ein Agent für persönliche Zwecke an ihrem Material bedient hatte, noch, dass sie überhaupt in irgendeine Aktivität auf US-amerikanischem Boden involviert war, denn das war streng verboten. Daher landete nichts davon in seiner Akte, doch er wurde nie befördert und zurückgelassen, als alle anderen für spannendere Angelegenheiten nach Übersee geschickt wurden. Er hatte eine Grenze überschritten.

Und hier war er nun und spionierte seiner Ex auf dem Weg nach Hause zu ihrer gemeinsamen Tochter nach, scheinbar im Zuge einer Ermittlung, auf US-amerikanischem Boden, in die die CIA mit großer Leidenschaft verwickelt war. Also, wo war diese Grenze gleich wieder?

Und was sagte ihm sein Bauchgefühl über diesen Joe Brody, der immer wieder auftauchte, sowohl innerhalb der Ermittlung als auch im Leben seiner Frau – oder eher, korrigierte er sich, seiner Ex-Frau? Er war sich nicht sicher. Er wusste nur, dass dieser Brody eine Bedrohung darstellte und eine Sache, die er und die CIA gut konnten, war, Bedrohungen zu eliminieren.

Carol hatte ihren Ehemann den ganzen Tag lang verfolgt und offen gesagt, war sein Leben nicht so aufregend, wie sie es sich vorgestellt hatte.

Ihr eigener Alltag; Patienten in ihrer Therapiepraxis behandeln und ihre Kinder herumchauffieren, schien spannender zu sein. Gio fuhr zu irgendwelchen unscheinbaren, oftmals ziemlich trostlos wirkenden Orten – einem Büro, einer Bar oder einem Lager –, umarmte oder schüttelte Hände, redete, trank Kaffee, schüttelte wieder Hände oder umarmte und fuhr zum nächsten Ort und wiederholte das Ganze. Schließlich fuhr er in seine alte Nachbarschaft und parkte vor einem Gebäude, das ihr bekannt vorkam. Das schien etwas Interessanteres zu sein, ein Hinweis eventuell, bis sie sich erinnerte, dass hier sein Freund aus Kindheitszeiten namens Joe mit seiner Großmutter wohnte, der mit der posttraumatischen Belastungsstörung und dem Drogenproblem. Sie war hier über die Jahre vielleicht ein- oder zweimal gewesen, um einen Kuchen oder ein Geschenk vorbeizubringen und Joe verbrachte ein paar Urlaube bei ihnen zu Hause.

Er war ein liebenswerter, charmanter Kerl und er tat Gio leid. Er war überraschend sentimental, was das anging. Carol hatte selbstverständlich zu einer Therapie geraten. Wahrscheinlich Einzeltherapie und eine Selbsthilfegruppe für Veteranen, eventuell eine Entzugsklinik. Und Medikamente. Doch das stieß auf taube Ohren. Schmeißt ihn in die Ecke und gebt ihm einen kleinen Job, wie Türsteher in einem Club. Traurig, wirklich, wie wir als Gesellschaft unsere Veteranen behandelten.

So war das jedenfalls. Gio kam wieder heraus und rief sie vom Auto aus an, was sie sich schuldig fühlen ließ, also nahm sie nicht ab. Er hinterließ eine Sprachnachricht, in der er sagte, dass er einen langen Tag hatte und noch beim Fitnessstudio vorbeifahren würde, um ein wenig zu trainieren, vielleicht ein wenig Sparring. Und sie konnte ihn verstehen. Sie dachte, wenn sie er wäre, würde sie auch eine Art Ventil benötigen. Vielleicht, auch wenn sie ihm hinterherschnüffelte, war es sogar gesund? Vielleicht entwickelte sie mehr Mitgefühl für ihren Ehemann? Oder rationalisierte sie nur? Was würde sie einer Patientin sagen?

Sie würde ihr sagen, damit aufzuhören, ihren Partner auszuspionieren, seine Privatsphäre zu respektieren und nach Hause zu gehen. Und genau das wollte sie auch gerade tun, sie wollte sogar die Nanny anrufen, um ihr zu sagen, dass sie auf dem Weg war, als Gio anstatt in Richtung des Fitnessstudios zu fahren, den Highway verließ und sie auf den Parkplatz eines billigen Motels führte. Immerhin hatte er seine Sporttasche dabei.

43

Gio rief Paul vom Auto aus an. Er hatte eine Lieferung für ihn; eine Tasche voller Geld, Tribut, den er bei seiner Runde an dem Tag eingesammelt hatte. Paul sagte ihm, dass er ins Büro kommen oder es bei Gio zu Hause abholen konnte, doch Gio schlug stattdessen das Easy-Rest Motel vor. Auf diese Weise hatten sie auch ein wenig Zeit für sich allein. Paul fand die Idee gut.

Also rief Gio seine Frau an und war ein wenig erleichtert, als sie nicht abnahm. Für ihn war es irgendwie einfacher, ihr Handy zu belügen als sie. Auf der anderen Seite; warum machte er sich etwas vor? Er hatte sie angelogen, seit sie sich kennengelernt hatten. Doch das waren eher Halbwahrheiten als richtige Lügen, wenn er ihr erzählte, dass ein Anruf spät in der Nacht ein „Geschäftsproblem" war, denn rein theoretisch stimmte das, was er jedoch nicht erwähnte, war, dass die Lösung des Problems involvierte, jemandem die Beine zu brechen. Was das anging, kooperierten sie miteinander; er wollte ihr nichts davon erzählen und sie wollte nichts davon wissen. Sie verstand. Doch das hier würde sie nicht verstehen. Nicht einmal mit ihrem Abschluss und ihrem „Unterschiede akzeptieren" und dem ganzen Zeug. Es waren zwei verschiedene Welten. Sie hatte ihn sogar gefragt, ob er transsexuellen Personen erlaubte, das WC des Geschlechts ihrer Wahl zu benutzen. Was hätte er ihr sagen sollen? Dass es in seinen Läden Menschen gab, die dafür bezahlten, die Toilette zu sein?

Dieser Gedanke amüsierte ihn und er fühlte sich gleich etwas weniger gestresst, kicherte sogar leise vor sich hin, als er auf den Parkplatz des Motels fuhr, die Tasche mit dem Geld nahm und hineinging, um seinen Buchhalter zu treffen.

In der Zeit, die Carol benötigte, um sicher wenden zu können, einen unauffälligen Platz zum Parken in einer Seitenstraße zu finden und zurück zum Easy-Rest Motel zu gehen, hatte sie den Anschluss an Gio verloren. Es war ein zweistöckiges Gebäude mit Zimmern im oberen und unteren Stockwerk, die oberen verfügten über Balkone. Es gab zwei Flügel, der eine enthielt ein Büro und vermutlich einen Wasch- und Vorratsraum, der andere eine kleine Cocktaillounge, die einem Neonschild zufolge EZ's hieß. Detektiv spielend und mit einem sowohl idiotischen als auch verängstigten Gefühl, versuchte sie, an den Zimmern im unteren Stock vorbeizukommen, jeder von ihnen hatte eine hauchdünne Tür und ein Fenster. Alle waren dunkel und vermutlich leer, bis auf einen, in dem man Kinder sehen konnte, die auf einem Bett herumsprangen. Sie ging die Außentreppe hinauf und versuchte es im zweiten Stock. Hier brannte Licht in mehreren Räumen, in denen die Vorhänge zugezogen waren und sie musste sich langsamer bewegen, während sie versuchte, so auszusehen, als ob sie ungezwungen den Korridor entlangspazierte und gleichzeitig ihr Gesicht an die Fenster presste und durch die Vorhänge spähte. Ihr Herz raste; Schweiß lief an ihren Achseln und ihrer Stirn herunter. Sie redete sich ein, dass sie verrückt war, außer Kontrolle, doch sie machte weiter.

Hinter dem ersten Fenster durchsuchte ein Mann im Handtuch seinen Koffer. Sie sah ihn nur von hinten, aber es war nicht Gio. Er holte ein Paar Socken heraus. Sie ging weiter. Im nächsten beleuchteten Zimmer sah sie eine Mutter wie sie selbst, vielleicht ein wenig jünger und afroamerikanisch, die ihre Kinder zurechtwies, welche mit angespannten Gesichtern zuhörten.

Hinter der nächsten Tür hörte sie Leute auf Spanisch streiten. Als Nächstes ein Fernseher, auf dem Sport lief. Sie konnte nicht sehen, wer davorsaß, doch sie bezweifelte, dass Gio dafür hergekommen war. Es stellte sich heraus, dass die Arbeit eines Detektivs noch öder war als die eines Gangsters. Dann, im letzten Raum, sah sie etwas Interessantes.

Sie sah eine Frau. Sie wollte es nicht aussprechen – sie konnte die Frau nur teilweise von hinten sehen und sie bewegte sich –, doch ... nun ja, sie war unattraktiv. Unansehnlich und keine graziöse Figur. Außerdem kleidete sie sich schlecht. Sie sah billig aus; ein eng sitzendes Spitzenkleid mit langen Ärmeln und so etwas wie Rüschen am Saumen über schwarzen Strümpfen und sehr unvorteilhaften roten Heels, die nicht einmal nach echtem Leder aussahen. Ihr Haar war lang, strähnig und ungekämmt. Offen gesagt sah sie aus wie ein billiges Flittchen – ein sehr billiges –, abgesehen von dem funkelnden, goldenen Ring an ihrer Hand, einem Ehering, auf den sie einen kurzen Blick erhaschen konnte. Sie war also verheiratet. Sie präsentierte sich einem Mann, vielleicht probierte sie auch das geschmacklose Kleid für ihn an, der an der Seite auf einem Stuhl saß.

Sie konnte seine Anzughose sehen und versuchte, sich ins Gedächtnis zu rufen, welche Hose Gio anhatte. Und dann – und das ließ ihren Atem stocken – beugte sich die blonde Frau über seinen Schoß, bevor er ihr Kleid hob, was ein scheußlich glitzerndes Höschen zum Vorschein brachte, und versohlte ihr fest den Hintern. Und als er sich vorbeugte, um besser zuschlagen zu können, erhaschte Carol einen Blick auf sein Gesicht. Jetzt musste sie nach Luft schnappen. Sie rannte weg, panisch, dass sie sie gehört hatten. Sie kannte ihn. Es war Paul, der Buchhalter ihres Ehemannes.

Carol war sprachlos. Der Fall, wie es Detektive oder eher Autoren von Detektivromanen sagen würden, hatte eine unerwartete Wendung genommen. Benommen ging sie zurück zu ihrem Auto. Anschließend beschloss sie, dass sie die Dinge überdenken musste und rief die Nanny zurück und flehte sie an, eine Stunde länger zu bleiben, weil sie mit dem Auto liegen geblieben war. Sie streifte ziellos umher, bis sie einen kleinen Kiosk sah und hineinging. Sie kaufte eine Packung American Spirit und rauchte eine, bevor sie den Rest wegwarf. Gio hasste es, wenn sie rauchte, daher ließ sie ihn nicht wissen, dass sie sich unter Stress gelegentlich eine gönnte, so wie jetzt. Reflexartig kaute sie ihr Pfefferminzkaugummi, als sie entschied, noch einmal zurück zu gehen und einen letzten schnell Blick zu werfen.

Jedoch konnte sie schon vom Parkplatz aus sehen, dass der entsprechende Raum jetzt dunkel war. Paul und seine mysteriöse Frau, die billige Schlampe, die anscheinend bestraft werden musste, waren entweder weg oder lagen mit ausgeschaltetem Licht im Bett.

Doch Gios Auto parkte noch immer in der Ecke. Sie ging noch einmal außen an dem Gebäude entlang und als sie ganz an der Seite ankam, warf sie einen Blick in die Cocktaillounge. Da saß Gio in einer Sitzecke mit einem Bier in der Hand, die Sporttasche neben ihm, und verfolgte das Spiel im Fernsehen. Sie verweilte etwas an der Tür und beobachtete, wie sich die hintere Tür, die zu den Zimmern führte, öffnete und Paul hereinkam. Gio rief und winkte ihm zu. Paul winkte zurück und holte sich ein eigenes Bier an der Bar, bevor er sich zu Gio setzte. Sie unterhielten sich und lachten. Dann übergab Gio ihm die Tasche.

Carols Handy vibrierte. Es war eine Nachricht von der Nanny. Sie fragte, ob sie Abendessen machen sollte. Sie nahm das als Stichwort und ging. Sie hatte genug gesehen. Sie verstand.

Als Gio in dieser Nacht nach Hause kam, verspätete sich das Abendessen etwas und die Kinder waren zappelig. Carol sagte, dass ihr das Benzin ausgegangen war, oder zumindest beinahe. Sie hatte es gerade so bis zur nächsten Tankstelle geschafft.

Gio schimpfte sie leicht aus – was, wenn die Kinder dabei gewesen wären? – und stellte sicher, dass die Mitgliedschaft im Automobilclub verlängert wurde. Später, als sie in ihrem Schlafzimmer standen und sich geistesabwesend entkleideten, fragte Carol beiläufig: „Weißt du, an wen ich heute denken musste? Paul. Dieser nette Buchhalter von dir. Ich habe ihn schon seit Ewigkeiten nicht mehr gesehen."

Gio schaute sie an. „Das ist lustig“, sagte er. „Ich habe ihn heute erst gesehen, wir haben uns auf ein Bier getroffen.“

„Ah?“

„Ich musste ihm etwas Bargeld geben. Du weißt schon, das Konto, dass er für mich, für uns angelegt hat?“

„Ja ...“ Es war ein geheimes Konto auf den Cayman Islands. Er hatte sie die Nummer auf ein kleines Stück Papier schreiben und es in dem Kopf der alten Puppe ihrer Tochter verstecken lassen.

„Er denkt, wir sollten es aufteilen und etwas davon auf die Hebriden oder wohin auch immer verlegen. Es ist wie eine Weltreise mit diesen Typen, aber wie auch immer ...“ Er küsste ihre Wange. „Sollte ich morgen verschwinden, bist du eine reiche Witwe.“

Sie rollte mit den Augen. „Sag so was nicht. Aber es freut mich, dass du ihn gesehen hast. Wie geht es ihm?“

„Gut.“

„Sieht er momentan jemanden?“

Gio zuckte mit den Schultern und zog seine Hose aus. „Ich denke.“

„Aber niemanden Spezielles?“

Gio warf ihr einen finsteren Blick zu und ging ins Badezimmer. „Woher soll ich das wissen? Was kümmert’s dich?“

„Nur so.“ Sie ging ihm hinterher und stand an der Tür, während er Zahncreme auf seine Zahnbürste quetschte. „Ich dachte, vielleicht hättest du Lust, ihn mal zum Abendessen einzuladen und wenn er einen Partner hat, sie beide einzuladen. Er ist ein netter junger Mann.“

Gio nahm die Zahnbürste aus dem Mund und gestikulierte damit, Spritzer landeten auf dem Spiegel. „Ich werde ihn zu dem Barbecue einladen, wie jeden anderen auch, aber das war's. Du weißt, dass ich es vorziehe, diese Dinge zu trennen."

Das tat sie. In der Tat wusste er nichts oder zumindest erzählte er nichts über die Leben seiner Angestellten. Lediglich über andere hörte sie von den Geburten ihrer Kinder oder Scheidungen. Jetzt hatte sie das Gefühl, dass sie mehr über Paul wusste als er. Sie hatte immer vermutet, dass er schwul war und es unter den Machos in Gios Welt für sich behielt. Doch jetzt kannte sie die Wahrheit. Sie verstand seine Verschwiegenheit, warum er immer allein auf Partys auftauchte, sogar, warum er ein Meeting mit Gio nutzte, um sein heimliches Rendezvous zu verstecken: Paul hatte eine Affäre mit einer älteren, verheirateten Frau.

44

Joe und Yelena ließen sich Abendessen vom Zimmerservice bringen, um sich möglichst wenig in der Öffentlichkeit zu zeigen. Im Anschluss ließ Yelena ein Bad ein und verteilte ihre Klamotten im Badezimmer.

„Willst du dazukommen?", fragte sie und hielt eine Flasche Wodka hoch, die sie im Gefrierfach gelagert hatte.

„Geh schon mal vor", sagte Joe. „Ich denke, ich werde erst etwas Tee kochen."

Er stand an der kleinen Arbeitsfläche, auf der eine Mikrowelle sowie Wasserflaschen, Tassen, Löffel und ein Korb mit dem anderen Kram standen, die ihnen das Hotel im Zimmer gelassen hatte, wie eine Auswahl an Teebeuteln, eine edle Duftkerze und etwas Schokolade. Unübersehbar in der Mitte des Geschenkkorbs platziert, als Witz, aber auch als Vorsichtsmaßnahme, war das kunstvoll gestaltete Kunststoffgehäuse, das, wie sie mittlerweile wussten, kein Parfum, sondern eine tödliche Krankheit enthielt. Joe griff nach einer Tasse.

„Nimm nicht das Sprudelwasser", sagte Yelena zu ihm. „Der Tee schmeckt sonst ekelhaft."

„Gutes Argument. Ich bin sofort bei dir", rief er, als sie ins Bad ging und die Tür schloss.

Sobald sie weg war, holte er die letzte Dilaudid raus, die er sich aufgespart hatte und wickelt sie in ein Stück

Papier. Er zerkleinerte sie in einem Löffel und fügte stilles Wasser hinzu. Er zündete ein Hotelstreichholz an, um sie aufzulösen, dann zündete er als Deckung ebenfalls die Duftkerze an. Joe holte die versiegelte Spritze, die er im Futter seiner Jacke versteckt hatte, füllte sie auf und injizierte sie sich vorsichtig. Zum Abschnüren verwendete er eine Krawatte. Umgehend löste sich der Knoten in seinem Magen und das Pochen in seinem Schädel ließ nach, als ob jemand einen Lautstärkeregler herunterdrehte. Wohlempfinden – warme Taubheit, stumpfe Dunkelheit – erfüllte seine Adern, brachte Vergesslichkeit und Schlaf in Zirkulation. Er zerbrach die Nadel zur Sicherheit des Zimmermädchens und warf sie in den Müll.

„Joe, beeil dich! Scheiß auf den Tee!", rief Yelena von hinter der Badezimmertür, als er sich setzte, seine eigene innere Wärme aufsaugte und über die Millionen-Dollar-Box meditierte.

Als Yelena nach einem langen heißen Bad und einer anständigen Menge Wodka aus der Badewanne kam, sah sie Joe schon wieder ausgeknockt auf dem Bett liegen, immer noch in Klamotten, und keinen Tee, sondern lediglich eine Tasse Wasser, die in der Mikrowelle abkühlte.

„Joe, Joe, du wirst echt zu alt für mich", ärgerte sie ihn, während sie ihr nasses Haar bürstete und das Nest aus verworrenen Strähnen in den Müll warf. Es fiel auf den Boden und als sie sich bückte, um es aufzuheben, sah sie etwas Glänzendes im Mülleimer. Es war eine gebrauchte und zerbrochene Spritze, die in Taschentücher eingewickelt war. Nachdem sie Joes Arm genau untersuchte, fand sie eine kleine Einstichstelle. Sie legte die Nadel zurück in den Müll und ging ins Bett. Er murmelte etwas und legte seine Arme um sie, als er ihre Gegenwart spürte. Dann fielen seine Augenlider zu und er nickte wieder ein.

„Ich verstehe", flüsterte sie seiner leeren Gestalt zu. „Es ist schmerzhaft, jemanden umzubringen, auch wenn es ein Vergnügen ist."

45

Am nächsten Morgen fühlte Joe sich viel besser. Gut erholt, trank er einen schwarzen Kaffee, duschte und rasierte sich sogar. Dann zog er sich Anzug und Krawatte an, während Yelena, gekleidet in Jeans und einem schwarzen Top, ihre Sachen packte. Sie würden ihre Taschen in den Schließfächern der Penn Station verstauen und sie abholen, wann oder wenn sie konnten.

„Ich denke, wir haben sie lange genug schmoren lassen", sagte er zu ihr. Er holte Clarence' Handy, öffnete die lange Liste unbeantworteter Anrufe, alle von demselben Namen und derselben Nummer, und drückte auf anrufen.

„Hallo?"

„Guten Morgen", sagte Joe. „Du musst Adrian sein."

„Korrekt. Und mit wem habe ich die Ehre zu sprechen?"

„Nenn mich einfach Joe."

„Also gut, Joe, du könntest ein wenig kreativer bei der Wahl deiner Pseudonyme sein, aber mir gefällt, dass du es simpel hältst. Ich hoffe, dass der Rest unserer Beziehung genauso unkompliziert verläuft. Ich glaube, du hast etwas, das ich kaufen möchte?"

„Richtig, das habe ich."

„Und das Objekt ist in gutem Zustand?"

„Einwandfreier Zustand. Noch originalverpackt."

„Fantastisch. Der Preis?"

„Ich glaube, du hast Clarence gegenüber einen Betrag von einer Million erwähnt?“

„Richtig, aber der Betrag war für die Abdeckung der Kosten für fünf Leute und einen Haufen Ausgaben gedacht. Du bist nur ein Mann. Stimmt doch, oder?

„Wie du bereits sagtest, lass uns die Dinge unkompliziert halten und bei einer geraden Millionen bleiben.“

„Na gut. Ich bin nicht in der Stimmung zu diskutieren und ich habe das Geld bereits hier. Wann und wo treffen wir uns?“

„Ich bin jederzeit bereit. Irgendein schönes, öffentliches Plätzchen.“

„Weißt du, wo die High Line ist?“

„Ja.“

„Ich kenne da ein Gebäude direkt daneben, das ein Parkhaus hat. Wir können uns im dritten Stockwerk treffen, schön öffentlich. Sagen wir, nach dem Mittagessen? Um zwei?“

„Klingt perfekt.“

Adrian gab ihm die Adresse und Joe wiederholte sie, während Yelena zuhörte. „Ich freue mich darauf, dich kennenzulernen, Adrian“, sagte er.

„Gleichfalls. Tschüss, Joe.“

Adrian war hartnäckig. Heather kam nicht mit ihm mit.

„Das hat nichts mit Kugeln zu tun, Baby. Auch nicht damit, wie hart du bist. Es kommt einfach nicht infrage, dass ich – ich meine, wir – riskieren, unser Baby diesem Virus auszusetzen. Wer weiß, welchen Schaden es anrichten könnte, allein auf molekularer Ebene? Das ist das erste Mal, dass es jemals verwendet wird.“

Sie gab ihm einen Kuss. „Ich stimme dir zu“, sagte sie. „Nur, weil du so süß bist.“

Es wurde beschlossen, dass sie ein Fluchtauto vom Langzeitparkplatz in ihrem Gebäude stehlen und dann im Leerlauf auf der Straße warten würde, um sie beide zum Flughafen zu fahren, nachdem er mit der Übergabe fertig war.

Adrian bestellte die Three Stooges zu sich nach Hause, die in einem Hotel in der Nähe einquartiert worden waren und Pay-TV-Pornos guckten. Eigentlich waren ihre Namen Amar, Troy und Mike, und sie alle waren Mitglieder der Zelle, mit der Adrian in Europa zusammengearbeitet hatte, doch Heather nannte sie Larry, Curly und Moe, weil sie immer zusammen waren und weil sie, in ihren Augen, reine Lakaien waren. Dieses Mal begrüßte sie die drei jedoch herzlich und servierte ihnen Kaffee, während Adrian ihnen erzählte, was sie wissen mussten.

In der Zwischenzeit bereitete Heather das Geld vor. Sie hatten nicht einmal annähernd eine Million in bar und hatten auch nie vorgehabt, irgendjemandem so viel zu zahlen. Sie nahmen das echte Geld, brandneue Hunderter, und bedeckten damit die obere und die untere Seite der Papierstapel, die sie zurechtgeschnitten und zusammengebunden hatten. Sie nahmen außerdem einen Haufen in Nordkorea gefälschter Scheine – anständige Qualität, aber nichts, womit sie es selbst riskieren würden, hier zu bezahlen – und benutzten diese, um eine weitere Schicht wie ein Salatbett am Boden der großen Reißverschlusstasche zu legen, eine, wie sie Fitnesstrainer benutzten, um Bälle oder anderes Zubehör zu tragen. Der Effekt war ziemlich gut. Er würde einen kurzen, prüfenden Blick überstehen, mehr brauchten sie auch gar nicht. An diesem Punkt, egal wie die Dinge liefen, würde das Nachzählen keine Rolle mehr spielen. Jemand würde bereits tot sein.

Mit einem Kuss und einem „Bis später", hüpfte Heather in den Fahrstuhl, dabei trug sie einen kleinen Koffer mit den Sachen, die sie mitnahmen: gefälschte Reisepässe, echtes Geld, Schmuck, Zahnbürsten und Unterwäsche. Sie fuhr ins Parkhaus hinunter und stieg in den silbernen Mercedes, den sie sich bereits zuvor ausgesucht hatte.

Sie brauchte nicht einmal eine Minute, um den Alarm auszuschalten und abzuhauen. Das Gesicht von den Kameras abgewandt, verließ sie das Parkhaus mithilfe der Schlüsselkarte, die der Besitzer auf dem Armaturenbrett liegen gelassen hatte. Dann parkte sie neben einem Hydranten, direkt neben der Ein- und Ausfahrt. Sie schaltete den Wagen auf Parken und ließ den Motor laufen. Wenn die Cops kämen, würde sie ihr süßes Lächeln aufsetzen und sagen, dass sie auf ihren Ehemann wartete. Ihrer Erfahrung nach, würden sie sie dann höchstwahrscheinlich in Ruhe lassen.

Dann schloss Adrian das Apartment hinter sich und ging mit seinen Männern nach unten. Sie stiegen im vierten Stock des Parkhauses aus. Larry ging an einer Ecke der Wand in Position. Von dort aus konnte er nach unten in das dritte Stockwerk blicken. Er montierte sein Gewehr. Als Nächstes stiegen die anderen zwei Männer in das ebenfalls gestohlene Auto, das sie dort stehen gelassen hatten, ein viertüriger Camry, nichts, was irgendjemandem auffallen würde. Curly fuhr, während Moe auf dem Beifahrersitz saß, die Pistole auf seinem Schoß.

Als letztes begann Adrian, sich entlang der kurvenförmigen Rampe in Bewegung zu setzen. Geparkte Autos standen auf beiden Seiten. Er ging hinunter ins dritte Stockwerk, wo er stehen blieb, als er einen Mann sah, der ihm entgegenkam.

„Du musst Joe sein", sagte Adrian.

46

Joe und Yelena gingen von der Penn Station aus zu dem Treffpunkt, der nur ein paar Blocks entfernt war. Als sie an dem silbernen Mercedes vorbeikamen, in dem Heather saß, glaubte sie, dass sie die beiden wiedererkennen würde, aus dem Park, aber sie war sich nicht sicher. Als sie an der Kabine mit dem Parkplatzwächter vorbeigingen, winkte Joe beiläufig und er winkte zurück. Für ihn waren sie einfach nur ein weiteres, reiches Pärchen, ein Mann im schwarzen Anzug und eine gut gekleidete, attraktive Frau, die ihr Auto holten oder den Fahrstuhl nach oben nahmen. Doch sobald sie die Parkrampe hinaufgegangen und außer Sichtweite waren, sprintete Yelena los. Immer dicht an der Wand und sich hinter Autos duckend, suchte sie sich eine Position mit Blick auf das untere Ende des dritten Stocks, von dem aus sie Joe Deckung geben konnte. Sie holte ihr Gewehr aus dem Rucksack und wartete.

Joe ging in einem bedachten Tempo, die Hände an der Seite. Er hatte seine Handfeuerwaffe, die 9mm Sig, in seinem Gürtel und die Plastikhülle in seiner linken Tasche. In seiner rechten Tasche befand sich ein zusätzliches geladenes Magazin. Als er die Rampe zum dritten Stockwerk hinaufkam, behielt er seinen Blick nach vorne gerichtet, auch wenn er wusste, dass Yelena irgendwo zu seiner Rechten war. Dann sah er einen

Mann in einem schwarzen T-Shirt und Leinenshorts, der eine große Reißverschlusstasche hochhielt.

„Du musst Joe sein", rief der Mann.

„Hi, Adrian!"

Adrian ging ein paar Schritte weiter.

„Halt", rief Joe. „Nicht so dicht."

„Ich bin unbewaffnet, Joe", sagte er. „Guck ..." Er ließ die Tasche fallen und drehte sich mit hochgehobenem Shirt um. „Hast du die Ware?"

Joe holte die Plastikhülle aus der Tasche und zeigte sie ihm. „Kannst du den Beutel aufmachen und mir das Geld zeigen?", fragte er.

Adrian öffnete die Tasche, ein riesiger, grüner Salat kam zum Vorschein.

„Okay", sagte Joe. „Dann los."

Adrian schloss den Reißverschluss und warf die Tasche so, dass sie vor Joes Füßen landete. Joe hob sie auf. Dann warf er die Hülle im hohen Bogen zu Adrian herüber. Adrian fing sie und genau in dem Moment hörte Joe einen Schuss hinter sich.

„Scharfschütze!", rief Yelena, während sie feuerte und Joe nach rechts in Deckung sprang. Larry, der auf Joe gezielt hatte, fiel wie ein abgeschossener Vogel von oben herab, ihre Kugel in seinem Körper. Zur selben Zeit kam der Camry die Rampe herunter und hielt neben Adrian. Curly stieg aus und eröffnete das Feuer. Er verfehlte Joe, der hinter einem Auto in Deckung ging, doch streifte Yelena, die aufgestanden war, um zu schießen und sich zu einem einfachen Ziel machte.

„Fuck", murmelte sie. Joe kroch zu ihr herüber, zog seine Waffe und feuerte, während Adrian und Curly in Deckung hasteten.

„Schlimm?", fragte er sie.

„Nyet", sagte sie und lächelte grimmig. „Nur ein Streifschuss."

Dennoch hatte die Kugel durch ihr Fleisch geschnitten und das Blut begann auszutreten.

„Hier", sagte er und verband ihren Arm mit seiner Krawatte. Dann zog er seine Jacke aus und legte sie über ihre Schultern, wo sie die Wunde verdeckte.

„Zu schade, dass du das ganze Dope genommen hast", sagte sie zu ihm.

Er lachte. „Tut mir leid." Er gab ihr die Tasche mit dem Geld. „Geh und such einen Arzt", sagte er und dann, bevor sie etwas sagen konnte, rannte er die Rampe hinauf. Sie schoss ihr Magazin leer, um ihm Deckung zu geben und dann rannte sie los.

Als er die Rampe entlanglief und Yelenas Kugeln an ihm vorbeiflogen, sah er, wie Adrian zurück zu den Stufen lief und schoss auf ihn, ohne Erfolg. Curly war zurück im Auto in Deckung gegangen und als sie sahen, wie Joe ihnen entgegenkam, trat Moe aufs Gas. Sie konnten Joe umnieten und direkt weiterfahren, um zu flüchten, während sie gleichzeitig Adrian die Flucht ermöglichten.

Als Joe das Auto auf ihn zukommen sah, beschleunigte er und erreichte den mittleren Bereich des dritten Stockwerkes, in dem der Boden wieder flach war und begann, schießend dem Fahrzeug entgegenzurennen. Im Vollsprint zu schießen, war alles andere als ideal und sein erster Schuss ging etwas zu hoch und traf den oberen Bereich der bruchsicheren Windschutzscheibe. Der nächste Schuss war gezielt und ließ das Glas, durch das Moe ihn anstarrte, springen. Der dritte Schuss traf direkt über dem Sprung und ein Stern entstand. Der vierte erzeugte ein Spinnennetz. Der fünfte zerschmetterte die Scheibe und das Glas bröckelte auf das Armaturenbrett und in Curlys und Moes Schoß. Der sechste tötete Moe.

Als er den sechsten Schuss feuerte, realisierte Joe, der mit steif ausgestrecktem Arm vorwärts rannte und schoss, dass er nur noch wenige Meter hatte, bevor ihn das Auto treffen würde. Durch die parkenden Autos auf beiden Seiten gab es keinen Ausweg.

Als die sechste Kugel traf und Moes Kopf in einem roten Nebel explodieren ließ, tat Joe das Einzige, das ihm in den Sinn kam. Er sprang auf das Auto.

Wie in einem Wettstreit sprang Joe vorwärts, das rechte Bein ausgestreckt, und landete mit dem rechten Fuß auf der Motorhaube des Autos. Als das Auto unter ihm hindurchraste, machte er den nächsten Schritt mit seinem linken Fuß auf das Dach. In diesem Moment stolperte er und machte einen weiteren, schiefen Schritt mit seinem rechten Fuß auf den Kofferraum, als das Auto mit dem nun toten Fahrer nach links schwenkte. Joe stürzte kopfüber vom Kofferraum und auf den Betonboden, als das Fahrzeug ein geparktes Auto rammte und zum Stehen kam.

Joe hielt seine Waffe fest, während ihn der Schwung einige Meter rollen ließ, bevor ihn die Steigung der Rampe stoppte. Er sprang leicht benommen auf und fuchtelte mit seiner Waffe, während er versuchte, sich zurechtzufinden. Er sah das zerstörte Fahrzeug neben einem geparkten Auto stehen, die Airbags aufgeblasen, und rannte mit gezogener Waffe hinüber.

Er näherte sich über die Beifahrerseite, da er wusste, dass der Fahrer erledigt war. Curly, ziemlich mitgenommen, aber am Leben, kämpfte mit seinem Airbag und versuchte verzweifelt, seinen Gurt abzuschnallen, um aussteigen zu können.

„Ich bin froh, dass du dich angeschnallt hast", sagte Joe und schoss ihm hinters Ohr. Er durchsuchte das Auto rasch nach Waffen, doch er konnte keine sehen. Kein Zweifel, durch den Aufprall waren sie im Auto umhergeschleudert und außer Reichweite. Joe drehte sich um und rannte wieder los, dieses Mal in Richtung des Treppenhauses, in das Adrian verschwunden war. Er hatte zwei Kugeln übrig.

47

Im Treppenhaus hörte Joe einen Alarm heulen und rannte die Stufen hinauf, wo er eine angelehnte Nottür sah. Ein Wachmann kam gerade hindurch.

„Gott sei Dank", sagte Joe zu ihm. „Wir brauchen Hilfe. Es gab einen Unfall."

„Wo?", fragte der Wachmann.

„Ein Stockwerk tiefer", sagte Joe und zeigte nach unten. Als der Wachmann an ihm vorbeiging, riss Joe den Taser aus seinem Gürtel.

„Hey", sagte der Wachmann und drehte sich zu ihm um. Joe Schoss. Der Schock beförderte ihn gegen die Wand und dann zu Boden. Joe nahm seine Mütze – ein Baseballcap mit der Aufschrift SECURITY – sein Walkie-Talkie und die kleine Blechmarke, die er an seinem Hemd trug. Er hatte keine Waffe.

Joe ging durch die Tür und zog sie hinter sich zu.

Der Alarm stoppte. Er sprach in das Walkie-Talkie: „Etage 3, Tür gesichert."

„Bist du das, Tim?", sagte die Stimme im Funkgerät. „Basis an Tim. Over."

„Ja. Tim an Basis. Alles in Ordnung", murmelte Joe durch seine hohle Hand ins Funkgerät. „Basis, mein Funkgerät spielt verrückt", fügte er hinzu und warf es in eine Mülltonne.

Er betrat ein Einkaufszentrum und steckte die Marke an sein weißes Shirt. Er sah Läden und Restaurants und eine hektische Menge aus Touristen um ihn herum. Er tippte den Schirm seiner Mütze, um eine Familie zu grüßen. „Howdy, Leute."

„How-dee?", erwiderte die Mutter mit einem starken deutschen Akzent.

Er ging weiter durch die Menge und schaute sich nach Adrian um. Im Augenwinkel sah er ihn – schwarzes T-Shirt, Leinenshorts – auf der Rolltreppe nach oben fahren. Joe begann zu rennen.

„Security, Entschuldigung, Security", sagte er, als er sich zwischen Schultern und Gürteltaschen hindurchkämpfte. Er schubste sich seinen Weg über die Rolltreppe frei, kletterte über Taschen und Kinderwagen. Dann drehte sich Adrian um und sah ihn.

Adrian rempelte die Leute beiseite, während er davonsprintete. Eine Dame stürzte, als er mit ihr zusammenstieß. Ein Mann ließ seinen Eiskaffee auf ein Kind in einem Kinderwagen fallen, das darauf anfing zu heulen, während Joe sich an ihnen vorbeiquetschte. Dann, als Adrian das obere Ende der Rolltreppe erreichte, spürte ein muskulöser, tätowierter Typ in einem T-Shirt und Shorts, wie Adrian versuchte, sich vorbeizudrängeln und schubste ihn zurück. „Yo, Alter!"

Adrian schlug Yo Alter in die Kehle und schleuderte den gurgelnden Kerl zurück die Rolltreppe hinunter, wo er in die Gruppe von Menschen hinter sich fiel. Es gab ein Gerangel, als sie mit dem massigen Typen zu kämpfen hatten. Der Verkehr staute sich.

Nachdem er Adrian die Rolltreppe verlassen und die sich vor ihm aufbauende Menschenmenge sah, sprang Joe auf die Barriere zwischen den beiden Rolltreppen. „Achtung – Security!", rief er, als er hinaufkletterte und versuchte, auf möglichst wenig Finger zu treten. Er hüpfte auf den Handlauf, als er sich dem Ende näherte, und fuhr darauf wie ein Surfer, während er sich auf einigen Köpfen abstützte, an denen er vorbeifuhr. Dann sprang er ab und landete auf dem Boden des nächsten Stockwerks. Er überflog die Menge. Ein Schrei und ein Klirren ertönten aus dem Speisesaal. Adrian hatte einen Kellner umgestoßen.

Joe raste ihm hinterher und sprang über den gebückten Kellner, der die auf dem Boden verteilte Bestellung aufsammelte. „Sorry", sagte er, als er mit einem Hilfskellner zusammenstieß, der ein paar Gläser auffüllen wollte. Eiswasser kippte über den Tisch und in den Schoß einiger Gäste. Adrian warf einen Blick über seine Schulter, lief zwischen den Tischen hindurch und begab sich dann in Richtung des Fahrstuhls. Die Türen öffneten sich und spuckten eine Ladung Passagiere aus.

Joe, der realisierte, dass er es niemals rechtzeitig schaffen würde, drängelte sich ans Ende eines Bankett-Tisches, vollbesetzt mit gut gekleideten Feiernden, die Essen und Wein teilten. Er legte eine Hand auf die nackte Schulter einer Frau und die andere auf den kahlen Kopf eines Mannes und beförderte sich selbst auf den Tisch.

„Entschuldigen Sie", rief er, als er über den Tisch rannte und versuchte, sanft aufzutreten, doch dabei Teller und Gläser umtrat. Eine Frau kreischte, als Wein auf ihr Kleid spritzte. Der Salat eines Mannes schleuderte in seinen Schoß. Joe sprang über den betagten Gentleman am anderen Ende des Tisches, der in Schock immer noch sein Weinglas hochhielt, nachdem Joe ihn inmitten eines Toasts unterbrochen hatte.

Joe ging in einen Sprint über, als er sah, wie Adrian zusammen mit einer Gruppe anderer in den Fahrstuhl stieg. Die Ellbogen ausgefahren, pflügte er durch die Menge, schubste shoppende Menschen beiseite und, als er sah, wie sich die Türen schlossen, warf er sich mit ausgestrecktem Arm nach vorn und schob ein Handgelenk hindurch.

In dem überfüllten Fahrstuhl sah Adrian Joes Hand durch die Tür eindringen. Er nahm seine Finger und verbog sie nach hinten in dem Versuch, sie zu brechen, während er gleichzeitig die Sicht mit seinem Körper blockierte. „Ich glaube, er steckt fest!", sagte er zu den anderen.

Die Türen sprangen auf und Joes andere Faust schwang hindurch und traf Adrian an der Seite seines Kopfes. Er schleuderte zurück, noch immer Joes Handgelenk haltend, und krachte in die Menge, während Joe an Bord sprang. Jetzt wurden die beiden Männer durch die Menschenmasse um sie herum aneinander gepresst. Joe war zwischen einem korpulenten Pärchen im Partnerlook sowie einer Frau mit Baby in einem Tragetuch, einem Teenager mit Kopfhörern in den Ohren und einem modischen und mit Einkaufstüten beladenen jungen Mann eingequetscht.

Adrian versetzte Joe einen schnellen Uppercut, wobei er dem jungen Mann die Sonnenbrille vom Kopf stieß. „Hey", beschwerte sich der Mann und fühlte nach seiner Sonnenbrille.

Joe erwiderte mit einer Kopfnuss, die dafür sorgte, dass Adrian von dem Teenager abprallte. Adrian rammte Joe sein Knie zwischen die Beine und Joe, der sich leicht drehte, um auszuweichen, stieß in das Partnerlookpärchen, die ihn zurückschubsten, während er auf Adrians Zehen stampfte. Adrian trat Joe gegen das Schienbein und brachte einen Ellbogen nach oben. Joe duckte sich, als Adrian zuschlug und sein Schlag streifte das Baby, das anfing zu schreien. Besorgt, dass er dem Baby wehgetan hatte, drehte Joe sich von Adrian weg und Adrian nutzte die Chance, um ihm ins Auge zu piksen. Joe zuckte zusammen. Kurzzeitig blind, taumelte er zurück, als sich die Tür im oberen Stock öffnete. Passagiere stürmten hinaus. Noch immer irritiert blinzelnd, sah er Adrian den Gang entlanghetzen. Das Stockwerk bestand aus Wohnungen auf beiden Seiten des Korridors. Eine asiatische Dame mittleren Alters schloss gerade ihre Tür auf und balancierte dabei mehrere Pakete. Adrian stieß sie beiseite und betrat ihr Apartment, während Joe ihm hinterherstürmte.

„Security!", rief er ihr zu und stürmte an der verblüfften Frau vorbei in ihr Apartment. Er jagte Adrian um einen langen

weißen Esstisch und in das komplett weiße Wohnzimmer, in dem ein asiatischer Mann mittleren Alters in Jogginghosen dabei war, weißen Teppich zu verlegen. Geschockt sah er auf, als Adrian ihn umschubste und sich seinen Hammer griff. Adrian schwang den Hammer in Joes Richtung, schleuderte ihn vor und zurück, während Joe sich duckte und hüpfte. Dann schmetterte er ihn durch die Glasschiebetür zur Terrasse und warf den Hammer auf Joe, bevor er hindurchsprang. Joe wehrte den Hammer ab und verfolgte ihn. Gerade rechtzeitig kam er auf die Terrasse, um zu sehen, wie Adrian über die Trennwand und auf die Seite des Nachbarn kletterte. Joe kletterte ihm nach.

Die Nachbarn veranstalteten eine Party. Ein Haufen Kinder saßen an einem langen Tisch, trugen Partyhüte und tröteten, während Eltern umherwimmelten und Bier tranken. Ein Vater stand am Grill, wendete Burger, während eine Mutter die Burger auf einem Tablett servierte. Geschenke waren in einer Ecke gestapelt und an der Seite stand ein Kuchen. Niemand bewegte sich. Die Erwachsenen starrten in Schock und die Kinder staunten, als Adrian die Party durchquerte und dann mit einem Sprung durch die Bambustrennwand bretterte, die die Sicht zu den Nachbarn blockierte.

„Security!" Joe lief ihm nach und begab sich auf die benachbarte Terrasse, die mit Pflanzen vollgestellt war. Er krachte in ein paar eingetopfte Palmen und fiel auf eine Chaiselongue, doch sprang sofort wieder auf, als Adrian durch die offene Tür eines Schlafzimmers rannte, in dem ein südländisches Paar Sex hatte. Die Augen geschlossen, lediglich in Schmuck gehüllt, ritt die kurvige Frau den Mann. Sie hüpfte heftig auf und ab und klatschte seine haarige Brust, während im Hintergrund Techno wummerte. Sie öffnete genau dann ihre Augen, als Joe vorbeirannte und begann zu schreien. Sie schrie noch lauter, als sie die Gruppe von Kindern in Partyhüten sah, die von der Terrasse aus zusahen, einige von ihnen noch immer Burger oder Würstchen mampfend.

Joe jagte Adrian durch das Wohnzimmer, das voll von
moderner Kunst war, und zurück in den Korridor. Er
flitzte um die Ecke und sah Adrian auf die Treppen zu-
stürmen. Joe rannte ins Treppenhaus und hörte seine
Schritte über ihm. Adrian rannte nach oben.

48

Yelena rannte. Nachdem sie getroffen wurde und Joe ihren Arm verbunden und sie mit dem Geld zurückgelassen hatte, tat sie, was sie konnte, um ihm zu helfen und leerte ihr Magazin, um ihm Deckung zu geben. Dann, als sie sich gerade umdrehte, um zu fliehen, wurde sie durch den Anblick von Joe, der auf das Fahrzeug zurannte und auf die Windschutzscheibe feuerte, aus der Bahn geworfen. Sie war sich sicher, dass sie ihn sterben sah. Doch sein nächster Schuss tötete den Fahrer und kurz bevor er überfahren wurde, sprang er auf die Motorhaube, stolperte über das fahrende Auto und fiel den Kofferraum herunter. Als das Auto in das andere krachte, schien es sie in die Realität zurückgeholt zu haben. Sie war verwundet, die Bullen würden bald aufkreuzen und Joe war, zumindest fürs Erste, am Leben. Also rannte sie.

Sie rannte bis zum Erdgeschoss und ging dann in ein lockeres Spazieren über, Joes Jacke noch immer über ihren Schultern, um die Wunde zu verdecken und die Tasche mit dem Geld über der Schulter, als ob sie gerade shoppen gewesen war. Sie lächelte den Wachmann an und er grinste. Dann bog sie vor einem silbernen Mercedes ab und watete auf der Suche nach einem Taxi durch den Verkehr. Einen Block weiter runter fand sie eins. Sie gab dem Fahrer eine Adresse in Brooklyn, bevor sie sich auf die Rückbank hievte.

Später, nachdem sie wieder auf Vordermann gebracht worden war und etwas Gelegenheit hatte, um
sich auszuruhen, sortierte sie das Geld. Ein Teil war einfach nur Altpapier. Ein anderer Falschgeld, gute Qualität, wahrscheinlich nordkoreanisch. Sie verbrannte es.
Übrig blieben fünfzigtausend Dollar. Fünftausend davon schuldete sie ihren russischen Kontakten, blieben
also noch fünfzehntausend pro Person, Juno, sie und
Joe, falls er überleben würde.

49

Joe erreichte das Dach. Er hatte sich zehn Stockwerke hochgeschleppt und rannte durch den Ausgang. Zuerst nahm er nichts außer dem meeresartigen Rauschen des Windes und der Stadt sowie eine glühende, weiße Sonne wahr. Mit gezogener Waffe bewegte er sich auf die Westseite des Gebäudes zu, als er ihn sah. Adrian stand am Ende des Daches und hielt die Glasampulle über das Geländer. Die leere Plastikhülle lag vor ihm auf dem Dach.

„Leck mich am Arsch, du musst verdammt gut in Form sein!", sagte Adrian nach Luft ringend. „Wenn ich die nächsten fünf Minuten überlebe, gehe ich definitiv wieder aufs Laufband."

Joe kam langsam näher, die Waffe auf Adrian gerichtet.

„Bleib, wo du bist, Joe", sagte Adrian und Joe blieb stehen.

„Es gibt da etwas, dass ich dir vielleicht erklären sollte. Diese Ampulle, und das wird dich vielleicht schocken, enthält nicht wirklich Parfum."

„Ich hatte eine leichte Vorahnung."

„Man hat mir gesagt, dass dieses Virus wirklich übel ist und sich sehr schnell über die Luft verbreitet." Er blickte über seine Schulter auf die High Line unter ihm, die an diesem sonnigen Tag von Touristen wimmelte. „Also, wenn ich die hier fallen lasse, mit Absicht oder weil ich angeschossen werde, dann würde es zuerst gar nicht so schlimm sein. Vielleicht trifft sie irgendeinen einen Pechvogel am Kopf. Doch innerhalb weniger Minuten, hat man mir erzählt, würden ein paar Dutzend Menschen das Zeug einatmen. Vielleicht noch viel mehr, an einem windigen Tag wie heute. Also, lass uns die Kopfrechnung simpel halten, sagen wir, ungefähr fünfzig? Diese Fünfzig würden ihrem Alltag nachgehen – U-Bahn fahren, in Restaurants essen, ins Kino gehen – und bis morgen wird jeder von ihnen fünfzig weitere Menschen angeatmet haben. Am nächsten Tag würden diese Fünfzig jeweils weitere fünfzig Menschen infiziert haben und da die meisten von ihnen Touristen sind, werden sie in Flugzeuge steigen und in Flughäfen überall in den USA landen, vielleicht sogar überall auf der Welt. Wie viele macht das dann?"

Joe schüttelte den Kopf. „Keine Ahnung, ich bin schlecht in Mathe."

„Kein Zweifel. Du kommst mir eher wie ein Mann der Tat vor." Er fuchtelte mit der Ampulle herum. „Ungefähr einhunderttausendfünfundzwanzig. Wie klingt das?"

„Extrem."

„Ja, ich bin nun mal ein Extremist. Das muss ich zugeben. Aber in Anbetracht, wie viele Menschen die vereinigten Staaten getötet haben oder ihren Tod verursacht haben, weltweit, ist das hier nur der Anfang. Sogar dieses Zeug hier ..." Er schmiss die Ampulle in die Luft, ließ sie wie eine Münze rotieren und fing sie wieder. „... wurde in den guten alten USA hergestellt. Und der Grund, warum es kein Heilmittel gibt, ist, dass eure Anführer noch nicht so weit gedacht haben oder die Gelegenheit hatten, auszuprobieren, was passiert, wenn sie das Zeug über ein paar Leute mit lustig klingenden Namen abwerfen." Er hielt die Ampulle stolz nach oben, wie eine Trophäe. „Wie denkst du jetzt über deine geliebten vereinigten Staaten von Amerika?"

„Zwiegespalten", sagte Joe. Dann schoss er.

Die Ampulle zersplitterte und Adrian erschrak, als sie ihm aus der Hand fiel, hinunter in die Menge unter ihnen. „Heilige Scheiße!", schrie er, während er dem Fläschchen hinterherschaute. „Zugegeben, das habe ich nicht kommen sehen."

Joe ließ die Waffe auf ihn gerichtet. Eine letzte Kugel.

Adrian lachte zufrieden. „Hast du zugehört, als ich dir den Teil mit all den sterbenden Menschen erzählt habe?"

„Mehr oder weniger", sagte Joe, „aber du warst so sehr mit Reden beschäftigt, dass ich keine Möglichkeit hatte, es dir zu sagen. Ich habe die Ampulle gestern Nacht für ungefähr zwanzig Minuten in der Mikrowelle gekocht. Das Zeug wird höchstens einen Fleck auf einem Shirt hinterlassen. Wenn du Glück hast."

Ein nachdenklicher Blick breitete sich in Adrians Gesicht aus. Dann schüttelte er lachend den Kopf. „Aber, Joe, warum sind wir denn dann überhaupt hier? Ich meine, du hast das Geld, du weißt, dass der Virus unschädlich gemacht worden ist, warum dann überhaupt der ganze Stress? Was willst du denn eigentlich?"

Joe holte sein Handy heraus und, die Waffe noch immer auf Adrian gerichtet, öffnete die Kamera mit seiner verletzten linken Hand. „Wie wär's mit einem Lächeln?", fragte er.

Er machte ein Foto und Adrian guckte perplex, als Joe einen der vielen verpassten Anrufe von Gio wählte und auf senden drückte.

Agent Donna Zamora war zurück in ihrem Keller. Die Ermittlungen liefen, sagten sie jedenfalls, doch die gigantische Mühle der Strafverfolgung mahlte weiter, das Leben schien langsam wieder beim Alten. Und beim Alten hieß für sie, am Schreibtisch zu sitzen und zu prüfen, ob irgendjemand, der irgendetwas gesehen hatte, irgendetwas von Interesse zu sagen hatte. Die Antwort lautete; nicht wirklich, aber sie genoss zur Abwechslung die relative Ruhe, als ihr Telefon klingelte. Nicht das Hinweistelefon. Ihr privates Handy. Eine unbekannte Nummer. Sie nahm ab.

„Hallo?"

„Hi, spreche ich mit Agent Zamora?"

Sie erkannte die Stimme wieder, die sanften, gebildeten Töne, der dezente, aber dennoch hörbare Akzent aus Queens, wie ein rezessives Gen. „Gio?"

„Bleiben Sie dran. Ich sende Ihnen ein Foto."

„Was?", fragte sie ihn verwirrt.

Das Fotosymbol öffnete sich auf ihrem Bildschirm und sie drückte es. Ein Gesicht erschien. „Ist er das?", fragte Gios Stimme. Sie sah Adrian Kaan, den Mann, den ihr ganzes Büro, die CIA und die lokalen Behörden jagten. Er schien irgendwo draußen zu sein, blauer Himmel war hinter ihm sichtbar. Er lächelte mehr oder weniger. Ein trauriges Lächeln.

„Wo haben Sie das her?", fragte sie.

„Ist er das?", wiederholte Gio. „Ja oder nein?"

Ihr blick wanderte vom Handybildschirm zu dem Foto an der Wand und zurück. „Ja", sagte sie.

„Danke Ihnen", sagte Gio und legte auf. Das Foto verschwand.

Als Heather die blonde Tusse aus dem Park ein zweites Mal vorbeilaufen sah, dieses Mal jedoch allein und mit der Geldtasche in der Hand, fing sie an, nervös zu werden. Als sie Sirenen hörte, wusste sie, dass etwas nicht stimmte. Als sie Polizeiautos sah, die vom Wachmann in das Parkhaus gewunken wurden, gefolgt von einem Krankenwagen, wusste sie: Sie würde ihren Mann nie wieder sehen. Sie schaltete den Blinker ein und ein hektischer Polizist wies sie in den Verkehr ein. Als ein Feuerwehrauto in die Straße bog, fuhr sie los, winkte und lächelte dem Polizisten dankend zu, er winkte zurück.

Auf dem Weg zum Flughafen fühlte sie eine eigenartige Mischung aus Trauer und Stolz. Sie hatte ihren Ehemann verloren, doch er starb für seine Bestimmung und sie trug sein Kind in sich. Sie schaltete das Radio ein und wartete darauf, die Nachricht zu hören. Sie hörte nichts.

Selbst Tage später, als das Virus bereits Tausende vernichten sollte, hörte sie nichts, las nichts. Sie fand einen kleinen Artikel auf der Website einer Zeitung über einen Raub in einem Einkaufszentrum, vereitelt durch einen mutigen Wachmann, der den Räuber verjagt hatte. Glücklicherweise wurden keine Unschuldigen verletzt. Und dann, als sie mit ihrer Sonnenbrille und ihrem mikroskopischen Baby, das in ihrem noch immer perfekten, flachen Bauch heranwuchs, am Strand

lag, veränderten sich ihre Gefühle und sie verspürte
nur noch brennende Wut und ein kühles Verlangen
nach Rache.

50

Das nächste Mal, dass Donna von Gio hörte, war am Folgetag. Er rief über die Büronummer an, ließ sich von der Zentrale durchstellen. Er wollte sich treffen. Sie hatte sowieso überlegt, in der Mittagspause etwas frische Luft zu schnappen, also vereinbarte sie ein Treffen am Wasser, weit genug von ihrem Büro entfernt. Sie saß auf einer Bank und aß ihren Salat auf, als er auftauchte.

„Hi", sagte er vom anderen Ende der Bank aus. „Wunderschöner Tag, nicht wahr?"

„Soweit ziemlich gut", stimmte sie zu und trank von ihrem Wasser.

„Der Grund, dass ich Sie treffen wollte, ist, dass ich über das hier gestolpert bin und dachte, dass es für Sie von Interesse sein könnte." Er übergab ihr ein in Papiertücher gewickeltes Objekt. Es war eine kunstvoll angefertigte, längliche Plastikhülle mit abgeschrägten Kanten und einer Nummer. Sie konnte die Kennzeichnung aus dem Kopf. Doch die Hülle war leer. „Ich habe gehört, dass die mal Parfum beinhaltet hat, aber das wurde komplett zerstört."

„Wo haben Sie das gefunden? Wer hat es Ihnen gegeben?"

„Ich kann mich nicht entsinnen", sagte er. „Aber mir wurde erzählt, dass eine Reinigungskraft die Hülle in einem Apartment über der High Line gefunden hat."

Er gab ihr die Adresse und Nummer des Apartments. Sie wusste, dass das Gebäude systematisch durchsuchte wurde, doch dort gab es Hunderte Apartments, hinzu kamen noch Geschäfte und Büros und so weiter.

„Was für ein Zufall", sagte Donna.

„Inwiefern?", fragte Joe.

„Adrian Kaan, der meistgesuchte Terrorist auf der Liste? Er wurde auf dem Dach dieses Gebäudes gefunden."

„Ohne Scheiß? Haben Sie ihn erwischt?" Gio lehnte sich herüber und lächelte unschuldig.

„Irgendjemand hat ihn erwischt", sagte Donna und berührte seine Stirn. „Mit einer einzigen Kugel direkt zwischen den Augen."

„Guter Schuss."

„Sehr guter Schuss. Und wer immer das war, hat drei weitere Terrorverdächtige tot in dem Parkhaus zurückgelassen. Hat ordentlich Platz an meiner Wand gemacht."

„Das ist großartig. Klingt, als ob irgendjemand ein sehr anständiger Bürger wäre."

„Na ja, ein sehr gefährlicher zumindest."

„Wo wir gerade von anständigen Bürgern sprechen", sagte Gio und nahm eine Zigarre aus der Schachtel in seiner Tasche. „Macht es Ihnen was aus?", fragte er und pausierte kurz.

„Machen Sie nur", sagte sie.

„Also, anständige Bürger", wiederholte er sich, schnipste sein Feuerzeug an und paffte an der Zigarre. „Ich muss zugeben, dass ich gekommen bin, um Sie um einen Gefallen zu bitten."

„Was für ein Schock."

„Nichts Krummes", sagte er und fuchtelte mit der Zigarre. „Das würde ich mir niemals erlauben. Dafür respektiere ich Sie zu sehr. Es ist für einen Freund. Wissen Sie, dieser arme Junge, sein Name war Derek Chen, er war aus Queens, genau wie ich. Jedenfalls wurde er bei einem tragischen Zwischenfall getötet, in den Sie, soweit ich weiß, ebenfalls verwickelt waren. Ein Raubüberfall bei einer illegalen Waffenmesse. Ich bin ein Freund seiner Familie und ich weiß, dass es ihnen helfen würde, mit der Sache abzuschließen, wenn sie, Sie wissen schon, die forensischen Berichte sehen könnten, vor allem die, die zeigen, dass die Schüsse, die ihn getötet haben, von diesen waffenverrückten Hinterwäldlern kamen, die Sie in Gewahrsam genommen haben."

„Warum reicht die Familie nicht einen Antrag ein? Sobald der Fall geschlossen ist, können sie eine Kopie von allem bekommen."

„Das könnte Monate dauern. Hinzu kommt noch der Kopfschmerzen bereitende Papierkram. Wie gesagt, ich glaube, wenn sie den Bericht jetzt, also heute, sehen könnten, würde das den Trauerprozess deutlich beschleunigen und helfen, die Wunden zu heilen."

Donna nickte. „Ich denke, das lässt sich einrichten."

„Großartig! Danke Ihnen vielmals", sagte Gio und stand auf, bevor er ihre Hand schüttelte. „Oh …" Er pausierte. „Und mit so vielen Terroristen, die diese Woche aus dem Weg geräumt wurden, kann ich meiner lieben Freundin Mrs. Greenblatt mitteilen, dass sie ihren Club wieder öffnen kann? Alarmstufe Rot ist vorüber?"

„Ja", winkte Donna ab. „Sie ist zurück im Geschäft."

„Danke. Sie wird außer sich sein." Er drehte sich um und ging.

„Hey …", rief sie ihm hinterher. Er drehte sich wieder zu ihr. „Ihr Freund Joey. Wird er auch wieder dort sein, um zu arbeiten?"

„Wo sollte er denn sonst sein? Er ist der Türsteher."

51

Es war noch früh an einem ruhigen Nachmittag und
Joe saß in einem Hinterzimmer, trank Kaffee und las
Der Prozess von Franz Kafka, als Agent Donna Zamora
hereinkam.

„Hi, Joe."

„Hey!" Er lächelte und legte sein Buch weg. Der kleine
Finger und der Ringfinger seiner linken Hand waren
verbunden. „Setzen Sie sich."

„Danke." Sie setzte sich gegenüber von ihm.

„Kann ich Ihnen irgendetwas anbieten? Einen Drink?
Lapdance?"

Sie lächelte und er lächelte zurück, dasselbe Funkeln
in seinen Augen. „Ne", sagte sie, „ich muss noch fahren.
Außerdem ist meine Brust noch etwas wund."

„Tut mir leid, das zu hören."

„Ja, so ein Bastard hat mich mit einem Beanbag angeschossen. Aber ich werd's ihm noch heimzahlen."

„Daran habe ich keinen Zweifel. Wie wäre es mit einem Kaffee?"

„Ist der gut?"

„Es ist Stripclub-Bar-Kaffee. Er schmeckt nach ver-
brannter Scheiße."

„Vielleicht später. Was ist mit Ihren Fingern passiert?"

„Ich habe sie in einer Fahrstuhltür eingeklemmt"

290

„Autsch, wie ungeschickt. Na ja, ich bin nur vorbeigekommen, um kurz Hallo zu sagen …“

„Das ist sehr aufmerksam von Ihnen.“

„… und um eine freundliche Botschaft zu überbringen.“

Er lehnte sich zurück und nahm lächelnd einen Schluck von seinem Kaffee. Sie lehnte sich zu ihm herüber.

„Ihre Nation steht tief in Ihrer Schuld“, sagte sie. „Mehr, als sie es Ihnen jemals zurückgeben wird.“ Sie pausierte, doch sein Lächeln blieb unverändert, seine Augen blickten in ihre. Sie fuhr fort. „Doch Sie sind ein privater Bürger und so sehr ich Ihre einzigartigen Talente zu schätzen weiß, denken Sie bitte daran, wenn Sie irgendetwas über Verbrechen oder mögliche Verbrechen hören, rufen Sie uns einfach an und überlassen Sie es den Profis, Okay?“ Sie sah ihn an. Es folgte ein Moment der Stille.

„Aber ich bin ein Profi“, sagte er mit einem Grinsen und zeigte auf sein T-Shirt. „Sehen Sie, hier steht es, ich bin Security.“

Sie lachte, der Moment ging vorüber und sie stand auf. „Also, ich denke, man sieht sich, Joe Brody.“ Sie streckte ihre Hand aus und er schüttelte sie.

„Das hoffe ich, Agent Donna Zamora.“

Ihre Blicke trafen sich noch ein letztes Mal und sie ging. Er sah ihr hinterher und wollte sich gerade wieder seinem Buch widmen, als Kim hereingeschlendert kam, einen Bademantel über ihrem glitzernden Tanga und dazu passende High Heels.

„Hey, Joe, der Manager will dich sehen.“

„Alles klar“, sagte er und legte das Buch weg, bevor er aufstand.

„Danke, Kim.“

„*Der Prozess*?“, sagte sie, während sie ihren Kopf verrenkte, um den Titel des über Kopf liegenden Buches lesen zu können. „Ich weiß ja nicht, Joe. Ich würde lieber etwas Geld für einen richtigen Anwalt ausgeben, anstatt es allein mit der Hilfe eines Buches zu versuchen. Erinnerst du dich noch an meinen Ex?“

„Welchen?“

„Das eifersüchtige, cracksüchtige Arschloch? Er hatte versucht, es allein mit den Cops aufzunehmen und endete in einem Müllcontainer. Sie haben noch immer nicht alle Teile von ihm gefunden.“

„Danke“, sagte Joe. „Ich werd’s mir merken“, und ging zum Büro des Managers. Er klopfte.

„Ja?“

Er ging hinein und als der Manager, ein pensionierter Schwerverbrecher, der aussah wie der Weihnachtsmann mit einer Alki-Rudolph-Nase, sah, dass es Joe war, nickte er nur und wandte sich wieder seinen Abrechnungen zu. Joe schloss die Tür und ging dann zu einer weiteren Tür in der gegenüberliegenden Wand. Er öffnete diese und kam in einer engen Gasse zwischen zwei Gebäuden heraus, die mit Zigarettenstummeln und alter Vogelscheiße übersäht und gerade breit genug war, um kurz frische Luft zu schnappen. Man konnte weder an dem einen noch an dem anderen Ende hinaus. Er überquerte die Gasse und klopfte an eine rostige Metalltür. Sie schwang auf und er sah Treppen, die in den Keller führten.

„Hey, Joe“, sagte Nero und hielt die Tür auf. „Geh durch. Sie warten schon.“

„Danke, Nero“, sagte Joe und ging hinunter.

Nero schloss die Tür hinter ihm. Der Keller hatte eine niedrige Decke, keine Fenster und eine Wand aus Betonziegeln sowie einen rissigen Betonboden. Unkraut wucherte hier und da durch die Risse. In einem Kreis aus Klappstühlen saßen dieselben Leute, die sich in der Woche zuvor mit Gio in dem Salz- und Sandschuppen getroffen hatten. Das einzige neue Gesicht gehörte zu einem stämmigen Typen mit rasiertem Kopf und einem Ring durch die Nase sowie diversen anderen Piercings. Er hatte einen kleinen Schweißbrenner und erhitzte ein langes, schmales Stück Metall, das er mit einem dicken Handschuh hielt. Gio sah Joe.

„Da ist er, der Ehrengast. Bereit, Joe?“

„Bereit.“ Joe zog sein T-Shirt aus und warf es auf einen Stuhl. Gio packte ihn an seinem rechten Arm. Alonzo, der Anführer der schwarzen Gangs, trat vor und griff Joes linken Arm.

Er flüsterte Joe zu: „Ich wollte nur Danke sagen, im Namen von Junos Leuten.“

Joe nickte, doch bevor er sprechen konnte, steckte Gio ihm einen Bleistift in den Mund. „Hier, beiß darauf.“

Der kahle, gepiercte Kerl kam mit dem mittlerweile glühenden Brandzeichen in seiner Hand herüber. Während alle stillschweigend zusahen und Gio und Alonzo Joe festhielten, presste er das glühende Metall in Joes Fleisch, oben auf der linken Seite seines Brustmuskels. Joe krümmte sich, stöhnte und spuckte den Bleistift aus. Die beiden Männer drückten ihn runter. Dann, während Joe noch immer schwer atmete, behandelte und verband der Typ seine Brandwunde.

Gio umarmte ihn und gab ihm einen Kuss auf jede Wange. „Glückwunsch", sagte er.

Alonzo umarmte ihn ebenfalls. Onkel Chen war als Nächstes dran.

„Das mit Derek tut mir leid", sagte Joe. „Ich kann dir mit Gewissheit sagen, dass er nicht ohne einen Kampf gegangen ist. Er ist stehend gestorben."

Onkel Chen nickte, dann drückte er Joes Hände mit seinen.

Danach packte Menachem der Chassid Joe an der Wange. „Du hast es geschafft, Jungchen. Wir sind stolz auf dich", sagte er und küsste ihn.

„Danke, Rabbi."

„Und du." Er packte Gio. „Junge, du bist ein Genie." Er zwinkerte Alonzo zu. „Habe ich recht?"

Alonzo grinste und klopfte Joe auf die Brust. „Er ist ein gottverdammter Visionär."

Einer nach dem anderen schüttelte der Rest Joes Hand oder machte Handschläge, umarmte oder küsste ihn, je nachdem, was die jeweiligen Abstammungen vorgaben. Einige lächelten und nannten ihn „Sheriff". Wenn die Verbrennung heilte, würde eine kleine Narbe zurückbleiben, eine Brandmarke in der Form eines fünfzackigen Sterns, um zu kennzeichnen, wer er für die Menschen in diesem Raum und deren Leute von nun an war. Es war ein Symbol für die, die es lesen konnten. Es war ein Abzeichen.

Danksagung

Ich möchte mich bei Doug Stewart, dem weltbesten Agenten, der mit mir durch dick und dünn gegangen ist, und all den großartigen Menschen bei Sterling Lord Literistic, vor allem der unerschütterlichen und unermüdlichen Szilvia Molnar bedanken. Außerdem gilt mein Dank Rivka Galchen und William Fitch für das Probelesen und ihre ewige Freundschaft. Ich möchte mich auch bei Otto Penzler für seine scharfsinnige Nachbearbeitung und die Aufnahme meines Buches in ein so hohes, weites und überwältigendes Bücherregal bedanken. Des Weiteren bedanke ich mich bei jedem bei Mysterious Press und Grove Atlantic. Zu guter Letzt, wie immer, möchte ich meiner Familie unendliche Dankbarkeit für ihre endlose Liebe und Unterstützung aussprechen.

nur mit Mona los? Lizzy musste sie dringend auf andere Gedanken bringen.

»Ich dachte mir, ich führe meine hübsche, beste Freundin zum Essen aus. Ich habe gehört, sie muss dringend mal wieder unter Leute!«

»Ich bin jeden Tag unter Leuten«, empörte sich Mona.

Lizzy tätschelte ihre Schulter. »Ich meinte damit eher Menschen, die nicht deine Gäste sind! Also raus aus den Puschen, wir gehen in den *Bootsschuppen*!«

»Und was ist mit meinen Gästen?« Mona klang noch nicht ganz überzeugt.

»Süße, du hast ein Bed and Breakfast, nicht ein Bed and Dinner. Wie ich dich kenne, hast du sowieso allen Gästen die Nummer deines Diensthandys gegeben. Außerdem sind wir ja nicht aus der Welt, sondern nur ein paar Meter die Straße runter.«

Dagegen hatte auch Mona nichts mehr einzuwenden. Sicherheitshalber legte sie noch einen Zettel an der Rezeption aus, bevor sie in ihre Ancle-Boots und einen langen rauchblauen Wollmantel schlüpfte. Sie hakte sich bei Lizzy unter und zusammen spazierten sie über die dämmrige Promenade, die fast nur noch vom Licht der Straßenlaternen erhellt wurde.

»Was darf ich den beiden hübschen Ladys denn bringen?« Lizzy fühlte sich nicht wie Mitte zwanzig, sondern eher wie eine alte verrostete Schabracke, so wie der junge Kellner mit ihnen sprach. Bestimmt meinte der Azubi es nur gut, aber sie kam sich auf einmal unheimlich alt vor. Mona warf ihr einen vergnügten Blick zu und orderte kurzerhand eine Flasche Weißwein.

Nachdem das Jüngelchen mit ihrer Bestellung von dannen gezogen war, ging die Befragung los. »Und??? Wie war dein Tag, Lizzylein? Ich meine, ich hätte das Auto von Sven Hennings gesehen.« Mona wackelte wissbegierig mit den Augenbrauen und Lizzy prustete los. Sie hatte ihre beste Freundin wirklich vermisst. »Da hast du ganz richtig gesehen!«

»Och Süße«, beschwerte sich Mona, »lass dir doch nicht alles aus der Nase ziehen!«

»Ist ja gut, du alte Tratschtante! Sven stand heute Morgen plötzlich vor der Tür und hat angeboten, mir beim Streichen zu helfen!«

»Und weiter?«

»Nichts und weiter. Er hat beim Streichen geholfen und wir haben uns gut unterhalten. Aber du weißt doch … selbst, wenn ich mehr gewollt hätte … es geht nicht.« Niedergeschlagen schlug sie ihre Hände vors Gesicht.

Der junge Kellner hatte immerhin so viel Anstand, dass er nur leise die Flasche in einem Weinkühler abstellte und schnell wieder verschwand. Mona nahm den eiskalten Riesling und goss ihnen jeweils ein ordentliches Glas ein. Definitiv mehr, als bis zur bauchigsten Stelle des Glases.

»Ach Lizzy, lass den Kopf nicht hängen. Dann lernt ihr euch halt erst mal besser kennen und sobald der letzte Auftrag durch ist, stürzt du dich auf ihn! Im wahrsten Sinne des Wortes!« Das zauberte auch Lizzy ein Lächeln auf ihr trauriges Gesicht und sie hob ihr Glas.

»Auf Düneck. Und auf unsere Freundschaft!« Mit einem hellen Ping klirrten ihre Gläser aneinander und sie nahm den ersten Schluck des eisgekühlten Weines, der sogleich fruchtig leicht ihre Kehle hinunterrann. Doch Mona war noch nicht zufriedengestellt.

»Und dann? Wie ging's dann weiter?«

Lizzy überlegte. Ach ja, da war ja noch was. »Hm ... wir hatten die Wände gerade fertig gestrichen und dann kam meine Lieferung aus dem *Meer im Leben*. Fiete Matthiesen hat sie vorbei gebracht ... anscheinend wohnt er über der Boutique. Kennst du ihn?«

Monas Augen wurden groß. »Na klar kenn ich Fiete! Er ist zwar ein bisschen eigenbrötlerisch, aber eigentlich ganz nett, und er malt superschöne Bilder! Die Zeichnung mit den Segelschiffen bei mir im Flur ist von ihm!«

Jetzt war es Lizzy, die überrascht dreinblickte. Sie hatte schon mehrmals vor dem Aquarellbild gestanden und sich aufs Meer geträumt. Hätte sie das gewusst ...

»*Das* ist von Fiete?« So richtig glauben konnte sie es immer noch nicht.

»Ja, wenn ich es dir doch sage! Er ist einer der beliebtesten Künstler hier an der Ostsee. Die Touris lieben seine Gemälde! Und wie du siehst, lassen sich nicht nur die Touristen von seinen Kunstwerken begeistern. Allerdings wusste ich nicht, dass er über dem *Meer im Leben wohnt*. Ein tolles Geschäft, oder?« Da konnte sie Mona nur zustimmen und berichtete ihr daraufhin, was sie dort alles erstanden hatte.

»Ich hab es dir doch gesagt, man geht dort mindestens mit zwei Tüten raus! Und Keike ist so eine Liebe, auch wenn sie echt richtig schüchtern ist. Ich habe immer mal überlegt, ob ich sie auf ein Gläschen einladen soll, wollte sie aber nicht verschrecken. Sie zuckt ja schon zusammen, wenn man ihren Namen sagt.«

Mona kicherte hinter vorgehaltener Hand und auch Lizzy konnte sich einen Lacher nicht verkneifen. Umso erstaunlicher war es ja eigentlich, dass Keike Fiete um Hilfe gebeten hatte und er ganz zufällig auch noch über der Boutique wohnte.

Ein eigenbrötlerischer Künstler und eine schüchterne einsame Schönheit, wenn das mal nicht die perfekte Kombi wäre … Unabhängig davon, was ihr letzter Auftrag sein würde, Lizzy nahm sich fest vor, ihren neu gewonnenen Freunden auf die Sprünge zu helfen.

Auch die zweite Nacht in Lizzys eigener Wohnung verlief äußerst geruhsam. Trotz ihres gut gefüllten Magens und der wohligen Schwere, die sie dem Weißwein zu verdanken hatte, hatte sie ganz vorzüglich geschlafen – auch wenn sie vorzeitig aus ihren Träumen gerissen worden war.

Der Malermeister, der sie heute Nacht besucht hatte, hatte auch dieses Mal eine erstaunliche Ähnlichkeit mit Sven Hennings aufgewiesen. Allerdings hatte er keinen Fleecepulli, sondern nur ... ähm ... eine weiße Malerhose und gar kein Oberteil getragen. Dafür aber einen Hut, der an ein selbst gebasteltes Papierschiffchen erinnerte. Plötzlich war allerdings ein wuscheliger Hund in einem geblümten Strickmäntelchen ins Café gestürmt gekommen, der so laut gebellt hatte, dass Lizzy davon aufgewacht war.

Der hellblaue Himmel Schleswig-Holsteins leuchtete durch das Dachfenster des Appartements und ein kurzer Blick auf ihr Smartphone, genau wie Trudis hungriges Grunzen, bestätigte, dass es an der Zeit war, aufzustehen.

Lizzy hüpfte so schnell aus den weichen Federn, dass ihr kurz etwas schwindelig wurde – das war dann wohl der halben Flasche Riesling geschuldet. Deswegen setzte sie nun vorsichtig einen Fuß vor den anderen, um sicher ins Bad zu gelangen. Spätestens nach der ausgiebigen Dusche fühlte sie sich fit genug, um den neuen Tag in Angriff zu nehmen.

Es wartete schließlich noch einiges an Arbeit auf sie. Sie musste noch die Tische streichen – zumindest die im Innenbereich –, ihre neuen Bilder aufhängen, eine Liste für den Einkauf in der Großhandlung aufstellen und vielleicht ein paar Flyer für die große oder wahrscheinlich eher kleine Eröffnung entwerfen.

Schnell schlüpfte sie in die Hose vom gestrigen Tag, entschied sich aber für einen Pulli, der nicht ganz so schlimm ausgebeult war. Ihre Haare band sie zu einem Zopf zusammen, da hier eh Hopfen und Malz verloren war. Die Wimperntusche ließ sie lieber gleich weg, bevor sie wieder mit verschmierten Waschbäraugen glänzte.

Man wusste ja nie, vielleicht würde Sven ja heute noch mal vorbeischauen. Sie hoffte es zumindest, auch wenn sie nicht wirklich damit rechnete. Vielleicht wäre es auch besser so ...

Mit den letzten Resten ihrer Nugatkipferl bewaffnet – sie musste wirklich ganz dringend einkaufen –, lief sie die wenigen Stufen hinunter ins Café. Die Kaffeemaschine wartete bereits auf ihren morgendlichen Einsatz und Lizzy bereitete sich einen Cappuccino mit einem doppelten Espresso zu. Sie brauchte dringend Energie. Trudi saß zufrieden vor ihren Näpfen und mampfte laut schmatzend ihr Trockenfutter. Gerade als Lizzy überlegte, ob sie zuerst die Tische streichen oder die Bilder an die Wand hängen sollte, klopfte es wieder an der Tür.

Sofort schlug ihr Herz um mindestens drei Takte schneller. War Sven wieder vorbeigekommen, um ihr seine Hilfe anzubieten? Sie spähte zur Tür, kniff die Augen zusammen und schüttelte sich kurz. Litt sie immer noch unter den Nachwirkungen des Weißweins? Nein, das draußen vor der Tür war definitiv nicht Sven. Es war ein großer wuscheliger Hund – ohne geblümtes Mäntelchen – mit seinem Besitzer.

Schnell eilte Lizzy nach vorn, um Fiete und Herbi die Tür zu öffnen. Herbert beachtete sie so gut wie gar nicht, sondern stürmte sofort hocherfreut wuffend zu Trudi hinüber, die ein Freudentänzchen um ihren neuen Freund herum aufführte.

»Fiete.«

»Lizzy.«

Oh Mann, langsam fragte sie sich, wann sie eigentlich so eine hohle Schachtel geworden war. »Kaffee?« Auch nicht viel besser ...

Fietes blauen Augen leuchteten mit der neu gestrichenen Theke um die Wette. »Gerne.« Er schien definitiv nicht viel wortgewandter als sie selbst zu sein. Um wieder zu Verstand zu kommen, werkelte sie geschäftig an der Maschine herum und gab sich besonders viel Mühe bei der Zubereitung des Cappuccinos. Hoffentlich mochte er den überhaupt. Nicht, dass er seinen Kaffee am Ende nur schwarz trank und sie schäumte hier Berge von Milch auf.

Zum Glück wirkte Fiete sehr zufrieden, als sie ihm den großen geblümten Becher reichte. Im Gegensatz zu gestern trug dieser heute keinen Strickpulli, sondern ein wildgemustertes Hemd. Waren das kleine Donuts? Wundern würde sie es nicht.

Da die einzigen Geräusche das Bellen von Herbi und das Grunzen von Trudi waren, plapperte Lizzy schließlich einfach drauflos: »Ich wollte heute die Tische weiß streichen und meine Deko muss ich anbringen und Flyer muss ich auch noch entwerfen und nicht zu vergessen das Schild draußen.« Was faselte sie da eigentlich, wahrscheinlich interessierte Fiete das gar nicht und er war nur zufällig in der Gegend gewesen und wollte die Chance nutzen, einen kostenlosen Kaffee zu ergattern.

»Deswegen bin ich hier.« Was war nur los, dass die Männer auf einmal in Scharen an ihre Tür klopften? Nicht recht wissend, was sie davon halten sollte, nickte Lizzy nur knapp.

»Wir Dünecker helfen einander wo wir können, das ist sozusagen Ehrensache.« Aha, daher wehte der Wind, sie sollte vielleicht aufhören, in die Hilfsbereitschaft der Norddeutschen irgendeinen Blödsinn hineinzuinterpretieren.

»Das ist aber lieb von dir und ich muss sagen, ich kann etwas Hilfe wirklich gut gebrauchen! Fangen wir mit den Tischen an?«

Fiete hätte sich in den Hintern beißen können. *Wir Dünecker helfen einander, wo wir können* – wie war er denn auf diesen Dünnschiss gekommen? Wieso hatte er nicht einfach gesagt, dass er Lizzy mochte und ihr daher helfen wollte? Aber sie hatte so panisch geguckt, dass er sich fast wir ein Stalker vorgekommen war.

Auch wenn er sich immer noch ziemlich dämlich vorkam, genauso wie an dem Tag, als er seine Klassenkameradin Silvia im zehnten Schuljahr nach einem Date gefragt hatte, so hatte er zumindest einen verdammt leckeren Kaffee in der Hand und eine Dose voll verführerischer Schokoplätzchen vor sich.

»Die sind köstlich«, brachte er kauend hervor.

»Das sind Nugatkipferl nach einem Rezept meiner Oma.« Ihr seliger Gesichtsausdruck wurde plötzlich traurig. »Leider lebt sie schon lange nicht mehr.« Sie schien ihre Großmutter auch heute noch schmerzlich zu vermissen.

Am liebsten hätte er sie in den Arm genommen oder ihr zumindest tröstend eine Hand auf die Schulter gelegt, aber sie wirkte plötzlich so verschlossen, dass er seinen Arm, der sich wie von selbst in ihre Richtung bewegt hatte, unauffällig zurückzog.

»Das ... das tut mir sehr leid. Aber dadurch, dass du immer noch ihre Rezepte backst, gerät sie nie in Vergessenheit. Jedes Plätzchen gleicht einer schönen Erinnerung.« Er war selbst überrascht von seinen gefühlvollen Worten, aber er meinte sie genauso, wie er sie gesagt hatte.

Ein vorsichtiges Lächeln bahnte sich seinen Weg zurück auf Lizzys Gesicht. Das schlichte, ehrliche »Danke« bedeutete ihm in diesem Moment mehr als Tausende Worte.

»Soll ich uns ein bisschen Musik anmachen?«
Fiete schaute von seinen Streicharbeiten hoch und reckte zustimmend die Daumen in die Höhe. Kurze Zeit

später drang eine Gute-Laune-Playlist voller eingängiger Popsongs aus Lizzys Smartphone und er war verdammt froh, dass sie keine Mallorca-Schlager oder anspruchsvolle Jazz-Stücke ausgewählt hatte.

Auch wenn er es nur ungern zugab, sein Musikgeschmack war wie seine Bilder. Zugänglich für jedermann und vielleicht minimal kitschig.

Sie kamen gut voran und arbeiteten in einträchtiger Stille. Hin und wieder unterhielten sie sich, aber er hatte das Gefühl, dass ihre Zusammenarbeit auch ohne Worte klappte.

Gegen Mittag erstrahlten nicht nur alle Tische drinnen und draußen im strahlenden Weiß, auch Lizzy sah aus, als hätte sie sich in einem Eimer Farbe gewälzt. Ihre Nase wurde auf der Spitze von einem putzigen Fleck geziert und zu den Sommersprossen hatten sich winzige weiße Punkte gesellt. Sie sah zum Anbeißen aus.

Selbst das Café, was sich irgendwie zur Nebensache seiner Aktion entwickelt hatte, wirkte in der Tat noch wohnlicher und gemütlicher als vorher. Gab es noch etwas zu erledigen? Denn er wollte nicht schon gehen. Er genoss die leichte Atmosphäre, die zwischen ihm und der neuen Konditorin herrschte. Eine lockere Freundschaft würde sicher nicht schaden, da er schließlich auch zukünftig im Café malen wollte.

»Was gibt es sonst noch zu tun?«

Lizzy kratzte sich am Kopf und verteilte nun auch noch weiße Farbe in ihrem schönen roten Haar. Na ja, im Notfall konnte er ihr gute Tipps geben, wie man das wieder rausbekam.

»Gute Frage. Ich muss noch einen Flyer entwerfen für die Eröffnung ... aber was das betrifft, bin ich so kreativ wie eine Scheibe Toast.« Niedergeschlagen schaute sie ihn an. Das war seine Chance – seine Chance ihr zu zeigen, dass er als guter Freund taugte. »Ich arbeite als Künstler ... ich könnte dir da gerne was zeichnen.«

»Das würdest du tun? Ich habe ein Bild von dir gesehen bei meiner Freundin Mona im B&B, das mit den Segelschiffen ... Das wäre ja so genial! Dafür kriegst du mindestens einen Kaffee am Tag umsonst! Wenn es gut läuft, auch zwei«, schob sie witzelnd hinterher.

Es war immer noch wie Balsam für seine Seele, wenn seine Kunst gelobt wurde, davon konnte er nie genug bekommen. Doch so sehr ihn das Kompliment freute, so fragte er sich auch, warum Lizzy mit ihrer Freundin über ihn gesprochen hatte. Aber das konnte er ja schlecht fragen. Stattdessen erwiderte er: »Für einen guten Kaffee tut man doch so einiges.« Um seiner Aussage die Ernsthaftigkeit zu nehmen, streckte er ihr jedoch die Zunge heraus, was Lizzy zu einem empörten Schnauben veranlasste. Sie klang dabei ähnlich wie ihr Hausschweinchen. Einfach nur putzig.

»Um dir noch einen Kaffee zu verdienen, könntest du mir mal helfen, die Leiter nach draußen zu tragen.«

Das ließ er sich nicht zweimal sagen. Auch wenn er kein gutes Gefühl dabei hatte, dass Lizzy sich auf dieses alte wackelige Holzteil stellen wollte, doch er konnte sie nicht davon abbringen.

Deswegen standen sie nun vor dem Café, er hielt die Leiter fest und beobachtete, wie Lizzy Teile des Namensschildes überpinselte und Buchstabe für Buchstabe in schnörkeliger Schrift schrieb:

Die magische Törtchenbäckerei.

Pünktlich am Sonntag von Lizzys erster Woche in Düneck erstrahlte *Die magische Törtchenbäckerei* im neuen Glanz.

Sven, der gestern noch einmal ganz unerwartet vorbeigeschaut hatte, hatte Lizzy geholfen, den gewichtigen Holzrahmen samt Anker an der Wand zu befestigen sowie eine überdimensionale Kreidetafel, die sie mit Mona in Lübeck bei einem Shoppingtrip erstanden hatte, auf der sie die Getränkeangebote notieren wollte.

Anschließend hatten sie bei Kaffee und Lizzys erster Törtchenkreation – Franzbrötchen-Muffins – angeregt geplaudert und Sven hatte ihr anvertraut, dass er froh darüber war, dass nach und nach auch jüngeres Volk in dem Küstenörtchen Einzug hielt. Das war für seinen Job als Immobilienmakler von wichtiger Bedeutung und er schwärmte ihr von einem neuen hippen Hotelkomplex vor, welches am Rande vom Timmendorfer Strand eröffnen sollte und hoffentlich auch jüngere Urlauber anzog.

Lizzy wusste nicht so ganz, was sie davon halten sollte, zumal sie die Ruhe und Ausgeglichenheit zwischen Jung und Alt, die ihrer Meinung nach an diesem

Fleckchen Ostsee herrschte, sehr schätzte. Auch wenn sie Svens Sicht natürlich verstand. Schließlich mussten sie alle irgendwie dafür sorgen, dass das Konto sich füllte und genug Geld zum Leben übrig blieb. Denn ein Leben dort, wo andere Leute Urlaub machten, war nicht gerade günstig. Trotzdem hatte sie ein bisschen Angst, dass ihr geliebter neuer Heimatort sich innerhalb von wenigen Jahren in ein zweites Ibiza verwandeln würde.

Lizzy nahm einen weiteren Schluck ihres inzwischen kalt gewordenen Cappuccinos und schüttelte sich. Brrr. Vielleicht sollte sie ihre lieb gewonnene Morgenroutine vorzeitig beenden und sich stattdessen lieber mit der Planung neuer Rezepte beschäftigen. Es wäre sicherlich auch sinnvoll, die sozialen Medien etwas auf Vordermann zu bringen und mit der Bewerbung für die Eröffnung am kommenden Samstag zu beginnen.

Als wären ihre Überlegungen erhört worden, klopfte es plötzlich mal wieder an der Tür. War sie am ersten Tag noch vor Schreck zusammengezuckt, so empfand sie jetzt nur noch Freude und Aufregung darüber, wer sie wohl heute mit einem spontanen Besuch überraschte. Natürlich hoffte sie auf Sven, doch Trudis freudigem Grunzen nach zu urteilen, die den Besucher bereits erkannt hatte, war es wohl nicht der schneidige Immobilienmakler. Denn im Gegensatz zu Lizzy hatte ihre Herzensdame nur mittelmäßigen Gefallen an Lizzys Schwarm gefunden. Vielleicht lag es daran, dass Sven Trudi immer ein bisschen hungrig beäugte – und wenn er das nicht tat, schaute er sie stets etwas überfordert an. Aber das würde schon noch werden, sagte sich Lizzy, als sie Fiete und Herbert hinter der Tür erkannte.

Trudi sprang bereits aufgeregt an der Scheibe hoch, da sie ihren neuen vier Mal so großen und flauschigen Freund natürlich schon entdeckt hatte.

Kaum hatte Lizzy die Tür geöffnet, wurde sie auch schon unmittelbar von dem freudig erregten Berner Sennenhund niedergetrampelt. Fiete lachte und half Lizzy auf die Beine, die sich ein wenig verwirrt den Kopf rieb. »Autsch.«

»Sorry, Lizzy, Herbert konnte es kaum abwarten, Trudi wiederzusehen.« *Und ich konnte es kaum erwarten, dich zu sehen,* fügten seine Gedanken seltsamerweise wie von allein hinzu. Jetzt war er es, der überrascht von seinen eigenen wirren Gedankengängen dreinblickte.

Schnell schüttelte er sich, um wieder zur Besinnung zu kommen und sich daran zu erinnern, warum er eigentlich hier war. Kurzerhand griff er in seinen Jutebeutel und nahm die Flyer heraus, die er schon dank der Hilfe eines ehemaligen Studienkollegen, der ihm noch einen kleinen Gefallen schuldete, vervielfältigt hatte.

Ehrfürchtig musterte Lizzy den überaus appetitlich wirkenden Cupcake samt rosafarbenem Frosting und die kleinen goldigen Möwen mit ihren gelben Schnäbeln, die in gefräßiger Erwartung um das Törtchen herumschwirrten. Darunter stand in schnörkeliger Schrift das Wort *Eröffnung* geschrieben, während sich auf der Rückseite alle Details befanden. Spontan fiel Lizzy Fiete einfach begeistert in die Arme. »Das ist der großartigste und schönste Flyer, den ich in meinem gesamten Leben gesehen habe! Nein, das ist der beste Flyer, der überhaupt jemals entworfen wurde!«

Wenn Lizzy sich nicht täuschte, hatte Fietes Gesicht eine ähnliche Farbe wie der aquarellierte Cupcake angenommen, weshalb sie ihn genauso plötzlich, wie sie ihn umarmt hatte, wieder losließ und auf Abstand ging und stattdessen geschäftig in einem ihrer Schränke zu wühlen begann.

Tatsächlich hatte sie schnell das gefunden, was sie neulich dort glaubte, entdeckt zu haben. Sie förderte einen messingfarbenen kleinen Rahmen zum Vorschein, der die perfekte Größe hatte. Kurzerhand schob sie einen der Flyer hinein und hielt ihn begeistert in die Höhe. »Jetzt kann ich auch hier ein Gemälde von Dünecks bekanntestem Künstler aufhängen!«

»... und einzigem.«

Was hatte Fiete da gerade gesagt? »Die Flyer sind toll, Fiete. Wirklich. Ich wünschte, ich könnte so zeichnen! Und wenn die Eröffnung so nicht ein riesiger Erfolg wird, weiß ich es auch nicht. Dann muss ich wohl an meinen Backkünsten zweifeln. Aber an schlechter Werbung wird es definitiv nicht gelegen haben!«

Ein Lächeln erschien auf seinem Gesicht. »Ich war so frei und habe schon mal einen Stapel an Keike weitergegeben, damit sie die Flyer an der Kasse auslegen kann.« Soso, bei Keike war er also schon gewesen.

»Das ist aber lieb von dir. Noch ein Stapel für Mona – meine beste Freundin, ihr gehört das B&B gegenüber – und den Rest verteile ich einfach so.«

Er nickte, während er irgendwie ein wenig wie bestellt und nicht abgeholt dastand.

»Ich Trottel.« Lizzy zeigte auf die Kaffeemaschine. »Du möchtest doch bestimmt etwas zu trinken, das ist das Mindeste, was ich für dich tun kann.«

»Joa, zu einem Heißgetränk würde ich nicht Nein sagen!«

Während Lizzy an die Maschine trat, um den Kaffeesatz zu entleeren und neues Wasser einzufüllen, ließ sich Fiete auf einem der Sesselchen nahe des Tresens nieder. »Du hast wirklich einiges geschafft!«, bemerkte er und deutete dabei mit ausladenden Bewegungen auf die frisch gestrichenen Wände und die neu arrangierten Möbel. »Ulla wäre begeistert, wenn sie sähe, wie du es geschafft hast, alles auf Vordermann zu bringen, ohne dabei die Seele der Törtchenbäckerei zu zerstören.«

Das war es, was Lizzy hatte erreichen wollen.

»Aber erzähl mal, Lizzy, was hat dich nach Düneck verschlagen?«

Sie hielt das kleine Kännchen unter die Dampfdüse, um die Milch aufzuschäumen und überlegte. So würde es zumindest für Fiete aussehen. »Puhh ... ich bin seit meiner Ausbildung ziemlich viel in der Weltgeschichte herumgereist. Die Konditorschule habe ich in Paris besucht, danach habe ich unter anderem in Japan und England gearbeitet.« *Klang sie jetzt wie eine Angeberin?* Sie hoffte es nicht.

»Zuletzt war ich in York und dann kam plötzlich Monas Anruf, die mir erzählte, dass direkt gegenüber ihres B&Bs ein Café verpachtet werden würde. Und ich ... ich hatte einfach die Schnauze voll davon, in der Weltgeschichte herumzureisen, und dann bin ich eben kurzerhand hierhergezogen. Bis jetzt habe ich es noch nicht bereut. Ich liebe die Ostsee, die Wärme im Sommer, den rauen Wind im Winter, die hilfsbereiten Menschen«, sie warf ihm einen vielsagenden Blick zu, »und natürlich bin ich auch froh, meine beste Freundin wieder öfter sehen zu können ... und meine Eltern, ich komme nämlich eigentlich aus Frankfurt, sind jetzt auch etwas näher bei mir.« Auch wenn sie sich insgeheim fragte, ob das wirklich ein Vorteil war.

Fiete nickte wissend. »Über kurz oder lang kommen wir alle wieder zurück hierher. Die Ostsee hat einfach eine ganz besondere Magie. Während des Studiums habe ich zwar auch ein Semester in Florenz verbracht, aber so sehr ich die Stadt auch geliebt habe, das Meer hat mir einfach gefehlt.«

Lizzys Neugierde war geweckt. Sie schämte sich beinahe ein bisschen, weil sie Fiete für einen einfachen, heimatverbundenen Dörfler gehalten hatte – nicht, dass dies etwas Schlechtes wäre – aber sie schätzte es auch, wenn jemand ein bisschen was von der Welt gesehen und andere Kulturen kennengelernt hatte.

»Was hast du denn studiert?«

Er lachte kehlig. Lizzy hatte ihre Vorurteile wohl nicht so gut verstecken können, wie sie angenommen hatte, dennoch schien er ihr nicht böse zu sein. »Ich habe Kunstgeschichte studiert. Aber letzten Endes konnte ich der Theorie nie so viel abgewinnen wie der Praxis. Aber sollte es mal eines Tages mit meinen Urlaubsbildern nicht mehr laufen, könnte ich immer noch in einem Museum arbeiten oder eine Galerie am Strand eröffnen.«

Lizzy nickte. Sie hatte Fiete wirklich vollkommen falsch eingeschätzt.

Dreizehn

Die Eröffnung war ein voller Erfolg. Lizzy hatte sich für diesen Tag entschieden, die Gäste im Selbstbedienungsprinzip zu versorgen, da sie so alle im angemessenen Zeitrahmen zufriedenstellen konnte.

Bereits am Vormittag – die Törtchenbäckerei öffnete um elf Uhr – hatte eine Gruppe gut gelaunter Frauen vorbeigeschaut, die ein Wellnesswochenende in Travemünde verbrachten. Sie hatten nicht nur Lizzys Törtchenkreationen, durch die sie sich einmal quer durchprobiert hatten, im hohen Maße gelobt, sondern jede von ihnen hatte auch noch zwei Heißgetränke geordert.

Im Anschluss, als die meisten Betriebe ihre Pausenzeit einläuteten, schaute auch Keike vorbei und machte es sich im Wintergarten – eigentlich war es nur eine überdachte Terrasse, aber Wintergarten klang so nobel – mit einem Latte macchiato und einem Heidelbeer-Joghurt-Törtchen gemütlich.

Nachdem alle Gäste versorgt waren, machte sich Lizzy selbst einen Kaffee, um sich kurz zu Keike zu gesellen. Mit ihrem wallenden Chiffonkleid und dem langen braunen Haar, sah diese beinahe wie ein Fotomodell inmitten der rustikalen Holzmöbel aus. Sie hatte ein Notizbuch vor ihrer Nase, in welches sie konzentriert hineinschrieb.

»Moin Keike!« Erschrocken schlug diese ihr Büchlein zu und blickte mit großen Augen zu Lizzy. »Darf ich mich kurz zu dir setzen? Natürlich nur, wenn ich nicht störe.«

Keike schüttelte den Kopf, wobei ihr rundgeföhnter Pony, der ein wenig an den von Zoe Deschanel erinnerte, wippte. »Nein, du störst nicht, mir fällt gerade eh nichts ein ...«

Neugierig schaute Lizzy auf das kleine Notizbuch mit dem hellbraunen Ledereinband.

»Was schreibst du denn da?«, fragte Lizzy neugierig.

»Ach, nichts, was der Rede wert wäre.«

Doch so schnell ließ Lizzy sich dann doch nicht abwimmeln. »Ich dachte, wir hätten mit Fiete nicht nur einen Künstler, sondern vielleicht auch eine zukünftige Schriftstellerin in Düneck.«

Keike lachte spitz auf. »Schön wär's. Weißt du«, ihre Wangen färbten sich zart rot, »ich schreibe Gedichte. So als Ausgleich zur Arbeit.« Lizzy nickte nur anerkennend, sagte aber nichts, um Keike nicht zu unterbrechen, jetzt wo diese schon mal redete. »Es gibt für mich einfach keinen besseren Weg, um meinen aufgestauten Frust oder manchmal auch meine Freude zu verarbeiten. Ab und an frage ich mich aber auch, was ich da eigentlich für einen peinlichen Blödsinn niedergeschrieben habe.«

»Wenn es deine Gefühle sind«, begehrte Lizzy auf, »dann ist es kein peinlicher Blödsinn. Ich wünschte, ich hätte den Mut zu schreiben, so wie du es tust, oder könnte meine Gefühle in Bildern ausdrücken so wie Fiete. Bei mir ist es das Backen. Wenn es mir schlecht geht, dann erfinde ich neue Törtchen-Kreationen. Manchmal schmecken sie grausig, aber manchmal kommt auch etwas ganz Tolles dabei heraus. Die

Hauptsache ist, dir macht es Freude. Also komm nicht auf die Idee, dass es peinlich ist, denn du tust es für dich. Sich selbst etwas Gutes zu tun, ist niemals falsch!«

Lizzy hatte sich mit ihren Worten richtig in Rage geredet und sie wusste selbst eigentlich nicht genau, woher sie diese Leidenschaft genommen hatte, aber sie meinte es definitiv so, wie sie es gesagt hatte.

»Danke.« Keikes Stimme glich mehr einem Hauchen. »Es sollte mehr Menschen wie dich geben, Lizzy.«

Als Fiete die Törtchenbäckerei betrat, hatte sich bereits eine lange Schlange an der Theke gebildet. Seufzend stellte er sich hinter eine junge Frau, die ihm bei jeder Bewegung, die sie machte, ihre ausladenden Dreadlocks durchs Gesicht wischte. Herrlich.

Vorsichtig trat er einen Schritt nach hinten, um sich vor den haarigen Attacken der Vorderfrau zu schützen, und warf dabei einen Blick auf die Tafel an der Wand. Während er immer noch die Getränke ausführlich studierte, hatte er überhaupt nicht mitbekommen, dass es schneller voranging als angenommen.

»Fiete, wie schön, dass du es auch zur Eröffnung geschafft hast.« Vollkommen unvorbereitet schaute er in Lizzys graue Iridien, die belustigt zu funkeln schienen. Ihre glänzenden Haare waren mal wieder zu einem Dutt aufgetürmt und er dachte, dass sich die Dame mit den Dreadlocks mal ein Beispiel an Lizzy hätte nehmen sollen.

»Moin, meinst du, ich lasse mir die Eröffnung entgehen?« Na, das war ja nicht gerade originell gewesen. »Glückwunsch erst mal!« Auch nicht wirklich besser. Er klang wie ein Stoffel. »Ich nehme einen kleinen Cappu

… ach was … mach zur Feier des Tages einen großen draus und welches Törtchen könntest du mir empfehlen?«

Lizzy legte die schlanken Finger an ihr Kinn und gab ein lautes »Hmmm« von sich. Dabei zog sie auch noch die Unterlippe zwischen die Zähne, sodass ihm auf einmal ganz anders zumute wurde.

»Ich empfehle dir entweder das Himbeertörtchen mit Bitterschokolade oder wenn du lieber etwas Salziges möchtest, wie wäre es mit einem Honey-Bacon-Törtchen?«

Was würde sie wohl sagen, wenn …

»Ich bin Vegetarier«, platzte es aus ihm heraus. Doch nichts geschah, außer dass sie ihn weiterhin freundlich taxierte. »Dann empfehle ich dir als salzige Variante das Walnuss-Ziegenkäse-Törtchen. Ich habe es auch schon öfter mit dem Vegetarismus probiert, aber irgendwie komm ich nicht so ganz vom Allesfressertum weg.«

Auch wenn er ganz stark bezweifelte, dass dieses Wort wirklich existierte, musste Fiete grinsen. Sie hatte es so ehrlich gesagt, dass er nicht glaubte, dass sie sich insgeheim über ihn lustig machte. Man sollte meinen, dass es im Jahr 2023 kein Problem wäre, auch als Mann vegetarisch zu leben, doch das eine oder andere Mal hatte er sich schon blöde Kommentare anhören müssen. Das änderte zwar nichts an seiner Einstellung, aber schade war es trotzdem.

»Ich nehme beides.«

Lizzy nickte und holte zwei Törtchen aus der Vitrine. »Da hätten wir schon mal das Himbeertörtchen und den Cappuccino. Das Walnusstörtchen bringe ich dir sofort, ich mache es nur noch mal warm, dann schmeckt es einfach besser. Im Wintergarten sitzt Keike, vielleicht möchtest du ihr ja kurz Hallo sagen.«

Was hatte Lizzy nur immer mit Keike? Auf der anderen Seite schadete es bestimmt nicht, wenn er mal etwas geselliger wurde.

Den blumigen Becher in der einen, das Kuchentellerchen in der anderen Hand, balancierte er alles in Richtung Terrasse. Seine Nachbarin – sozusagen – saß an einem der Tische direkt am Geländer und schaute aufs Meer hinaus. »Moin Keike, wolltest du auch mal bei der Eröffnung vorbeischauen?«

Überrascht blickte sie ihn an, als er sich auf den Stuhl ihr gegenüber fallen ließ. »Oh, hallo Fiete, wir sehen uns ja richtig oft in letzter Zeit. Ja, ich habe gerade Mittagspause und war ganz froh, dem Treiben mal entfliehen zu können – also nicht, dass hier nichts los wäre – aber hier ist es nicht mein Problem.«

Sie schnitt eine Grimasse, was ihr außerordentlich gut stand. Auch wenn er nicht viel mit der Verkäuferin am Hut hatte, so kam es ihm doch so vor, als wäre sie in letzter Zeit etwas lockerer geworden. Das machte Düneck mit all seinen Bewohnern. Niemand konnte sich gegen die Magie des charmanten Strandbads wehren.

Keike weihte ihn in ein paar Anekdoten aus dem Einzelhandelsleben ein und er war überrascht, wie witzig die schüchterne junge Frau eigentlich war. Plötzlich schaute sie alarmiert auf ihre Uhr. »Oh nein, ich bin spät dran, jetzt muss ich mich aber beeilen!« Sie sprang auf, blieb mit ihrem Chiffonrock am rauen Holz des Stuhles hängen und ... landete in Fietes Armen, der im rechten Moment aufgesprungen war. Er blickte geradewegs in Lizzys Augen, die offenbar auf dem Weg zu ihnen gewesen war, aber jetzt auf dem Absatz kehrt machte.

Keike war wieder zu ihrer alten Persönlichkeit zurückgekehrt und knallrot angelaufen. Schnell befreite sie sich aus seinen Armen und hechtete davon, nicht ohne ihm noch ein »Bis dann, Fiete« zuzurufen. Irgendwie waren die Frauen doch alle seltsam. Kopfschüttelnd ließ er sich wieder auf die weiche Strickdecke sinken, die über seinem Stuhl ausgebreitet war, als er das kleine in Leder gebundene Notizbuch bemerkte, das auf dem schmalen Geländer lag. *Hatte Keike es vergessen? Oder gehörte es einem anderen Gast, der vorher da gewesen war?*

Vorsichtig schlug er die erste Seite auf und hatte das Gefühl, direkt in eines seiner Bilder katapultiert worden zu sein. Nur dass sich in dem Büchlein keine Zeichnungen befanden, sondern Worte. Wunderschöne Sätze, die zusammen ein Gedicht formten.

Er konnte sich kaum losreißen von den Zeilen, doch er musste, denn diese Worte waren garantiert nicht für ihn gedacht. Bestimmt klappte er das Heftchen zu.

»Mensch Lizzy, wo kommst du denn her?«

Sie zwinkerte ihm verschmitzt zu. »Ich wollte dir eigentlich nur dein Törtchen bringen, aber du wirktest so beschäftigt, dass ich nicht stören wollte.«

Grr ... diese Frau. Doch anstatt ihr die Meinung zu geigen, hielt er das Notizbuch in die Höhe. »Ohh, das hat Keike hier vergessen! Aber da du ja eh über dem Laden wohnst, kannst du es ihr sicher vorbeibringen, oder?«

Wieder dieses spitzbübische Zwinkern, das ihn gleichzeitig auf die Palme brachte, aber irgendwie auch sein Herz schneller klopfen ließ. Im Gegensatz zu Keike in seinen Armen. Ja, sie war sympathisch und offen, wenn man sie erst mal besser kannte, und sie hatte unverkennbar das Talent mit Worten zu spielen. Doch auch wenn ihre poetischen Worte ihn berührt hatten, sie selbst tat es nicht ...

Vierzehn

Gegen halb sechs wurde es langsam leerer im Café und Lizzy kam zum ersten Mal dazu, richtig durchzuatmen – und langsam Nervosität zu verspüren, wegen ihres bevorstehenden Abends.

Sie hatte Sven für später eingeladen, um ihm für seine tatkräftige Unterstützung zu danken. Eigentlich war das nur eine faule Ausrede, aber die perfekte Gelegenheit, um in gemütlicher Atmosphäre Zeit mit ihm zu verbringen und ihn ein wenig besser kennenzulernen ... ohne dabei völlig mit Farbe beschmiert zu sein.

Unter ihrer dunkelroten Rüschenschürze trug sie ein schwarzes Kleid mit Bubikrägelchen und wenn sie später noch ihre Haare öffnete, würde sie bestimmt vorzeigbar aussehen.

Bis auf Fiete, der mit Bleistift und Skizzenbuch auf der überdachten Terrasse saß – Lizzy wunderte sich, dass er nicht langsam fror, aber er trug ja auch noch kurze Hosen, obwohl sie schon ihren Wintermantel hervorgeholt hatte – und ein verliebtes Pärchen Mitte siebzig waren alle gegangen.

Nervös knetete sie ihre Hände und begann schon einmal ein wenig aufzuräumen, damit sie und Sven es sich

gleich an einem der schönsten Tische im Café gemütlich machen könnten. Sie hatte extra ein paar der leckeren Törtchen zurückgehalten und sogar einen Wein
kaltgestellt, den sie ihm kredenzen wollte.

Schritte näherten sich ihr und die grauhaarige Dame,
die ein adrettes Karo-Etuikleid samt passendem Cardigan trug, trat auf sie zu, während ihr Mann bereits
wartend an der Eingangstür stand. »Ich wollte mich
nur noch einmal persönlich verabschieden. Das waren
wirklich die besten Törtchen, die ich in den letzten Jahren gegessen habe. Auch mein Dieter ist völlig begeistert gewesen von den leckeren Bacon-Törtchen!«

In etwas leiserem Ton fuhr sie fort: »Gut, dass wir
morgen wieder nach Hause fahren, das würde sonst
gar nicht gut für seinen Diabetes enden!« Sie lachte, wobei ihr silbergrauer Bob wippte. »Ich wünsche Ihnen alles Gute, für Ihr Café!«

Lizzy war gerührt. Kurzerhand nahm sie eine Schachtel und packte noch vier Törtchen hinein, die sie der
Frau hinüberreichte. »Ein kleiner Snack für die Heimfahrt.«

Mit einem Lächeln verabschiedete Lizzy die nette
Kundin, wobei ihr fast ein Freudentränchen aus dem
Augenwinkel tropfte, als auch *Mein-Dieter* ihr beim
Hinausgehen noch einmal herzlich zuwinkte und den
Arm um seine Frau legte. Was für ein nettes Paar. Sie
hoffte, dass sie irgendwann auch mal dieses Glück haben würde.

Unwillkürlich stahl sich die romantische Vorstellung
eines ergrauten Svens in ihren Kopf, die jedoch jäh unterbrochen wurde, als eine aufgelöste Keike in den La

den stürmte. »Lizzy, ich habe mein Notizbuch vergessen!« Ihre Stimme zitterte und in den großen Augen, die unter dem dichten Pony hervorlugten, hatten sich bereits verdächtige Pfützen gebildet.

»Ganz ruhig, Keike! Fiete hat es gefunden und wollte es dir später vorbeibringen. Aber er sitzt noch auf der Terrasse.« Lizzy hatte ihren Satz kaum beendet, da stürmte Keike auch schon in Richtung Wintergarten.

Während sie den Geschirrspüler einräumte, hörte sie plötzlich ein lautes Keifen. Na ja, Keifen war vielleicht etwas übertrieben, aber da sie die Mitarbeiterin des *Meer im Leben* bisher nur ruhig und besonnen erlebt hatte, traf es das wohl ganz gut.

»Du hast meine Gedichte gelesen?« *Oha, vielleicht sollte sie lieber mal nach dem Rechten schauen.*

Fiete stand vollkommen bedröppelt da, während die wutentbrannte Keike anscheinend versuchte, mit ihren Augen Löcher in Fietes Brust zu brennen. Sie hatte die Hände in die Hüften gestemmt und schaute ihn so bitterböse an, dass Lizzy fast lachen musste, wegen des ungewohnten Anblicks.

»Nein, ich habe sie nicht gelesen. Nur die erste Seite. Ich wusste doch nicht, dass es dein Buch ist, Keike ... ich wollte doch nur nach einem Namen suchen.«

»Also gibst du es zu?«

Fietes Stimme war immer noch ruhig, während er auf sein weniger ruhiges Gegenüber einredete. »Ich habe *ein* Gedicht gelesen, Keike, und es war verdammt gut.« Lizzy glaubte zu sehen, wie sich Keikes Mundwinkel kurz anhoben. »Dann hat Lizzy mir gesagt, dass es dein Buch ist, und das war es auch schon.«

Mutlos warf er die Hände in die Luft, während Keike ihr Notizbuch an sich riss und einfach in Richtung Ausgang stürmte. Sie riss die Tür auf. »Hoppla, immer langsam schöne Frau.« Das war Sven.

Lizzy verspürte einen stechenden Schmerz in ihrer Brust. Eifersucht, die sich langsam vorwärts fraß, während Keike Sven mit offenem Mund anstarrte. »Alles gut bei Ihnen?«

Das war es, was Lizzy an Sven so schätzte. Er war wohlerzogen und charmant. Aber durfte er das auch gegenüber anderen Frauen sein? Am liebsten hätte sie sich selbst wegen ihrer fiesen Gedanken geohrfeigt, aber sie konnte nichts dagegen tun, dass ihr Herz auf einmal brannte ... und das nicht im positiven Sinne.

Keike hatte währenddessen ihre Sprache wiedergefunden. »Entschuldigen Sie bitte, ich hatte es etwas eilig.« Dann warf sie Sven einen langen – viel zu langen – Blick zu und verabschiedete sich. »Auf Wiedersehen, und Entschuldigung noch mal.« Danach fiel die Tür ins Schloss und Lizzy sah, wie Keike mit wehendem Haar hinfort eilte.

Erleichtert atmete sie aus. Anscheinend hatte sie, ohne es zu merken, die ganze Zeit die Luft angehalten. Schnellen Schrittes kam Sven auf Lizzy zu. »Na das war ja mal eine Begrüßung.«

Nicht auszuhalten. Fiete lief es eiskalt den Rücken hinunter angesichts der schmierigen Worte, die er da eben leider hatte mitanhören müssen. Gab es tatsächlich Leute unter siebzig, die so etwas wie *schöne Frau* sagten? Offensichtlich gab es die und sie standen in einem maßgeschneiderten perfekt sitzenden Anzug und weißen Designer-Sneakern direkt vor ihm. Brrr. Am liebsten hätte er sich geschüttelt und einmal in die Ecke gekotzt.

Aber da er ja gut erzogen war, nickte er Sven stattdessen zu und rief Lizzy ein knappes »Danke für die leckeren Törtchen!« zu. Dann huschte er zur Tür hinaus, ehe die Situation am Ende noch seltsamer wurde. *Was wollte der Typ schon wieder bei Lizzy?* Durch die Tür beobachtete er, wie Sven diese umarmte – eindeutig zu lange für eine Begrüßung – und eine einzelne Blume aus seinem Aktenkoffer hervorzauberte. *Igitt.*

Schnell drehte er sich um, bevor jemand bemerkte, dass er dastand und glotzte. Schließlich ging es ihn überhaupt nichts an, mit wem die neu zugezogene Konditorin ihre Freizeit verbrachte. Vielleicht sollte er sich lieber um seinen eigenen Kram kümmern und vor Keike zu Kreuze kriechen, auch wenn er sich keiner Schuld bewusst war und fand, dass sie komplett überreagiert hatte. Aber wahrscheinlich würde er sie in Zukunft öfter sehen. Ob er es wollte oder nicht.

Fünfzehn

Lizzys Inneres brodelte. Natürlich wusste sie, dass sie keinerlei Besitzansprüche auf Sven hatte, aber trotzdem. Keike hatte sich ihm ja nahezu in die Arme geworfen – und viel schlimmer, er war auch noch darauf eingegangen. Dabei war Keike doch gar nicht die Richtige für ihn, denn das war ja schließlich schon Lizzy.

Den Höhenflug, den sie eben noch aufgrund ihres ersten erfolgreichen Tages verspürt hatte, war vorbei und stattdessen war sie hart auf dem Boden der Tatsachen gelandet.

Sven schien Lizzys Stimmungswechsel gar nicht zu bemerken, als er sie zur Begrüßung auf die Wange küsste und dort eine feurige Spur zurückließ, was Lizzy ein wenig versöhnte. Wenn ein Kuss auf die Wange schon derartige Gefühle in ihr auslöste, wie wäre es dann wohl, wenn er sie richtig küsste? Allein beim Gedanken daran zog sich Lizzys Inneres auf unbekannte Art und Weise zusammen.

Vor lauter nicht jugendfreier Gedanken hatte sie überhaupt nicht mitbekommen, dass Fiete immer noch im Café war. Sie hörte nur noch, wie er sich knapp verabschiedete und die Tür ins Schloss fiel. Mist, jetzt hatte sie sich gar nicht für sein Kommen bedankt, aber es war ja nicht das letzte Mal, dass sie ihn sah. Und jetzt war schließlich Sven da, an dem einfach alles perfekt zu sein schien.

Wahrscheinlich kam er gerade von der Arbeit, denn er trug einen perfekt sitzenden Anzug, zu welchem er jedoch heute nur ein helles Shirt und die obligatorischen weißen Sneaker kombiniert hatte. Er sah lässig und einfach zum Anbeißen aus. Als er dann auch noch eine einzelne rosafarbene Rose aus seiner Laptoptasche zog und sie Lizzy mit dunklem Blick überreichte, hätte sie ihn am liebsten wirklich angeknabbert.

Sie wusste, es war zwar vielleicht etwas kitschig, aber eine überaus romantische Geste, die sie zu schätzen wusste. Sie atmete den sanften Blumenduft der Rose tief ein. Als wäre er geradewegs einer romantischen Schmonzette entsprungen. Lizzy schmunzelte, doch sie kam nicht umhin, an eine der ARD-Telenovelas zu denken, die ihre Mama so gerne schaute. Wie hieß sie noch gleich? Irgendwas mit Rosen ...

»Setz dich doch schon mal«, wies Lizzy Sven an und bedeutete ihm, an einem der vorderen Tische Platz zu nehmen. Sie hatte bereits einige Kerzen dort aufgestellt, welche sie jetzt anzündete, bevor sie die Tür verriegelte und das Licht im vorderen Bereich des Cafés ausschaltete, sodass Svens markantes Gesicht nur noch vom Schein der Kerzen beleuchtet wurde.

Seine Wangenknochen traten leicht hervor und er war frisch rasiert. Sein Aftershave roch herbe – Lizzy musste direkt an das Wort *exquisit* denken –, aber dennoch nicht aufdringlich.

Sie stellte die letzten salzigen Törtchen in den kleinen Ofen und holte den Wein aus dem Kühlschrank. Wirklich Ahnung hatte sie nicht – sie überließ die Auswahl meist Mona –, aber dieser hier hatte ein besonders schönes Etikett gehabt, was Lizzy zum Kauf angeregt hatte. Sie schenkte ihnen je ein Glas ein, achtete darauf, dass sie nicht über die bauchigste Stelle des Glases hinausgoss und setzte sich zu Sven an den Tisch.

»Prost. Darauf, dass du mir so viel bei der Renovierung geholfen hast!« Sie erhob ihr Glas, doch Sven hatte anscheinend noch etwas hinzuzufügen.

»Auf dich, Lizzy. Auf die Eröffnung der Törtchenbäckerei und darauf, was für eine tolle Frau du bist. Santé!«

Ihre Gläser klirrten aneinander und Lizzy trank schnell einen Schluck, um zu verbergen, wie sehr sie seine Worte berührt hatten und wie nervös sie sich angesichts dieses Dates, das zwar keines war, aber irgendwie doch, fühlte.

Aus den Boxen drang der melodiöse Gesang von Jamie Cullum – das war die einzige Art von Jazz, die Lizzy gerade noch so ertrug –, doch für Sven hätte sie wahrscheinlich auch schrägere Klänge auf sich genommen.

Hastig holte Lizzy die Bacon-Küchlein aus dem Ofen, um so schnell wie möglich wieder bei Sven zu sein.

»Lizzy«, stöhnte er und Lizzy musste ihre Gedanken ermahnen, sich nicht zu verselbstständigen, »die sind fantastisch! Dieser knusprige Bacon, mit der Süße des Honigs. Oh mein Gott, die sind so lecker, da kommt selbst Mamas Lasagne kaum ran!« Autsch. »Wie kann man bloß kein Fleisch essen?«

Lizzy fiel da ein Beispiel ein, aber das behielt sie lieber für sich. Stattdessen lächelte sie und legte unauffällig ihre Hand auf Svens gebräunte Finger.

»Wie schön, dass es dir schmeckt.«

»Und ob es das tut!« Zum Beweis nahm er noch einen Bissen und Lizzy biss herzhaft in ihr Törtchen. Auch wenn sie die mit Ziegenkäse vorzog. Die Lust auf Bacon war ihr irgendwie vergangen. Erst recht, wenn sie an ihren Lieblingsmen... äh Lieblingsschweinchen dachte. *War sie wirklich so ignorant?*

Weiter kam sie allerdings nicht mit ihren Gedanken, denn Sven hatte nun seine andere Hand auf ihre gelegt und sie sahen sich tief in die Augen. Die Luft flirrte und Lizzys Hals wurde plötzlich ganz trocken. Unbeholfen räusperte sie sich und nahm einen Schluck ihres Weines und der Zauber des Moments war verflogen. Stattdessen sagte sie: »Erzähl mir etwas über dich Sven.«

Er schenkte ihr ein belustigtes Lächeln, wurde dann aber ernst. »Über mich ... so viel gibt es da gar nicht zu erzählen. Ich bin am Timmendorfer Strand aufgewachsen, habe meine Ausbildung in Lübeck gemacht und danach bin ich wieder zurück nach Timmendorf, um dort zu arbeiten. Irgendwann werde ich wahrscheinlich die Firma meiner Mutter übernehmen. Bis dahin haben wir uns dazu entschieden, dass ich zuerst in einem anderen Unternehmen Erfahrung sammle.«

Kurz wirkte er nachdenklich. »Ich liebe meine Eltern und wir sehen uns mehrmals jede Woche, aber zusammen arbeiten? Das geht dann vielleicht doch zu weit.«

Lizzy verstand genau, was er meinte, und ein bisschen beneidete sie ihn um das gute Verhältnis zu seinen Eltern. Sie verstand sich auch ganz wunderbar mit ihren Eltern, insbesondere mit ihrem Vater – sie war schon immer ein Papakind gewesen – und gerade deswegen fand sie es so schrecklich, dass ein so großes Geheimnis zwischen ihnen stand.

Die Magie verband sie zwar mit ihrer Mutter auf schicksalhafte Art und Weise, aber manchmal hasste sie ihre Mutter auch dafür. Diese hatte zwar nicht persönlich dafür gesorgt, dass Lizzy ein Dasein als Maga Amatoria fristete, aber trotzdem war es ihren Genen, Vorfahren oder wem auch immer zu verdanken, dass es so war. Lizzy schnaubte und Sven schaute sie verwundert an. »Sorry, mir ist irgendwas in die Nase geflogen.«

Schnell sprang sie auf, um die Flasche Wein aus dem Kühlschrank zu holen und zu verbergen, wie aufgewühlt sie auf einmal war. Zum Glück widmeten sie sich im Anschluss leichteren Themen und Lizzy erzählte von ihrer Zeit in Japan, für die sich die meisten Menschen besonders interessierten. Kein Wunder bei einem solch fernen Land, das so völlig anders war als das, in dem sie lebten. Zum Nachtisch verspeisten sie jeder noch ein Zitronentörtchen mit gesalzenem Karamell und Lizzy fühlte sich zufrieden gesättigt mit Zucker im Bauch, Wein im Kopf und Verliebtheit im Herzen.

Doch wie jeder schöne Abend ging auch dieser zu Ende. Sven gähnte herzhaft und auch Lizzy stellte mit Blick auf die Uhr fest, dass es nicht nur an der Zeit war, nach Trudi zu sehen, die ausnahmsweise den größten Teil des Tages allein verbracht hatte, sondern auch der Wecker schon in wenigen Stunden wieder klingeln würde.

Fünfundzwanzig

Auch wenn Lizzy sich und Mona im Café noch eine wirklich leckere Gewürzschokolade zubereitet und die kitschigste Weihnachtsplaylist angeschmissen hatte, die sie hatte finden können, war der Abend nicht mehr zu retten gewesen.

Sie hatte sich wirklich bemüht, über dies und jenes zu plaudern, doch Mona war seltsam still gewesen und hatte sich ungewohnt schnell verabschiedet, nachdem sie ihren Kakao in Rekordgeschwindigkeit geleert hatte.

Am liebsten hätte Lizzy sich einfach den ganzen Tag auf dem Sofa verkrochen und einen traurigen Liebesfilm nach dem anderen geschaut, bewaffnet mit einer Familienpackung Eis und einem Karton Taschentücher, doch sie musste in die Törtchenbäckerei. Schließlich hatte sie das Café gestern schon früher geschlossen und wollte nicht schon zu Anfang ihre Kunden vergraulen.

Seufzend schloss sie die Tür auf und drehte das *Geschlossen*-Schild auf *Geöffnet*. Routiniert packte sie ihr Gebäck in die Vitrine, auch wenn sie heute das Gefühl hatte, dass ihren Törtchen, die zwar ganz lecker waren, der nötige Pep fehlte. Genau wie ihr selbst im Moment.

Schon nach kurzer Zeit versammelte sich eine schwatzende Truppe Mädels vor dem Café, die so überdreht wirkten, als hätten sie bereits ein Sekt-Frühstück hinter sich. Auch das noch. Zu allem Überfluss trugen die jungen Frauen auch noch alle den gleichen karierten Wollmantel, während ihre glänzenden blondierten Haare von glitzernden Stirnbändern gehalten wurden. Lizzy fühlte sich mit ihrem Messy-Bun und dem alten Hoodie wie ein hässliches Entlein dagegen. Sie musste sich wieder dringend etwas mehr Mühe mit ihrem Äußeren geben, damit ihr die Kunden nicht schreiend davonliefen.

Mit dem lauten Getuschel und Gegacker der Mädels zog ein kalter Lufthauch ins Café. Unwillkürlich rieb sie sich über die Arme und wartete darauf, dass das Grüppchen ihre Mäntel auszog und zum Bestellen nach vorne kam. Ob sie unter den Mänteln wohl auch das Gleiche trugen?

Lizzy stellte sich in Position, setzte ihr geschäftsmäßiges Lächeln auf und nahm die erste Bestellung der lärmenden Truppe entgegen. Zum Glück sahen die Frauen nicht nur alle gleich aus, sie bestellten auch alle dasselbe. Fünf Karamell-Latte und dazu je ein Weiße-Schoko-Brombeer-Törtchen. Das sollte sie hinkriegen.

Während sie Kaffee im Akkord kochte, lauschte sie dem munteren Geschnatter der Erzieherinnen. Den Beruf hatte sie aus einem Gespräch herausgehört. Blondie Nummer drei regte sich gerade lautstark darüber auf, dass ihre Affäre bereits liiert war und sie sich doch eine Beziehung wünschte, das so aber wohl kaum möglich war. Lizzy schnaubte. Typisch Männer. Nummer fünf hingegen sah das Ganze recht pragmatisch. »Tiiinaaaaa«, ihre Stimme war grell und klang leicht verwaschen – ganz offensichtlich zu viel Sekt, »seit wann ist das ein Hindernis? Mach die Alte fertig und schnapp dir deinen Sören!«

Na, die hatten vielleicht Nerven. Lizzy nahm sich das Tablett mit den Heißgetränken und trat an den Tisch, wo sie gerade unfreiwillig Zeugin davon wurde, wie auch die anderen Frauen Nummer fünf zustimmten.

Ein komischer Haufen. Die blökenden Mädels, die Lizzy an eine Herde ostfriesischer Schafe erinnerten, beachteten sie kaum, da sie zu beschäftigt damit waren Pläne zu schmieden, wie Tiiinaaaaa ihren Sören zurückerobern konnte.

Moment mal. *Sie wollte ihn zurückerobern?* Ganz langsam sickerten die Worte von Lizzys Ohren in ihr Gehirn, das noch zu verarbeiten versuchte, was sie da gerade belauscht hatte. Z-u-r-ü-c-k-e-r-o-b-e-r-n.

Donnerwetter. Am liebsten wäre Lizzy zurückgerannt und hätte die Mädels alle nacheinander abgeknutscht. Natürlich! Wieso war sie da nicht gleich draufgekommen? Sie vergewisserte sich, dass alle Gäste versorgt waren, flötete ein »Bin sofort wieder da!« in die Runde und rannte nach oben. Klopfenden Herzens zerrte sie ihre Unterlagen aus dem Schrank und fischte das kaffeebefleckte Papier hervor. Sie stopfte es in ihre Tasche, gab Trudi ein überschwängliches Küsschen und lief wieder hinunter in die Gaststube.

Vor Nervosität und Aufregung zitternd, versuchte sie die winzigen Buchstaben am unteren Rand des Schreibens zu entziffern. War es wirklich so, wie sie es in Erinnerung hatte? Endlich fand sie den Satz, nach dem sie gesucht hatte.

... das frisch verbundene Liebespaar muss mindestens sieben Tage in Folge glücklich liiert sein, da nur nach Ablauf dieser Pflichtwoche gewährleistet ist, dass der Verbindungszauber erfolgreich war. Sollte sich das Paar vor Ablauf der Pflichtzeit trennen, wird die geschlossene Verbindung nicht anerkannt ... blablabla ...

Lizzy hatte alles gelesen, was sie wissen musste. Ihre Mundwinkel zuckten erst ganz vorsichtig, bevor sie sich wie ganz von allein in die Höhe bogen.

Was Tina und ihre Mädels konnten, das konnte Lizzy schon lange! Sie würde Sven ganz einfach zurückerobern!

Dieser Samstag war der erste Tag seit Langem, an dem Fiete mal wieder so richtig aufatmen konnte. Er war zwischen Galerien und seinen Malsachen rotiert und dazwischen hatte er noch Chauffeur für seine Eltern spielen müssen, deren Auto den Geist aufgegeben hatte. Sein Bruder hatte sich als keine sonderlich große Hilfe erwiesen, da dieser selbst zu sehr eingespannt gewesen war.

Umso mehr freute sich Fiete, dass er endlich mal wieder einen Zwischenstopp in der Törtchenbäckerei einlegen konnte, um einen echten Cappuccino zu schlürfen und ein leckeres Teilchen zu verspeisen – und vielleicht auch, um Lizzy endlich mal wiederzusehen.

Beschwingt riss er die Haustür auf und hätte sie am liebsten im nächsten Moment wieder zugedonnert, denn vor dem Eingang des *Meer im Leben* stand niemand Geringeres als *Ich-bin-Lizzys-Immobilienmakler-Sven*, der gerade seine Zunge in Keikes Mund versenkte. Wahrscheinlich hätte nicht viel gefehlt, und Fiete wären die blauen Augen aus dem Gesicht gekullert.

Da war man mal eine Woche etwas beschäftigter als sonst und ganz Düneck schien plötzlich verrückt zu spielen! Er stand wohl etwas zu lange da und glotzte einfach nur, sodass Herbi ein unüberhörbares »Wuff« von sich gab und das neue Liebespaar damit auseinandertrieb.

»Fiete!« Keike, die sichtlich aus der Puste war, schaute ihn mit rosigen Backen und verklärtem Blick an. Er tippte sich wie zum Gruß an die Stirn und ergriff die Flucht. Mensch, war das unangenehm. Dabei war er der Überzeugung gewesen, dass Sven nur noch die richtige Gelegenheit abwartete, um sich auf Lizzy zu stürzen. Da hatte er sich wohl getäuscht.

Vielleicht gehörte Sven auch zu dieser Art Männer, die sich auf alles warfen, was nicht bei drei auf den Bäumen war. Wahrscheinlich, so wie er diesen arroganten Schmierlappen einschätzte. Ob Lizzy wohl schon von dem neuen Liebespaar wusste? Wenn nicht, würde er versuchen müssen, es ihr schonend beizubringen. Schließlich waren sie dank der Fellnasen und seiner Bilder zu so etwas wie Freunden geworden.

Fiete marschierte die Strandpromenade entlang und zerbrach sich den Kopf darüber, wie er Lizzy berichten sollte, dass ihr offensichtlicher Schwarm sich anderweitig orientiert hatte. Er könnte natürlich auch so tun, als wüsste er von nichts, aber das kam ihm irgendwie schäbig vor.

Wenig später betrat er die Törtchenbäckerei und wurde sogleich von einer Horde kreischender Mädels begrüßt, die ihn förmlich mit Blicken auszogen, als hätten sie noch nie einen männlichen Erdbewohner gesehen. Dabei sah er in seinem geringelten Schlabberpulli und den Cargoshorts, zu denen er wieder seine Wanderstiefel trug, nicht mal besonders ansprechend aus. Aber vielleicht war es gerade das, was den potenziellen Junggesellinnenabschied so anturnte. Er sah eben aus wie ein richtiger Mann und nicht wie ein aufgestyltes Bübchen – wie Sven zum Beispiel.

Auch Herbert spürte die aufgeladene Atmosphäre und plusterte sein Fell auf, als wäre er ein Entlein auf Partnersuche. Dies bescherte ihm natürlich sofort begeisterte »Oh«- und »Ah«-Rufe und diverse Krauleinheiten der jungen Damen, die jetzt nur noch Augen für seinen putzigen Hundejungen hatten. Auch gut, dann ließen sie ihn wenigstens in Ruhe.

Lizzy schien ihn bereits entdeckt zu haben, denn sie winkte ihm fröhlich zu und nutzte sogleich die Gunst der Stunde. Urgh.

»Mädels, alle mal hergehört, das ist Fiete Matthiesen. Der Künstler, der diese wunderschönen Bilder dort drüben gemalt hat! Also ihr habt jetzt die Chance, ein Bild von ihm höchstpersönlich zu erwerben!«

Herbi war Geschichte und trabte beleidigt jaulend zu Lizzy, während die lärmenden Frauen sich wie Hyänen auf Fiete stürzten. So viel Aufmerksamkeit war er nicht gewohnt und er fühlte sich leicht unwohl. Fast rechnete er damit, dass die jungen Frauen ihn prüfend antatschen würden, um zu schauen, ob er wirklich echt wäre. Doch so unangenehm ihm die Situation auch war, Lizzy war offenbar eine scharfsinnige Geschäftsfrau, denn innerhalb von maximal zehn Minuten hatte er nicht nur diverse Fragen zu seinem Liebesleben beantworten müssen, sondern auch alle drei Bilder, die an der Wand hingen, verkauft, sowie die zwei, die er für Lizzy auf Vorrat mitgebracht hatte. Nicht schlecht, auch wenn er auf die Fragestunde hätte verzichten können – schließlich ging die Damen weder sein Beziehungsstatus etwas an noch die Länge seines besten Stückes. Auch wenn er selbstbewusste, emanzipierte Frauen mochte, das war vielleicht dann doch etwas zu viel des Guten.

Zum Glück rettete Lizzy ihn, indem sie fragte: »Fiete, kannst du mal kurz hier vorne nach dem Rechten sehen? Ich möchte Trudi holen.« Und nachdem Trudi mit einem niedlichen Grunzer in den Gastraum gewackelt kam, war seine Wenigkeit zum Glück eh vergessen.

Anstatt sich zu seinem Stammplatz auf der überdachten Terrasse zu begeben, zog Fiete sich kurzerhand einen Stuhl heran und setzte sich zu Lizzy hinter die Theke. »Danke Lizzy, ohne dich hätte ich nicht alle Bilder auf einmal verkauft, dafür finde ich die … ähm … Damen zu gruselig.«

Lizzy gab ein Lachen von sich, doch es klang nicht glockenhell wie sonst, sondern ein bisschen hohl. »Kein Problem, es ergibt sich bestimmt mal eine Gelegenheit, wo du etwas für mich tun kannst.«

Forschend blickte er sie an. Eigentlich sah sie aus wie immer. Das rote Haar auf ihrem Kopf zusammen getürmt, gehalten von einer Schleife mit Leopardenmuster, Hoodie, Jeans, nur ihre Augen wirkten etwas müde. Sie hatte sogar leichte graue Ringe unter den Augen, bildete er sich ein. Er räusperte sich, trotzdem klang seine Stimme noch kratziger als sonst. »Alles gut, Lizzy?«

»Ja, warum auch nicht?« Sie klang beinahe ein wenig schnippisch, als wollte sie sich selbst beweisen, dass dem so war, auch wenn es nicht wirklich so wirkte. Vorsichtig setzte er erneut an: »Hat es vielleicht etwas mit Sven zu tun?« Er bemühte sich den Namen nicht angeekelter als nötig zu betonen, doch es gelang ihm wohl nicht wirklich.

»Wo... woher weißt du das?«

Er seufzte. Das verlief nicht sonderlich nach Plan. Um genau zu sein, bewegte er sich gerade wie Herbert im Porzellanladen. Schuldbewusst grummelte er: »Ich habe ihn eben mit Keike gesehen.«

Da Lizzy nicht sonderlich überrascht wirkte, schien sie das Neueste auch schon zu wissen. Traurig schaute sie auf den Boden und er rechnete fast damit, dass sich dort in wenigen Sekunden eine Pfütze bilden würde. Doch da hatte er Lizzy wohl falsch eingeschätzt.

Mit festem Blick schaute sie ihn an. »Du meintest doch eben, dass ich was gut bei dir hätte, oder?«

Er nickte zögerlich, denn eigentlich war sie es gewesen, die das gesagt hatte, aber er war Lizzy definitiv etwas schuldig, so ambitioniert, wie sie seine Bilder verkauft hatte.

»Jaaaa?«

Sie schaute ihm in die Augen und erneut war er fasziniert von ihren tiefgrauen Iriden. »Ich werde mir Sven
zurückholen! Und du kriegst deine Keike wieder! Hilfst
du mir dabei?« Flehentlich sah sie ihn an. Eigentlich
hatte er null Interesse daran, Keike zurückzugewinnen
und wenn er ehrlich war, hatte er noch viel weniger Interesse daran, Lizzy mit Sven zu verkuppeln, aber ihrem todtraurigen Blick und den flehenden Worten
hätte nur ein Unmensch widerstehen können.

Deswegen klebte er sich ein motiviertes Lächeln ins
Gesicht, was beinahe an seinen Wangenmuskeln
schmerzte. »Klar! Hast du schon einen Plan?«

Sechsundzwanzig

Am Sonntag startete Lizzy mit Phase eins ihres noch nicht sonderlich ausgereiften Plans. Sie schickte Sven eine unterwürfige Nachricht per WhatsApp, in der sie sich nicht nur für ihr schnoddriges Verhalten von neulich entschuldigte, sondern ihn außerdem bat, in der Törtchenbäckerei vorbeizuschauen. Jetzt würde sie härtere Geschütze auffahren. Es blieb nur zu hoffen, dass Sven ihr Angebot annahm. Und sei es, um seinen Kundenstamm zu wahren, schließlich war er in die Vermietung des Cafés involviert.

Noch lange bevor die ersten Gäste kommen würden, stand Lizzy bereits mit Trudi in der Backstube und traf Vorbereitungen der besonderen Art. Sie briet Hackfleisch an, wohlgemerkt Rinderhack – wobei sie ihrer Schweinelady trotzdem einen entschuldigenden Blick zuwarf –, schnippelte Karotten, Zwiebeln und Sellerie zu winzigen Würfeln und bereitete eine Bechamelsoße vor.

Anschließend schmeckte sie das krümelig gebratene Hack mit Gewürzen ab, gab noch eine ordentliche Ladung Knoblauch hinzu und löschte das Ganze mit einem großzügigen Schuss trockenem Rotwein ab. Nun kamen noch die stückigen Tomaten und eine gute Prise Zucker hinzu. Lizzy setzte den Deckel auf – der Topf hatte nämlich im Gegensatz zu ihr ein passendes Gegenstück – und ließ die Masse bei niedriger Hitze vor sich hin schmoren. Trudi stellte sie als Wiedergutmachung die Möhren- und Selleriereste hin, die sich sogleich gierig auf das knackige Gemüse stürzte und begeistert vor sich hinschmatzte.

Nervös schaute Lizzy auf ihr Smartphone, aber Sven hatte leider noch nicht geantwortet. Na ja, es war ja auch gerade mal acht Uhr. Wahrscheinlich lag er noch im Bett und schlummerte friedlich. *Mit Keike*, fügte die gehässige kleine Stimme in ihrem Kopf hinzu.

Lizzy schüttelte sich, in der Hoffnung das grausame Kopfkino schnellstmöglich abschalten zu können und konzentrierte sich stattdessen darauf, zwei besonders schmackhafte Milchkaffee mit Zimtsirup zu kreieren. Sie hatte kurzerhand beschlossen, Mona einen überraschenden Frühstücksbesuch abzustatten und sich für den verpatzten Wintermarkt-Besuch zu entschuldigen. Außerdem wollte sie ihrer Freundin von ihren Plänen berichten. Vielleicht hatte diese ja auch spontan noch einen guten Einfall.

Gerade als sie sich Trudis Leine schnappte, gab ihr Handy ein leises Vibrieren von sich, doch Lizzy hatte so sehr auf das unscheinbare Geräusch gewartet, dass sie noch den Bildschirm entsperrt hatte, bevor das Vibrieren verstummt war. Mit großen Augen und einem Herzen, das so laut bollerte wie ein herannahendes Donnergrollen, hatte sie in einem Bruchteil von Sekunden die Nachricht gelesen.

Hey Lizzy, wäre wohl sinnvoll, wir würden noch mal spre-chen. Passt es dir morgen gegen fünf? Dann komme ich auf dem Rückweg von der Arbeit bei dir vorbei. LG Sven

Nun ja, ein *Liebe Grüße* war zwar kein Kuss-Smiley und erst recht kein Herz-Emoji, aber besser als nichts. Sven würde vorbeikommen und Lizzy würde ihm zeigen, dass sie die richtige Wahl wäre. Beschwingt schaltete sie den Herd aus und stellte die vorbereitete Soße kalt. Dann schnappte sie sich die zwei Thermobecher, pfiff nach Trudi, die sogleich angedackelt kam und machte sich auf den Weg zu Mona.

Mist, sie hätte selbst für die paar Meter eine Jacke anziehen sollen, denn es war schweinekalt, was Trudi mit einem leidigen Quieken und zitterndem Hinterteil bestätigte. Sie beeilte sich, die Promenade zu überqueren, und stieß völlig erfroren die Tür zu Monas B&B auf, die zum Glück unverschlossen war. Aus der Stube drangen bereits gedämpfte Unterhaltungen und in der Luft lag der Duft von frisch gebratenem Rührei und krossen Brötchen.

Sie durchquerten den Flur und betraten möglichst unauffällig das Kaminzimmer, welches zeitgleich als Frühstücksraum diente. Mona, die gerade einem Pärchen zwei dampfende Schüsseln Porridge servierte, blickte verwundert auf. »Lizzy, waren wir verabredet?« Trudi grunzte freudig und zerrte an der Leine, was Mona das erste wirkliche Lächeln entlockte.

»Darf ich meine Freundin nicht mal überraschen?«, fragte Lizzy empört.

Monas Stimme war nur ein Flüstern. Logisch, ihre Gäste sollten sie nicht hören. »Nur, wenn sie einen leckeren Kaffee aus ihrer Profimaschine für mich dabeihat.«

Lizzy strahlte und lief Mona hinterher, die ihrer Freundin bedeutete, ihr in die Küche zu folgen. Dort schwang sie sich kurzerhand auf die Arbeitsfläche und klopfte erwartungsvoll neben sich.

Lizzy, die noch nie von sonderlich sportlicher Natur war, zog sich schnaufend wie ein nasser Sack nach oben, während Mona sich, bereits an ihrem Kaffee nippend, köstlich amüsierte. Das hatte Lizzy wohl nicht anders verdient.

Sie nahm ebenfalls einen kräftigen Schluck ihres Café au Lait und die warme Flüssigkeit rann süß ihre Kehle hinunter und ließ einen Hauch würzigen Zimts auf ihrer Zunge zurück. So schmeckte der Winter.

Nachdem sie eine Zeit lang schweigend nebeneinandergesessen hatten, Trudis goldige Grunzlaute ausgenommen, fasste Lizzy sich ein Herz. »Tut mir leid wegen Freitag.«

»Schon vergessen, du weißt doch, ich bin nicht nachtragend.« Nein, das war ihre beste Freundin definitiv nicht.

»Aber ich habe Neuigkeiten!« Lizzys Stimme hatte einen verheißungsvollen Klang angenommen und Mona musterte sie mit skeptischem Blick. »Ich werde Sven zurückerobern!«, ließ sie die Bombe platzen. Doch anstatt der erwarteten Begeisterungsrufe schaute Mona sie nur weiterhin mit seltsam starrer Miene an. »Süße, verrennst du dich da nicht ein bisschen?« Lizzy war enttäuscht. Sie hatte gedacht, ihre längste und beste

Freundin würde sie in ihren Plänen unterstützen, so wie Fiete es, ohne zu zögern, getan hatte.

»Nicht so, wie du denkst, Mona.« Sie betonte jede Silbe, als stünde sie kurz davor, Feuer zu spucken. »Ich will ihn lediglich noch mal treffen und mich dafür entschuldigen, dass ich ihn so einfach von mir gestoßen habe.«

»Oookaay.« Doch Monas hochgezogene Augenbrauen signalisierten, dass sie es alles andere als okay fand. »Außerdem will ich auch Fiete helfen, dass er seine Keike wiederbekommt.«

»Na, wenn das so ist ...«

Lizzy war sich nicht so ganz sicher, ob Ironie in Monas Worten mitschwang, aber sie hatte auch keinen Nerv es herauszufinden. Sie wollte einfach nur in Frieden mit ihrer besten Freundin ihren verdammt leckeren Zimtkaffee genießen und beschloss daher, das Thema zu wechseln.

»Was hältst du eigentlich davon, wenn wir mit all unseren benachbarten Kollegen eine kleine Weihnachtsfeier veranstalten?« Anscheinend hatte Lizzy das richtige Thema gewählt, denn Monas Gesicht begann förmlich zu glühen und ihre Augen leuchteten. »Oh, was für ein wundervoller Vorschlag! Hast du schon eine genaue Idee?

»Mhhh.« Lizzy überlegte. Vielleicht hätte sie sich darüber vor dem abrupten Themenwechsel Gedanken machen sollen, doch plötzlich sah sie vor ihrem geistigen Auge eine dick eingemummelte Gruppe Menschen, die mit einer Thermoskanne voll Glühwein ausgerüstet, am Strand entlangwanderten.

»Was hältst du von einer kleinen Strandwanderung Mitte Dezember? Wir könnten von hier aus nach Travemünde laufen und dort zum Abschluss zusammen essen gehen. Zurück teilen wir uns einfach ein paar Taxis und die ganz Hartgesottenen können ja auch zurücklaufen.«

Begeistert klatschte Mona in die Hände und holte sogleich einen Notizblock, auf dem sie in geschwungenen schmalen Lettern die wichtigsten Punkte notierte. »Fein, ich reserviere sofort einen Tisch und frage mal rum, wer Lust und Zeit hast. Du könntest bitte Fiete informieren, den kriegst du ja öfter mal zu Gesicht.«

Oh ja. Schließlich war der junge Mann seit Neuestem auch Lizzys Partner in Crime. Auch wenn sie das Mona wohl lieber nicht auf die Nase binden sollte.

Siebenundzwanzig

Ein Kleidungsstück nach dem anderen flog auf Lizzys Bett und Trudi quiekte empört, als ein dicker Strickpulli auf ihr landete und sie begrub. Wo war denn dieses verflixte Kleid, welches Lizzy das letzte Mal bei einer langweiligen Mitarbeiterfeier in Tokyo getragen hatte. Sie hätte schwören können, dass sie es in einen ihrer Koffer gepackt hatte oder war es womöglich doch bei ihren Eltern liegen geblieben?

Nachdem sie vermutlich den halben Kleiderschrank auf Bett und Boden verteilt hatte, sah sie ein staubiges Stückchen Stoff in der Ecke des Schrankes hinter ihrer Sockenbox hervorlugen. Mit spitzen Fingern zog sie daran und tadaaa, nur wenige Sekunden später hatte sie das gesuchte Kleidungsstück hervorgezaubert.

Gut, dass der dünne Organzastoff quasi knautschfrei war. Jetzt müsste sie nur noch den hartnäckigen Staub loswerden, der dem Kleid einen hässlichen gräulichen Schleier verlieh. Lizzy streckte den Arm von sich und schüttelte ihn samt Kleid, was das Zeug hielt. Dies entlockte ihr nicht nur einen spontanen Hustenanfall, sondern Trudi ein beleidigtes Krähen, die daraufhin unter einen Wäscheberg kroch.

Na, besser das Kleid sorgte hier und jetzt für einen Hustenreiz als später, wenn Sven sie darin bewundern sollte. Lizzy schlüpfte in eine graue molligwarme Strickstrumpfhose und stülpte sich das gerüschte Chiffonkleid, das über und über mit kleinen grünlichen Blüten versehen war, über die noch nassen Haare. Mit einigen Verrenkungen, die sie wahrscheinlich zu einer wahren Yoga-Meisterin gemacht hätten, schloss sie irgendwie die kleinen Knöpfchen am Rücken.

Ächzend wankte sie vor den Spiegel. Sie hatte nicht nur das Gefühl, sich beim Schließen des Kleides die Schulter ausgekugelt zu haben, es kam ihr auch so vor, als würde der hochgeschlossene Ausschnitt ihr langsam, aber sicher die Luft abschnüren. Wie konnte man nur freiwillig so etwas tragen? Was an Keike stylish und wunderschön wirkte, sah an ihr wie das sonntägliche Outfit einer Pfarrerstochter aus.

Suchend blickte Lizzy sich um. Schließlich zog sie unter Trudi einen weiten Strickpulli hervor, der das Outfit zumindest ein bisschen auflockern würde. Schon besser. Mehr Lizzy, weniger Gottesdienst.

In ihre Haare knetete sie noch etwas von dem speziellen gut duftenden Haarschaum, der ihre Krause hoffentlich in glänzende korkenzieherförmige Locken verwandeln würde. Die herausgerissenen Kleider und Pullis warf sie kurzerhand in den Schrank zurück, darum könnte sie sich später noch kümmern. An Trudis Geschirr befestigte sie noch eine dezente, aber hübsche Schleife, was ihr einen vernichtenden Blick aus den großen Kulleraugen ihrer Herzensdame einbrachte. Tja, heute mussten sie halt beide glänzen.

Mit beschwingtem Schritt – Lizzy, nicht Trudi – liefen sie die Treppe nach unten und Lizzy holte sogleich ihre neueste Törtchen-Kreation aus dem Kühlschrank. Zum Glück hatte sie die Minilasagnen gestern Abend noch weitestgehend fertiggestellt, sodass diese inzwischen gut durchgezogen waren und Lizzy sie fertig backen konnte.

Sven mochte die Lasagne seiner Mutter? Heute würde er eine probieren können, die ihn auf ewig von den Kochkünsten seiner Mutter lossagte und stattdessen an Lizzy band. Wie hieß es doch so schön: Liebe geht durch den Magen!

Nachdem sie die Lasagne-Tartelettes in den Ofen geschoben hatte, schaltete sie das Radio ein und suchte nach dem Jazz-Sender. Schon als die ersten schrägen Töne erklungen waren, taten ihr die Ohren weh, aber besser sie gewöhnte sich jetzt schon mal an diese fürchterlichen Melodien, die wahrscheinlich der Teufel höchstpersönlich komponiert hatte. Dem leidvollen Quäken nach zu urteilen, das ihre Schweinchendame von sich gab, schien auch sie kein sonderlicher Jazz-Fan zu sein, aber da mussten sie jetzt halt durch.

Von Stunde zu Stunde wuchs ihre Aufregung und Trudis Hunger, die zu merken schien, wie nervös ihre Mami war und ein Leckerli nach dem anderen verputzte. Lizzy gab sich ganz ihrer Café-Routine hin, kochte Kaffee, servierte Törtchen und hielt höflichen Small Talk.

Gegen Mittag tauchte eine wie immer wunderschöne Keike im Café auf. Jetzt, wo sie noch den ganzen Tag verliebt lächelte, anstatt verkniffen dreinzuschauen, sah sie noch hübscher aus. Lizzy zwang sich ebenfalls zu einem Lächeln. Schließlich mochte sie Keike. Eigentlich. Im Grunde genommen konnte diese ja nichts dafür, dass sie sich in den falschen Mann verliebt hatte.

Während sie einen Latte macchiato für die Deko-Verkäuferin zubereitete, fiel ihr siedendheiß ein, dass die Zentrale ihr bisher weder die Abschlussurkunde noch die Freistellungspapiere zugesendet hatten. Beamten! Die ganzen Behörden brauchten heutzutage drei Mal so lange, wie es früher der Fall gewesen war.

Augenrollend füllte sie ein Schüsselchen mit ihrem leckeren Rosmarin-Heidesand, den Keike zu ihrem Kaffee bestellt hatte. Als Lizzy die Plätzchenschale vor ihrer Bekannten abstellte, war diese wie immer in ihr kleines Notizbuch vertieft. Bevor Lizzy sich wieder unauffällig verkrümeln konnte, legte Keike ihr Schreibzeug beiseite und klopfte auf den freien Stuhl neben sich.

»Setz dich kurz zu mir Lizzy, wir haben lange nicht mehr gequatscht.« Auch das noch ... und ausgerechnet jetzt war natürlich weit und breit kein Kunde in Sicht, den sie als Entschuldigung hätte vorschieben können. Also ließ sie sich auf den angebotenen Stuhl plumpsen und lächelte ihre Freundin ... ähm Feindin ... an. Als hätte Keike Lizzys Gedanken lesen können, sagte sie plötzlich leise: »Sven hat mir erzählt, dass ihr euch ein, zwei Mal getroffen habt, aber es schließlich doch auf eine Freundschaft hinausgelaufen ist. Es ... es tut mir leid, falls wir dich mit unserer plötzlichen Annäherung überrumpelt haben, aber es war einfach Liebe auf den ersten Blick.«

So gern Lizzy es wollte, sie konnte ihre lieb gewonnene Bekannte einfach nicht zum Feindbild machen.

Diese war schließlich die Letzte, die etwas für das ganze Schlamassel konnte. Deswegen legte sie eine Hand auf Keikes perlmuttfarben lackierte Finger und bemühte sich, im Hier und Jetzt zu bleiben. »Schon gut, ich gönne dir alles Glück dieser Welt!«

Keike strahlte erleichtert. Das war nicht mal gelogen. Es wäre nur halt schöner, wenn dieses Glück Sven nicht mit einschloss, sondern vielleicht lieber Fiete. Deswegen würde sie sich auch nicht kampflos geschlagen geben. Damit jede schlussendlich den Partner bekam, der für sie bestimmt war!

Um kurz vor fünf bereitete Lizzy alles vor, was für Svens *freundschaftlichen* Besuch von Nöten wäre. Sie hatte sich sogar inzwischen an die Jazz-Musik gewöhnt, die ihr zwar immer noch nicht sonderlich gefiel, ihr aber zumindest nicht mehr die Haare zu Berge stehen ließ. Auch wenn ein Blick in ihren Taschenspiegel etwas anderes behauptete.

Sie kochte eine neue Kanne des fruchtig-würzigen Punsches, der die perfekte alkoholfreie Alternative zu klassischem Glühwein war und bei ihren Kunden erstaunlich gut ankam. Neben Früchtetee und allerlei weihnachtlichen Gewürzen sowie getrockneten Nelken kam ein milder Orangensaft hinzu – die perfekte Begleitung zu ihren neuen Lasagnetörtchen. Vorsichtshalber hatte sie bereits ein paar davon verkauft, um sich zu vergewissern, dass sie Sven damit überzeugen könnte. Um Viertel nach fünf war sie ein nervöses Häufchen Elend, mit einem großen nassen Fleck auf dem Pullover, wo sie sich den beinah kochend heißen Punsch übergegossen hatte. Zum Glück verdeckte ihre dunkelrote Servierschürze einen Großteil des Malheurs, da sie sich nicht traute nach oben zu gehen, um sich umzuziehen, aus Angst, Sven könnte ausgerechnet in diesem Moment hereinschneien. Gott sei Dank, hatte sie wenigstens eine Tasse des leckeren Getränks retten können, die nun darauf wartete, von Sven getrunken zu werden.

Um halb sechs war Lizzy kurz davor, den Punsch selbst zu trinken, allerdings nicht ohne vorher noch einen Brandy hineinzugeben. Zum Glück ging genau in diesem Moment die Tür auf und mit einem kalten Windstoß kam Sven in die Törtchenbäckerei geschneit. Heute trug er eine graue Bundfaltenhose, kombiniert mit einem babyblauen Pulli und einem Poloshirt darunter. Allein schon angesichts der dunklen Haare und dem leichten männlichen Bartschatten, der auf seinem markanten Kinn lag, hätte Lizzy am liebsten laut aufgestöhnt.

»Hey Lizzy.« Sven schenkte ihr ein unverbindliches Lächeln, das in Lizzys Brust schmerzte. Sie wollte nicht wieder zu einer seiner Geschäftskundinnen herabdegradiert werden. Jetzt war es dringend an der Zeit für die Lasagne. »Hey, Sven. Du hast bestimmt Hunger nach der Arbeit!« Auch wenn es kurz so wirkte, als wollte er verneinen, verriet ihn sein hungriger Magen, der so laut knurrte, dass Trudi erschrocken aus ihrem Körbchen hervorlinste.

Ohne eine Antwort abzuwarten, füllte sie den restlichen Punsch in einen Becher und wärmte zwei Lasagne-Törtchen auf. Lizzy fühlte sich ein bisschen wie eine Hausfrau aus den Sechzigern, die ihrem Mann das

Essen servierte. Sie würde mit ihrer gut zurechtgelegten Ansprache beginnen, wenn er die überbackenen Nudelplatten verspeiste.

Sven schob sich einen großen Bissen in den Mund und Lizzy musste sich konzentrieren, ihn nicht anzustarren und sich vorzustellen, wozu seine Lippen wohl sonst noch fähig waren. Die leise Jazzmusik untermalte die gediegene Atmosphäre im Café.

»Du Sven, ich wollte mich für mein Verhalten entschuldigen ... dafür, dass ich dich so brüsk abgewiesen habe, das ...«

Doch Sven ließ sie gar nicht ausreden. »Lizzy, diese Lasagne ist fantastisch. Wenn das meine Mutter wüsste! Du musst mir dringend das Rezept geben, dann kann ich Keike damit bekochen.« Autsch, das war jetzt eigentlich nicht das, worauf Lizzy hinausgewollt hatte. Sie startete einen neuen Versuch.

»Also Sven, das mit der Freundschaft ...«

Doch Lizzy kam wieder nicht dazu, ihren Satz zu beenden. »Ach Lizzy, ich habe etwas überreagiert, natürlich können wir Freunde sein! Dir habe ich es schließlich zu verdanken, dass ich Keike besser kennengelernt habe! Sie ... sie ist meine Seelenverwandte!«

Lizzy war kurz davor loszuschreien. Wie konnte sich ein Gespräch nur so dermaßen in die falsche Richtung entwickeln? Doch bevor sie richtigstellen konnte, was sie eigentlich gemeint hatte, ertönte ein lautes Würgegeräusch gepaart mit einem weinerlichen Oinken.

Nicht das auch noch. Trudi hatte mitten in die Törtchenbäckerei gekotzt und lag wimmernd in ihrem

Körbchen. Das waren wohl etwas zu viele Leckerlis gewesen. Panisch sprang Lizzy auf und rannte zu ihrer Maus hinüber, um nach dem Rechten zu sehen.

Sven verzog nur angewidert das Gesicht und eilte zur Tür, hatte aber immerhin so viel Anstand, dass er sich für die Lasagne bedankte. Während Lizzy den Wischmopp holte und ein Körnerkissen für Trudi in die Mikrowelle schob, steckte er noch mal kurz seinen Kopf in das Café. »Denk an das Rezept.« Das war ja mal sowas von in die Hose gegangen! Oder eher gesagt, auf den Boden …

Achtundzwanzig

Die letzten Tage hatte Fiete sich ein wenig rar gemacht. Die meiste Zeit hatte er malend in seinem Appartement verbracht oder bei ausgiebigen Strandspaziergängen, um sich neue Inspiration für seine Bilder zu holen. Und Herbi, der langsam zum Moppelchen mutierte, tat ein bisschen Bewegung vor den Festtagen auch mal ganz gut.

Fiete hatte zwar schmerzlich den Geschmack von kräftigem Kaffee aus frisch gemahlenen Bohnen vermisst und auch die süßen Leckereien von Lizzy fehlten ihm schrecklich, aber er hatte zugegebenermaßen ein wenig Muffensausen. Ihm graute es nämlich davor, dass sie ihn wirklich für einen abgedrehten Plan einspannte, um Sven und Keike auseinanderzubringen.

Natürlich würde er Lizzy helfen, wenn er könnte, denn er war ein Mann, der sein Wort hielt, auch wenn er sich wünschte, er hätte ausnahmsweise mal die Klappe gehalten. Aber versprochen, war nun mal versprochen. Allerdings würde er ungern bei etwaigen Aktionen im Mittelpunkt stehen und noch viel weniger wollte er sich hinterher verpflichtet fühlen, eine gepeinigte Keike zu trösten. Auch wenn Lizzy offenbar glaubte, dass dies sein sehnlichster Wunsch wäre.

Plötzlich gab sein Handy ein lautes Bellen von sich – der Ton für eingehende Nachrichten, den er Fellkumpane Herbi zu verdanken hatte. Es war Lizzy. Augenblicklich zog sich sein Herz zusammen und begann doppelt so schnell zu klopfen, wie es das gewöhnlicherweise zu tun pflegte. Zu seiner Überraschung schien sie noch keine neuen verrückten Pläne geschmiedet zu haben, sondern fragte ihn nur, ob er morgen Lust auf einen kleinen Einkaufsbummel in Lübeck hätte. Es schien so, als hätte er sich ganz umsonst gequält, indem er nicht nur sein Lieblingscafé, sondern auch seine Lieblingskonditorin gemieden hatte.

Seine Finger flogen so rasch über die winzige Tastatur, dass er selbst richtig beeindruckt über seine Fertigkeiten war. Für gewöhnlich war er nämlich nicht gerade ein digitaler Held, er beschäftigte sich lieber mit seinen Händen.

Lizzys Antwort ließ nicht lange auf sich warten und sie verabredeten sich für sechzehn Uhr vor der Törtchenbäckerei. Da Lizzy anscheinend mal wieder mehrere Tage durchgearbeitet hatte, konnte sie es sich ruhig erlauben, an einem Donnerstag zwei Stunden früher zu schließen.

In Wirklichkeit war Fiete kein sonderlicher Fan davon, stundenlang in irgendwelchen stickigen Geschäften zu stöbern, in denen so laut Elektromusik lief, dass man eher das Gefühl hatte, man befände sich in einer Diskothek, aber mit Lizzy hätte er wahrscheinlich auch die örtlichen Nachtklubs unsicher gemacht.

Vielleicht hätte sie ja Lust, nach dem Shopping noch einen Abstecher auf den Lübecker Weihnachtsmarkt zu machen. Schließlich waren es nicht mal mehr vier Wochen bis Heiligabend und er könnte es definitiv vertragen, noch ein bisschen in Weihnachtsstimmung zu kommen. Vielleicht ging es Lizzy ja genauso.

Ohne dass er etwas dagegen tun konnte, drängte sich ein Bild der hübschen Cafébesitzerin in feschen Weihnachtsmann-Dessous vor sein inneres Auge. Klein-Trudi saß grunzend daneben und trug eine lustige rote Zipfelmütze mit flauschigem weißen Pelzrand. Er musste wohl mal ein ernstes Wörtchen mit seiner Fantasie reden, denn die neigte im Moment zu fürchterlichen Geschmacklosigkeiten.

Lizzy wusste kaum noch, wo ihr der Kopf stand. Nach der verpatzten Verabredung mit Sven am Montag hatte sie versucht, sich bestmöglich abzulenken, indem sie nicht nur allerlei weihnachtliche Köstlichkeiten von Honigkuchen-Muffins bis hin zu Lignitzer-Bömbchen gebacken hatte, sondern sie hatte mit Monas Hilfe außerdem die Törtchenbäckerei festlich dekoriert.

Ihre Freundin hatte ihr geholfen, bunte Lichterketten im ganzen Café zu verteilen, und zusammen hatten sie Kunstwerke aus Schnee an die Fenster gesprüht. Die Schneekristalle machten zwar eher den Eindruck eines tosenden Schneesturms, aber immerhin, es sah wirklich winterlich aus.

Gestern hatten sie dann auch mal wieder bei Fischburgern und Wein einen gemütlichen Abend miteinander verbracht – die Besuche im *Bootsschuppen* waren inzwischen Lizzys wenige Ausnahmen von ihrem neuen vegetarischen Ernährungsplan, an den Trudi sie nur zu gern mit einem traurigen Grunzen erinnerte – und die Stimmung war endlich mal wieder so ausgelassen wie früher gewesen.

Sie hatten über Monas B&B gesprochen, über die schrulligsten Gäste im Café und über ihre Heimat Frankfurt. Zwischendurch hatte Mona zwar den Eindruck erweckt, als würde sie etwas belasten, doch Lizzy war sich sicher, dass ihre Freundin schon damit rausrücken würde, wenn sie bereit dazu wäre.

Mona, die in ihrem wadenlangen dunkelgrünen Bodycon-Kleid natürlich mal wieder wie aus dem Ei gepellt aussah, war nahezu in Begeisterungsstürme ausgebrochen, als Lizzy ihr von dem geplanten Shoppingtrip mit Fiete erzählt hatte. Sie hatte sich kaum noch eingekriegt vor Freude, sodass Lizzy ihr nichts von dem Gedanken, der sich dahinter verbarg, erzählt hatte. Auch Fiete hatte sie im Unklaren gelassen, aber es war schließlich nur zu seinem Besten.

Als Lizzy schließlich um kurz vor vier die Arbeit niederlegte, kam Fiete auch schon wie auf Kommando ins Café spaziert, Herbert freudig schwanzwedelnd an seiner Seite. Sie traute ihren Augen kaum, Fiete trug doch tatsächlich eine lange Hose. Sie hatte zwar die gleich schlammähnliche Farbe wie seine Shorts und mindestens genauso viele Taschen, aber auch der Sommerfanatiker in ihm hatte wohl erkannt, dass es nun Winter wurde. Dazu trug er einen grob gestrickten geringelten Pullover und darüber ein kariertes Flanellhemd. Lizzy musste zugeben, ihr gefiel die winterliche Ausgehversion des urigen Künstlers. Trotzdem brauchte er für ihr Vorhaben dringend ein paar neue – wie sollte sie es nennen – seriösere Kleidungsstücke. Ganz in ihren Gedanken versunken schenkte sie Fiete ein verträumtes Lächeln.

»Moin Lizzy.« *Wuff*, sagte Herbert. »Ich dachte, Trudi freut sich vielleicht über Gesellschaft, damit sie nicht so allein ist, wir können ihn sonst aber auch schnell wieder bei mir absetzen.« Fiete zuckte entschuldigend mit den Schultern, aber Lizzy fand seine Idee wirklich ausgesprochen süß.

»Moin Fiete, was für eine schöne Idee! Ich mache gerade unseren Cappu für unterwegs fertig und packe unsere Honigküchlein in eine Dose. Nicht dass wir bei unserer energiezehrenden Shopping-Exkursion noch vom Fleisch fallen.«

Cappuccino und Honigkuchen. Das waren mit die schönsten Worte, die Fiete seit Langem gehört hatte. Ihm lief bereits das Wasser im Mund zusammen, als er Lizzy in ihre Wohnung folgte, um Herbert bei Trudi abzuliefern.

Ihre rot gelockten Haare wippten bei jedem Schritt und er hatte eine wirklich verlockende Aussicht auf ihren kleinen knackigen Apfelpopo, der heute in einer Jeans steckte. Dazu hatte sie einen bunten Ringelpulli kombiniert, der seinem gar nicht mal so unähnlich war. Er liebte es, dass sie sich trotz ihrer leuchtenden Haare so farbenfroh kleidete. Er verspürte einfach immer sofort gute Laune, wenn er die junge Frau auch nur anschaute.

Doch nicht nur Lizzys Äußeres verbreitete stets gute Laune, sie war einfach ein richtiger Sonnenschein bei dem manchmal tristen winterlichen Ostseewetter. Die

Liebe, die sie Trudi schenkte, die Leidenschaft, mit der sie backte und die Vehemenz, mit der sie sich für etwas einsetzte. Fiete hatte einfach noch kein Mädchen wie sie getroffen.

Lizzys Wohnung stellte sich viel mehr als ein großes Zimmer heraus, in dem es jedoch alles gab, was nötig war. Sein Blick fiel jedoch sofort auf ihr Bett – nein, nicht aus DIESEM Grund!

Über dem rustikalen hölzernen Gestell hing sein Bild. Lizzy selbst hatte die *Ungleichen Freunde* gekauft und sie hingen direkt dort, wo sie jeden Abend in den vielleicht schönsten Träumen versank. Schnell wandte Fiete den Blick ab, denn er war sich ziemlich sicher, dass es einen Grund hatte, wieso sie ihm nichts von dem Kauf erzählt hatte. Trotzdem war er gerührt. Aber sowas von. Er war Lizzy offenbar nicht egal.

Neunundzwanzig

Fiete stöhnte. Ihm war heiß, seine Haare standen in alle Richtungen und ihm taten schon richtig die Arme weh vom ganzen Aus- und wieder Anziehen. Bestimmt würde er morgen schlimmeren Muskelkater haben als nach einem Umzug. Seltsamerweise hatte Lizzy bisher nur ein Regenmäntelchen für Trudi ergattert, während sie selbst überhaupt nichts anprobierte.

Dafür häufte sie einen langweiligen Strickpulli nach dem anderen in seine Kabine, gefolgt von noch spießigeren Chino-Hosen. Irgendwie wurde er das Gefühl nicht los, das an der ganzen Sache etwas faul war. Er stieg in eine dunkelblaue steife Hose, die ausnahmsweise mal nicht zu kurz war wie die fünfhundert Exemplare davor und zog einen hellgrauen Cashmerepulli mit V-Ausschnitt an, der sein nicht zu spärliches Brusthaar freilegte.

Zumindest musste er in diesem Pullover keine Angst haben, dass er platzte, sobald er zu tief Luft holte. Das war nämlich bei dem fürchterlichen Rippenrolli davor der Fall gewesen. Er strich sich die wirren Haare aus dem Gesicht und schaute in den Spiegel. Da dämmerte es ihm plötzlich. Er sah aus, als hätte er sich verkleidet

– und zwar als niemand Geringeres als *Ich-bin-Lizzys-Immobilienmakler-Sven.* Das ging zu weit! Das konnte ja wohl nicht ihr fucking Ernst sein!

»Lizzy!!!«

»Ja, hast du nach mir gerufen?« Unschuldig dreinblickend kletterte sie zwischen einem Ständer mit seltsamen Wollmänteln hervor. Dieser Frechdachs! Doch als er ihren Blick wahrnahm, war seine Wut, die er eben noch so ungeheuerlich verspürt hatte, mir nichts dir nichts verraucht.

Ihre grauen Augen musterten bewundernd seine Statur, ihre Finger streichelten den weichen Stoff des Pullis und sie pfiff anerkennend durch die Zähne. Ehrfürchtig flüsterte sie: »Man, du bist nicht von schlechten Eltern, Fiete. Da wird Keike aber Augen machen, wenn sie dich so sieht.«

Die Realität prasselte wie eine eiskalte Dusche auf ihn ein … und er hasste es kalt zu duschen. Aber ihrem Blick, der immer noch wie Sekundenkleber an ihm haftete, konnte er sich einfach nicht entziehen. Verdammt, er würde dieses grottenhässliche Outfit, das teurer war als der ganze Inhalt seines Kleiderschrankes, mitnehmen, und wenn es nur dazu diente, dass sie ihn noch einmal so innig anschauen würde wie gerade.

Mit einer stabilen Papiertüte in der Hand – Fiete trug die Tasche mit so viel Respekt, als würde er einen Aktenkoffer voller Geld tragen – trabten sie durch die belebte Fußgängerzone Lübecks.

»Lust auf Weihnachtsmarkt?«

Warum nicht? Dass sie hier auf Keike und Sven treffen würden, war doch eher unwahrscheinlich. Und zumindest war sie dieses Mal in männlicher Begleitung und wirkte daher nicht wie ein Trauerkloß.

»Gerne!« Doch anstatt zu einem der Märkte in der Innenstadt zu schlendern, peilte Fiete die entgegengesetzte Richtung an. Wie üblich zur Weihnachtszeit herrschte selbst für einen Wochentag reges Gedränge und Lizzy musste sich sputen, um mit Fietes langen Beinen Schritt halten zu können.

Doch anstatt einfach weiter zu rennen, drehte er sich um und griff kurzerhand nach Lizzys Hand, um sie in dem Gedränge nicht zu verlieren. Seine Hand fühlte sich warm, groß und irgendwie beschützend an, als er sie so durch die Menschenmenge zog und gleichzeitig darauf achtete, dass sie nicht niedergetrampelt wurde.

Es war dunkel und kühl geworden, doch dank ihres dicken fliederfarbenen Daunenmantels, der im Schein der Laternen leuchtete, fror Lizzy nicht. Vielleicht lag es auch an Fietes Hand, die ihren ganzen Körper zu wärmen schien. Vor ihnen tauchte jetzt die Trave auf, deren Wasser wie ein düsterer schimmernder Teppich vor ihnen lag. Hinter ihnen befand sich das beeindruckende Holstentor, das im Schein der Strahler noch mächtiger und geheimnisvoller wirkte.

Fiete deutete über das Wasser zu den Mediadocks, wo Abertausende Lichter glitzerten als Tor zu einer magischen Welt. Zusammen passierten sie die denkmalgeschützte alte Drehbrücke, auf der ihnen vereinzelt lachende Pärchen, gut gelaunte Studenten und fröhliche Familien entgegenkamen. Fiete hielt immer noch ihre Hand, obwohl es eigentlich gar nicht mehr von Nöten gewesen wäre, doch irgendwie fand Lizzy auch keinen Grund, sie ihrerseits loszulassen.

Vor ihnen, direkt am Ufer, lag ein kleiner, aber feiner Weihnachtsmarkt. Fiete hob seine Hände – dabei ließ er zu Lizzys Enttäuschung ihre los, die sogleich kalt wurde – und sprach mit festlicher Stimme: »Ich präsentiere, das *Hafenglühen*! Du hast heute die Ehre, mit mir diesen bezaubernden maritimen Weihnachtsmarkt zu erkunden, der erst letztes Jahr seine Premiere gefeiert hat!«

Fietes Stimme hatte einen solch festlichen und stolzen Tonfall angenommen, dass Lizzy unwillkürlich schmunzeln musste. »Bekommst du Provision? Glaub mir, ich habe mich jetzt schon in diesen Markt verliebt, auch ohne dass du ihn mir so anpreist.«

»Ey, Fräulein, jetzt werd mal nicht frech, nachdem ich heute den ganzen Nachmittag über dein Anziehpüppchen gespielt habe!« Lizzy kicherte, als Fiete ihr in die Seite stupste, wo sie doch so furchtbar kitzelig war. Sie wand sich unter seinen Händen, die plötzlich überall zu sein schienen, als sich ihre Blicke trafen. Ihrer grau und tief wie die Ostsee im Winter, seiner blau und leuchtend wie das Meer im Sommer.

Seine Hände ruhten plötzlich auf ihrer Taille und sendeten elektrisierende Stromstöße in alle Ecken ihres Körpers. *Was passierte hier gerade?* Sie zwinkerte irritiert. Doch dieser Wimpernschlag reichte aus, dass der Moment vorbei war. Der Moment, von dem Lizzy nicht wusste, was er zu bedeuten hatte und ob sie ihn sich nur eingebildet hatte.

Umso dankbarer war sie, als plötzlich eine Stimme über den Platz tönte, die von der kleinen Bühne am hinteren Teil des Platzes zu kommen schien. »Leuteee, ich bin froh, dass wir dank euch auch dieses Jahr wieder den Hafen zum Glühen bringen können!« Na, das war ja ein Komiker ... »Begrüßt mit mir die Wellerwomen!«

Aufgeregt drehte Lizzy sich zu Fiete, dessen Gesichtsausdruck leicht verpeilt wirkte. »Das müssen wir uns angucken!«

»Gern, aber erst brauche ich was zu trinken und so ein kleines Hüngerchen habe ich auch.« Sogleich grummelte sein Magen zustimmend und Lizzy lachte auf. »Da sage ich auch nicht nein!«

An einem kleinen Stand versorgten sie sich mit frittierten Blumenkohlbällchen und salzigen Franzbrötchen mit Kürbiskern-Pesto-Füllung sowie mit zwei Tassen heißer weißer Schokolade. Bepackt bis zu den Schultern eierten sie in Richtung Bühne – als laufen konnte man ihren schwankenden Gang nicht mehr bezeichnen.

Zum Glück fanden sie unweit des Podiums einen freien Stehtisch, an dem sie sich getrost ausbreiten konnten. Mit ihrem Kakao stießen sie an und allmählich kehrte die lockere Stimmung zwischen ihnen zurück. Die Blumenkohlbällchen waren einfach köstlich und die Pesto-Franzbrötchen gigantisch.

Aber am besten war die Gruppe Frauen zwischen zwanzig und sechzig, die jetzt die Bühne betrat und begann ein Shanty nach dem anderen zu schmettern. Eigentlich hatte Lizzy mit Shantys immer alte Männer in Seemannskluft, denen eine Pfeife aus dem Mundwinkel hing, verbunden, doch diese zehn Frauen rockten die Bühne förmlich – und das auch noch Acapella. Die Mädels aus *Pitch Perfect* waren nichts dagegen.

Das Publikum johlte und spätestens beim dritten Lied grölte die ganze Menge mit. Fietes kratziges dunkles Timbre passte perfekt zu den melodischen Sopran- und Altstimmen des Frauenchors. Wie von selbst öffnete sich Lizzys Mund beim Refrain. Sie sang aus voller Kehle mit ... sang, bis sie ihre Enttäuschung und ihren Kummer vergessen hatte. Sie sang so lange, bis sie nur noch von einer weichen Wolke aus Musik und Glück umgeben war ... und von Fiete.

Dreißig

»Wie kommt es, dass du Konditorin geworden bist?«
Fiete betrachtete Lizzys Profil, in dem sich ganz zart
einzelne Sommersprossen auf ihrem kleinen Himmel-
fahrtsnäschen abzeichneten. Den Blick hatte sie konzentriert auf die Straße gerichtet, um sie die wenigen
Kilometer von Lübeck zu sich nach Hause zu bringen.
Fiete hatte natürlich auch angeboten, zu fahren, doch
Lizzy hatte darauf bestanden, sie in ihrem heiß geliebten roten Mini zu kutschieren, der angeblich schon
Rost ansetzte, weil sie ihn nur so selten benutzte in Düneck.

Lizzy schaltete in den fünften Gang und Fietes Blick
blieb an ihren schmalen und doch kräftigen Fingern
hängen, denen man auf positive Art und Weise ansah,
dass sie täglich in der Backstube stand.

»Die Leidenschaft fürs Backen habe ich meiner Oma
zu verdanken. Sie hieß Elisabeth, von ihr habe ich auch
meinen Namen.« Lizzy hatte ihm neulich schon erzählt,
dass ihre Oma nicht mehr unter den Lebenden weilte.
Heute klang in ihrer Stimme jedoch nicht nur Trauer
mit, sondern ein Lächeln lag auf ihren Lippen, als sie
von den Erinnerungen an ihre Großmutter erzählte.

»Oma, Papa und ich haben früher immer richtige Backpartys zu Hause veranstaltet. Besonders wie jetzt zur Weihnachtszeit oder vor meinem Geburtstag an Heiligabend«, fügte sie hinzu. »Es gab an meinem Geburtstag zwar massig Plätzchen, aber nicht doppelt so viele Geschenke wie die meisten Kinder immer geglaubt haben.« Sie seufzte theatralisch und strich sich mit einer Hand eine widerspenstige Locke aus dem Gesicht, während sie mit der anderen das Lenkrad fest umklammert hielt.

»Wir haben bestimmt zwanzig verschiedene Plätzchensorten gebacken: Spitzbuben, Schwarz-Weiß-Kekse, Heidesand, Lebkuchen, Nugatkipferl und die besten Vanillekipferl, die es gibt.« Sie grinste nun etwas gelöster. »Meine kommen zwar sehr nahe dran an die von Oma Elisabeth, aber mit ihr und Papa zu backen war trotzdem immer etwas ganz Besonderes. Als sie starb, wusste ich einfach, dass ich diese Tradition nicht mit ihr begraben will!«

Fiete hatte Lizzys flammender Rede aufmerksam zugehört. Sie sprach mit solch einer Leidenschaft über ihr Handwerk, wie er es bisher nur bei wenigen anderen Menschen erlebt hatte.

»Deine Eltern müssen sehr stolz auf dich sein.«

Lizzy lachte auf. »Ja, das sind sie in der Tat, ich müsste lügen, wenn ich die missverstandene Tochter mimen würde. Insbesondere mein Vater war begeistert, dass ich unser gemeinsames Hobby zum Beruf gemacht habe. Mama fand die Idee mit dem eigenen Café zwar etwas übereilt, aber ich hatte einfach die Schnauze voll davon, immer auf der Flucht zu sein.« Fiete blickte sie fragend an und Lizzy suchte stotternd nach Worten.

»Also ... also natürlich nur metaphorisch gemeint. Erst die Ausbildung in Paris, dann Tokyo, York, dazwischen gab es noch ein paar weitere Stationen, die ich schon gar nicht mehr alle aufzählen kann. Ich wollte endlich irgendwo ankommen und mich voll und ganz meinen eigenen Backkreationen widmen und nicht jenen, die ein Restaurantchef mir vorschreibt.«

Wow, einfach nur wow.

»Und wie war das mit dir und der Kunst?«

Fiete überlegte mit einem lauten *Mhhhh.* »So viel anders war das bei mir eigentlich auch nicht, wenn man Tokyo, Paris und York mal weglässt.«

Lizzy kicherte. Ihr Lachen war so süß, so unschuldig und vor allem war es ehrlich und ansteckend.

»Ich habe auch immer nur fürs Zeichnen gelebt.« Lizzy nickte, sie verstand ihn wie keine andere. »Meine Eltern haben früher, als ich noch jünger war, einige Ferienwohnungen in Travemünde verwaltet. Ich habe schon damals versucht, den Touris meine selbstgemalten Aquarelle schmackhaft zu machen. Ich kann dir sagen, mein Taschengeld war nie so hoch wie in der Hauptsaison.« Er schmunzelte bei der Erinnerung an den jüngeren Fiete, der schon früher lieber an einem ruhigen Fleckchen mit seinen Malsachen gesessen hatte, während sein großer Bruder in die Wellen getaucht war.

»Kunst oder Malerei zu studieren, kam allerdings nie infrage für mich. Ich wollte mir das, was ich liebe, nicht von ein paar überkandidelten Profis zunichtemachen lassen, die meine Bilder in der Luft zerreißen würden. Zurecht, denn kitschige Ostseemalereien sind nun mal keine anspruchsvolle Kunst.«

Lizzy, die gerade den Wagen in eine der kleinen Parkbuchten manövrierte, nahm kurz den Fuß vom Gas und sah ihn mit geweiteten Augen voller Überraschung an. Doch er hatte es genauso gemeint, wie er es gesagt hatte.

»Keine Sorge, Lizzy, ich bin total okay damit. Ich bin froh, dass die Touristen meine Bilder lieben und vor allem, dass ich nach wie vor das liebe, was ich tue. Sollte es einmal nicht mehr so sein, habe ich immer noch mein Kunsthistorik-Studium, mit dem ich arbeiten könnte.«

Ihrem nachdenklichen Blick nach zu urteilen, schien sie kurz zu überlegen, doch dann nickte sie bekräftigend, wobei ihre ganze Haarpracht ins Schwanken geriet.

»Ich verstehe, was du meinst, Fiete. Deine Bilder sind mein Café.«

Er schluckte schwer. Das hatte sie verdammt treffend gesagt.

Wenig später liefen sie die steilen knarzenden Stufen zu Lizzys Wohnung hinauf. Sie hatte ihn noch mit nach oben gebeten, allerdings nicht auf diese zweideutige Art, die man aus romantischen Filmen und Liebesromanen kannte. Es war eine rein freundschaftliche Einladung gewesen. Nicht, dass er vorgehabt hätte, über Lizzy herzufallen, doch ein bisschen nagte dieser lockere Umgang schon an ihm, denn er hätte schwören können, dass vorhin beim *Hafenglühen*, etwas zwischen ihnen geschehen war ... dass da mehr als nur reine Freundschaft gewesen war.

Lizzys Hausschweinchen und sein Berner Sennenhund lagen in friedlicher Eintracht aneinandergekuschelt auf dem flauschigen Teppich und schliefen tief und fest. Zwischendurch kamen goldige Grunzlaute aus Trudis Rüssel, denen ein erstickter Jauler Herbis folgte. Was die beiden wohl gerade träumten?

Auch wenn er eigentlich nicht zu dieser Sorte Mensch gehörte, holte er wie ein stolzer Vater sein Handy aus der Hosentasche und schoss ein Erinnerungsfoto der beiden Fellkinder.

Lizzy war kurz an den Kühlschrank verschwunden, um für jeden ein Alster zu besorgen, sodass er sich schon mal auf das leicht zerschlissene, aber dennoch bequeme alte Sofa sinken ließ, das wahrscheinlich Ulla gehört hatte, beziehungsweise ihr offiziell noch immer gehörte.

Mit einem schwungvollen Klappern stellte Lizzy nicht nur zwei Flaschen gekühltes Bier mit fruchtiger Zitronenlimo vor ihnen ab, sondern ließ auch noch zwei Notizblöcke samt Stiften, die sie sich unter den Arm geklemmt hatte, auf den Tisch fallen.

Wollte sie vielleicht eine Runde Stadt, Land, Fluss spielen? Das hatte er ewig nicht mehr getan, aber eigentlich war er immer ganz gut darin gewesen, vor allem was die Geografie Europas betraf, aber ob er gegen die deutlich weiter gereiste Lizzy eine Chance hätte?

Lizzy zwinkerte ihm schelmisch zu, während sie einen großen Schluck aus der Bierflasche nahm. Ein Tropfen des erfrischenden Getränks lief über ihre himbeerfarbenen Lippen ihr Kinn hinab und Fiete musste die Hände unter seinen Hintern schieben, um nicht in

Versuchung zu geraten, den Tropfen abzuwischen. Völlig unladylike wischte sich Lizzy mit ihrem geringelten Pulliärmel übers Gesicht, ehe sie ihre Idee verkündete. Spoiler: Sie wollte nicht Stadt, Land, Fluss spielen. Leider.

»Ich dachte mir, wir zwei Kreativlinge könnten uns mal an einem Gedicht versuchen, so wie Keike.« War ja klar, dass die Sache einen Haken hatte. »Ich wette, sie wird tief beeindruckt sein, wenn sie sieht, was du geschrieben hast.« Er schien definitiv unter Halluzinationen zu leiden, da der intime Moment auf dem Weihnachtsmarkt ganz offensichtlich nur seiner Vorstellung entsprungen war. Natürlich ging es mal wieder nur um Keike und Sven.

Da er den Abend jedoch nicht schon für beendet erklären wollte, weil dies zugleich bedeuten würde, dass die Zweisamkeit mit Lizzy vorbei wäre und sie sich gerade wirklich, wirklich gut verstanden, willigte er ein.

Lizzy war schon in ihrem Werk vertieft, wobei sie eigentlich jede geschriebene Zeile sofort wieder durchstrich und nur konzentriert an ihrem Bleistift knabberte. Na, dann würde er es mal hinter sich bringen.

Deine Haut riecht nach Meer
Dein Haar nach Gebäck
Deine Lippen verheißungsvoll
Mein Herz wird schwer
Wenn ich die Augen schließe
Seh ich nur dich
Selbst wenn ich dich anseh
Siehst du mich nicht.

Er schloss die Augen. Das Einzige, was er vor sich sah, war feurig leuchtendes Haar. Den einzigen Geruch, den er wahrnahm, war ein Hauch Schokolade und eine Prise Zimt. Als er die Augen vorsichtig wieder öffnete, fiel sein Blick auf Lizzy, die gerade sein Gedicht las. Lizzy, die ihn nicht sah.

Einunddreißig

Fietes Gedicht war einfach wundervoll – wenn sie Keike damit nicht überzeugen konnte, dann wusste sie es auch nicht. Besonders die Zeile mit dem Gebäck, die darauf hindeutete, dass Keike regelmäßig Zeit in der Törtchenbäckerei verbrachte, hatte es ihr angetan.

Ein kleiner spitzer Nadelstich plagte ihr Herz, denn sie wünschte sie sich so sehr, dass jemand für sie dasselbe empfand. Doch es war nur noch eine Frage der Zeit, bis dem so wäre, versuchte Lizzy sich aufzumuntern.

Bis dahin konnte sie immerhin dafür sorgen, dass Fiete glücklich werden würde – und sein Glück war schließlich unwiderruflich mit ihrem verbunden. Denn dann wäre Sven wieder frei. Frei für sie.

Lizzy gähnte herzhaft. Auch wenn Fiete sich gestern Abend dann doch relativ schnell verabschiedet hatte, plötzlich hundemüde, das Gedicht achtlos zusammengeknüllt auf dem Fußboden, war es spät geworden. Leider musste sie heute darauf verzichten, sich noch einmal genüsslich umzudrehen und sich in die weichen Federn zu kuscheln, denn sie hatte einiges zu tun.

Sie zog vorsichtig ihren steif gewordenen Arm unter Trudi hervor, die friedlich weiterschlummerte, und rappelte sich hoch. Ein Blick auf ihr Smartphone verriet ihr, dass es zwar noch zu früh fürs Café war, aber nicht, um dem Dünecker Tagesblatt einen Besuch abzustatten.

Sie sprang hastig unter die Dusche, ließ sich heute jedoch nicht von dem heißen Wasserstrahl dazu verleiten, die Zeit zu vergessen. Nach nur wenigen Minuten hüpfte sie auf die leicht raue Badematte, trocknete sich in Windeseile ab und legte etwas Make-up auf. Dann schlüpfte sie in ihr Strickkleid, in dem sie, ohne spießig auszusehen, so herrlich erwachsen wirkte, und steckte ihre noch feuchten Haare hoch. Frühstücken könnten sie und Trudi später. Jetzt hatte sie es eilig.

Lizzy im fliederfarbenen Daunenmantel, Trudi im gelben Regencoat, spazierten hinaus in die Kälte. Ihre Hauschweindame schien noch unter den Träumenden zu weilen, da sie nur gemächlich neben Lizzy hertrottete, die sie zur Eile antrieb. Außerdem war es bitterkalt und Lizzy sehnte sich nach einem heißen Getränk, deswegen wollte sie ihren Besuch in der lokalen Zeitungsredaktion so schnell wie möglich hinter sich bringen.

Das Dünecker Tagesblatt befand sich am entgegengesetzten Ende der Promenade in einer kleinen Seitenstraße, in der größtenteils nur Wohnhäuser und Ferienwohnungen zu finden waren. Lizzy ließ das meditative Rauschen der Ostsee hinter sich und bog in die Möwenstraße ein.

Sie zählte die Hausnummern ab und blieb schließlich vor einem verklinkerten Häuschen mit grünen Fensterläden und Türen stehen, vor dem ein altes klappriges Hollandrad stand, auf dessen Verkleidung das Logo der lokalen Zeitung gedruckt war. Hier musste es also sein.

Zaghaft betätigte sie die Klingel, die so alt und verrostet klang, wie das Fahrrad aussah. Sie hörte schlurfende Schritte und nur wenig später öffnete ihr ein untersetzter Herr, der sie an einen freundlichen Großvater erinnerte, die Tür. Seine graublauen Augen blickten wachsam hinter einer runden Nickelbrille hervor und sein Gesicht wurde von mehr Falten und Furchen geziert als das einer Schildkröte. Doch sein Lächeln war warm und freundlich.

»Moin junge Frau, was kann ich für Se tun?« Eigentlich hasste Lizzy es, mit *junge Frau* angesprochen zu werden, aber da der ältere Herr sie so ehrlich und offen anblickte, verzieh sie ihm diese Redewendung. Im Vergleich zu ihm war sie schließlich auch noch jung.

»Guten Morgen, ich bin auf der Suche nach Herrn Dibbern, dem Redakteur.«

Ihr Gegenüber lachte schallend und Lizzy erschrak ein wenig über diese unerwartete Gefühlsregung. »Der steht vor Ihnen, wie kann ich denn behilflich sein?« Damit hatte sie definitiv nicht gerechnet, aber umso besser, denn Herr Dibbern wirkte nicht nur außerordentlich sympathisch, sondern machte ebenfalls den Eindruck, als würde er nicht viel Wert auf Formalia legen.

Bevor Lizzy mit einer weitreichenden Erklärung ansetzen konnte, trat der betagte Redakteur zur Seite. »Nu kommen Se doch erst ma rein, junge Frau.« Er deutete auf Trudi. »Ihr Hund ist natürlich auch herzlich eingeladen.« Lizzy verkniff sich ein Lachen und folgte dem offensichtlich kurzsichtigen Mann in die gute Stube.

In der Mitte des Raumes stand ein riesiger rotbrauner Sekretär, auf dem sich allerlei Ordner und Unterlagen stapelten. Genauso wie am Boden daneben. Herr Dibbern ließ sich auf einen antik wirkenden Lederdrehstuhl fallen und wies Lizzy den geblümten Ohrensessel zu, in dem sie so tief versank, dass es fraglich wäre, ob sie jemals wieder herauskäme.

»So und jetzt erzählen Se ma, was Ihnen auf dem Herzen liegt, Kindchen.«

Lizzy zog das mühselig geglättete Schmierpapier aus ihrer kleinen bestickten Handtasche und reichte es dem Redakteur, der sogleich aufmerksam zu lesen begann.

»Das Gedicht hat ein guter Freund von mir geschrieben und ich dachte mir, es würde wunderbar in das Feuilleton Ihrer Zeitung passen. Er hat sich aber nicht getraut, selbst vorbeizuschauen.« Ein bisschen schämte sich Lizzy schon, dass sie die Gutgläubigkeit des alten Herrn ausnutzte, aber es war schließlich zu ihrer aller Besten.

»Das gefällt mir. Sagen Se Ihrem Freund, dass er viel Potenzial hat. Nehm ich in die Samstagsausgabe mit rein.« Herr Dibbern gehörte noch zu der Generation, für die Datenschutz und Eigentumsrechte ein Fremdwort waren. »Schreiben Se mir noch den Namen auf, der unter dat Gedicht soll.« Lizzy nickte aufgeregt und kritzelte *Fiete Matthiesen* auf das ihr dargebotene Papier. Das war ja deutlich einfacher gewesen, als sie angenommen hatte.

Den Rückweg legten Lizzy und Trudi direkt am Strand zurück. Der Sand knirschte unter ihren Fußsohlen und die Luft roch nach Salz und Schnee. Die weißen Schaumkronen auf dem Wasser tanzten ans Ufer, wo sie auf dem feuchten Sand ihre Spuren hinterließen bis eine neue Welle heranschwappte.

Magisch war das erste Wort, das Lizzy in den Sinn kam, während sie fasziniert das Schauspiel der Natur betrachtete. Trudi rannte ans Ufer und stupste ihre Schnauze in die weiße fluffige Masse, die sogleich verpuffte und Trudi vergnügt aufquieken ließ. Es war definitiv richtig gewesen, ihr altes Leben hinter sich zu lassen, und nach Düneck zu ziehen.

Das Vibrieren in ihrer Jackentasche kündigte eine neue Nachricht an. Während sie aus dem Augenwinkel ihr Fellkind beobachtete, das vor den kalten Wellen flüchtete, las sie die Nachricht, die Mona ihr geschrieben hatte.

Da alle Restaurants in Travemünde und Umgebung die kommenden Wochenenden über für größere Gesellschaften ausgebucht waren, wahrscheinlich wegen diverser Weihnachtsfeiern, hatte sie kurzerhand einen Tisch für kommenden Donnerstag reserviert. Für die meisten von ihnen, die in einem Seebad tätig waren, war eh jeder Tag ein Werktag, also waren sie nicht auf das Wochenende angewiesen.

Lizzy versprach, Fiete und Keike zu informieren, und Mona wollte sich um einige der umliegenden Betriebe kümmern. Sie würden einfach eine Art Telefonkette bilden, dann würde schlussendlich schon jeder Bescheid wissen.

Den Rest des Tages verbrachte Lizzy damit, das Café auf Vordermann zu bringen, Törtchen-Nachschub zu produzieren und ihre Gäste in weihnachtliche Stimmung zu versetzen. Es waren nicht mal mehr drei Wochen bis Heiligabend und damit auch bis zu ihrem Geburtstag und so langsam sollte sie sich vielleicht überlegen, ob sie eine Party veranstalten sollte, oder eher gesagt, ob sie überhaupt feiern wollte, nach allem, was bisher geschehen war.

Sie wusste nicht, ob sie bereit dazu wäre, dem glücklichen Pärchen Sven und Keike dabei zuzusehen, wie sie sich unter dem Mistelzweig küssten, oder ob es vielleicht bis dahin kein Sven UND Keike mehr geben würde.

Ob sie es sich wohl leisten könnte, das Café über die Festtage zu schließen und nach Hause zu ihren Eltern zu fahren und sich dort verwöhnen zu lassen? Allerdings wollte sie Mona auch nicht im B&B allein lassen, für die Weihnachten natürlich ein besonders lukratives Geschäft war.

Außerdem machte sie es ein bisschen nervös, dass sie nach wie vor keine Auftragsbestätigung der Zentrale Amoris bekommen hatte. Vielleicht sollte sie noch mal dort anrufen und nachfragen. Bei dem Gedanken daran Jingle Bells in Endlosschleife zu hören und den betont gut gelaunten Florian Bauer, verwarf sie den Gedanken jedoch rasch wieder.

Stattdessen widmete sie sich einem Birnen-Crumble in einem Becherchen aus hauchfeinstem Schokomürbeteig sowie Sachertörtchen mit weihnachtlicher

Einundvierzig

Es war der Morgen des dreiundzwanzigsten Dezembers. Ausnahmsweise hatte Lizzy sich noch mal umgedreht und in die Laken gekuschelt, denn die Törtchenbäckerei blieb heute und morgen geschlossen. Trudi war es schließlich gewesen, die sie mit einem aufgeregten Grunzen geweckt hatte und quiekend auf dem Bett herumgetänzelt war, bis Lizzy schließlich aufgestanden war.

Das Minischweinchen oinkte immer noch vehement, sodass Lizzy schließlich seufzend in eine alte Jeans und einen dicken Sweater schlüpfte, um hinunterzugehen und mit den letzten Vorbereitungen zu beginnen. Ihre Hausschweindame schoss wie ein geölter Blitz voraus und ließ sich vor der Glasfront an der Eingangstür nieder und grunzte erneut so durchdringend, bis Lizzy schließlich zu ihr ging, um zu schauen, was Trudi so sehr aufregte.

Ihre Augen wurden mindestens genauso groß wie die von Trudi und das Quieken, das Lizzy anschließend von sich gab, konnte dem ihrer Herzensdame nicht ähnlicher sein. Dicke weiße Flocken fielen vom Himmel und benetzten den Boden. Die rote Farbe ihres Minis war kaum noch zu erkennen und das Kopfsteinpflaster auf der Promenade war ebenfalls bereits weiß eingefärbt. Halleluja, es schneite!

Lizzy bereitete schnell drei Milchkaffee mit ordentlich Zimtsirup zu und nur wenig später klopfte es auch schon an der Tür und zwei eingepackte Michelin-Männchen standen davor.

»Keike, Mona, wie schön, dass ihr hier seid! Kommt rein und wärmt euch erst mal auf!« Das ließen sich die beiden Frostbeulen nicht zweimal sagen. Bibbernd klopften sie sich den Schnee von den Mänteln und stapften ins Innere der Törtchenbäckerei. Lizzy verzog angeekelt das Gesicht, als erst Mona und dann auch noch Keike sie in eine nasse Umarmung schlossen.

Nachdem die drei Freundinnen ihren Café au Lait geleert hatten, rückten sie die kleinen Tischchen zu etwas größeren Sitzgruppen am Rande zusammen. Vor der Theke war nun Platz für eine kleine Tanzfläche. Das Törtchenbuffet würden sie einfach auf der Arbeitsfläche im Küchenbereich aufbauen.

Keike wickelte noch ungefähr hundert weitere Lichterketten um sämtliche Stuhllehnen, Tischbeine und was sich sonst noch so zum Umwickeln fand, damit sie auf die verhältnismäßig grellen Deckenleuchter verzichten konnten.

Lizzy befreite gerade die Unmengen an neuen Gläsern aus ihren Kisten, um diese einmal durchzuspülen. »Mona, hilfst du mir mal kurz?« Keine Antwort. »Keike?« Doch es blieb still. Irritiert streckte sie den Kopf über die Theke, doch ihre Freundinnen waren verschwunden. Seltsam.

Gerade als Lizzy sich auf die Suche begeben wollte, kamen die beiden schnaufend ins Café gewankt, einen riesigen Gegenstand über ihre Schultern gelegt. Die beiden Mädels grinsten breit, während Lizzy vor Erstaunen der Mund offenstand.

»Wir haben da noch eine kleine Überraschung für dich, Mausi.« »Ich würde eher *große* sagen«, ergänzte Keike mit einer Mischung aus Schnaufen und Lachen. Ihre Freundinnen hatten ihr doch tatsächlich einen Weihnachtsbaum besorgt.

»Danke! Ihr seid die besten!« Gerührt zog Lizzy Mona, Keike und natürlich auch die Nordmanntanne in eine Gruppenumarmung.

Lizzy atmete tief durch. Der Baum war über und über mit kleinen Möwen und Ankern behängt, die Keike in ihrer Boutique besorgt hatte. Der Kühlschrank war gefüllt mit Sekt, Rum und Lillet, um verschiedene Cocktails und Aperitifs zubereiten zu können. Auf der Anrichte stapelten sich Törtchen von süß bis salzig sowie allerlei Weihnachtsgebäck und das Café wurde nur noch von dem gemütlichen Schein der Lichterketten beleuchtet.

Lizzy schüttelte ihre dichten Locken und strich ihr Kleid glatt, dann schaltete sie die Musik an; eine wilde Mischung aus Weihnachtsliedern und sämtlichen Songs der Wellerwomen, die sie im Internet hatte finden können. Sie war bereit für ihre letzte Party.

Nach und nach trudelten die ersten Gäste ein. Mona trug ein wunderschönes gestreiftes Cocktailkleid, das ihre roten Lippen und den schwarzen kurzen Bob perfekt zur Geltung brachte. Keike und Sven kamen als

Nächstes und Lizzy umarmte die beiden herzlich. Der Schmerz war vollends verschwunden.

Während Lizzy mit den ersten Gästen anstieß, traf auch Sonja samt der *Bootschuppen*-Mannschaft ein, die sich sofort daran machten, die ersten Cocktails zu mixen. Simon hatte sich sogar extra einen gemüsigen Cocktail nur speziell für Trudi überlegt, den er nun Lizzys Herzensdame kredenzte. Trudi hatte definitiv einen neuen Verehrer.

Und dann kam Fiete herein. Obwohl er eine kalte Schneewehe beim Öffnen der Tür hineintrug, konnte Lizzy seine Wärme fühlen. Ihr wurde erst unglaublich heiß, dann unglaublich kalt, als sich die Menge teilte und sie ein letztes Mal aufeinander zu schritten.

Fiete stockte der Atem. Er konnte den Blick nicht von ihr abwenden, als sie langsam auf ihn zukam. Der glitzernde Tüllrock raschelte und funkelte bei jedem Schritt, das feine Spitzenoberteil betonte ihre zarten Kurven. Ihr lockiges Haar ergoss sich wie ein Vulkan über ihre alabasterfarbenen Schultern. Er drohte in den Tiefen ihrer grauen Augen zu versinken und darin zu ertrinken. Lizzy ... seine Lizzy.

Die Distanz der letzten Tage überbrückend zog er sie in eine weiche warme Umarmung aus Zimt und Schokolade, Salz und Meer. Sie ließ es geschehen und schmiegte sich in seine Arme, als hätte sie den ganzen Abend nur darauf gewartet. Sein Herz klopfte unaufhörlich schneller. Er hörte den Herzschlag so laut und stark, dass er sich nicht mehr sicher war, ob es sein eigenes Herz war.

Zu der dunkelblauen Chinohose trug er ein Hemd, das über und über mit kleinen Lebkuchenmännern bedruckt war. Es war so *Fiete-like*, dass sie unwillkürlich lächeln musste. Lizzy kuschelte sich noch enger an seine Brust, wo sie sein laut pochendes Herz fühlen konnte, als wäre es ihr eigenes. Oder war es ihr eigenes?

Am liebsten hätte sie für immer so dagestanden, behütet in seiner festen Umarmung, umgeben von seinem Duft aus Tannennadeln und frischer Farbe.

»Willst du tanzen?«

Sie nickte und zusammen schoben sie sich durch die Menschen auf die Tanzfläche, auf der sich inzwischen nicht nur weitere Paare – unter anderem auch Sven und Keike, die ihnen warmherzig zulächelten – versammelt hatten, sondern auch Trudi und Herbi, die unter Bellen und Grunzen ulkig hin und her hopsten.

Es war ein perfekter Abend. Es wurde gelacht, gegessen und getanzt und Lizzy war froh darüber, sich für eine unvergessliche Geburtstagsparty entschieden zu haben.

Sie unterhielten sich köstlich, naschten Lebkuchentörtchen, tranken erfrischende Mojitos und tanzten, was das Zeug hielt. Fiete wich Lizzy keine Sekunde lang von der Seite. Sie wirkte so gelöst und so glücklich, ihre Wangen waren gerötet und ihr Haar verwuschelt.

Nachdem die beiden mit Trudi und Herbi zu einem alten Shanty wie die Verrückten übers Parkett gefegt waren, war er so dermaßen aus der Puste, dass er Lizzy an die Hand nahm und sie auf die überdachte Terrasse zog, von wo aus sie das quirlige Treiben der Schneeflocken beobachten konnten.

Zusammen standen sie übers Gelände gebeugt da und Lizzy streckte ihre Zunge heraus, um die eisigen Flöckchen einzufangen. Die Zeiger der Uhr näherten sich langsam, aber sicher Mitternacht. Jetzt wäre vielleicht seine letzte Chance, in Ruhe mit ihr zu reden und endlich das auszusprechen, was ihm schon so lange auf der Seele brannte.

Lizzy war sich seiner Nähe überdeutlich bewusst. Ihr Herz hämmerte und selbst die eisigen Schneekristalle vermochten die Hitze in ihrem Inneren nicht zu kühlen. Langsam drehte sie sich zur Seite. Drehte sich zu dem Mann, der perfekt für sie gewesen wäre. Das wusste sie jetzt. Sie schaute in seine blauen Augen, die sie niemals vergessen können würde. Genauso wenig wie die Ostsee, die rau und dunkel vor ihnen lag.

»Lizzy, ich ...« Sie rückte ein Stück näher an ihn heran. »... muss ...« Sie neigte vorsichtig ihren Kopf. »... mit ...« Sie öffnete leicht ihre Lippen. »... dir ...« Sie drückte ihren Mund zaghaft auf seinen und küsste ihn. Zuerst sanft und zärtlich, dann hungrig und wild. Sie vergrub ihre Hand in seinen Haaren, während er seinen Arm um sie schlang. Seine Zunge kitzelte ihre Lippen und sie gewährte ihm Einlass.

Sie küssten sich, als gäbe es kein Morgen – wahrscheinlich gab es tatsächlich kein Morgen, doch das war ihr egal, als sie sich schwer atmend von ihm löste und an seinen Lippen flüsterte: »Ich liebe dich, Fiete Matthiesen! Ich glaube, ich habe dich schon eine ganze Zeit lang geliebt.«

Er streichelte ihr durch das Haar und küsste zärtlich ihren Hals, bevor er mit kratziger Stimme antwortete:

»Ich liebe dich auch, Elisabeth Hufschmidt. Ich habe dich die ganze Zeit über geliebt.«

Lizzy fühlte sich federleicht, als die Kirchturmuhr zu schlagen begann und ihr sechsundzwanzigstes Lebensjahr einläutete. Sie hatte zwar verloren, aber zumindest hatte sie für einen kurzen Moment das Glück der wahren Liebe spüren dürfen.

Zweiundvierzig

»Süße, alles, alles Gute zum Geburtstag! Ich bin so froh, dass wir ab jetzt jeden Geburtstag zusammen verbringen können.«

Lizzy schluckte schwer, während Fiete sie liebevoll von der Seite betrachtete. Was hatte sie sich nur dabei gedacht, sich so gehen zu lassen? Nicht nur, dass ab jetzt alles anders für sie werden würde … Wer wusste schon, was dieser Kuss noch für Konsequenzen nach sich ziehen würde – und damit meinte sie nicht die irdischen Folgen, die Fiete betrafen. Er würde sie vermutlich dafür hassen, dass sie ihn erst ewig hingehalten hatte, ihm dann ihre Liebe gestand und sich anschließend – am besten still und heimlich – aus Düneck verkrümelte.

Mona zog Lizzy in eine feste Umarmung und flüsterte ihr dabei ins Ohr: »Habe ich das gerade richtig gesehen, dass du händchenhaltend mit Fiete aus dem Wintergarten gekommen bist? Bitte sag ja!«

Da sie es nicht ertragen hätte, an ihrem eigenen Geburtstag die enttäuschte Miene ihrer Freundin auf sich zu spüren, nickte sie nur leicht und zwang sich zu einem Grinsen. Die anderen Gäste hatten inzwischen begonnen laut und schief *Heute soll es regnen, stürmen, oder schneien* zu singen – wie passend bei dem Wetter.

Am liebsten hätte sie sich jetzt nach oben in ihr Bett verkrochen, doch sie machte gute Miene zum bösen Spiel, als ihre Besucher sich in einer langen Schlange aufreihten, um ihr auch noch persönlich zu gratulieren und ihr wunderhübsch verpackte Geschenke zu überreichen. *Das hatte sie nicht verdient*, schoss es ihr blitzartig durch den Kopf, doch sie lächelte tapfer weiter.

Von Sven und Keike bekam sie einen kleinen Vorrat an sommerlich maritimer Deko geschenkt, die perfekt in die Törtchenbäckerei passte. Wehmütig blickte sie durch das Café, was sie schon so lieb gewonnen hatte und in dem sie sich so schrecklich wohlfühlte. Aber nach allem, was geschehen war, würde sie nicht hierbleiben können.

Sonja überreichte ihr eine edle Schachtel, in der sich eine wunderschöne Jeansjacke mit Blumenstickerei befand. Sie zwinkerte ihr zu, als Lizzy ehrfürchtig über die zarten handgestickten Blüten strich. »Damit du das Kleid beim nächsten Mal etwas lockerer stylen kannst.« Als wenn es noch ein nächstes Mal geben würde ...

Die Jungs und Mädels aus dem *Bootsschuppen* überreichten ihr einen Gutschein zu einem Wein-Tasting für zwei, zu dem sie und Mona herzlich eingeladen waren. Lizzy seufzte gerührt und drückte das Vierergrüppchen fest an sich. Sie wollte nicht weg von hier, sie wollte mit Mona zu dieser verdammten Weinprobe gehen, sie wollte die Törtchenbäckerei sommerlich herrichten und ihr glitzerndes Prinzessinnenkleid an jedem einzelnen ihrer Geburtstage tragen!

Sie liebte Düneck, den kleinen, gemütlichen Strand, der im Sommer mit seinen zahlreichen fröhlich-gestreiften Strandkörben zum Verweilen einlud, und sie liebte die raue Ostsee, die seit ihrer Ankunft, natürlich schon viel zu kalt für ein Bad gewesen war. Und sie liebte Fiete und wollte einfach jeden dieser einzelnen Momente mit ihm erleben! Doch das würde ihr nicht vergönnt sein.

Mona zog sie beiseite und Lizzy blickte überrascht auf. »Du glaubst doch wohl nicht etwa, dass ich nichts für dich habe?« Zum Glück war Lizzy so schlagfertig, dass sie hastig antwortete: »Meine beste Freundin gegenüber wohnen zu haben ist das beste Geschenk überhaupt!« Mona gab ein gerührtes »Ohhhh« von sich und drückte Lizzy erneut an sich, bevor sie ihr einen Umschlag überreichte und mit wackelnden Augenbrauen verkündete: »Nachdem, was ich eben mitbekommen habe, kannst du das jetzt bestimmt noch besser gebrauchen.«

Vorsichtig öffnete Lizzy den Umschlag, aus dem ihr ein Foto von Monas geräumigstem Zimmer, der Muschel-Suite, entgegenfiel. Auf dem Foto konnte man nicht nur das überaus riesige und bequeme Bett erkennen, sondern auch den kleinen Whirlpool und die Regendusche, die nur dieses Zimmer besaß. »Falls du mit deinem Liebsten mal eine kleine Auszeit brauchst, ohne dafür ans andere Ende der Welt fahren zu wollen!« Am liebsten hätte Lizzy sich einfach ihrer Freundin anvertraut, doch sie konnte es nicht. Zumindest nicht in dieser Nacht.

Stattdessen überlegte sie fieberhaft, wie sie ihrem Schicksal doch noch entrinnen könnte. Vielleicht sollte sie ihre Aufgabe als Maga Amatoria einfach nicht mehr allzu ernst nehmen und tun und lassen, wonach ihr der Sinn stand. Doch die Bilder, die sich in ihrem Kopf breitmachten, belehrten sie eines Besseren: Hexen, die ins Koma fielen … binnen Sekunden alt und hässlich wurden oder denen nur noch Unglück widerfuhr. Wer wusste es schon, vielleicht würde sie morgen aufgrund ihres Fehltritts schon eine von ihnen sein.

Neben ihr ertönte ein kratziges Räuspern und unterbrach, Gott sei Dank, ihre lebhaften, gruseligen Fantasien. Fiete hielt zwei gut verschnürte Päckchen in seinen kräftigen Händen, die er Lizzy nun mit schüchternem Blick überreichte.

»Ich … ich hoffe, es gefällt dir. Es ist bloß was Selbstgemachtes.«

Aufgeregt löste Lizzy die Tesafilmstreifen, um das hübsche pinke Papier mit den kleinen rosafarbenen Schweinchen darauf nicht zu zerstören. Das Präsent fühlte sich weich an. Was mochte das wohl sein? Als auch der letzte Klebestreifen gelöst war, schlug Lizzy die kunstvolle Verpackung zur Seite und ihre Theorien von einst bestätigten sich. Zwei wunderschöne Strickpullis in ihrer Lieblingsfarbe kamen zum Vorschein. Fiete blickte sie unsicher an. »Einer für dich und einer für Trudi.«

Als hätte sie es gehört, rannte besagte Schweinchendame auch schon herbei und sprang an Lizzys Bein empor. Sie hatte sich eindeutig zu viel bei Herbert abgeguckt. »Schau mal meine süße Maus, da ist auch was für dich.« Jetzt traten ihr doch die Tränen in die Augen, aber es waren Tränen der Rührung.

»Fiete, das ist das tollste Geschenk, was ich jemals bekommen habe!« Sie umarmte ihn ausgelassen und gab ihm einen schnellen Kuss auf den Mund. Auf einen mehr oder weniger kam es jetzt auch nicht mehr an. »Ich habe die ganze Zeit über vermutet, dass Stricken dein Hobby ist!«

Fietes Gesicht nahm eine ähnliche Färbung wie die Wolle der Pullover an. »Nun ja, es ist nicht unbedingt ein Hobby, mit dem man als Mann vor seinen Kumpels prahlt.«

»Also ich finde es cool!«, begehrte Lizzy auf und auch Mona mischte sich entrüstet ein. »Den meisten Männern würde es, glaube ich, mal ganz guttun, zur Häkelnadel zu greifen.« Fietes Stimme war nur noch ein Murmeln. »Aber ich stricke doch.«

»Häkeln, stricken, klöppeln, für jemanden wie mich, der keine Ahnung hat, ist alles das gleiche.«

Die drei brachen in herzliches Gelächter aus. »Du musst noch dein zweites Geschenk öffnen.«

Das hatte sie glatt vergessen. Genau so vorsichtig wie beim ersten, öffnete sie die Verpackung. Es war ein Bild der Törtchenbäckerei, die Fiete in zarten Farben aufs Papier gebracht hatte. Rundherum befand sich eine stattliche Winterlandschaft, bei der Fiete seine künstlerische Freiheit hatte walten lassen. Auf der Promenade spazierten zwei Rehe und vor Lizzys Café stand eine

prächtige Tanne, auf der Eichhörnchen in den schnee-
behangenen Ästen spielten.

»Oh Fiete, das ist so wunderschön! Das bekommt definitiv einen Ehrenplatz, egal ob im Sommer, Frühling,
Herbst oder Winter!« Sie stellte sich auf die Zehenspitzen und schlang die Arme um ihn. Dieses Bild würde sie
immer an den schönsten und schrecklichsten Geburtstag ihres Lebens erinnern.

Gerade als sie dachte, dass sie jetzt genug der allge-
meinen Aufmerksamkeit erhalten hatte, flog die Tür
auf und Giovanni kam hineingetorkelt, eine riesige Eis-
torte, auf der sechsundzwanzig Wunderkerzen brann-
ten, in seinen Händen. Die Überraschung war definitiv
gelungen. Während sie in die Gesichter ihrer alten und
neuen Freunde und Freundinnen schaute, die ihr
schon so sehr ans Herz gewachsen waren, pustete sie
die Kerzen aus und wünschte sich ganz fest, dass doch
noch alles irgendwie gut werden würde.

Dreiundvierzig

Langsam neigte sich der Abend dem Ende zu, beziehungsweise die Nacht, wäre wohl treffender. Fiete konnte sein Glück noch immer kaum fassen und er fürchtete sich beinahe davor, sich von Lizzy zu verabschieden, aus Angst, dass die Welt bei Tageslicht plötzlich wieder eine andere wäre.

Doch leider verabschiedete sich in diesem Moment auch die Fraktion aus dem *Bootsschuppen*, die über eine wirklich ausdauernde Partylaune verfügte. Er war der Einzige, der mit Lizzy und ihrer wirklich sympathischen Freundin Mona zurückblieb. Diese zwinkerte ihm noch kokett zu, ehe sie sich gähnend an Lizzy wandte: »Puhhh, bin ich müde, ich glaube, ich habe gerade schon mein Bettchen verzweifelt nach mir rufen hören.«

Die gute Seele ... Mona hatte ihm gerade noch ein bisschen Zeit mit Lizzy allein verschafft. Ihr Blick, der so viel sagte, wie *Versau es nicht*, ließ darauf schließen, dass sie es wohl nicht ganz unbeabsichtigt getan hatte. Sie zog beide in eine gemeinschaftliche Umarmung. »Hab dich lieb Lizzy, und danke für diesen wunderschönen Abend! Wir sehen uns morgen.«

Lizzy kuschelte sich an ihre Freundin, während Fiete den beiden galant ein wenig Freiraum ließ, auch wenn das berührende Gespräch der beiden Schnatterliesen nicht zu überhören war. »Ich hab dich auch lieb Moni-Maus. Danke, dass du nicht nur heute, sondern immer für mich da bist.«

Mona winkte und auf einmal stand er allein mit Lizzy in der leer gefegten Törtchenbäckerei, die ihrem Namen an diesem Abend alle Ehre gemacht hatte. Das Törtchenbuffet war nämlich bis auf drei einsame Küchlein vollends verputzt worden.

Trudi und Herbi lagen träge hinter der Theke und der gutmütige Berner Sennenhund schleckte über das zarte Fell der kleinen Sau. »Sollen wir noch ein paar Meter mit den beiden gehen?« Lizzy schaute ihn voller Hoffnung an und er war froh darüber, dass sie eindeutig mutiger war, als er selbst und die Initiative ergriffen hatte. »Gern. Ich ... ich bin noch nicht bereit, dich loszulassen.«

Der feste Knoten in Lizzys Magen war wieder da. Wenn Fiete gewusst hätte, wie wahr seine letzten Worte doch waren. Aber Lizzy war auch noch nicht bereit, ihn gehen zu lassen.

Einträchtig schweigend liefen sie am Strand entlang. Nur wenige Lichter spiegelten sich in der tiefschwarzen Ostsee und verliehen ihr einen geheimnisvollen Schimmer. Es war keine unangenehme Stille, die zwischen den beiden herrschte. Viel mehr genossen sie es, die pure Anwesenheit des anderen zu spüren.

Trudi und Herbi zockelten gemächlich neben ihnen her und schienen die bedächtige Atmosphäre genauso zu schätzen wie Lizzy und Fiete. Vereinzelt fielen noch Schneeflocken von Himmel, die als glitzernde Kristalle auf dem kalten Sand zurückblieben.

Viel zu schnell hatten sie das *Meer im Leben* und somit auch Fietes Wohnung erreicht. Zum ersten Mal wurde Lizzy die Bedeutung des Namens wahrhaftig bewusst. Ja, sie wollte auch mehr im Leben, und zumindest in dieser einen Nacht würde sie sich von dieser Botschaft tragen lassen.

Fiete hielt ihre Hand noch immer fest in seiner. Genau so wenig, wie er Anstalten machte, sie loszulassen, kam sie auf die Idee, sich von ihm zu lösen. »Kommst du noch mit nach oben?« Seine Stimme war rau, voller Verheißungen, seine Augen funkelten tiefblau. Anstatt ihm zu antworten, zog sie ihn einfach in Richtung Tür. Das war Antwort genug.

Wortlos folgte Lizzy ihm die Treppe nach oben hinauf und wartete, bis er die Wohnungstür aufgeschlossen hatte. Ihre Atmung ging hektisch, ihr Herz vibrierte förmlich, so schnell schlug es. Kaum war die Tür hinter ihnen ins Schloss gefallen und die Fellnasen zu Herbis Körbchen getrottet, küsste sie ihn.

Der Kuss war nicht so bedächtig wie der erste, aber mindestens genau so intensiv. Seine Hände streiften ihr die Winterjacke von den Schultern, bevor sie sanft an ihrer Wirbelsäule entlangstrichen. Das Pochen, das sich eben noch in ihrer Brust befunden hatte, war nun weiter nach unten gewandert und hinterließ ein köstliches Ziehen in ihrem Unterleib. Plötzlich wünschte sie sich, seine Hände noch an ganz anderen Stellen zu spüren. An Stellen, die noch kein anderer Mensch außer ihr selbst je zuvor berührt hatte.

Ihr Verstand hatte aufgehört zu funktionieren, die
Lust hatte die Kontrolle über ihren Körper übernom-
men und sorgte dafür, dass auch sie ihre Hände auf
Wanderschaft gehen ließ. Sie wollte ihn so sehr.

Durch die dünne Spitze ihres Kleides konnte er die
Wärme ihrer Haut spüren, die sein Inneres zum Glühen brachte. Er hörte ihre schneller werdende Atmung,
merkte, wie sie sich immer enger an ihn presste und
sich vollkommen in dem Kuss verlor. Als ihre Hand
zärtlich unter seinen Pullover fuhr, konnte er nicht
mehr klar denken. Er konnte nur noch fühlen.

Mutiger geworden, öffnete er vorsichtig mit einer
Hand den langen Reißverschluss, der von ihrem Nacken bis zu ihrem Po verlief. Mit der anderen Hand
hielt er sie immer noch fest, als das Kleid zu Boden glitt
und sich wie ein See zu ihren Füßen ergoss.

Sie war wunderschön, noch schöner als er sich vorgestellt hatte, selbst in dem zarten Bustier, zu dem sie immer noch eine dicke Wollstrumpfhose und ihre Docs
trug. Vielleicht war sie auch eben deswegen so schön,
weil sie komplett sie selbst war.

Mit einem sanften Ruck zog er sie ins Schlafzimmer
und sie sank aufs Bett. Ihr Brustkorb hob und senkte
sich voller Erwartung, als er sie von den Stiefeln und
der Strumpfhose befreite. Der dünne Slip schmiegte
sich feucht an ihre Mitte und sie stöhnte leise auf, als er
mit seinen Fingerspitzen neckend darüberfuhr. Mit be-
benden Händen zog sie ihn auf sich und schob ihm den
Pullover über seinen Kopf.

Fiete hinterließ eine sanfte Spur aus Küssen auf Lizzys Bauch, bevor er ihr Bustier öffnete und behutsam mit der einen Hand ihre aufgerichteten Spitzen streichelte und die andere verheißungsvoll in ihren Slip gleiten ließ.

Ihre Brüste waren schwer vor Lust und sie drückte sich voller Begierde gegen Fietes Hand, die quälend langsam an ihrem Höschen zog. Obwohl sie völlig entblößt vor ihm lag, hatte sie keine Angst. Sie fühlte sich wunderschön und selbstbewusst, aber vor allem fühlte sie sich sicher.

Als auch ihr letztes Kleidungsstück endlich zu Boden fiel, küsste er sie erneut. In seinem Kuss lag die Erregung, die auch sie verspürte, als sein harter Schritt gegen ihre empfindlichste Stelle drückte. Vorsichtig legte er sich neben sie, während seine Hand zwischen ihre Beine glitt und sie mit kreisenden Bewegungen verwöhnte. Sie stöhnte an seinen Mund, als er zärtlich einen Finger in sie schob und sie von innen massierte. Sie wollte ihn ganz und gar und sie wollte ihn jetzt. Nur ein einziges Mal. Ihre Stimme war nicht mehr als ein Flüstern: »Schlaf mit mir.«

Es war genauso, wie sie es sich immer vorgestellt hatte. Nach kurzer Zeit fanden sie sich in ihrem ganz eigenen Rhythmus wieder. Manche Momente waren gezeichnet von drängender Begierde, andere von sanften Küssen, während sie miteinander verschmolzen, dem Höhepunkt entgegeneilten und eins wurden. Es war nicht einfach nur Sex, es war Liebe. Eine Liebe, die dafür sorgte, dass man alles um sich herum vergaß.

Erschöpft kuschelte sich Lizzy in Fietes Arme, atmete den Duft ihrer Zärtlichkeiten ein, der noch immer in den Laken hing und lauschte seinen Atemzügen, die nach und nach immer regelmäßiger wurden. Sie war noch nicht bereit, sich zu erinnern.

Vierundvierzig

Das war ja mal wieder sowas von typisch. Während die Chefetage sich natürlich längst in den Urlaub verabschiedet hatte, konnte er sich die Nacht um die Ohren schlagen, um diesen angeblich ach so wichtigen Brief noch rechtzeitig vor den Feiertagen abzuliefern.

Konzentriert kniff Florian die Augen zusammen, um trotz des regen Schneefalls die Spur zu halten. Das hatte man davon, wenn man als Mädchen-für-alles in einer dubiosen Firma anheuerte ... Wenn er die Nacht durchfuhr, sollte er es schaffen, dieses spießige Kaff von Küstenort gegen Morgen zu erreichen. Er hatte ja schließlich nichts Besseres zu tun, als am Heiligabend durch die Gegend zu gurken. Vielleicht war er wenigstens pünktlich zur Bescherung wieder zu Hause.

Ein erster Sonnenstrahl kitzelte Lizzys Nase und entlockte ihr ein herzhaftes »Hatschi.« Vom Boden erklang ein weiterer Nieser gepaart mit einem Grunzen. Lizzy streckte sich, als ihr Arm auf einmal etwas Warmes streifte. Erschrocken öffnete sie die müden Augen und blinzelte einige Male, bis sie sich an das diesige Licht gewöhnt hatte.

Vorsichtig rollte sie sich zur Seite, nur um sogleich wieder auf Widerstand zu stoßen. Den eines anderen Körpers. Mist, verdammter Mist. Sie lag immer noch in Fietes Bett. Um genau zu sein, in seinem Arm. Den anderen hatte er um sie geschlungen, während er seelenruhig, den Mund leicht geöffnet, friedlich schlummerte.

Panik überfiel sie und rüttelte an ihr, als die Erinnerungen der Nacht an ihr vorbeizogen. *Was hatte sie sich nur dabei gedacht? Wieso hatte sie sich von ihren Gefühlen leiten lassen? Und wieso zur Hölle, war sie dann auch noch hier eingeschlafen?* Ein Glück, dass sie so früh aufgewacht war.

Ganz, ganz vorsichtig hob sie seinen Arm an und wand sich darunter hervor. Fiete gab ein ersticktes Grummeln von sich, sodass Lizzy kurz die Luft anhielt. Erst als sie sich sicher war, dass er immer noch schlief, sprang sie hastig auf, schlüpfte in ihre Unterwäsche und stieg in ihre Strumpfhose. Sie griff nach einem T-Shirt voller Farbflecken, das auf dem Boden lag, und streifte es über. Mit den Schuhen unterm Arm schlich sie in den Flur und zog ihre Boots und den Wintermantel an. Ihr schönes Glitzerkleid, das wie eine traurige Erinnerung am Boden lag, stopfte sie sich kurzerhand unter den Arm.

Trudi schien ihren siebten Sinn aktiviert zu haben, denn sie kam wie von selbst zu Lizzy scharwenzelt. Rasch klemmte sie sich das kleine Hausschwein unter den anderen Arm und öffnete geräuschlos die Haustür und schloss sie genauso leise hinter sich. Dann eilte sie die Treppen hinunter. Sie setzte Trudi auf dem Boden ab und begann zu rennen, so schnell es ihr langer Mantel zuließ. Trudi – offensichtlich deutlich besser trainiert als sie selbst – wetzte neben ihr her.

Als sie die Törtchenbäckerei endlich erreicht hatte, brannte ihre Lunge und ihre Beine schmerzten. Doch das war alles, was sie fühlte. Ansonsten war da nur erdrückende Leere.

Völlig konfus begann Lizzy Teller in die Spülmaschine zu räumen, halb volle Gläser auszuleeren und Krümel aufzufegen. Die restlichen paar Törtchen verstaute sie in einer Schachtel, bevor sie begann die Tische abzuwischen und wieder an Ort und Stelle zu rücken.

Sie wollte das Café wenigstens einigermaßen sauber und geordnet zurücklassen, bevor sie zu ihren Eltern nach Frankfurt fahren würde, um sich dort in ihrem alten Kinderzimmer zu verkriechen … am besten mit einer großen Dose voller Vanillekipferl.

Vielleicht könnte sie Mona bitten, ihre Sachen zu packen und sie ihr zu schicken. Lieber würde sie ihr ganzes Erspartes in einen Spediteur stecken, als selbst noch einmal herzukommen und womöglich Fiete über den Weg zu laufen … ihrem Fiete.

Sie sah plötzlich erstaunlich klar, obwohl ihr Herz nur noch von losen Fäden gehalten wurde, doch sie durfte jetzt nicht schwach werden. Wahllos stopfte sie einige Küchenutensilien in einen Beutel, als es auf einmal an der Tür klopfte. Ihr Herz setzte für einen kurzen Moment aus. *Was sollte sie ihm nur sagen?* Doch es war gar nicht Fiete, der da an ihre Scheibe klopfte. Ein junger Mann mit einer albernen Weihnachtsmütze stand davor und presste seine Nase an das milchige Glas. *Wer mochte das wohl sein?*

Schnell lief sie zur Tür, um dem verirrten Besucher zu öffnen. Ihr seltsames Outfit bestehend aus einer Strumpfhose, die sie falschherum trug und dem fleckigen viel zu großen Shirt, war ihr dabei herzlich egal.

Sie riss die Tür auf und beinahe wäre der Mann, der nur unwesentlich jünger als sie selbst zu sein schien, ihr entgegen gekippt. »Jaa? Kann ich Ihnen helfen?« Lizzy erkannte ihre eigene Stimme kaum, so tonlos und fremd klang sie.

»Guten Morgen, sind Sie Elisabeth Hufschmidt?« Diese Stimme - die hatte sie schon mal gehört, aber sie konnte sich partout nicht erinnern, woher sie diesen seltsam vertrauten Klang kannte.

Lizzy nickte zögerlich. »Ja, die bin ich, ist etwas passiert?« Der junge Mann grinste etwas müde und schüttelte den Kopf, wobei der Bommel seiner Mütze wippte. Dann griff er in seine Tasche und holte einen Brief hervor. »Der ist für Sie.«

Das unauffällige Kuvert, die Frankfurter Adresse … Lizzy stockte der Atem, als der Bote ihr den Brief überreichte. Er hob die Hand zum Gruß, rief noch »Fröhliche Weihnachten« und marschierte zurück zu seinem schwarzen Kombi.

Da fiel es Lizzy wie Schuppen von den Augen. »Sie sind Florian, Florian Bauer, wir haben telefoniert!«

Er drehte sich kurz um. Dieses Mal war sein Lächeln ehrlich. »Ja, der bin ich.«

»Warten Sie kurz.« Lizzy rannte nach drinnen, schnappte sich die Schachtel mit den restlichen Törtchen und eilte zurück zu Florian. »Für die Rückfahrt.«

Sie drückte ihm das Paket in die Hand, drehte sich um
und ging langsam wieder hinein. Der Brief lag schwer
in ihrer Hand.

Fünfundvierzig

Ein lautes Bellen riss ihn aus dem Schlaf und er bildete sich ein, eine Tür knallen zu hören. Fiete gähnte herzhaft, ein Lächeln auf den Lippen, als er an die Nacht zurückdachte, die alles verändert hatte. Schlaftrunken tastete er neben sich, doch da war niemand. Die wohlige Trägheit in seinem Körper verwandelte sich in nackte Angst. Da war überall Stille in seiner mickrigen Wohnung.

Herbert kläffte erneut, doch das war das einzige Geräusch, welches er weit und breit vernehmen konnte. Er wollte nicht aufstehen, weil er dann die Augen öffnen musste, und ihm graute es zu sehr davor, was er vorfinden würde – oder eben nicht.

Das Glücksgefühl, das ihn seit gestern Abend nicht mehr losgelassen hatte, war verebbt und hatte eine schale Leere hinterlassen. Doch irgendwann musste er den Tatsachen wohl oder übel ins Auge blicken. Dann lieber wie ein Pflaster abrupt abreißen, als den Schmerz langsam hinauszuzögern.

Das Pflaster war ab, Lizzy war weg, und es tat trotzdem entsetzlich weh. Außer der kleinen Kuhle, die ihr Körper auf der Matratze hinterlassen hatte, ließ nichts

darauf schließen, dass sie hier gewesen war. Sie war
wieder aus seinem Leben verschwunden, ohne etwas
zu sagen, ohne auch nur eine Nachricht zu hinterlassen.

Dabei hatte er geglaubt, dass sich alles zwischen
ihnen verändert hatte. Sie hatten sich ihre Liebe gestanden, doch jetzt war sie weg und er hatte keine Ahnung,
warum. Er wusste nur, dass er es leid war, ihr hinter-
herzulaufen. Er hatte um sie gekämpft, hatte gesiegt
und doch hatte er alles verloren. Er würde sich wohl
oder übel damit abfinden müssen, dass Lizzy niemals
ein Teil seines Lebens werden würde. Ob er wollte oder
nicht. Er wusste, wann es Zeit war, aufzugeben.

Kurz überlegte Lizzy, den Brief, den sie gerade erhalten hatte, einfach in den Backofen zu stecken. Auf der
anderen Seite hatte sie Angst davor, am Ende die ganze
Törtchenbäckerei anzuzünden. Vielleicht wäre es deswegen sinnvoller, das Schriftstück einfach in den Tiefen des Mülleimers zu versenken.

Doch wem wollte sie hier etwas vormachen? Die Zentrale hatte extra einen Boten geschickt – den armen,
vollkommen übermüdeten Florian ... nur um ihr den
Brief rechtzeitig zustellen zu können. Wenn sie ihn
nicht öffnete, würden wahrscheinlich einfach ähnlich
wie bei Harry Potter Zehntausende Abschriften durch
ihren Kamin flattern. Da konnte sie ihn auch einfach
öffnen und sich dem Übel so schnell wie möglich stellen.

Vielleicht wollte man ihr mitteilen, dass sie aufgrund
ihres Versagens irgendwo an den Nordpol verbannt
wurde, oder vielleicht würde man sie steinigen wie im

alten Rom. Die Zentrale hatte da sicher ihre Möglichkeiten, um sie für den Kuss und das, was danach gekommen war, zu bestrafen.

Mit einem lauten Ratsch riss sie den Brief auf, wobei sie den halben Umschlag zerfledderte. Aber das war wohl jetzt das geringste Problem.

Sie kniff die Augen zusammen und faltete tastend das Papier auseinander. Trudi grunzte leidvoll und rieb sich an ihrem Bein. Immerhin eine, die immer bei ihr bleiben würde.

Hastig öffnete Lizzy die Augen und starrte auf den Brief, um es schnellstmöglich hinter sich zu bringen. Die Worte verschwammen vor ihrem Gesicht. War das ein verfrühter Aprilscherz? Nein, dort stand es schwarz auf weiß. Datiert, unterschrieben und abgestempelt. Ein greller Schrei entwich Lizzys Kehle, als sie das Geschriebene erneut Wort für Wort studierte.

Sehr geehrte Frau Hufschmidt,
angesichts des Personalmangels und der schlechten Auftragslage an Ihrem Wohnort haben wir uns dazu entschieden, die äußerst passende Verbindung zwischen Ihnen, Frau Elisabeth Hufschmidt und Herrn Fiete Matthiesen als Auftrag Nr. 100 zu werten.
Wir freuen uns, Ihnen mitteilen zu dürfen, dass Sie Ihren Dienst als Maga Amatoria erfolgreich beendet haben und wünschen Ihnen alles Gute für die Zukunft. Anbei finden Sie Ihre Abschlussurkunde sowie die Endbeurteilung Ihrer Tätigkeit.
Weihnachtliche Grüße

Während der Nachhall ihres Schreis verklang, brach sie in Tränen aus. Doch dieses Mal waren es Freudentränen. Freudentränen, die die Bitterkeit in ihrem Herzen fortwuschen und Platz für etwas Neues machten: für Hoffnung auf eine Zukunft voller Liebe und Glück mit Fiete.

Oh mein Gott, Fiete! Lizzy war einfach ohne ein Wort der Erklärung verschwunden, wie sollte sie ihm nun jetzt gegenübertreten? Hatte sie schon wieder alles zunichtegemacht? Nein. Sie würde ihm zeigen, dass er ihr alles bedeutete. Vom Boden ertönte ein entschlossenes Quieken. Fragend blickte Lizzy zu Trudi, die entschlossen den Tisch mit ihren Geburtstagspräsenten umkreiste.

Fietes Geschenk, natürlich! Warum war sie da nicht gleich draufgekommen? Sie bückte sich, schloss Trudi fest in ihre Arme und gab der kleinen Schweinchendame, der sie schon so oft zu verdanken hatte, dass sie nicht durchgedreht war, einen fetten Schmatzer auf den Rüssel. »Komm Trudi, schnell! Wir müssen duschen und uns anziehen!«

Fiete lag auf dem Sofa, was eigentlich einen Tacken zu kurz für seine Körpergröße war, weshalb seine Beine halb über die Lehne hingen. Herbert hatte sich einfach auf ihn gelegt und obwohl Fiete so kaum noch Luft bekam, war er froh, dass sein treuester Gefährte bei ihm war. Auch der gutmütige Berner Sennenhund hatte seine neue Liebe verloren und schien genauso zu leiden wie sein Herrchen. Das Telefon hatte bereits mehrfach geklingelt und ihn jedes Mal aus seiner starren Trance gerissen und unsanft in die Realität zurückkatapultiert. Es war Konny, der wahrscheinlich wissen wollte, wann er heute mit seinem kleinen Bruder rechnen könnte, doch Fiete versuchte, das nervtötende Schellen einfach zu ignorieren.

Schon wieder klingelte es. Vielleicht sollte er einfach Herbi bitten, sich auf seinen Kopf zu legen, damit er nichts mehr hören musste. Es klingelte erneut. Wobei – das war ja gar nicht das Telefon, sondern die Haustür. So weit war er schon gesunken, dass er in seinem Selbstmitleid badend das Telefon nicht mehr von der Türglocke unterscheiden konnte.

Er robbte unter dem gut fünfzig Kilo schweren Fellknäuel hervor und sprang auf, getrieben von der Hoffnung, die wie eine Kerze mit jeder Sekunde heller strahlte. Er hastete los, riss die Wohnungstür auf und rannte in seinen ausgeleierten Puschen, so schnell es ging, die Treppe hinunter. Unten angekommen verließ ihn plötzlich der Mut. Herbi kam ebenfalls die Treppe hinuntergewetzt und bellte laut. Hinter der Haustür kam die Antwort in Form eines Grunzens. Sie waren tatsächlich zurückgekommen! Er atmete noch einmal tief durch und öffnete so gelassen wie möglich die Tür.

Da standen sie – Lizzy und Trudi, und sie trugen doch tatsächlich die neuen leuchtend pinken Partnerpullover. Das war der schönste Anblick, den er jemals gesehen hatte. Herbert, der besonders wild mit dem Schwanz wedelte, schien es ähnlich zu ergehen.

»Willst du mit mir Weihnachten feiern?« Ein feines Lächeln stahl sich angesichts dieser Frage auf Fietes Lippen, brachte seine ozeanblauen Augen zum Funkeln und erhellte dann sein ganzes Gesicht.

»Ja, ich will!«

Mit einem innigen Kuss voller Versprechungen besiegelte er seine Worte. Egal, ob Geburtstag, Heiligabend oder Silvester – mit Lizzy an seiner Seite würde er jeden Tag seines Lebens feiern.

Epilog

Obwohl draußen die Julisonne vom Himmel strahlte, stand Lizzy schwitzend in der Backstube ihres Cafés. Ja, Dünecks *Magische Törtchenbäckerei* gehörte jetzt ganz offiziell ihr.

Im neuen Jahr hatte sie mit der Hilfe von Immobilienmakler Sven den offiziellen Kaufvertrag unterschrieben, der Lizzy zur rechtmäßigen Eigentümerin des schnuckeligen Etablissements machte. Auch Ulla, die ehemalige Besitzerin, war froh gewesen, eine Sorge weniger zu haben, um die sie sich kümmern musste, und ihr Café in guten Händen zu wissen.

Lizzy lächelte, als sie Unmengen an Mehl, Zucker, Eiern und natürlich Lebkuchengewürz in ihre Küchenmaschine gab, um ein paar weihnachtliche Törtchen zu kreieren. Draußen herrschten zwar bald an die dreißig Grad, aber das hielt sie nicht davon ab, ein Törtchenbuffet der besonderen Art für Fietes heutigen zweiunddreißigsten Geburtstag herzurichten.

Schließlich hatte an Weihnachten letzten Jahres, ihrem eigenen Geburtstag, alles begonnen. Lizzy wusste nicht, ob Magie am Werk gewesen war oder vielleicht auch nur zu viel Zucker, aber das war ihr ehrlich gesagt auch herzlich egal. Sie und Fiete hatten endlich zusammengefunden, als sie schon längst alles verloren geglaubt hatte.

Während die KitchenAid mit einem gleichmäßigen Brummen die Masse für ihre Lebkuchen-Muffins rührte, holte Lizzy den Teig für ihre berühmten Vanillekipferl nach Oma Elisabeths Rezept aus dem Kühlschrank. Vorsichtig rollte sie den Teig zu kleinen Würstchen, die sie anschließend zu Hörnchen geformt auf dem vorbereiteten Backblech drapierte.

Mehrere Kannen Kaffee sowie die sommerliche Variante ihres winterlichen Früchtepunschs hatte sie auch bereits kaltgestellt. Giovanni würde zur Feier noch eine Ladung seines hausgemachten cremigen Zimteises mitbringen, womit die Gäste die vorbereiteten Getränke nach Belieben verfeinern konnten.

Sie strich sich eine feuchte Locke, die sich frecherweise aus ihrem Dutt gelöst hatte, aus der Stirn und wischte sich die mehligen Finger an ihrer Schürze ab.

Die Eingangstür des Cafés wurde aufgestoßen und ein putziges Quieken gefolgt von einem übermütigen Bellen verriet ihr, dass Fiete mit den beiden Fellnasen von seinem morgendlichen Strandspaziergang zurückgekehrt war. Normalerweise begleitete sie ihn – die Gassirunde an der Ostsee war zu einer ihrer liebsten gemeinsamen Routinen geworden –, doch heute hatte sie sich schon vor Sonnenaufgang in die Backstube begeben.

Sie blickte auf und schaute direkt in die meerblauen Augen, an denen sie sich nicht sattsehen konnte ... niemals würde sattsehen können. »Hallo mein Geburtstagskind, hattet ihr Spaß?«

Fiete lachte sein kratziges tiefes Lachen und deutete auf die Spur aus Sand, die Trudi und Herbi gerade munter auf dem Fußboden hinterließen. Lizzy schlug die Hände über dem Kopf zusammen. »Diese Racker ... na wartet, wenn ich euch kriege!«

Da Lizzy jedoch nicht wirklich ernst bleiben konnte und ihre Schimpftirade in einem Lachen unterging, warf ihr das kecke Hausschweinchen nur einen entschuldigenden Dackelblick zu, um sofort weiter grunzend hinter seinem besten Freund, dem pelzigen Berner Sennenhund herzueilen, der allerdings eher einem panierten Schnitzel glich.

Lachend zog Fiete seine Lizzy in eine feste Umarmung und die beiden standen einfach nur kurz da, um dem Rauschen der Ostsee durch die weit geöffneten Fenster zu lauschen und den salzigen Duft zu inhalieren, der hineinströmte.

»Ich liebe dich, Elisabeth Hufschmidt.«

»Und ich liebe dich, Fiete Matthiesen!« Lizzy besiegelte ihre Worte nur zu gern mit einem langen, innigen Kuss, da sie einfach nicht genug bekommen konnte von dem leicht verschrobenen, aber herzensguten Künstler, der ihr Herz auf magische Art und Weise erobert hatte!

Oma Elisabeths klassische Vanillekipferl

40g Zucker
210g Mehl
40g gemahlene Mandeln
140g weiche Butter
Vanillezucker zum Wälzen

Die trockenen Zutaten in eine Rührschüssel geben und vermischen. Anschließend die weiche Butter portionsweise mit dem Handrührgerät (oder der Küchenmaschine) unterkneten. Den Teig noch mal gut mit den Händen durcharbeiten, zu einer Kugel formen und etwa eine Stunde kaltstellen.
Den Teig fingerdick rollen und zu kleinen gebogenen Hörnchen, den sogenannten Kipferln, formen.
Die Plätzchen bei niedriger Temperatur (160°C Grad) für circa zehn Minuten backen. Kurz abkühlen lassen, da die Kipferl sehr mürbe sind und schnell zerbrechen. Noch warm in Vanillezucker wälzen.

Oma Elisabeth wünscht guten Appetit und eine leckere
Weihnachtszeit!

Danke ...

In erster Linie möchte ich dir danken. Danke, dass du meinen Roman in die Hand genommen und entschieden hast, dich von Lizzy und der Ostsee verzaubern zu lassen!

Sandra, ohne dich wäre das Ende meines Romans   nur halb so schön – und mein Leben wahrscheinlich auch ...

Madita, du hast immer an mich geglaubt – auch wenn ich es mal nicht getan habe. Und ich glaube an dich!

Miri und Jacqueline, nicht nur auf eure Expertise ist Verlass, vielmehr auf unsere Freundschaft!

Papili, du bist nicht nur mein Lateinexperte, sondern auch der beste Vanillekipferl-Bäcker der Welt!

Mama, was würde ich nur ohne meinen wandelnden Duden – ohne dich – machen?!

Solly, du bist meine liebste Testleserin – und Schwester (wären da noch andere, wärst du trotzdem die Nummer 1)

Patrick, ohne dich würde ich den ganzen Tag schlafen. Du bringst mich immer wieder dazu, weiterzumachen!

Zu guter Letzt geht ein zauberhaftes Dankeschön an den dp Verlag und meine Lektorin. Liebe Ina, danke, dass du mir diese Chance gegeben hast und dich auf die Magie meines Romans eingelassen hast! Liebe Astrid, du hast das

Beste aus der Törtchenbäckerei herausgeholt, ohne ihr den
Zauber zu nehmen!